女人の万葉集

高岡市万葉歴史館編

笠間書院

女人の万葉集

目次

女歌の形成――坂上郎女を中心に……鈴木日出男 3
一 女の贈答歌 二 坂上郎女の贈答歌 三 女歌の自立 四 女歌の広がり

挽歌をよむ女……塚本澄子 31
一 はじめに 二 天智天皇挽歌をよんだ女性たち 三 天智挽歌群の特質
四 「女の挽歌」の論 五 倭建命葬歌の世界と「大御葬歌」 六 孝徳・斉明紀の哀傷挽歌 七 おわりに

天武天皇の皇女たち――四人の皇女を中心に――……平舘英子 65
一 はじめに 二 十市皇女 三 大伯皇女 四 但馬皇女 五 紀皇女

佐保大伴家の女たち……小野寛 93
一 はじめに―佐保大伴家のこと 二 佐保大納言卿の妻（一）―巨勢郎女
三 佐保大納言卿の妻（二）―石川郎女 四 佐保大納言卿の娘―大伴坂上郎女
五 佐保大伴家の坂上郎女

東歌に女性の歌が多いこと……関隆司 129
一 はじめに 二 東歌の女性作者 三 東歌の集団詠 四 東歌女性作者が歌を詠むこと

防人歌と女性の表現……田中夏陽子 155
一 はじめに―防人と防人歌― 二 軍防令にみる防人制度と女性 三 防人歌がうたわれた時 四 防人歌にみる女性の表現 〈(一) 出発の時の歌 (二) 防人の妻の歌―衣類の表現意識― (三) 防人の父の歌―女歌の表現とジェンダー― (四) 妹から母へ〉 五 防人歌流転―近代の防人歌の享受―
伝説歌の女性……坂本信幸 179
一 女性の表現された伝説歌 二 妻争い伝説の女性 三 伝説歌の表現 四 伝説歌の女性の美 五 新しい女性美の表現 六 死の自覚
《娘子》の変容――「うたう」から「うたわれる」へ――……新谷秀夫 207
はじめに 一 うたう《娘子》 二 名も無き《娘子》 三 語られる《娘子》 四 歌にされる《娘子》 五 うたわれる《娘子》へ さいごに
『万葉』の母……平野由紀子 247
一 はじめに 二 防人歌の「母」 三 相聞歌の「母」―東歌の母、作者未詳歌の母― 四 挽歌の「母」 五 憶良歌の「母」・家持歌の「母」 六 「母」の詠む歌―大伴坂上郎女と遣唐使の母― 七 おわりに
女歌の表現――坂上郎女を中心に――……浅野則子 279
はじめに 一 歌表現における男女 二 坂上郎女と歌表現の女 三 女歌の展開

四　女歌の変容　五　むすびにかえて

古代女帝論……………………………………瀧浪貞子　299
はじめに　一　女帝の誕生〈(1)推古と厩戸皇子　(2)皇極と古人大兄皇子　(3)所生皇子の排除〉　二　女帝と不改常典〈(1)称制の皇后　(2)母娘二代の女帝　(3)皇位継承と吉野行幸〉　三　皇位と皇統〈(1)内親王の立太子　(2)消された不改常典　(3)即位式のない重祚〉　四　女帝の終焉―むすびにかえて―

藤原夫人と内親郡主……………………………………川崎　晃　335
一　はじめに―藤原夫人―　二　藤原夫人願経　三　正三位藤原夫人と亡考贈左大臣府君　四　房前の室　五　藤原夫人（房前の娘）の母―『山階流記』講堂の項をめぐって―　六　郡主について　七　内親について

編集後記
執筆者紹介

女人の万葉集

女歌の形成——坂上郎女を中心に

鈴木日出男

一　女の贈答歌

古代の和歌やその歴史を考える上で、「女歌」の概念を設定することが、きわめて有効だと思われる。その女歌とは、どこかに女の詠みぶりを思わせる歌、あるいは女の歌に特有の発想や表現によって詠まれた歌のことである。しかしそのような説明だけでは、印象批評の域を出ないであろう。問われるべきは、その女の詠みぶりとか、女の歌に特有の発想や表現とかが、どのように具体的な内実をそなえているのか、それがこの課題の勘どころである。

いったい、女歌と呼ばれる歌々の基盤には一貫して、女である自分が相手の男からどのように顧みられているか、その相互の関係性が前提されているとみられる。そのような特性について、これまで私は、男女の贈答歌（相聞）における女の返歌のありようがその淵源にあったのではないか、と考えてきた（拙著『古代和歌史論』序・第三章「女歌の本性」）。たとえば、初期万葉の一例である。

わが里に大雪降れり大原の古《ふ》りにし里に降らまくは後《のち》
わが岡のおかみに言ひて降らしめし雪のくだけしそこに散りけむ

（巻二・一〇三〜四　天武天皇→藤原夫人）

天武天皇が、私の居所に大雪が降っている、あなたのいる大原の古びた里に降るようになるのは、これから後のこと、と自慢げに言うと、相手の藤原夫人も負けじとばかりに、こちらの岡の氏神に言って降らせてもらった雪がくだけて、それがそちらに飛び散ったまでのことだろう、と相手の言い分を切り返す。「わが里」は天武の皇居を、「大原の古りにし里」は夫人の里の藤原氏邸のある大原の地をさす。二人はたがいに、同じ飛鳥内の近隣地にありながらも、あえて遠隔地にいるかのように印象づけて、さらに降雪の早遅の違いを大袈裟に争いあっている。しかしこのような対決的な言いあいは、かえって、天皇と夫人という公的な関係を超えて、じつは私的な男と女の関係としての親密さをもたらすことになるのであろう。次は、後期万葉の一例である。

ただ一夜隔《へだ》てしからにあらたまの月か経ぬると心惑《まと》ひぬ
わが背子《せこ》がかく恋ふれこそぬばたまの夢に見えつつ寝《い》ねらえずけれ

（巻四・六三八〜九　湯原王→娘子）

男である湯原王が率先して、たった一晩逢えずに隔たっていたのに、一月《ひとつき》も過ぎてしまったのかと、私の心はちぢに乱れる思いだ、と相手への恋情を訴える。すると娘子の方は、あなたがそんなふうに私を恋しく思うものだから、私の夢にしばしば現れ、そのために夜中眠れもしなかった、と反発している。しかしこの女の返歌の、あなたのせいで一睡もできなかったとする反発も、女の真意でないばかりか、むしろ相手への共感とみるべきである。もう一つ、作者不明歌の例をとりあげてみよう。

うらぶれて物な思ひそ天雲のたゆたふ心わが思はなくに
うらぶれて物は思はじ水無瀬川《みなせがは》ありても水は行くといふものを　（巻十一・二八一六〜七）

男が、気力もなくしおれて物思いをしないでくれ、天雲のように揺れ動く心を私は持っていない、と訴えるのに対して、女は、しおれて物思いなどしない、水無瀬川は人目につかず水は流れるというではないか、と応ずる。女の返歌では、相手の男の言う「うらぶれて…思ひそ」を、そのまま受けとめて「うらぶれて…思はじ」としながらも、水があっても「水無瀬川」という言葉のおもしろさによって相手を切り返そうとする。しかも「水は行く」は贈歌の「たゆたふ」に照応して、男の「たゆたふ」うこともありうると反発するのである。ここには、特に女の返歌としての機知の巧妙さが目立っているが、その特徴から察するに万葉後期に属する詠作であろうか。

右の諸例からもわかるように、まずは男の方から女への好意を詠みかけ、それに対して女の方が応ずるという順序、しかも女の方が男の言い分を切り返して反発的に応ずるというのは、男女の詠み交す歌として先験的に定まっている方式であったのではないか、とみられる。その方式そのものが、歌の内容に先行していて、それが逆に歌の内容を規制しているのであろう。したがって、女の側が男への反発を言い表したからとて、それが女の本心であるとは限らない。右の諸例の女たちの歌々は、けっして相手の男を避けようとする意図から出たものではない。むしろ、どのように相手の言い分を切り返すかという言葉の機知にこそ、返歌としての心情が言いこめられていよう。そもそも相手の男から逃れようというのであれば、返歌など詠む必要もないはずである。

このような男女の贈答における詠歌順序の方式は、きわめて古くから伝統化していたと思われる。その方式を方式として慣習化させたものの一つに、歌垣の習慣が考えられる。その歌垣の実体はいま一つ明らかでないが、次のような問答歌の一組として収められている万葉歌も、その延長上にあるとみられる。

紫は灰さすものそ海石榴市《つばきち》の八十《やそ》のちまたに逢へる児《こ》や誰《たれ》
たらちねの母が呼ぶ名を申さめど道行き人を誰と知りてか
（巻十二・三一〇一〜二）

「海石榴市」は、定期的に市も開かれる交通の要所であったが、こうした場所も歌垣の場にはなったらしい。男の歌の序詞「紫は灰さすものそ」は、紫の染色をつくり出すのには媒染として椿の灰が必要、という連想にとどまらず、相手の女をおだてて口説きおとそうと、巧みに工夫された言葉だと解する説もある。それによれば、紫が美しい染料になるためには椿の灰を必要とするように、あなたもその美しさをいっそう美しく輝かせるのには、この私のような多少汚い男が必要だ、そこで、あなたは誰かしら、名を明らかにして私と一緒になろう、と言いかける。古代においては、男が女に素姓を問うことは、求婚を意味する。これに対する女の返歌は、男のおだてに乗るどころか、逆に「道行き人を誰と知りてか」と切り返してみせる。自分には母の呼んでくれる名もあり、それを申そうとは思うが、道行くあなたが誰だから知らないのだから……、と負けずに男の名乗りを要求している。ここでの女は、「……申さめど」などと男の気持をゆさぶっておきながらも、相手の懸想をみごとなまでにはぐらかしている。

歌垣という非日常の場がこのように、男と女の掛けあいの歌を多くつくり出していたと思われる。そして、ここで男の懸想──→女の反発という方式が保たれているのは、その非日常的な儀礼としての歌垣も、じつは日常的、生活的な結婚という現実と隣りあわせになっている、と顧みられても当然であろう。女の側から言えば、いともたやすく男の言い分にふりまわされてはならぬ、とする結婚に対する現実的な抑制が働いているにちがいない。こうした歌垣における男女の掛けあいが、そのまま恋の相聞歌の発生を意味するとは断じがたいけれども、男の懸想──→女の反発という方式は、古くから男女の歌い交しの方式として習慣化していたとみられる。それが、古代の恋の相聞歌の伝統的な形式になっていたと思われるのである。
それにしても、なぜ、まずは男の方から歌いかけねばならないのか、その順序にどんな意義があるのかを考えるためにも、男女の恋の関係ではない、同性同士の贈答歌を一瞥しておく必要があろう。たとえば、大宰帥であった大伴旅人と、その部下であった沙弥満誓という人物が、次の贈答歌を詠みあっている。

まそ鏡見飽かぬ君に後《おく》れてや朝《あした》夕《ゆふへ》にさびつつ居《を》らむ　（巻四・五七二　満誓）
ここにありて筑紫《つくし》や何処《いづち》白雲のたなびく山の方にしあるらし　（同・五七四　旅人）

満誓が、主君に別れてからは朝な夕な鬱々した気分だ、と詠み送ったのに対して、旅人は、筑紫の地はもはや白雲のたなびく山のかなたの世界であるらしい、とやや屈折した応じ方である。このような同性同士の場合では、社会的な身分の下位の者から詠みかけて、上位の者がそれに応ずるのが、一般的である。この下位──→上位という詠歌の順序関係を、さきにみた男女の贈答歌の場合と対応させてみると、

男＝下位　（贈歌）
女＝上位　（返歌）

のようになる。これによれば、和歌贈答の世界では、女性上位という構図に秩序づけられていること

になる。ここでは、下位の者が上位の者に奉仕すべく率先して挨拶するかのように、和歌の贈答においても、男が女に対して奉仕的な位置にある。女の返歌は、そのような男の奉仕的な言葉に導かれながら、自らの表現をつくり出していく、それが女歌の根本であるように思われる。冒頭に、女歌と呼ばれる歌々の基盤には一貫して、女である自分が相手の男からどのように顧みられているかという、その相互の関係性こそが前提されていく、と記したのもその謂である。しかも、その特性は、ひとり贈答歌の形式にとどまることなく、やがて贈答歌から独詠歌に転じていくときにも、どこかにその関係性を持続させながら自立していくようになる、とみられる。

二　坂上郎女の贈答歌

ここで、『万葉集』の典型的な女歌として、坂上郎女の歌々をとりあげたい。その歌数が女流歌人として集中最多の八十余首にのぼっているだけでなく、彼女は、万葉第三期から四期にまたがる長い期間にわたって、恋や自然とその他多様な歌々を詠んでいるが、その基底には、何らかの意味で恋ゆえの情調を揺曳させるなど、女歌として一貫した発想と表現の方法が貫かれているとみられるからである。しかもこの時期は、女たちの詠むいわゆる女歌が急増するころでもあり、彼女はそうした傾向を代表する存在であった。

まずは、藤原麻呂と詠み交した相聞歌。巻四の前半部に、次のように、麻呂の「贈る」歌三首と、郎女の「和ふる」歌四首が連ねられている。しかし、言葉の上で一首一首が対応しあうという構成にはなっていない。

京職藤原大夫、大伴郎女に贈る歌三首　卿諱を麻呂といふ

1 娘子《をとめ》らが玉くしげなる玉櫛の神さびけむも妹に逢はずあれば （五二二）
2 よく渡る人は年にもありといふを何時の間にそも我《あ》が恋ひにける （五二三）
3 蒸《む》し衾《ぶすま》なごやが下に臥せれども妹とし寝ねば肌し寒しも （五二四）

大伴郎女の和ふる歌四首

1 佐保川の小石《こいし》踏み渡りぬばたまの黒馬《くろま》の来夜《くよ》は年にもあらぬか （五二五）
2 千鳥鳴く佐保の川瀬のさざれ波止《や》む時もなし我《あ》が恋ふらくは （五二六）
3 来《こ》むと言ふも来《こ》ぬ時あるを来《こ》じと言ふを来《こ》むとは待たじ来《こ》じと言ふものを （五二七）
4 千鳥鳴く佐保の川門《かはと》の瀬を広み打橋渡す汝《な》が来《く》と思へば （五二八）

右の歌群に付せられた左注によれば、郎女ははじめ穂積皇子に嫁いで、寵愛されること比類ないほどであったが、その皇子が亡くなった後、この藤原麻呂が郎女を娶ることになったという。その麻呂が京職となったのは養老五年、二十七歳。相手の郎女もほぼ同年代と推定されるので、この結婚にもとづく詠作はともに二十歳台の後半かとみられる。麻呂が自らの年齢を「玉櫛の神さびけむ」（1）と誇張しているのも、この結婚が若年のそれではないことを自覚しているからであろう。おそらく二

人はそれぞれ、これまでも幾つもの男女交流を通して多くの相聞歌制作を経験してきたにちがいない。ここで詠み交されている歌々にも、いかにも手なれた巧みな詠みぶりがきわだっている。

麻呂の贈歌からみていこう。1は、娘子の櫛笥の中の櫛のように、この自分は、人からは老いて神さびてしまったと見られるだろう、あなたと逢わずにきたものだから、の意。思慕の情に疲れて老いこんだらしいと、相手への言いがかりを通して恋を訴えている趣である。2は、よく堪えられる男は一年でも逢わずにいられるというのに、この自分はいつの間にこんなに苦しい恋をしてしまったのか、の意。「よく渡る人は年にもあり」は時の経過を意味していて、前歌1の「神さびけむ」とも照応していよう。冒頭の「よく渡る」はやや難解な言いまわしだが、ここには古歌「年渡るまでにも人はありといふを何時の間《ま》にそもわれ恋ひにける」（巻十三・三二六四）がふまえられていよう。それを重ねてみると、日々つのってゆく尋常ならざる恋情の訴えが、いっそうわかりやすくなる。右の1も2も時間の経過に即した表現になっているが、最後の3はそれらとはやや趣が異なり、あらためて恋の孤独を訴えている。温もりのある柔かな蒲団にくるまって寝ていても、恋しい女と一緒にいないのでは寒々しく心も冷える、の意である。以上の三首が一括して贈られたか否かは明らかでないが、もしもそうだとすれば内容上の変化をもたせようとする構成意識も働いていることになる。

これに対する坂上郎女の返歌。1は、佐保川の小石を踏み渡って、黒馬のやってくる夜は一年中であってくれたらなあ、の意。夫がやって来ることを、黒馬が夜の闇をぬって佐保川の向こうからやってくることだとする。夫の到来が非日常的な時空での神秘の出来事のようにも思われる。それだけに、これが今宵限りだけなのか、と思う不安も否めず、「年にもあらぬか」と疑わずにはいられない。これに類似する古歌に、「川の瀬の石踏み渡りぬばたまの黒馬の来る夜は常にあらぬかも」（巻十三・三三一三）がある。この古歌に即しながらも、自邸近くの「佐保川」をとりこみ、さらに麻呂の贈歌2の歌句「人は年にもあり」に応ずるべく「年にもあらぬか」として、意味を逆転させ頻繁な訪問をと訴えている。また2の歌では、佐保川の景を詳しく描き、それを序詞としながら恋の情動をとらえている。一首は、千鳥の鳴く佐保の川瀬のさざ波のように、絶える時とてなく私の恋は、の意。序歌をしめくくっている下の句「止む時もなし我が恋ふらくは」は、麻呂の2の贈歌「何時の間にそも我が恋ひにける」に照応しあっている。坂上郎女の1も2も、夫の贈歌に応ずるべく「和《こた》へ」ようとする意識が明らかである。

ところが3に転ずると、歌群から突出するかのように意表をつく表現になっている。この歌は周知のように、各句の頭に「来《く》」を置いた言葉遊びの歌である。踏韻ふうの工夫を凝らしながらも、来ようと言っても来ない時があるのに、来ないと言うのを、来るだろうと思って待ったりはしない、来ないと言うのに、の意として一首を統一的に構成づけている。このような言葉遊びのような歌ではしばしば、言葉の理知的な働きが情感の流露を冷やかにとらえかえすところから、歌の抒情に節度ある統制を加えることがある。この一首は、言葉のおもしろさが相手との親しい共感を生み出すことを前提に、相手が来るか来ないかの執ねき思いが、己が恋の感情をうねるような愛執として表出されている。しかも、言葉の理知的な働きから、人待つ女である自分がつき放されるように対象化され、それによって強靭な抒情歌に仕立てられている。しかし最終歌4では、ふたたび「千鳥鳴く佐保の川」の景をとりこんで、できることなら川の間に橋を架けたいもの、と詠んでいる。千鳥の鳴く佐保の渡り場の川瀬が広いので、打橋をかける、あなたが来ると思うものだから、の意である。また、この4は、冒頭の1とは対照的に構成されているともみられる。冒頭の歌では夫が夜の闇をぬって黒馬でやってくるという幻想的な光景を描き出しているのに対して、ここでは夫が昼でも容易に渡って来られるような、打橋のかかった佐保の川瀬の光景が理想的に想像されている。

右の返歌四首はいずれも、夫の来訪を迎え待つ女の側から詠み出されているが、興味深いのは、このような場合によく用いられる「待つ」という言葉が一語とて用いられていない点である。それとは逆に、「来」「渡る」という男の主体に即して表現している点に注意される。相手の夫がどのように来訪するかという関心に、全体が統一されている趣である。前記したように、「来」を句頭に据えた言葉遊びの3の歌を中心に、その前後に「踏み渡り」「来」(1)、「渡す」「来」(4)を用いた構成になっている。このように相手の「来」に執した表現は、わが身の存在よりも相手の言動を重視しようとするからである。それは、相手の懸想を鵜呑みにするような自分の安易さを見すかされまいとして、男の言動に対決しようとする構え方である。しかし、その対決は必ずしも女の本心とは限らない。むしろ、言葉上の構えである。対決的な態度を構える言葉によって、理知的な冷静さが保たれ、それが感情表現に適度な統制を加えていく。そのために、言葉の上ではあたかも男を遠ざけながらも、恋に対する共感、憧憬や期待、あるいは不安や孤独などの感情が浮かびあがってくるのであろう。それが、女の返歌の抒情の内質なのではないか。右にみてきた坂上郎女の歌々は、そうした女歌の一つの典型ではないかと思われる。

冒頭に記したように、女歌とは相手の男がこちらをどう顧みているか、という関係性を前提としている。その発想が最も顕著に現れるのは、ほかならぬ贈答歌の返歌においてである。一般的に女の返歌が男の贈歌への切り返しや反発を旨とするのも、そのためである。右にみてきた坂上郎女の返歌が、対決的な構えであるゆえんである。ここでもう一つ、彼女の返歌の例をとりあげたい。安倍虫麻呂との贈答歌である。

安倍朝臣虫麻呂の歌一首

向かひ居《ゐ》て見れども飽かぬ我妹子に立ち離れ行《い》かむたづき知らずも　（六六五）

大伴坂上郎女の歌二首

相見ぬは幾久《いくひさ》さにもあらなくにここだく我《あれ》は恋ひつつもあるか　（六六六）

恋ひ恋ひて逢ひたるものを月しあれば夜はこもるらむしましはあり待て　（六六七）

題詞の書式からは、それぞれ独立した作のようにもみえるが、左注によると二人が実際に詠み交した歌ではないかと思われる。その左注によれば、虫麻呂の母と郎女の母とが同居の姉妹同然で親しい仲であった。そのことから、「郎女と虫麻呂とは、相見ること疎からず、相語らふことすでに密かなり。いささかに戯歌を作りて問答をなせり」とある。二人は情交関係にあるとみてよいのだろうが、その彼らがを詠み交しという「戯歌」にはどのような意味があるのだろうか。

虫麻呂の歌は、向きあって見飽きることのない、あなたから別れて行くとなると、なんともすべないこと、という意の贈歌である。「…行かむたづき知らずも」の「む」の語法が仮想の意を表すところから、実際には遠方に離れ去るというよりも、相手と一緒にはいない状態を想定するのであろう。その逢えないという想定を、あたかも長い離別のように大袈裟な言葉で表した。

問題は、これに対する坂上郎女の返歌である。彼女の第一首は、逢わないでいるのはさほど長くもないのに、こんなにも私は恋い慕いつづけていることだ、の意。男の贈歌の「向かひ居て見れども飽かぬ」などに一面では共感しながらも、それだけではない。「立ち離れ行かむ」に対して、私にはそれどころか、いま現在「ここだく…恋ひつつもある」私に、あなたはどう対処してくれるのか、と言わんばかりに反発している趣である。また第二首は、第一首の末尾「恋ひつつもあるか」に直接つなぐ形で、「恋ひ恋ひて…」と詠み継ぐ。一首は、恋しつづけてやっと逢えたのだから、空には月があり夜明けにはまだ間があり、しばらくはそのまま待っていてくれ、の意。あなたはまだ夜も深いのに帰ろうとする、という不満を訴える歌であり、それでは「向かひ居て見れども飽かぬ」などと言ったところで、その場しのぎの言葉ではないか、と切り返す体である。

この虫麻呂と坂上郎女の贈答歌は、男が大袈裟に訴えかけると女の方も大袈裟に切り返すというふうに、どちらが情愛が深いかを争っているような趣である。左注に「いささか戯歌を作りて問答をなせり」とあるのも、そのような詠みぶりへの評言とみられる。確かに、右の表現は諧謔的でさえある。このような贈答歌は、作者の真意からしばらく離れ、言葉じたいが先行するところから観念的な表現を導いていく。とはいえ、そこに作者の真意が失われてしまった、ということではけっしてない。むしろ、たがいに言葉で争いあうような楽しみを通して、心をふれあわせ共感しあうところに、彼らの真意があるのではないか。そこには、言葉としての共同性、一種の挨拶性が前提されていよう。坂上郎女の属する時代の集団には、そうした傾向がいっそう顕著になっていたらしい。

もとより坂上郎女は、その長い詠作期間にわたって、多くの具体的な人物を相手に多くの歌を詠んでいる。右にみてきた二組の贈答歌が典型的にそうであるように、相聞歌だけで構成される巻四にはそうした類例が数多くみられる。そのなかには、実際には恋愛関係などありえない相手に対して、恋の歌のような詠みぶりをする場合が、少数ながら混じっている。これについても、歌の贈答のありようとして、注目しておきたい。たとえば、次のような三首である。

1　外《よそ》に居て恋ひつつあらずは君の家の池に住むといふ鴨《かも》にあらましを　（七三六）
2　うち渡す竹田の原に鳴く鶴《たづ》の間《ま》無く時無し我《わ》が恋ふらくは　（七六〇）
3　今のごと恋しく君が思ほえばいかにかもせむするすべのなさ　（巻十七・三九二八）

1は聖武天皇への献歌、2は娘の坂上大嬢への贈歌、3は後年越中守として赴任した大伴家持（娘大嬢の夫、もともと郎女の甥）に宛てた歌である。ここでは、恋とは無縁の関係でありながらも恋歌のような言葉を相手に贈りかけている。この恋ならざる恋歌という発想が、坂上郎女あたりを代表としてその時代の新しい傾向となりつつあったと思われる。そういえば、前節でとりあげた沙弥満誓の大伴旅人に贈った別れの歌（巻四・五七二）にも、「まそ鏡見飽かぬ君に…」などとあり、実際の主従関係を超えて、恋歌ふうの言辞によって親密さを表現した例が想起される。こうした発想は、恋の言葉から親密の言葉への転用を意味するが、さらにいえば挨拶の言葉へと一般化しようとする。問題は、なぜそのような転用が可能なのか、という点である。

　右の坂上郎女の三首の例歌ではいずれも、大袈裟なまでに恋情表現が強調されている。そしてこれらは、表現の類型でいえば、〈寄物陳思〉よりも〈正述心緒〉の型によりながら、心情をより直接的に言い表すことになる。ここで注意されるのは、その心情を表す叙述がいかにも類型的だという点である。「恋ひつつあらずは…まし」（1）、「…の間無く時なし我が恋ふらくは」（2）、「…恋しく君が思ほえば…するすべのなさ」（3）などの叙述は、少なからぬ類歌を見出すことのできる、きわめて類同的な言葉である。そのことと、恋歌から挨拶の言葉への転用とは、不可分の関係にあると思われる。なぜなら、その類歌のような言葉は、個別的な、一回的な言葉ではなく、人々の間で馴致した、より社会的な言葉だからである。世間に流布している、手垢のついた類同の言葉は、それじたい磨滅して漠然とした輪郭しか持ちえなくなりがちだが、表現一般としては社会性をもって、それなりの客観性を発揮することになる。そして、その漠然とした客観性が、観念的な恋の表現を通して、挨拶的な言葉に転化するようになった、と考えられる。坂上郎女の歌に即して考えると、〈正述心緒〉型をむねとする表現であるだけに恋情を強調することになるが、それが贈答歌における女の返歌に固有の切り返しの発想にも連なり、また類同的な挨拶の言葉にもなる、ということであろう。

三　女歌の自立

巻四のなかに「大伴坂上郎女の歌七首」と題される歌群が収められている（六八三〜九）。これだけの題詞からは、誰が相手なのかはもちろん、その七首のすべてが同一の人物に対するものかどうかさえもわからない。そのなかの二首である。それぞれの表現の内質に相違があることに注意されよう。

今は我《あ》は死なむよ我《あれ》が背《せ》生けりとも我《あれ》に寄るべしと言ふといはなくに　（六八四）
愛《うるは》しと我《あ》が思ふ心早川の塞《せ》きに塞くともなほや崩《く》えなむ　（六八七）

前者「今は我は」の歌の場合、恋の苦しみに堪えきれず死のうとする発想は、多くの類歌が詠まれているように、きわめて類同的である。たとえば、

今は我《あ》は死なむよ我妹《わぎも》逢はずして思ひ渡れば安けくもなし　（巻十二・二八六九）
今は我《あ》は死なむよ我背《わがせ》恋すれば一夜一日《ひとひ》も安けくもなし　（巻十二・二九三六）

などとあり、〈正述心緒〉型によって恋情が直接に言い表されている。しかしこうした表現も、誇張されすぎて、しかも類同的な言いまわしとして分厚く広がっていくと、没個性的な、ありきたりの言葉でしかなくなることは、前記したとおりである。とはいえ、そのような類同的な言葉に埋もれているかにみえながらも、そのなかにはしばしば個我の輝きをみせている歌もある。右の郎女の歌と類歌との間にはそうした関係が認められる。彼女の一首は、もう私は死ぬことになろう、私の男《ひと》よ、生きていてもあなたは心を寄せてくれるだろうと、言ってはくれそうもない、の意。「我」「我が背」「我」の人称詞の重量、「死」と「生」の対照、さらに「言ふとはなくに」と続けていく執ねき言いまわしの文脈が、恋に焦らだつ心の峻巡を的確にとらえている。世間にありふれた言葉をとりこんではいるものの、そこに己が心の動きへの凝視をも加えるところから、相手の薄情への反発をいっそう強めることになる。女の返歌に固有の、切り返しの言いまわしがひびいていよう。

また後者の「愛しと」の歌はどうか。これには、前者のような類同的な言辞が稀薄である。一首は、あなたをいとしいと思う私の心は、早川のようなもの、いくら塞きとめようとしても、その堤はやはり崩れてしまうだろうか、の意。自分の相手に対する恋情を川の流に擬らえた表現である。自分の感情を一面では抑えようとするのは、相手が自分ほどには思ってはいない、と考えるからであろう。しかし、理性では制御しがたい自己の激情のいかんともしがたさを思う。この歌では、相手を顧みる視点が、自身の心を凝視する点に反転している。相手に反発することよりも、自分について内省することに、表現の重点が移っている。その点に、前歌との対照的な相違もある。

右の例からもわかるように、女歌は、相手の男の言い分を切り返す返歌の発想を原点としていて、さらにその否定的な対象が相手から自己へと反転していく発想をも生み出すことになる。それが女歌の新しさであったとみられる。郎女の相聞歌には、そうした二つの方向性が明確になっている。もう一つ、「大伴坂上郎女の歌六首」の題詞でまとめられた全歌（六五六〜六六一）を検討してみたい。この歌群でも、ある人と同時に詠み交した歌かどうか、また贈歌なのか返歌なのかも明らかではない。

1　我《あれ》のみそ君には恋ふる我《わ》が背子が恋ふと言ふことは言の慰《なぐ》さそ　（六五六）
2　思はじと言ひてしものをはねず色の移ろひやすき我《あ》が心かも　（六五七）
3　思へども験《しるし》もなしと知るものを何かここだく我《あ》が恋ひわたる　（六五八）
4　あらかじめ人言繁《ひとごとしげ》しかくしあらばしゑや我《わ》が背子奥《おき》もいかにあらめ　（六五九）
5　汝《な》をと我《あ》を人そ放《さ》くなるいで我《あ》が君人の中言《なかごと》聞きこすなゆめ　（六六〇）
6　恋ひ恋ひて逢へる時だに愛《うつく》しき言《こと》尽くしてよ長くと思はば　（六六一）

これら六首にも、前掲の「七首」中の二首と同じような、二通りの詠みぶりの相違があることに気づかれるであろう。具体的に一首一首を検討してみたい。

1は、この私だけがあなたを恋しく思っていることになる、あなたが恋していると言うのは単なる言葉の慰めごとにすぎないではないか、の意。相手に対して否定的に構え、その不誠実さをなじるように反発している。

2は、あなたを思うまいと言ってはみたものの、はねず色のような、なんと変わりやすい私の心よ、の意。相手を諦めようとして諦めきれない己が執心をとらえている。自分自身の心を凝視する自省の歌である。

3は、いくら思ってもその効《かい》がないことを知りながらも、どうしてこうも私は恋いつづけるのだろう、の意。不毛の恋と知りつつも思いきれない愛執の情を表す点で、前の2と同じ発想である。何よりも、自分自身を見つめてしまっている。

4は、今からもう世間の噂がひどくわずらわしい、こうなったのなら、ええままよ、わが思う男《ひと》よ、これから先はどうなることなのか、ぐらいの意。周囲の噂に苦しむ現状を根拠に二人の将来を危惧し、相手の誠実さにすがろうとする。これは、自分自身よりも、相手に訴えかける歌である。

5は、あなたと私を他人が引き離そうとしている、さあ私の思う男《ひと》よ、どうか世間の中傷などに耳を傾けてくれるな、の意。二人の仲を裂くような中傷に、相手が動揺することを恐れ、こちらだけを向いてくれ、と訴えた歌である。前の4と同様の発想によっている。この二首のように、世間の「人言」などによって二人の関係の危機をとりこみ、恋の関係を誇張した表現は集中に多く、いかにも類同的である。右の二首も、そうした類型にもとづいて、恋の危機を訴えていることになる。

6は、恋しいと思っているのだから、せめて逢っている時くらいは素直な言葉を並べたててくださ れ、いつまでも長くと思うのならば、の意。副助詞「だに」が誇張表現として効果的に用いられている。せめて逢瀬の時ぐらいは、という強い願望をいう。これは、相手への反発を契機とする、相手への訴えの歌である。

これら六首はいずれも誇張した表現になっているが、大別すると次のような二通りの類型に区別することができる。1・4・5・6の四首は、相手よりも自分の恋慕がまさっている、したがって相手はもっと誠意を示すべきだ、と訴えている。それに対する2・3の二首は、恋の関係そのものに否定的な一面をさしはさみながら、自分を見つめなおしている。前者が相手に向かうのに対して、後者は自分自身に向けられているのである。

前記したように、後者は前者からの転化によるものと考えられる。すなわち、相手の非を難ずる発想の鉾先が自分自身にも向けられるところから、相手と自分との関係が否定的にとらえなおされ、自らを凝視するようになる。そしてここでは、誇張の言葉が、諧謔的であるよりも批評的であろうとする。そのことによって、歌の表現はいきおい、内省的となってくる。そのように自己を対象として内省の機能を発揮するところから、女歌はやがて悲哀感や孤独感を帯びた抒情歌として自立していくようにもなる。そのため、表現の上では、贈答の場の歌か、独詠の場の歌か区別のつかない様相を呈してくる。しかし、その根は贈答歌と同じところにある。

このような抒情的な女歌が自然景物の言葉と結びつくと、その内省的な抒情性をいっそう深めていく。たとえば、坂上郎女の名歌として知られる次の一首、

夏の野の繁みに咲ける姫百合の知らえぬ恋は苦しきものそ　（巻八・一五〇〇）

夏の野にひっそりと咲きほこる姫百合の可憐な清楚さを描き、それを通して恋にはなやぐ心の孤独さをきわだてている。姫百合という夏の景物によって純粋なまでの抒情を確保している。これは四季別相聞の部に収められ、四季の自然物象に寄せた〈寄物陳思〉型の範疇に属することになる。次の二首の例も同様である。

心ぐきものにそありける春霞たなびく時に恋の繁きは　（巻八・一四五〇）
暇《いとま》なみ来まさぬ君にほととぎす我《あれ》かく恋ふと行きて告げこそ　（巻八・一四九八）

しかし、郎女の自然をとりこんだ歌の多くは、四季別の雑歌に収められている。

世の常に聞けば苦しき呼子鳥《よぶこどり》声なつかしき時にはなりぬ　（巻八・一四四七）
何しかもここだく恋ふるほととぎす鳴く声聞けば恋こそまされ　（巻八・一四七五）
吉隠《よなばり》の猪飼《ゐかひ》の山に伏す鹿の妻呼ぶ声を聞くがともしさ　（巻八・一五六一）

このように、雑歌に分類されてはいるが、微小ではあっても心情を表す語句が必ずといってよいほど付着しているのが、郎女の四季別雑歌である。右の歌々のように、感情を表す言葉によって縁どられた風景、あるいは感情の反映された風景というべき表現になっている。すべて、どこかに恋の情調が揺曳しているのである。その点では、四季の雑歌と相聞とはさほど径庭がないといってよい。

この四季の自然景物をとりこんだ歌々に揺曳する恋の情調は、歓喜などとはほど遠い悲哀の感性にもとづいている。それは、恋に対して何らかの形で否定的であろうとする発想から導かれていると思われる。そうであるとすれば、溯ると、相聞の返歌から出てくる女歌に固有の、切り返しの発想につきあたるはずである。そして、相手の言い分に対して否定的に構える発想が、しばしば相手に対するのみならず、自分自身にも向けられて内省の表現をつくり出すことになる。これまで繰り返し記してきたように、対象が相手から自己へと転化して、恋に対する否定的な感情が強められるところから、自然の物象が悲哀の風景として枠どられることにもなる。坂上郎女の多くの歌々を全体的に眺望してみると、相手を言いまかそうとする相聞歌とは、その否定的な発想を媒介として、意外なまでに通底しあっているとみられるのである。それは、この時代の女歌としての新しい自立のありようを意味しているように思われる。

四　女歌の広がり

坂上郎女を典型とする天平期の女歌は、相手の男に反発する本来的な性格を原点としながら、諧謔や理知の言葉を通して、社交的な挨拶の歌になるか、逆に対自的な内省の歌になるか、というところまで発達したとみられる。そして、その坂上郎女と同時代の女流歌人、笠女郎や狭野弟上娘子なども、文学史上特筆されるべき存在となる。その二人のよく知られた歌を、それぞれ一首ずつ掲げてみよう。

相思《あひ》はね人を思ふは大寺の餓鬼《がき》のしりへに額《ぬか》つくごとし　（巻四・六〇八　笠女郎）

君が行く道の長手《ながて》を繰《く》り畳《たた》ね焼き滅ぼさむ天の火もがも　（巻十五・三七二四　狭野弟上娘子）

前者の笠女郎の歌は大伴家持に贈った二十四首のなかの一首。相手の家持から顧みない恋の苦悶を、突き放すように冷やかに詠んでいる。「大寺の餓鬼のしりへに額つくごとし」の比喩は、諧謔的でさえある。大寺であるから荘厳に光り輝く尊像がいくつも配置されているのだろうが、その伽藍の目立たない片隅に置かれていじけている餓鬼像。そんなものを拝して何の利益があろう、しかもその背後からである。成就するはずもない無益の恋、さればとて容易に諦められるものでもない。そのように自らはいかんともなしがたい恋を、自嘲的に歌っている。その自嘲を相手の家持に訴えるのである。

後者の狭野弟上娘子の歌は、相手の中臣宅守が遠く越前に配流になったのを悲嘆して詠んだ膨大な贈答歌群の一首である。神祇官であった宅守が、伊勢斎宮所属の女孀であった弟上娘子と恋におちたための配流であったらしい。その宅守を諦めがたい娘子が、都から越前に通ずる長い道を手繰り寄せ、彼が流れて行けなくなるようにそれを焼いてしまいたいと詠んだ歌である。道をあたかも絨毯かのように見立てた着想は、単に類例のない独自な表現であるというよりも、奇想天外といってよいほどの空想によっている。これも言葉のおもしろみを含んだ誇張である。したがってこの誇張も、逆に感情の流路に理知的な節度を与えていよう。手繰り重ねた道を天の火で燃やそうとする巧みな思いつきに、かえって炎のような恋の情念をはげしく表現しえた歌である。

右の二首はともに、一面では言葉の理知を媒介に諧謔味を含んで、それが歌の抒情に固有の節度をもたらしている。その一面にある諧謔味は、女歌の本来の発想と無関係ではない。基本的には女の返歌の発想の延長上にあり、他者への反発の姿勢から出発しているからである。その反発なり諧謔なりがしばしば、反転して自己に向けられもするのである。笠女郎の右の自嘲的な表現は、その典型といってよい。

その笠女郎の場合、とりわけ自己の内省的な表現になっている点が注目される。

朝霧のおほに相見し人ゆゑに命死ぬべく恋ひわたるかも　（巻四・五九九）

夕されば物思ひまさる見し人の言問ふ姿面影にして　（巻四・六〇三）

題詞によれば家持に贈った歌群の歌であるが、贈歌というよりも独詠歌というにふさわしいほどの抒情性があふれている。また笠女郎の歌には自然物象をとりこんだ〈寄物陳思〉型の表現も多い。そこでは、内省的な抒情がいっそう深まっている。

君に恋ひいたもすべなみ奈良山の小松が下《もと》に立ち嘆くかも　（巻四・五九三）

わが宿の夕影草の白露の消《け》ぬがにもとな思ほゆるかも　（巻四・五九四）

ここでは特に後者の歌の表現に注目しておきたい。これに類似する類歌が幾つも見出せるので、ありきたの詠みぶりのようにみえるが、さりげないところに独自な工夫が凝らされていることがわかる。

秋づけば尾花が上に置く露の消《け》ぬべくも我《あれ》は思ほゆるかも　（巻八・一五六四　長枝娘子）

春されば水草《みくさ》の上に置く霜の消《け》つつも我《あれ》は恋ひわたるかも　（巻十・一九〇八）

秋の田の穂《ほ》の上に置ける白露の消ぬべく我《あれ》は思ほゆるかも　（巻十・二二四六）

咲き出照る梅の下枝《しづえ》に置く露の消ぬべく妹に恋ふるこのころ　（巻十・二三三五）

「置く露（霜）の消ぬべく…思ふ（恋ふ）」で共通する類歌群のなかで、笠女郎の「夕影草の白露の…」が独自な表現性を発揮する。「夕影草」そのものも作者による造語ともみられるが、そこには夕闇の迫り来る時間がとりこまれている。沈む直前の夕陽が草葉の露を白く輝かせる、その光が、陰影のなかの自分の恋にときめく心の動きを象徴している。類同的な言葉に立脚しながらも、景物を巧みにとりこむことによって、すぐれて内省的な抒情歌をつくり出しているのである。

これまでみてきた女歌の諸相が、じつは男の詠む相聞歌にも投影されていく、とみることもできるのではないか。特に、女の詠む切り返しや反発の発想を源とするような大袈裟なまでに誇張した表現、あるいはそれゆえに事実から離れての観念的な表現が、男の歌にも女の歌にも盛んに用いられるようになるからである。それが後期万葉の特徴ともなる。

ここで、家持と坂上大嬢とが繰り返し詠み交す巻四の歌群の一部をとりあげよう。

大伴坂上大嬢の、大伴宿禰家持に贈れる歌三首

a　玉ならば手にも巻かむをうつせみの世の人なれば手に巻き難《がた》し　（七二九）

b　逢はむ夜はいつもあらむを何すとかその夕逢《よひあ》ひて言の繁きも　（七三〇）

c　我《わ》が名はも千名《ちな》の五百名《いほな》に立ちぬとも君が名立たば惜しみこそ泣け　（七三一）

また大伴宿禰家持の和ふる歌三首

c′　今しはし名の惜しけくも我はなし妹によりては千度《ちたび》立つとも　（七三二）

b′　うつせみの世やも二行《ふたゆ》く何すとか妹に逢はずて我《あ》がひとり寝む　（七三三）

a′　我《あ》が思ひかくしてあらずは玉にもがまことも妹が手に巻かれむを　（七三四）

これは、贈答一般の方式とは異り、女からの贈歌、それに応ずる男の返歌という構成になっている。また返歌の順序の工夫によって、その配列がたがいに交差する対応を示している。その歌の順序や構成に工夫があることじたい、男の歌も女歌の発想になじんでいる証拠ではないか。

大嬢の歌は、男の贈歌の懸想の発想とは違って、贈歌でありながら何らかの反発の姿勢を含んでいる。第一首のaでは、「手に巻き難し」とあり、相手への反発の気持を直接に表す。第二首のbでは、「何すとか」とあり、相手を問責する体である。第三首のcは、相手への一種のいやみでさえあろう。これらは、あたかも男からの言い寄りの言葉を前提に、それを切り返しているような趣になっている。

これに対する家持の返歌は、あくまでも大嬢の贈歌に応じたものであり、相手の切り返しをさらに切り返す形を通して、かえって男の贈歌本来の、懸想の表現に近づくことになる。第一首c′では、世間の噂をも恐れぬ恋の誠意を訴えている。第二首b′の初二句は、別解もあるが、人の世には別々の世界が二つ並んで存在するのだろうか、の意と解せる。逢えるはずの相手に逢えないのはたがいに住む世界が異なっているためか、とまで疑う。そして第三首のa′では、玉になって相手の手に巻かれたい、として親近をと訴えている。ここでの表現は、事実から離れて観念的であろうとする、そのために、大袈裟な言いぶりや諧謔的な口ぶりにもなる。しかし表現が観念化されるところから、恋の心とはいかなるものか、という人間一般をも思考する発想にまで転じていく。人間一般という広がりのなかで自己が相対化され、そこに節度のある抒情性も生起しうることになる。

また家持の返歌の配列から、全体の構成がたがいちがいに交差する対応関係にある、と前記したが、これも男の返歌の工夫とみてよいのではないか。言葉の上でも、b′の返歌がaの贈歌の「うつせみの」を受けたり、a′の返歌の「我が…妹が…」がcの贈歌「我が…君が…」に照応しあうことにもなる。全体が、一首一首の対応であるにとどまらず、言葉が相互にひびきあうことになり、きわめて有機な構成になっている。それだけに、たがいに大袈裟に言い争いあう対立をきわだてることにもなる。

前記した家持の節度ある抒情性は、このような一ひねりされた懸想の工夫から導かれているといってよいだろう。そして、その一ひねりの切り返しこそ、返歌をむねとする女歌本来の方法にほかならない。万葉後期の相聞歌において、男女の区別なくたがいに相手をうちまかそうと大袈裟に詠み交そうとするのも、女歌の力にあずかっていたと考えられる。こうして女歌が女歌として自立し、それが和歌一般の表現の可能性をも広げていくことにもなる、とみられるのである。

〈注記〉 小稿における『万葉集』の引用は、日本古典文学全集(小学館)の本文によった。

挽歌をよむ女

塚本澄子

一　はじめに

『万葉集』巻二「挽歌」の「近江大津宮《あふみのおほつのみや》に天《あめ》の下治《をさ》めたまひし天皇の代《みよ》」におさめられた天智天皇崩御をめぐる挽歌九首は、皇后はじめ五人の女性たちによってよまれ、遺された女性たちの悲嘆の世界をあざやかに現出して、万葉挽歌の生誕をつげるものとなった。(1)

「挽歌をよむ女」という題名を与えられたとき、まっさきに浮かんできたのは天智天皇に捧げる挽歌四首をもって「心に沁々と響いて忘れられぬ(2)」万葉歌人として名を残すことになった倭大后であった。『万葉集』で最初の挽歌作者になったのが倭大后であろう。「挽歌をよむ女」をひとりの女性におきかえるとすれば倭大后をおいてほかにないが、小稿では「女たち」として、天智天皇挽歌をよんだ女性たちを問題にしたい。

挽歌をよむという文学的営為は古代の人々にとってそうかんたんなものではなかったはずである。

死別の悲しみは人間の基本的感情のひとつであるが、その感情を歌として表出する挽歌の歴史は雑歌や相聞と比べて浅く、挽歌が自然発生的にうまれたものではないことを示してもいる。

死に際して一人の人間としての悲しみを歌う挽歌は[3]『日本書紀』（孝徳紀）にみえる渡来人の野中《のなかの》川原史満《かはらのふびとみつ》によってよまれた造媛《みやつこひめ》挽歌二首を嚆矢とする。続いて斉明紀に斉明天皇の建王《たけるのみこ》挽歌六首・中大兄皇子の斉明天皇挽歌一首があり、『万葉集』に至って天智挽歌九首が五人の女性によって創出される。その後柿本人麻呂までの歌では高市皇子の十市皇女挽歌三首・持統天皇の天武天皇挽歌四首・大伯皇女の大津皇子挽歌四首が続く。

周知のように、挽歌の担い手の性別を系譜的に整理し、柿本人麻呂以前の挽歌を「女の挽歌」と規定したのは西郷信綱であった[4]。西郷は、原始から古代にかけて死者儀礼と結びつく挽歌は、本来世界的に女がうたうものであった、わが国においても例外ではなく、「もし女の挽歌の歴史を原点まで遡ろうとすれば、それは結局、劇的に狂う原始の哭女なるものに達するのではないか」といい、『万葉集』の天智天皇に対する挽歌群（以下天智挽歌群と称する）を、原古からの「女の挽歌」の伝統が「一つの芸術的完成期」をむかえて結晶したものと捉えた。挽歌の本質を史的文脈の中で捉えなおそうとしたこの提言は、画期的なものとして多くの賛同を得、以後挽歌史を見ようとするとき、肯定的にしろ否定的にしろこの「女の挽歌」の問題に直面せざるをえなかったし、これを起点にして挽歌史論が展開されてきたといえよう。とくに天智挽歌群の位相を見定めようとするなかで「女の挽歌」の問題は繰り返し論じられてきた。

記紀伝承の世界をのぞくと、死喪に関わる歌謡の担い手はたしかに女が優勢である。とくに『古事記』の倭建命の死の場面に描かれた霊魂鳥飛翔と后たちがうたう「大御葬歌《おほみはぶりのうた》」の場面は圧巻で、「劇的に狂う原始の哭女」なるものの残映を揺曳しつつ、そこには「葬歌」をうたう女たちが強く印象づけられている。この場面と初期万葉の天智挽歌群の世界がイメージとして重なることが、「女の挽歌」論の心象的根拠になっているといえなくもない。天智天皇への挽歌をよむ女性たちの悲しみの世界に倭建命の霊魂鳥を追いつつ「葬歌」をうたう女たちの像が二重写しになってたちあらわれてくる。これは幻影なのか伝統なのかという反問を残しながら。

一人の天皇の死に対して多数の女性たちが挽歌をよんだという挽歌史上稀有な現象がどのようにもたらされたのか、万葉挽歌生誕に直接関わった女性たちの登場とその史的意味についてあらためて考えてみたいと思う。

二　天智天皇挽歌をよんだ女性たち

『万葉集』巻二「挽歌」に収載された天智挽歌群は次のとおりである。

天皇の聖躬不豫《みやまひ》したまふ時に、大后の奉《たてまつ》る御歌一首

天の原　振《ふ》り放《さ》け見れば　大君《おほきみ》の　御寿《みいのち》は長く　天足《あまた》らしたり　（巻二・一四七）

一書に曰く、近江《あふみ》天皇の聖躰不豫《みやまひ》したまひて、御病急《みやまひには》かなる時に、大后の奉献《たてまつ》る御歌一首

青旗《あをはた》の　木幡《こはた》の上《うへ》を　通《かよ》ふとは　目には見れども　直《ただ》に逢《あ》はぬかも　（巻二・一四八）

　天皇の崩《かむあが》りましし後の時に、倭《やまとの》大后の作らす歌一首

人はよし　思ひ止《や》むとも　玉かづら　影に見えつつ　忘らえぬかも　（巻二・一四九）

　天皇の崩《かむあが》りましし時に、婦人《をみなめ》の作る歌一首　姓氏未詳

うつせみし　神に堪《あ》へねば　離《はな》れ居て　朝嘆く君　離《さか》り居て　我《あ》が恋ふる君　玉ならば　手に巻き持ちて　衣《きぬ》ならば　脱《ぬ》く時もなく　我が恋ふる　君ぞ昨夜《きぞのよ》　夢《いめ》に見えつる　（巻二・一五〇）

　天皇の大殯《おほあらき》の時の歌二首

かからむと　かねて知りせば　大御船《おほみふね》　泊《は》てし泊《と》まりに　標結《しめゆ》はましを　額田王《ぬかたのおほきみ》　（巻二・一五一）

やすみしし　わご大君の　大御船　待ちか恋ふらむ　志賀《しが》の唐崎《からさき》　舎人吉年《とねりのよしとし》　（巻二・一五二）

　大后の御歌一首

いさなとり　近江《あふみ》の海を　沖離《さ》けて　漕《こ》ぎ来る船　辺《へ》に付きて　漕ぎ来る船　沖つ櫂《かい》　いたくなはねそ　辺つ櫂　いたくなはねそ　若草の　夫《つま》の　思ふ鳥立つ　（巻二・一五三）

　石川夫人《いしかはのぶにん》の歌一首

楽浪《ささなみ》の　大山守《おほやまもり》は　誰《た》がためか　山に標結《しめゆ》ふ　君もあらなくに　（巻二・一五四）

　山科《やましな》の御陵《みはか》より退《まか》り散《あら》くる時に、額田王の作る歌一首

やすみしし　わご大君の　恐《かしこ》きや　御陵仕《みはかつか》ふる　山科の　鏡《かがみ》の山に　夜《よる》はも　夜《よ》のことごと　昼

はも　日のことごと　音《ね》のみを　泣きつつありてや　ももしきの　大宮人《おほみやひと》は　行《ゆ》き別れなむ

（巻二・一五五）

作者は倭大后・石川夫人・額田王・舎人吉年・婦人（姓氏未詳）の五人である。五人を後宮の女性とする見方が一般的であるが、天智挽歌の歌い手たちはどのような立場の女性であったのか、天智天皇との関係性などをふくめて人物がすべて特定できているわけではない。とくに石川夫人については問題があると思われるので、五人の女性をあらためて確認してみよう。

まず歌群九首中四首をよんでいる倭大后は、天智紀七年（六六八）の后妃記事に「古人大兄皇子《ふるひとのおほえのみこ》の女《みむすめ》倭姫王《やまとひめのおほきみ》を立てて皇后とす」と初めてその名がみえる。中大兄皇子（天智）によって滅ぼされた古人大兄皇子一家のただ一人の遺児がのちに天智天皇の皇后となったのである。子はなく、天智の死後約半年後に起こる壬申の乱後の消息はわからない。近江朝の命運とともに歴史上から姿を消し、夫天智に捧げる挽歌四首のみが倭姫王の人間的息吹きを伝えるものとなった。

「大殯の時」と「山科の御陵より退り散くる時」の二首をよんだ額田王については、歌（詞）をもって宮廷に仕える専門歌人的な立場の女性とする理解がすでに定着している。(5) 公的・私的の両面から天智の側近く仕えたものとみられるが、『日本書紀』の天智天皇后妃記事中にはその名は見えず、天智の妻の立場は確認できない。

額田王と並んで「大殯の時」に作歌した舎人吉年は、詳細は不明であるが、巻四「相聞」に田部《たのべの》忌寸《いみき》櫟子《いちひ》が大宰府の役人に任ぜられた時にかわした歌（四九二）が収録されていて、この女性も歌を得意とし歌（詞）をもって宮廷に仕えた女官の一人と推定される。

一五〇歌の婦人については、歌の相聞的表現から後宮の女官で妻の一人と見る説が多数をしめてきたが、妻と断ずる根拠があるわけではない。『令義解』は「宮人」について「婦人の仕官者の惣号なり」と記している。「婦人」とは宮人の一人で後宮の職員を意味するようである。『万葉集』はこの婦人を姓氏未詳と注記しているが、他の八首の作者がすべて明記されているなかで長歌で堂々と天皇挽歌をよんだ作者名が不明などということはほとんど考えられない。持統四年（六八九）に薨じた日並皇子に対する挽歌「皇子尊《みこのみこと》の舎人等《とねりども》が慟傷《どうしやう》して作る歌二十三首」の作者名が記されず、「皇子尊の舎人等」とその職掌で一括された事情と重なるものがあるのではなかろうか。後宮の女官ということがわかれば十分であったのであろう。倭大后付きの女官とみる説[6]もあるが定かではない。

さて、一五四歌の作者石川夫人については、天智の挽歌をよんだ夫人だから当然天智の妻という前提で人物の比定がなされてきた。しかしそれは必要不可欠の前提なのであろうか。天智紀には皇后・嬪（四人）・宮人（四人）の計九人が記されているが夫人の称号をもつ女性はいない。「後宮職員令」に、

妃二員、右四品以上、夫人三員、右三位以上、嬪四員、右五位以上

とあり、夫人は天皇の正統な妻の称号である。『日本書紀』では天武天皇の后妃記事にみえる「夫人」三人が初出で、天武朝以後の称号とみられる。令の規定では嬪は夫人の下位におかれているが、天智朝の嬪と天武朝の夫人を比べてみるとともに大臣の娘で身分に差異はなく、天智朝の嬪は天武朝の夫人に相当するようである。

仮に天武朝以後の称号を遡及させたのだとして「石川」と呼ばれる可能性を求めると、天智四嬪の中の蘇我山田石川麻呂の娘遠智娘《をちのいらつめ》と姪娘《めひのいらつめ》の二人がまず候補にあがり、諸注多くこの二人のいずれかであろうと推定する。ところが、姉の遠智娘については、天智紀・持統紀に美濃津子娘《みのつこのいらつめ》という呼び名が伝えられており、また孝徳大化五年（六四九）に死亡した造媛と同一人物である可能性が高く除外されることになる。妹の姪娘は元明天皇の母で、『続日本紀』慶雲四年（七〇七）に「母を宗我嬪《そがのひめ》と曰ふ。蘇我山田石川麻呂の大臣の女なり」とみえ、「その頃宗我嬪と申した人を石川夫人と呼んだとは考へられない」（『注釈』）のでこの女性も除外するとすれば、石川夫人候補から蘇我山田石川麻呂の娘二人は除外されてしまうことになる。「石川」姓については、壬申の乱後蘇我赤兄の配流があって蘇我氏は天武十三年（六八四）の賜姓で石川朝臣となったので、赤兄の娘で天智の嬪常陸《ひたちの》娘《いらつめ》も候補にあがってくる。ところで、石川夫人が天智の妻でなければならぬという前提をはずせば、赤兄の娘には天武の夫人大蕤娘《おほぬのいらつめ》もいて、彼女は天武紀朱鳥元年（六八六）四月条に「多紀《たきの》皇女・山《やま》背姫王《しろのおほきみ》・石川夫人を伊勢神宮に遣《つかは》す」とみえる「石川夫人」と同一女性で、聖武紀神亀元年（七二四）に「夫人正三位石川朝臣大蕤比売《おほぬひめ》薨《こう》しぬ」と死亡記事がみえ、石川夫人と称されていたことが確認できる。天武朝から聖武の頃まで石川夫人として名の通った女性が存在するのに、天智の嬪である常陸娘を石川夫人と称するいわれはないのではないか。元明紀に天智の嬪である姪娘を「宗我嬪」と称している事実を見れば、天智の嬪は嬪であって、後の称号である夫人を遡及させてはいない。史書でみるかぎり「石川夫人」と称され得る女性は大蕤娘をおいてほかに考えられないと思う。『全注』は大蕤娘が石川夫人と称されていることから姉妹にあたる常陸娘を「この歌の作者にもっともふさわしいのではなかろうか」と推定した。「天智の崩御にあたって天武の夫人の挽歌があるといふ点に疑問がある」(『注釈』)からである。しかし、その「疑問」をおけば『私注』が、「或は追書によって此の作者も大蕤娘をさすといふことも考へ得られよう。歌の趣からして必しも天智天皇後宮の職員と見ないでもよいと思はれる」としたのが最も妥当な見解と思われる。歌を得意とする女性だったのではなかろうか。

大蕤娘(後の石川夫人)が天智の嬪常陸娘の姉妹として、身内として天智の葬儀に奉仕していたとしても何の不思議もない。大友皇子を奉ずる近江朝の重臣蘇我赤兄の娘であり、天智の死の時は夫大海人皇子は吉野に出家のかたちをとって出奔しており、大蕤娘は大津宮に留まっていたものと推定される。つまり、天智殯宮に奉仕していた女性たちは天智後宮の女性とは限らないのである。五人の女性の中で明確に妻の立場が確認されるのは倭大后だけであり、他の四人はそれぞれの立場から歌の作者になったものと思われる。

三　天智挽歌群の特質

天智挽歌九首は天皇の病重篤の時から死の直後、殯、埋葬時までの歌がほぼ時間的経過によって配列されているものとみられる。『日本書紀』、天智十年（六七一）に

（十二月三日）天皇、近江宮に崩りましぬ。（十一日）新宮に殯《もがり》す。

と喪のことが記されている。さらに翌三月十八日に筑紫に滞留していた唐国の使者らに天皇の喪を告げしめたことや五月に山陵造営のための人夫徴集のことがみえ、殯宮はこの頃まで続いていたものらしい。『日本書紀』に天智の埋葬記事はない。山陵の起工は五月以降で六月下旬には壬申の乱が勃発しているので、歌群の最後の「山科の御陵より退り散くる時」の歌の作歌時期については種々問題が残るが[7]、埋葬の時の歌が歌群の締めくくりになっていることに違いはない。

天智挽歌群はさまざまなバリエーションをもちながら「悲しみの心をよせてうたう対象が、おおむね、いまだ浮遊する死者の霊魂であった」[8]という点に特質がある。とくに倭大后の歌にその特質が顕著であることも論じられてきたところである。倭大后の歌は歌数も四首と多く、歌群全体の基調音ともなり、独得の挽歌的世界をもって迫ってくるものがある。はじめに倭大后歌について、作歌主体の

ありようを中心にその特質をみてみたい。

一四七歌は実際には挽歌ではなく、題詞にあるように病重篤の折のタマフリの歌と見られるもので、倭大后の四首中唯一夫を「大君」という尊称で呼んだ儀礼性の強い一首である。「振り放け見れば」の句は、たびたび儀礼歌によまれ祭式的背景を暗示するものであるし、天皇の生命の危機において「御寿は長く天足らしたり」と断定するのであるから、願望の実現をはかる呪術を目的にしていることはまちがいない。しかし、青木生子が、
ここは古代的信仰に生きていた作者が呪術にとりすがりつつ、切迫した心情を歌いあげるなかに、はや後者が前者を感動として再生している姿を見られないだろうか。(9)

とその抒情のありかたを捉えたように、また、杉山康彦が、

「天足らしたり」の「たり」という結びの断定の強さは呪詞のものというより、抒情を内包し、事実は「天足らしたり」とは反しているという悲しみを秘めていると思われる。(10)

と鋭く指摘したように、本来呪詞のものであるはずのことばが詩のことばとしての響きをさえはなつのは、自己の感情において呪術が捉え返されているからであろう。作歌主体の内面世界の純一な強さがこの歌の調べを支えていると言えよう。

一四八歌では、天皇の霊魂を正目に見るという呪術信仰に立ちながら、そのことが逆に「直に逢はぬかも」といううつしみの人間としての深い自覚と詠嘆を引き出している。「木幡の上を通ふ」霊魂が「目には見」えることを確信しながら、「ども」という逆説によって呪術という共同幻想から反転

し、「直に逢はぬかも」という自己の内面に向かうのは、作歌主体の意識が祭式とは距離をおいたところにあることを示していよう。題詞では危篤に陥った時とあるので、死という認識はまだないのだとしても、作者はすでに死者を取り戻せぬものとして自己の嘆きを表出しているのである。

一四九歌は「崩りましし後の時」とあり、「大殯の時」の前に配列されているので、配列を重視すれば殯宮以前の作となる。しかし、歌に「人はよし思ひ止むとも」とあるところから、「かなり日数を経て後」「殯宮儀礼の終りに近いころ」(『全注』)の作で、「一般の人の心理の必然に対照させた自身の深い嘆き」[11]をうたったものと一般的に理解されてきた。一方で、「大后が周囲の人々の言動についてどのような感情を抱こうとも、皇后という立場からのいわば公的な発言として『人はよし思ひ止むとも』というはずがない」[12]と思われるのであって、大后が他者の心情を忖度するような表現にはやはり違和感が残る。そこで、荻原千鶴[13]は従来の説の問題点を整理し、天智挽歌群中の倭大后歌は「いずれもみずからと夫との『念』いに関心の中枢があり、歌は夫へのかたりかけであって、ひたすら二人の間の世界のみに閉じられている」ところに特質があるとみて、「人」は「他者」ではなく「亡くなった夫」と解釈した。生田周史[14]も荻原説を支持し、「死者はこの世の人への『思ひ』といった感情をもたない、そういう思いの絶えた存在である、と捉える上代人の思考の一端がうかがい知れる」といい、「人」は「天智天皇」であることを強く主張している。首肯すべき解釈と考える。この句を「たとえ死者である夫の(私への)思いが止むとしても」と解釈することによって、(私には)亡き人の幻影が見えつづけるという「影に見えつつ」の句が強い感動を伝えて真に迫ってくる。この呪的心性の真実性は、主体の思いの強さを表す心情的真実でもあり、それゆえ結句で「忘らえぬかも」という強い主観の表出へと転じる。呪的世界は捉えなおされ、死者と自己との関係において追慕の情を表出しようとする詠出姿勢が明確になる。前歌同様、祭式的共同幻想の場にありながら祭式そのものからは距離をおいたところに作歌主体があるといえよう。

一五三歌もまた浮遊しつつ離れて行こうとする霊魂をみつめている。繰り返し説かれてきたように、「若草の夫の思ふ鳥」は遺愛の鳥であり、夫の思いのこもる鳥、夫の霊魂そのものであり、鳥ははるかなる神話的世界の霊鳥を呼びおこし死者と生者との魂の接点ともなっている。さらに伊藤博[15]は、この一首は「倭建命の白千鳥説話の脈絡の上にたって形成された」もので、鳥は「ある時湖辺に留まり、ある時湖上を飛翔する、白千鳥にちがいあるまい。」とのべている。天智殯宮の築かれた十二月、凍てつく湖の白千鳥を見ているのであろうか。湖上に留まっている鳥に夫の霊魂を幻視する眼は懐かしみを含んだまなざしでもあり、やがて「夫の思ふ鳥」が飛び立っていくことを自覚しつつ、今この瞬間を留めておきたいという哀切な訴えがよまれている。琵琶湖の茫漠たる広がりと静寂の中で、「若草の夫」への挽歌をよむ妻の愁いとため息が余韻としてのこる。古風な呪的神話的世界と自己の心情世界とが交錯しつつ「われ」を言わずしてわれなる主体が鮮明に浮かんでくる。長歌形式でもあり鎮魂の意図をもって作られたものであろうが、祭式の場の要請によってよまれたとは考えにくいような個人的情感のこもった歌である。

次に一五〇歌について。「うつせみし神に堪へねば」（現世の人は神と共にはありえないので）といううたい起こしの句が挽歌であることを宣している。以下は相聞的表現で「朝嘆く君」「我が恋ふる君」といい、「君」を「玉」や「衣」という身につけるものになぞらえて恋々たる情を述べつつ「君そ昨夜夢に見えつる」と、天皇が夢に見えた喜びを表出する。西郷信綱によると一定の祭式的手続きによって得られた夢は特別な意味をもち、「夢が一つの『うつつ』として承けいれられ、強い衝撃を与えた」という。[16]この歌の背景に夢にかかわる祭式を想定する見解はほぼ定着している。[17]作者は祭式にかかわる特殊な能力をもった女官と思われるが、確実に夢を獲得することはなかなかに難しいことであったにちがいない。閨房を思わせるような恋情表現は、妻の立場に立つことによって一心に霊魂を呼び寄せるための手法とみることができる。結句に、夢の逢いを獲得できた作者の高揚した感情が素朴に表出されている。祭式と人間感情とが交錯するところにこの歌の主体があるといえよう。

「大殯の時」の額田王歌は、離れ行く霊魂を留め得なかった悔恨の情が、舎人吉年の歌は、むなしく待ち続ける「志賀の唐崎」に託して二度と会えぬ嘆きが、みずからをも含めた大宮人の共通感情としてよまれている。額田王は「大御船」という間接的表現によって、舎人吉年は「やすみししわご大君」という頌語で呼びかけていて、公的儀礼に関わってよまれたものであることをうかがわせる。両歌とも「大御船」をよむのは、それが死者と直接的に結びつく素材だからで、前者は天皇の霊魂を乗せた船、後者は生前の遊覧の船をイメージさせ、[18]時と場を同じくしてよまれたものと思われる。公的殯宮儀礼の歌としては挽歌史上はじめての作とみられる。

一五四歌は、「大山守」の行為に託して「君もあらなくに」という喪失感がよまれている。天皇亡きあとの「標結ふ」行為のむなしさは大君に仕える大宮人たちの共通感情でもあり、「君」は「大君」におきかえても違和感はない。「君もあらなくに」の句は、後の大津皇子の死を悲しむ大伯皇女の挽歌に、

神風の　伊勢の国にも　あらましを　なにしか来けむ　君もあらなくに　（巻二・一六三）

とよまれ、自己の悲しみのなかで絶望的な喪失感を表わす句として挽歌的抒情を深めている。これと比べると、石川夫人の歌の求心性は緩く、私的感情は集団的共通感情と融合するかたちでよまれていて、歌の性格はむしろ「大殯の時」の二首に近い。『私注』が「歌の趣」からして作者石川夫人をかならずしも天智後宮の女性と見ないでよいと指摘したのは、そのあたりを含んでのことであろう。天皇を「君」と呼ぶ身内的な挽歌ではあるがかならずしも妻の立場を表すものではない。

一五五歌は、「やすみししわご大君」という頌語でうたい起こし、「御陵仕ふる」儀礼の行為を叙し、「ももしきの大宮人は行き別れなむ」と祭場を退散していく大宮人の行動を第三者的に表現することで、代表的感動をのべたものと解されてきた。この歌で「夜はも…昼はも…音のみを　泣きつつありて」と、伝統的な哭泣儀礼がよみこまれていることに注目したい。呪術、儀礼的なものを踏まえて抒情する挽歌の方法は天智挽歌群で創始された表現法であったと思われるが、ここでは呪術儀礼が客観的に捉えられ、それを外側から描写する手法が用いられている。一五四までの歌とは内容も背景

も異質なものが感じられる。呪的哭泣が心情的慟哭に転換することもなく、儀礼は儀礼として捉えられ描かれている。儀礼を構成する集団の一員でありながら、周囲に融合することのない作歌主体が、個の感情の行き場を失っているような歌に感じられる。

天智挽歌群の歌々の抒情のありかたやその特質について見てきたが、それぞれ歌の場や時を異にしながら死者儀礼と直接また間接的に関わりつつ新しい抒情の方法を獲得していったものと思われる。天智挽歌群の儀礼的・私的性格については、青木生子・曽倉岑によって詳しく論じられている。(19) 青木が、歌群九首を「死喪に際して古くから受継がれてきたらしい呪術、儀礼を反映する儀礼挽歌」と「死者によせる個人の悲しみを純粋に歌う哀傷挽歌」に分類し、この分類には浮動性があるとことわりつつ、前者について「いうならば、それは呪的儀礼的な古代生死観と、個の悲傷との錯綜、葛藤を内蔵せしめているような抒情の在り方である。」とのべているのは、後者も含めておおむねこの歌群の本質をとらえたものといえよう。儀礼性と哀傷性、公的と私的の境があいまいな歌々の抒情のありかたが、歌群全体に通底している。天智挽歌群は、別本資料（二四八題詞）の存在や題詞の形式、作者名の記載の形などに不統一な点が指摘されており、はじめから一つの歌群としてまとまっていたわけではないらしい。しかし、一五五歌を除けば歌の性格に大きな差異はなく、互いに歌の場を共有しつつよまれたものと考えて特に問題はないと思われる。

四　「女の挽歌」の論

はじめに述べたように天智挽歌群は「女の挽歌」の伝統をうけついだものといわれてきた。この歌群を「女の挽歌」の伝統上に定位しようとする構想は諸氏によって論じられてきたが、五人をすべて後宮の女性とみて、後宮祭祀の伝統上に捉える点でほぼ一致している。橋本達雄[20]は、天智挽歌群は政治性の強い公的殯宮儀礼とは別に後宮機関の主催する儀礼の場において成立したもので「後宮の挽歌」と言いかえることができるとし、中西進[21]も「先代の伝統を承ける後宮女性の挽歌」と規定する。基本的にこうした説を踏襲し、身﨑壽[22]は

天智挽歌群は、おそらく、倭大后を中心とする天智後宮の女性たちが遺骸に奉仕するためにつどう殯宮内部などでいとなまれた、死者に対する〈しのひ〉のうたの〈座〉においてうみだされたものだろう。

と述べ、「天智挽歌群の基本的性格は〈女（妻）たちの挽歌〉」とおさえた。こうした見方は、公卿官人の集う殯庭での儀礼とは別に殯宮での儀礼や祭式が皇后を中心とする後宮機関によって営まれていたという推定のうえに成り立っていることはまちがいない。その重要な論拠になっているのが次の史料である。

穴穂部皇子《あなほべのみこ》、炊屋姫皇后《かしきやひめのきさき》を姧《をか》さむとして、自《みづか》ら強《し》ひて殯宮《もがりのみや》に入る　（用明紀）

敏達天皇の殯宮内に皇后がこもっていて宮門は堅く警護され、天皇の異母弟穴穂部皇子は宮内に入ることは許されなかったというものである。この記事を唯一の史的事実として「殯宮に籠ったのは女性のみであったらしい[23]」という説が導かれるのであるが、この記事からそこまで読みとれるのであろうか。穴穂部皇子は皇位継承に関係し下心をもって炊屋姫（後の推古天皇）に近付こうとしているのであり、穴穂部皇子が排除されたことをもって殯宮内が排他的に女性のみの世界であったという証にはならないと思う。殯（喪屋）に近親者がかかわることは『魏志倭人伝』はじめ原始的葬儀の様子を伝える記紀の天若日子葬儀などの記事から明白であるが、妻や女性だけに限定されるような記録はみあたらない。女性だけが殯宮にこもって奉仕するという儀礼伝統の上に「女の挽歌」がうみだされてきたという痕跡はどこにもとめられるのであろうか。もちろんこうした「女の挽歌」論に対しては、「喪礼における哭も歌も、決して女だけのものではなかった[24]」「何らかの後宮儀礼の場なるものを具体的に確認することは困難である[25]」として、挽歌は女だけが専有するものではなかったし、天智挽歌群に「女の挽歌」の系譜を認めることは難しいとする阿蘇瑞枝・青木生子の考説があり、筆者も驥尾に付して述べたことがある。[26]最近では「女の挽歌」論の批判のうえに、初期万葉前後の挽歌の性格を「近親異性の挽歌[27]」ということばで捉える意見も提出されている。

『万葉集』巻二「挽歌」に皇后（持統）による天武天皇挽歌が四首（一五九〜一六二）収められている。これと天智挽歌群を比較してみたとき、作者が女性であるという点では一致するが、明らかな違いがみられる。天智挽歌は五人の女性によってよまれているが、天武挽歌は皇后ただ一人である。

「女の挽歌」が伝統として存在し、後宮において女性が挽歌をよむことが儀礼の一環としてうけつがれていたのであれば、この数の違いは何によるものであろうか。こうした疑問を、平舘英子は天智天皇・天武天皇両挽歌群は類似の創作環境を想定させるが、天武天皇への挽歌は大后のかかわる作のみで数も少ない。このことは天武天皇後宮における大后の絶対的力を象徴するものであるかもしれないが、同時に人々が盛大な殯宮儀礼に目を奪われ、挽歌がその影で、記録されることなく消えていったのではないかとの危惧を抱かせる。(28)

と述べている。後宮の女性たちの挽歌が伝統であるならば、他の妃や夫人たちを権力で押さえ込む性質のものではないと思われるし、記録性でいうならば、現に持統皇后の挽歌は記録され『万葉集』に伝えられたのだから、他の妃や夫人たちの挽歌はなかったと推測せざるをえない。天武挽歌の

天皇の崩ります時に、大后の作らす歌一首

やすみしし　我が大君の　夕されば　見《め》したまふらし　明け来れば　問ひたまふらし　神丘《かみをか》の
山の黄葉《もみち》を　今日もかも　問ひたまはまし　明日もかも　見したまはまし　その山を　振《ふ》り放《さ》け
見つつ　夕されば　あやに哀しみ　明け来れば　うらさび暮らし　荒たへの　衣《ころも》の袖《そで》は　乾《ふ》る時
もなし　（巻二・一五九）

という一首は、天武の御霊のやってくる黄葉の山を仰ぎ見ながら悲しみにくれる思いをよんでいる。

儀礼的表現をとりながら後半部は個の悲傷へと傾斜していき、内容的には天智挽歌と類似するものである。続く一六〇・一六一の二首は、題詞に「一書に曰く」とあり、一六二は題詞下注に「古歌集の中に出でたり」とあっていずれも別本資料から採られたものであることを明示している。天武挽歌として公式に記録された歌はおそらく一五九歌一首だけであろう。挽歌をよむ場というのが伝統的にあったわけではなく、天武挽歌はむしろ天智挽歌の倭大后の歌に触発されてよまれたと考えた方が説明がつくように思われる。

一人の天皇に対して多数の女性たちによる挽歌群というのは他に例がなく、天智挽歌群は一回性の特異な現象といわなければならない。そもそも天皇に対する挽歌は天智挽歌と天武挽歌以外に存在しない。一方で天皇葬儀にうたわれたとされる「大御葬歌」が伝えられており、儀礼としてはこれが奏されていたからであろう。

挽歌に限らず初期万葉の宮廷歌においては祭祀にかかわる女歌が光彩を放っていることは確かである。後宮が宮廷祭祀の主要な担い手であったことも確かであろう。しかし、伝統的な後宮世界だけの挽歌の場は想定できない。天智挽歌が女性だけでうたわれた理由は他にもとめられなければならないと思う。

天智の葬儀は、壬申の乱勃発を予兆する童謡が巷間に流れ、かつてない暗鬱な空気のたちこめるなかで行われた。皇位継承をめぐる近江朝と大海人皇子との対立は、天智・大海人の妻たちにとっても複雑な状況をもたらしたことはまちがいない。大海人の妻たちのうち、吉野への行動を共にした鸕野皇女（持統）以外は近江朝に留まったものと推測されるが、その妻たちは天智葬儀とどう関わったのであろうか。天智の娘であり大海人の妻でもある大江皇女や新田部皇女は、当然近親者として天智殯宮に奉仕していたものと思われる。近江朝の重臣であった蘇我赤兄の娘たちは、常陸娘が天智の妻に、大蕤娘が大海人の妻になっているが、共に天智葬儀に奉仕していたとみてまちがいないだろう。かなり特殊な状況のなか、皇后はじめ女性たちが中心となって殯宮を守るという状況がうみだされたのではなかったか。殯庭での公式の儀礼が十分行われず、倭大后を中心とする女性たちにゆだねられた葬儀の内側が、天智挽歌の歌々によまれているのではなかろうか。挽歌をよむという伝統的な場があったわけではなく、御霊に奉仕すべき場を共有した女性たちが挽歌をよむべくしてよんだ、それはすぐれて文学的な営みであったと思われる。天智の葬儀に限って五人もの女性が挽歌をよむという挽歌史上稀有な現象がありえた背景をそのように考えてみる。

彼女たちの歌の中に見える呪的儀礼的なものの淵源については別の考察が必要と思われる。

五　倭建命葬歌の世界と「大御葬歌」

是《ここ》に、倭《やまと》に坐《いま》しし后等《きさきたち》と御子等《みこたち》と、諸《もろもろ》下り到りて、御陵《みはか》を作りて、即ち其地《そこ》のなづき田に匍匐《はらば》ひ廻《めぐ》りて哭《な》き、歌為《うたよみし》て曰はく、

なづきの田の　稲幹《いながら》に　稲幹に　這《は》ひ廻《もとほ》ろふ　野老蔓《ところづら》　（三四）

是に、八尋白《やひろしろ》ち鳥《とり》と化《な》り、天《あめ》に翔《かけ》りて、浜に向ひて飛び行きき。爾《しか》くして、其の后と御子等

と、其の小竹《しの》の刈杙《かりくひ》に、足を跳《き》り破れども、其の痛みを忘れて、哭き追ひき。此の時に、歌ひて曰はく、

浅小竹原《あさじのはら》　腰泥《なづ》む　空は行かず　足よ行くな　（三五）

又、其の海塩《うしほ》に入りて、なづみ行きし時に、歌ひて曰はく、

海処《うみが》行けば　腰泥《なづ》む　大河原《おほかはら》の　植《う》ゑ草《ぐさ》　海処は　いさよふ　（三六）

又、飛びて其の礒《いそ》に居し時に、歌ひて曰はく、

浜つ千鳥　浜よは行かず　礒伝ふ　（三七）

是の四《よ》つの歌は、皆其の御葬《みはぶり》に歌ひき。故《かれ》、今に至るまで、其の歌は、天皇の大御葬《おほみはぶり》に歌ふぞ。（景行記）

倭建命物語の最終章をかざる死の場面は、「八尋白ち鳥」と化して飛翔する倭建をひたむきに追い求める后たちの悲しみの姿が描き出される。「なづき田に匍匐ひ廻りて哭き」、「足を跳り破れども、其の痛みを忘れて」哭きつつうたう姿態は、葬儀の匍匐礼や古い誄儀礼を反映させせつつ、まさに「劇的に狂う原始の哭女」を彷彿とさせるものがある。それでいて物語地と歌とが織りなす世界はイメージとして美しく、挽歌的世界を象徴的に描き出してもいる。しかし、歌い手である「后等と御子等」の心情は歌にも物語地にもいっさい語られることなく、后たちの悲嘆の世界は物語の果てに残映のようにたちあらわれてくるものであろう。

これら四首の歌については、物語から切り離した場合、歌詞に哀悼の表現がみあたらないとして、四首を転用歌謡とみてその原義について盛んに議論されてきた。しかし、葬歌への転用の契機などかならずしも明確にはなっていない。一方、これらをもともと葬歌として成立したものとみる立場では、鳥を死者の霊魂と見る古代霊魂観と古代葬儀に基づく詞章であったとする。四歌の歌詞に心情を表す語はみあたらないが、「這ひ廻ろふ」「腰泥む」「空は行かず」「いさよふ」「浜よは行かず」など、特殊な所作を表す語を指摘することができ、全体として離れ去ろうとする何かを追い求めようとするもどかしさ、切なさのようなものが伝わってくる。神堀忍[29]は、一首目の「なづきの田」、二、三首目の「腰泥む」の「なづ」に注目し、「なづ」系の語義の精細な調査のうえ、「なづむ」は「水に浸ることから発して、人間の志向する動作を阻む箇所での苦痛や労苦を感じることを表はしてゐる」と結論した。この場面では葬送の時の呪的所作と関係し「行きなづむ」状態を表すものと解釈できる。四歌において遺された者の悲しみの感情は、身体的な苦痛を伴う所作に解消されている。慟哭は所作によってあらわされ、所作と歌詞とが一体となって四歌の意味世界がたちあらわれてくるのではなかろうか。もともと葬の場でうたわれていたものが天皇の葬送儀礼の歌舞の一環として奏されるようになったものであろうと思う。

『古事記』は、この四歌が「今に至るまで」天皇の大御葬にうたわれるものであることを記す。ここでいう「今」とは、すくなくとも『古事記』成立の端緒となる天武朝の実状をさすものでなければならない。近いところでは斉明・天智の葬儀において演奏されたと推定される。

さて、物語の叙述は四首の歌い手を「后等と御子等」としているのであるが、西郷信綱(30)は

> 死んだのがたまたま夫であったから「后たち、また御子たち」が匍匐し、発哭し、哀歌をうたったという筋のものはない

といい、それが「女たちの役」であったとしてこの四首を「女の挽歌」の源流と位置づけた。しかし、「后等と御子等」は「女たち」を指示しているわけではない。にもかかわらず「女たち」と同義語のごとく解されるのは、物語の展開上、死者の妻たちを強く印象づけるからであろう。

倭建東征の物語において、建の皇命による東国征討の旅は、死という運命とたたかうさまよいの旅でもあり、その旅の重苦しさは倭比売《やまとひめ》・弟橘比売《おとたちばなひめ》・美夜受比売《みやずひめ》などたびたび女たちによって救われている。そうした女たちに守護されながら倭建はその使命を全うしようとするのであるが、ついに力尽きてしまう。大きな白い鳥となって飛翔する倭建をどこまでも追う「后等と御子等」の痛々しい嘆きの姿は、あざやかに「女たち」であることを印象づけているのである。この物語そのものに「御子等」の影はなく、その具体的イメージはほとんど浮かんでこない。いうなればこの場面は「后等」の嘆きが描かれれば物語としては十分であったはずである。ところがこの場面は「大御葬歌」の起源説話としての意味も担っている。「后等と御子等」が揃って登場する理由はそのあたりにあったのであろう。『古事記』の倭建命物語では、死者の霊魂鳥を追い引き止めようとする人々のひたむきな姿が描きだされ、しかし、結局は死者をとどめえぬ人間の悲しい無力感が余韻としてのこる。それは、倭建命という一人の人間と彼を愛する者たちとの関係性のうえに成り立つ悲しみの世界であり、死者へ

の哀悼感情をうたわぬ葬歌を物語述作者が抒情的に捉え返したのである。

「女の挽歌」の伝統を裏づける例としてよくあげられる『日本書紀』の武烈紀（九四、五）と継体紀（九八）にみえる歌謡も、物語の中で妻の悲しみをうたう葬歌らしく載っているが、歌詞は妻本人のものではなく第三者の口になるものである。記紀伝承の中で語られる死は、ほとんどが男主人公の無念のあるいは非業の死で、そこに妻の悲しみが語られるのはきわめて自然な展開であり、物語の抒情性を高めるための手法として、妻が葬歌をうたう場面が挿入されたと思われる。

記紀の死を主題とする歌謡物語が万葉挽歌の土壌となったというのは、伊藤博の高説である。[31] 伊藤が指摘するように、死を主題とする歌謡物語のもつ抒情性は、万葉挽歌の抒情性とつながるものであろう。倭建命物語の形成過程が近江朝の人々によって共有されてきたのだとすればなおのこと、またそうでなくとも現実の葬儀で所作をともなって奏されたと思われる「大御葬歌」の世界は、さまざまな想像をかきたて霊魂鳥飛翔の物語性をはぐくむ要素は十分にある。倭建命物語また「大御葬歌」の世界に集約された葬の伝統が、あらたに捉えなおされていくなかで万葉挽歌の表現法がうまれたといえないだろうか。所作をともなった慟哭を所作から切りはなしことばによって表そうとする試みでもある。次節でのべるように、天智挽歌群の作者たちはすでに一人の人間として愛する者との死別の悲しみを歌う挽歌という文学形式に出会っていたのである。

六　孝徳・斉明紀の哀傷挽歌

死に遭遇し、自己の悲しみをのべる挽歌は、日本固有のものではなく、大化改新後渡来人によってもたらされた詩のかたちである。孝徳紀に次の二首が伝えられている。

山川《やまがは》に　鴛鴦《をし》二つ居て　偶《たぐ》ひよく　偶へる妹《いも》を　誰《たれ》か率《ゐ》にけむ　其の一　（一一三）
本毎《もとごと》に　花は咲けども　何《なに》とかも　愛《うつく》し妹《いも》が　また咲き出来《でこ》ぬ　其の二　（一一四）

大化五年（六四九）三月、妃造媛の死を悲しむ中大兄皇子の心中を察し、野中川原史満が「進みて歌を奉《たてまつ》」ったいわゆる代作挽歌である。一首目は、生前のうるわしい夫婦相愛の姿を「鴛鴦」にたとえ、「誰か率にけむ」とかけがえのない妻を亡くした者の愁訴の情がよまれている。二首目は、「愛し妹」を花にたとえ、「何とかも……また咲き出来ぬ」と再び取り戻すことのできない人命のはかなさへの嘆きがよまれ、遺された者の愛ゆえの悲しみとして伝わってくる。この二首には、既存の歌謡世界には求めがたい抒情のみずみずしさがあり、それぞれの歌に漢詩文の出典が指摘されていて(32)、新しい挽歌は、呪術的儀礼的な世界を離れた漢詩文という新しい文化との接触のなかからうまれたとする見方は挽歌史にほぼ定着している。吉井巌は、野中川原史満を造媛に近侍していた人物と推定し、「造媛の死という悲劇に終わった一つづきの事件は、個人としての野中川原史満にとって、慟哭に価するものであった」[33]と述べている。満の作歌動機がみずからの慟哭に発していたからこそ漢詩の単なる翻案になることなく、この歌の悲哀感情は切実な響きをもつものとなったのかもしれない。

続いて斉明紀四年（六五八）の五月と十月に次の六首の挽歌がよまれている。

五月
今城《いまき》なる　小丘《をむれ》が上《うへ》に　雲だにも　著《しる》くし立たば　何か歎《なげ》かむ　其の一　（一一六）
射《い》ゆ鹿猪《しし》を　認《つな》ぐ川上《かはへ》の　若草の　若くありきと　吾《あ》が思《も》はなくに　其の二　（一一七）
飛鳥川《あすかがは》　漲《みなぎ》らひつつ　行《ゆ》く水の　間《あひだ》も無くも　思《おも》ほゆるかも　其の三　（一一八）

十月
山越えて　海渡るとも　おもしろき　今城の内《うち》は　忘らゆましじ　其の一　（一一九）
水門《みなと》の　潮《うしほ》のくだり　海《うな》くだり　後《うしろ》も暗《くれ》に　置きてか行かむ　其の二　（一二〇）
愛《うつく》しき　吾《あ》が若き子を　置きてか行かむ　其の三　（一二一）

八歳で薨じた皇孫建王（中大兄と蘇我倉山田石川麻呂の娘遠智娘の子）に対する斉明天皇作と伝える挽歌である。五月の三首は今城谷の上に築かれた殯の時に、十月の三首は紀温湯に行幸の折によまれた。格別にかわいがっていた孫の夭折に斉明がいかに嘆き悲しんだかを『日本書紀』は「哀《かなしび》に忍《しの》びず傷慟《いたみまと》ひたまふこと極めて甚し」、それゆえ歌をよんで「時々に唱《うた》ひたまひて悲哭《みね》したまふ」と伝える。また、十月の行幸の折には「皇孫建王を憶《おも》ほしいでて、愴爾《いた》み悲泣《かなし》びたまひ」、歌をよんで、秦《はだの》大蔵造万里《おほくらのみやつこまろ》に詔して「斯《こ》の歌を伝へて、世に忘らしむること勿《なか》れ」と命じたという。斉明作と伝えるこれら六首を秦大蔵造万里による代作とみる説もあるが、斉明実作を否定する根拠も確かではなく、所伝通り斉明実作としてみたい。五月の三首は、いずれも『万葉集』の民謡的な相聞歌に類歌が指摘され、恋の民謡のことばと大きな隔たりはない。亡骸を収めた「今城なる　小丘が上に」せめて雲でも立ってくれたならという切実な願いさえもかなわぬ悲嘆、「若くありきと　吾が思はなくに」という悔恨、「間も無くも　思ほゆるかも」という追慕の情が、「内面に統一された抒情の張りを以て、個の悲しみの実感[34]」として表出されている。共同発想的な民謡の発想法を母胎として、個人の哀傷の情を表出する方法を模索しはじめたといえる。

　十月の三首は、断片的に類句を指摘できるだけで、民謡に類型発想の歌をもとめることは難しい。実体験に即して得られた表現であろうと思われる。三首目（一二一）について、新編日本古典文学全集本頭注に

　歌謡一一七では「若くありきと吾が思はなくに」と歌ったのに、ここでは「吾が若き子」と、八歳で夭折した無惨さを身にしみて実感した悲痛な告白愁嘆の表現となっている。

と評している。三首目が片歌になっており謡い物として作られた歌であるが、三首とも現実に即した独自の表現をもち新鮮で個性的である。五月条三首は群臣を、十月条三首は側近を前にしているらし

いが、儀礼に機能した歌とは考えられず、ほとばしる追慕の思いをことばにのせたものと解される。

右の歌群から三年後の斉明七年（六六一）七月、斉明天皇は筑紫の朝倉の宮で崩御する。中大兄皇子は、母である天皇の喪を奉じて海路を難波にむかった。その途次「一所」に泊てて居て、「哀慕」にたえずうたったとされるのが、次の一首である。

君が目の　恋《こほ》しきからに　泊《は》てて居て　かくや恋《こ》ひむも　君が目を欲《ほ》り　（紀一二三）

ひたぶるに「君が目を欲り」することを歌った一首で、歌の核心は「君が目を欲り」の句にある。この歌では死んだ人間の唯一の具体的象徴として「目」が捉えられているのだと理解される。古代において「目」は生命の中核、魂の発動するところであり、「目を欲り」することは、もともとは相手の生死を問わず「魂合い」を欲する心情行為を表す語であったと思われる。「目を欲り」することが、お目にかかりたい、お会いしたいという相聞的な意味の慣用句に変質する前の「魂合い」の切実性をもったことばとして「君が目を欲り」の句がよまれ、その古代的真実性が歌の抒情性を支えているといえよう。呪性をたたえた古風な民謡的発想法でみずからの哀慕の情をのべた歌で、歌のありようとしては斉明天皇の五月の挽歌三首に近い。

大化五年の造媛挽歌において、個人が個人の死を悲しむ挽歌が渡来人によって誕生せしめられてから十年余り、造媛挽歌を直接体験した人間が、古来の民謡的な発想法によりながらみずからの抒情の方法を得て哀傷挽歌をうみだしたのであった。孝徳・斉明紀の挽歌がすべて中大兄皇子の妃・子・母という近親者に捧げられたものであるということを銘記しておきたい。天智挽歌群の女性たちは、これらの挽歌に直接また間接的に触れることのできた人々である。

七　おわりに

周知のように近江朝という時代は、漢詩文が隆昌し、歌々もまたそれに刺激されて画期的な盛況をもたらした時代である。万葉の相聞も挽歌も実質的には近江朝を嚆矢としている。そして万葉の編者は近江朝の雑歌を、近江遷都の時の歌（巻一・一七〜九）を後に回し、「天皇、内大臣藤原朝臣《ふぢはらのあそみ》に詔《みことのり》して、春山万花の艶《えん》と秋山千葉の彩《いろ》とを競《きほ》ひ憐《あは》れびしめたまふ時に、額田王、歌を以て判《ことわ》る歌」（一六）をもって開幕せしめた。近江朝における文雅の興隆をあざやかに印象づける開幕である。宮廷の晴の席における中国文学の浸透とそうした雰囲気の中で伝統的な歌もまた大きく進展しようとしているのがみてとれる。また巻四「相聞」の「額田王、近江天皇を思《しの》ひて作る歌一首」（四八八）と「鏡王女の作る歌一首」（四八九）は、それぞれ典拠となる漢詩が指摘されていて中国文学の影響をみる視点はほぼ確立している。漢詩文の吸収とともに新しい抒情歌をうみだしていこうとする女性たちの姿がうかがえる。男性たちの詩宴に対して、女性たちによるみやびな歌のサロンが形成されていたことも考えられる。この近江宮廷で共有された歌のサロンこそが天智挽歌詠出の場の基盤になったものであろうと考える。そのような歌のサロンの体験者が天智葬儀に奉仕する女性たちであった。阿蘇瑞枝[35]ははやくに「近江朝、貴族男子の間で漢詩文が盛行したこと」と「天智崩御をめぐる挽歌に女の作ばかりのこされている事実」は無縁ではないと指摘しているが、貴重な見解である。

天智天皇は、古い誄儀礼を禁じ、薄葬令を押し進めた人であり、開明的な合理主義者であった。しかし、その精神的風土は「中大兄の三山の歌」（巻一・一三〜一五）や前節でみた『日本書紀』の斉明天皇挽歌などにみられるようにまぎれもなく呪的神話的世界を揺曳している。それは初期万葉の人々に共通しているものであろうが、近江朝という時代を経て、中国文学を積極的に吸収しながら確実に芽生えていった文芸意識のなかで、呪的な世界が捉えなおされていったと思われる。呪的神話的世界に共感できるだけの古代的心性をまだもっていた人々が、天智の死という悲痛事に遭遇し、呪術によって救われえない人間感情を明確に自覚しつつ、ことばによって悲しめる「われ」を表出する方法を獲得していった。女性たちが死者儀礼の場とかかわり遺体に奉仕する沈痛な時間のなかで、呪術を母体とする葬歌的な世界を捉えなおすことにより死者を悼む新しい表現を創出していったものではなかろうか。そこから殯の時や殯宮儀礼にかかわる新しい挽歌もうまれたものと思われる。「はからずも近江朝滅亡の序曲を奏でる悲歌[36]」となった天智挽歌をよんだ女性たちは、滅亡へと向かう宮廷の暗鬱の中で鎮魂と追慕の情を、みずからのことばで一回限りの歌としてよむことによって、万葉挽歌の創出を成し遂げたのであった。

注1　巻二「挽歌」冒頭は有間皇子の自傷歌（辞世歌）および後人の追和歌（一四一～一四六）を載せているが、人の死に臨んで哀悼の情をよむ挽歌としては天智天皇への挽歌が最初のものである。

2　五味智英「倭大后」（『白珠』昭和三十八年九月）

3　挽歌は雑歌・相聞と並ぶ万葉集三大部立の一つで、万葉集の分類名であるが、ここでは広く哀悼の情をよむ歌を挽歌と称することにする。なお、古事記の「大御葬歌」のような葬に関する歌謡を葬歌として区別することにする。

4　西郷信綱『詩の発生』（昭和三十九年三月　未来社）

5　額田王の専門歌人的性格は一般的に代作歌人と称されているが、中西進『万葉史の研究』昭和四十三年七月　桜楓社）は「詞の媼」「詞人」、伊藤博（『万葉集の歌人と作品上』昭和五十年四月　塙書房）は「御言持ち歌人」という名称でとらえる。

6　荻原千鶴「天智天皇崩時『婦人作歌』考」（『日本古代の神話と文学』平成十年一月　塙書房）

7　一五五歌の作歌時期について、谷馨『額田王』（昭和三十五年四月　早稲田大学出版部）は天武三年頃と推定し、身﨑壽『宮廷挽歌の世界』（平成六年九月　塙書房）も天武朝の作とみる。筆者もその説を妥当と考えている。

8　田中日佐夫『二上山』（昭和四十二年十月　学生社）

9　青木生子「近江朝挽歌群」（『万葉挽歌論』昭和五十九年三月　塙書房）

10　杉山康彦「天智天皇挽歌」（『万葉集を学ぶ　第二集』昭和五十二年十二月　有斐閣）

11　青木生子注9掲出論文

12　曽倉岑「天智挽歌群続考」（『論集上代文学』第五冊　昭和五十年一月　笠間書院）

13　荻原千鶴「初期万葉―倭太后歌を中心に―」（『うたの発生と万葉和歌』平成五年十月　風間書房、

『日本古代の神話と文学』所収)
14 生田周史「倭太后歌小考」(『万葉』第百九十号 平成十六年九月)
15 伊藤博『万葉集の表現と方法下』(昭和五十一年十月 塙書房)
16 西郷信綱『古代人と夢』(昭和四十九年五月 平凡社)
17 婦人作歌の夢と祭式に関する研究については、菊川恵三「天智挽歌婦人作歌と夢」(『論集上代文学』第二十七冊 平成十七年七月 笠間書院)に詳しい。
18 平野由紀子「額田王の天智大殯の時の歌」(『美夫君志』三十五号 昭和六十二年七月)
19 曽倉岑注12、青木生子注9掲出論文
20 橋本達雄『万葉宮廷歌人の研究』(昭和五十年二月 笠間書院)
21 中西進注5掲出書
22 身﨑壽注7掲出書
23 和田萃「殯の基礎的考察」(『日本古代の儀礼と祭祀・信仰上』平成七年三月 塙書房)
24 阿蘇瑞枝「挽歌の歴史」(『論集上代文学』第一冊 昭和四十五年十一月)
25 青木生子注9掲出論文
26 塚本澄子「『女の挽歌』存疑」(『作新学院女子短期大学紀要』第十二号 昭和六十三年十二月)
27 大浦誠士「天智朝挽歌をめぐって」(『美夫君志』第六十号 平成十二年三月)
28 平舘英子「天武天皇挽歌」(『万葉集を学ぶ』第二集 昭和五十二年三月 有斐閣)
29 神堀忍「歌謡の転用―倭建命葬歌の場合―」(関西大学『国文学』二十六号 昭和三十四年七月)
30 西郷信綱注4掲出書
31 伊藤博「挽歌の世界」(『解釈と鑑賞』昭和四十五年七月)

32　身﨑壽「野中川原史満の歌一首」(『言語と文芸』七十九号　昭和四十九年十一月)、塚本澄子「孝徳・斉明紀の挽歌における詩の成立の問題」(『万葉とその伝統』昭和五十五年六月　桜楓社)、内田賢徳「孝徳紀挽歌二首の構成と発想」(『万葉』百三十八号　平成三年三月)
33　吉井巌「河内飛鳥の渡来人と挽歌史」(『河内飛鳥』平成元年十月　吉川弘文館)
34　青木生子注9掲出論文
35　阿蘇瑞枝注24掲出論文
36　青木生子注9掲出論文

※　使用テキスト
万葉集・古事記・日本書紀(新編日本古典文学全集　小学館)。ただし私意をもって改めた部分もある。

天武天皇の皇女たち——四人の皇女を中心に——

平舘英子

一　はじめに

「天武天皇の皇女たち」が与えられた題である。なぜ「天武天皇の皇女たち」という切り取り方が可能なのだろうか。『日本書紀』が記す天武天皇の皇女は七人。その中、『万葉集』に歌を残すのは大《おほ》伯皇女《くのひめみこ》（六首）、但馬皇女《たぢまのひめみこ》（四首）、紀皇女《きのひめみこ》（二首、中一首は多紀皇女《たきのひめみこ》作ともされる）、歌を詠まれているのは十市皇女《とをちのひめみこ》、紀皇女、そして献られているのは泊瀬部皇女《はつせべのひめみこ》である。これは、例えば、天智天皇の皇女が八人で、『万葉集』に歌を残す皇女が、鸕野皇女《うのひめみこ》（後の持統天皇）（六首）、阿閇皇女《あへのひめみこ》（後の元明天皇）（二首）、御名部皇女《みなべのひめみこ》（一首）、そして歌を奉られるのは明日香皇女（一首）であることと、数の上では大差がない。天智天皇の皇女四人が天武天皇の后であり、二人が天武天皇の皇子の后であるという関係は、時代的には重なる面があり、「天智天皇の皇女たち」という切り取り方が対応しそうに思われる。しかし、天智天皇の皇女たちと天武天皇の皇女たちとでは『万葉集』における歌の質に大きな差が見られる。

鸕野皇女の歌は、天武天皇への大后としての挽歌（巻二・一五九〜一六一、一六二）、持統天皇としての御製（巻一・二八）と志斐嫗《しひのおみな》に賜る歌（巻三・二三六）である。二八番歌に「春過ぎて夏来《きた》るらし」と歌い出される季節の推移の実感には暦の施行に対する為政者としての確信が窺われる。また、後の元明天皇である阿閉皇女《あへのひめみこ》の歌も為政者としての姿勢が色濃い。「勢能《せの》山を越ゆる時」の歌には「これやこの大和にしては我が恋ふる紀路《きぢ》にありといふ名に負ふ背の山」（巻一・三五）と「背」を詠み込む地名への興味に加えて、雑歌への配列からは山越えの儀礼の要素が窺える。もう一首も「ますらをの鞆《とも》の音すなりもののふの大臣《おほまへつきみ》楯《たて》立つらしも」（巻一・七六）と皇位にある感慨を洩らしたものである。その姉で、高市皇子の后、御名部皇女の歌は七六番歌に和したもので、「我が大君ものな思ほしそ皇神《すめかみ》の副《そ》へて賜へる我がなけなくに」（巻一・七七）と天皇として君臨する事への励ましである。明日香皇女を詠む柿本朝臣人麻呂の挽歌（巻二・一九六〜一九八）は、日並皇子尊、高市皇子尊への挽歌と同じく「殯《あらきの》宮《みや》の時」の語を含む題詞を有して、公的儀礼歌としての体裁を見せている。[1] 天智天皇の皇女《ひめみこ》たちの歌は、いずれも、公的立場を意識したものであり、そうした歌が『万葉集』に掲載されていることは天武天皇の皇女たちと大きく異なる点である。

天武天皇の皇女たちの場合は公的立場は表面に出ず、むしろ私的な心情を露わにする歌が多い。大伯皇女の歌六首（巻一・一〇五・一〇六、巻二・一六三〜一六六）は弟大津皇子に対する思いを詠むものであり、但馬皇女の歌（巻二・一一四〜一一六、巻八・一五一五）は穂積皇子への思慕を露わにするものである。紀皇女

天武天皇の皇子皇女系図

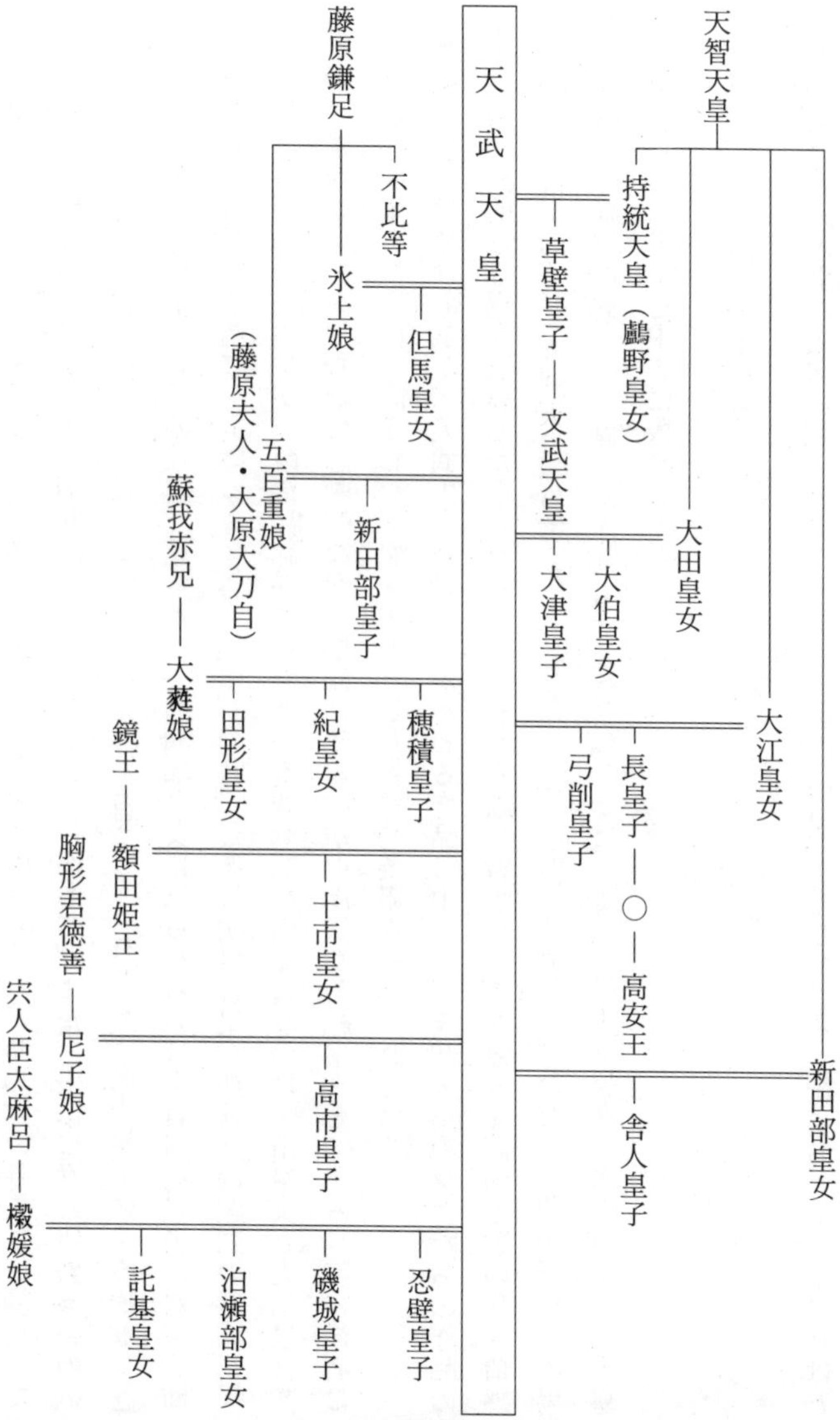
天智天皇
持統天皇（鸕野皇女）
草壁皇子
文武天皇
大田皇女
大伯皇女
大津皇子
大江皇女
長皇子
○
高安王
弓削皇子
新田部皇女
舎人皇子
天武天皇
藤原鎌足
不比等
氷上娘
但馬皇女
五百重娘
（藤原夫人・大原大刀自）
新田部皇子
蘇我赤兄
大蕤娘
穂積皇子
紀皇女
田形皇女
鏡王
額田姫王
十市皇女
胸形君徳善
尼子娘
高市皇子
宍人臣大麻呂
檝媛娘
忍壁皇子
磯城皇子
泊瀬部皇女
託基皇女

の歌も譬喩歌一首（巻三・三九〇）と高安王との竊《ひそ》かな婚姻を嘖《ころ》はえられた時の歌（巻十二・三〇九八）であり、紀皇女には弓削皇子《ゆげのみこ》からの相聞歌（巻二・一一九〜一二二）がある。また、十市皇女は伊勢参赴の折り、その生を祝う吹芡刀自《ふふきのとじ》の歌（巻一・二二）に儀礼性を見うるけれども、高市皇子による挽歌（巻二・一五六〜一五八）は皇子の心情の吐露と見られる。泊瀬部皇女に献られるのは夫君川島皇子に対する柿本朝臣人麻呂の挽歌（巻二・一九四）であるが、「殯宮の時」とある明日香皇女挽歌とは題詞の形態を異にし、長さも短い。その生が、政治に翻弄されたという悲劇的な面を負うのは十市皇女と大伯皇女であり、許されない恋を望む歌に悲劇的な恋を推測させるのが但馬皇女と紀皇女とである。特に後者はその歌が形成する世界に、許されない恋を主題とした物語的要素を指摘されている。(2)

概観しただけではあるが、天武天皇の皇女にかかわる作品の中には、天智天皇の皇女たちの作品のように自ら公的な立場を意識した歌は見られず、むしろ歌の背景にある悲劇的な側面と歌の私的情感との関係に目が向く。「天武天皇の皇女たち」とくくり得る所以であろう。ただし、泊瀬部皇女の場合は人麻呂の献呈挽歌という異なる作歌事情を持つ。そこで、今回は十市皇女・大伯皇女・但馬皇女・紀皇女の四皇女を中心に扱うこととしたい。

二　十市皇女

天武紀は天武天皇の皇女たちを記すに際して、母の出自を重視している。紀において十市皇女は五番目ではあるが、「天皇、初め鏡王の女額田姫王を娶《め》して、十市皇女を生《な》しませり」とあり、七人の中で、もっとも年長であったと推測される。その生は、天智天皇の皇子大友との婚姻によって、壬申の乱で父と夫が争うという悲劇を負い、その後の急死も皇女の悲劇性を象徴するかの如くである。天武七年（六七八）四月七日、天皇が祭祀を行うために倉橋河《くらはしがわ》の河上に堅《た》てた斎宮に向かって行幸の列が出立し始めた時に「卒然《にはか》に病発《おこ》りて、宮中に薨《みう》せぬ」（天武紀下）とある。その急死によって、行幸は取りやめられ、翌々日には赤穂の地に葬られ、「天皇、臨《みそなは》して、恩《めぐみ》を降《くだ》して発哀《みね》」がなされている。『日本書紀』の中で、天皇の「発哀」の唯一の記述例であり、斎宮への行幸中止に繋がった十市皇女の急死の衝撃の大きさが伝わってくる箇所である。赤穂は、後の天武十一年（六八二）正月にやはり宮中で亡くなった但馬皇女の母氷上夫人《ひかみのおほとじ》が葬られる地でもあるが、皇女の埋葬は特に急がれている。十市皇女の場合、薨去の翌日には新宮（浄御原の新築の殿舎か）の西庁の柱に雷が落ち、氷上夫人の場合は翌日に地震が起きるという自然現象の異変が伝えられているが、氷上夫人の場合は一八日の薨去で二十七日の埋葬であるのに対し、十市皇女の翌々日の埋葬はいかにも急である。事情は不明であるが、尋常ではない死を窺わせる。壬申の乱の争いや以後の状況が皇女の心を大きく苛んでいたであろうことが推測される。高市皇子の求婚に薨去の原因を求める説[3]もあるが、限定は難しいと思われる。

薨ずる三年前の春、十市皇女は阿閉皇女《あへのひめみこ》と共に伊勢神宮に参拝している。その折りの作。

十市皇女、伊勢の神宮に参《ま》ゐ赴《おもぶ》く時に、波多《はた》の横山の巌《いはほ》を見て、吹芡刀自が作る歌

河上のゆつ岩群に草生《む》さず常にもがもな常娘子《とこをとめ》にて　（巻一・二二）

吹芡刀自は未詳なり。ただし、紀に曰く、「天皇の四年乙亥《いつがい》の春二月、乙亥の朔《つきたち》の丁亥《ていがい》に、十市皇女・阿閉皇女、伊勢神宮に参ゐ赴きます」といふ。

波多は三重県一志郡一志町一帯、横山については諸説あるが雲出川及びその支流にあったかと考えられる。「波多の横山の巌を見て」とは、川のほとりの、その水に洗われていかにも清浄で豊かな岩[4]群を見ての意で、見る儀礼に則って命を寿ぐ歌と見られる。清らかな岩群の印象と「常娘子」を重ねたこの希求を、吹芡刀自自身への願望ととる説[5]に対して、曽倉岑氏は「この時期に自らの命をことほぐ歌のないこと」を検証して、題詞にある十市皇女への希求とする。[6]ただし、左注が引くように、この旅は十市皇女と阿閉皇女の二人によるものであった。この五ヶ月足らず前、大伯皇女（十四歳）が伊勢神宮の斎宮になっている。阿閉皇女は十五歳、十市皇女は二十代の後半の年齢と推測される。二人の伊勢参赴にどのような意図があったのか。古典大系『日本書紀』頭注は「神宮の協力に対する報賽の意味を持つ」とし、新編古典全集『日本書紀』も踏襲するが、とすれば壬申の乱の敵将大友皇子の妻であった十市皇女が複雑な思いを懐いていたであろうことは想像に難くない。『全注』は「大伯皇女の話し相手」と見、「壬申の乱の敵将の妻である十市の、天武天皇皇女としての再生を図る（天皇の）気持ち」を推測する。大伯皇女は泊瀬斎宮で一年半の潔斎を経て、伊勢神宮に向かっている。泊瀬斎宮の滞在は「是は先づ身を潔《きよ》めて、稍《やや》に神に近づく所なり」（天武紀下）と記され、伊勢神宮の神聖性を強く印象づける。実際には話し相手という人間的な配慮があったとしても、大伯皇女自身が後に「神風の伊勢の国」（巻二・一六三）と詠む地での斎宮としての生活の神聖さに対して、表向きは「報賽の意味」であったろう。それを担うことで皇女たちの聖性が保証された可能性もある。しかし、そのことが十市皇女の意志であったかは不明である。「常娘子」の「常」は「ツネ（恒）ならぬ、まさにその盛りの状態を意味する形状言と解すべく」[7]とされ、生き生きとした若々しい少女の意と考えられる。生命力溢れた少女への寿ぎの語である。その若々しい生命力への寿ぎが、まさに少女である阿閉皇女ではなく、題詞に名を記して十市皇女に主として向けられている事が注目される。「娘子」は二十代の女性を含む[8]とされるが、なぜ十市皇女に向けられたのか。十市皇女をこそ寿がねばならなかった点に、皇女の置かれた現実が透けて見えるように思われる。清浄さと生命力を寿ぐことは、皇女の翻弄された生の再生への願いに他なるまい。しかしそのことが皇女自身の願いであったのか、十市皇女は急な薨去を遂げてしまう。

十市皇女の薨《こう》ぜし時に、高市皇子尊《たけちのみこのみこと》の作らす歌三首

三諸の三輪の神杉已具耳矣自得見監乍共寝ねぬ夜ぞ多き　（巻二・一五六）

三輪山の山辺《やまへ》ま麻木綿《そゆふ》短木綿《みじかゆふ》かくのみ故《ゆゑ》に長くと思ひき　（巻二・一五七）

山吹《やまぶき》の立ちよそひたる山清水汲みに行かめど道の知らなく　（巻二・一五八）

紀に曰く、「七年戊寅《ぼいん》の夏四月、丁亥の朔の癸巳《きし》、十市皇女、卒然《にはか》に病発《おこ》りて宮の中に薨ず」

といふ。

異母弟高市皇子の挽歌である。高市皇子は壬申の乱で先頭に立って近江朝方を滅ぼした人物であり、にもかかわらず作品が皇女への深い情愛を含んでいることが一層の哀れを誘う。(9)第一首の「寝ねぬ夜ぞ多き」の歎きは、「玉梓の君が使ひを待ちし夜のなごりそ今も寝ねぬ夜の多き」(巻十二・二九四五)に類似の表現が見られるように、相聞的情調を有している。第一首は難訓部分を含み、内容がはっきりしないけれども、三輪の神杉が詠まれ、第二首も「三輪山の」と詠まれる点に、皇女の神聖性を想起させる。第二首の「ま麻木綿」について『全注』は「三輪山の山辺の麻で作った木綿が葬儀に用いられていた」とする。「マソユフ」という景物は本文に「神山《みわやま》」とある地の麻で作った神聖な「ユフ(ここでは祭祀の具)」であり、その短さと皇女の短い生を重ねる序詞の手法には、皇女の短い生を聖なるものと捉える心情と、そこに思い至らずに長い命を願っていた無念さが読み取れる。「かくのみからに」は山上憶良の「日本挽歌」の第二反歌「はしきよしかくのみからに慕ひ来し妹が心のすべもすべなさ」(巻五・七九六)にも見える語句である。七九六番歌では「かくのみからに」という結果への歎きが妹の心と行為に対してであり、その行為を留め得なかったやり場のなさを詠うのに対し、一五七番歌では皇女の短い生を察知し得なかった自らの心を詠っている。それは聖なる皇女の生を把握し得なかった皇子の俗としての歎きといってよいかもしれない。皇女の聖性の具体的な表象が「山吹の立ちよそひたる山清水」でもあろう。「山吹」は現代の「山吹」に同じだが、皇女の薨去の時期と開花が多少ずれることから、『童蒙抄』は「黄泉の義を云たるもの也」とする。しかし、漢語の黄泉からの想像とするのは字面を追いすぎていないか。「山吹の花」（巻十・一八六〇）が見えることからすれば、当時知られた植物であり、「道の知らなく」とされる皇女の居る世界、その時間のない世界において、山吹の清らかな華やぎをもつ景が十市皇女にふさわしく選ばれたと解すべきであろう。この作品が何時どのような場で詠まれたかは不明だが、高市皇子の挽歌は皇女にあくまでも清らかな印象を付与している。

『万葉集』において、十市皇女は、その聖なる生と死を詠まれている。しかし、皇女の生の声は全く聞こえないことが、皇女の悲劇性を一層印象深くしている。

三　大伯皇女

大伯（「大来」とも記す）皇女は斉明天皇七年（六六一）正月八日、天皇の御船が大伯《おおく》の海（岡山県邑久の海）に到った時に誕生。その命名の記録から、榎村寛之氏は大伯皇女を「生まれながらに聖なる皇女[10]」と、その重要性を位置づける。母大田皇女は持統天皇の同母姉。天智天皇六年（六六七）以前には没したらしく、皇女は幼少時に、同母の弟大津と共に残されていたことになる。その大津皇子は朱鳥元年（六八六）十月二日、謀反が発覚し、翌三日には譯語田《をさだ》の舎《いえ》で死を賜っている。時に二十四歳。『日本書紀』も『懐風藻』も皇子に対して好意的な評を載せている。『日本書紀』には、天智天皇に愛されたことと共に、「容止《みかほ》墻《たか》く岸《さが》しくして、音辭《みことば》俊《すぐ》れ朗《あきらか》なり」「長《ひととなる》に及《いた》りて辨《わきわき》しくして才学《かど》有《ま》す。尤も文筆を愛《この》みたまふ。詩賦の興《おこり》、大津より始れり」という評価に続けて「妃皇女山辺《ひめみこやまのへ》、髪を被《くだしみだ》して徒跣《すあし》にして、奔《はし》り赴《ゆ》来て殉《ともにみまか》る。見る者《ひと》皆歔欷《なげ》く」（持統紀）とその妃の悲劇的な最期を伝える。しかし、『万葉集』は、皇子の辞世歌は伝えるものの、山辺皇女の悲劇には口を閉ざしている。その一方で、大伯皇女の歌全六首はすべて弟皇子に関わる作品である。そこに偶然性が働いているとしても、そのこと自体が一つの選択であったと思われる。

天武二年（六七三）四月、泊瀬の斎宮において、身を潔めて神に近づくという滞在を経た後、翌年十月、大伯皇女は伊勢で斎宮として神への奉仕の生活を始めている。時に十四歳。その十二年後、父天武天皇の崩御によって、その任を解かれた皇女に知らされたのは弟大津皇子の刑死であった。大津皇子はそれ以前に竊かに姉を訪れている。

大津皇子、竊かに伊勢神宮に下りて上り来る時に、大伯皇女の作らす歌二首

我が背子を大和へ遣《や》るとさ夜ふけて暁露《あかときつゆ》に我が立ち濡《ぬ》れし　（巻二・一〇五）

二人行けど行き過ぎ難き秋山をいかにか君がひとり越ゆらむ　（巻二・一〇六）

「竊」の表記が示す、公的な許可のない行為に対して、いかんともし難い皇女の立場[11]がある。皇女が立ちつくしているのは、皇子の今後に対する深い危惧の念を抱えたまま、秋山を越えてゆく皇子の見えない姿を見ているからであろう。『万葉集』中で、「秋山」の語が喚起するのは「黄葉」であり

「下氷《したひ》」である。今、皇女の眼前にあるのは、昼の「黄葉」の鮮やかさが、目に残る暗い秋山である。その黄葉は皇子自身が「山機霜杼織二葉錦一」(「述志」『懐風藻』)と自由な詩作にたとえた景であり、人麻呂に「春へには　花かざし持ち　秋立てば　黄葉かざせり」(巻一・三八)と詠まれる栄えを意味する景である。そこを一人越えているであろう弟の孤独な姿を皇女は目に見ているのであり、秋山の黄葉の残影は皇子の現実と対比的である。秋山は都と伊勢の地との境に他ならない。皇女は「目には見れども直に逢はぬかも」(巻二・一四八)に通じる見方をしたのではなかったか。伊勢神宮の斎宮として祭祀権を有しているとしても、共に秋山を越え得る現実的な力が有るわけではないことは皇女自身がよくわかっていたからこそ、「二人行けど」であろう。まして、皇子が一人秋山を越えてしまえば、その祈りさえも、もはや弟には届かないことが「いかにか君がひとり越ゆらむ」には託されている。

大伯皇女が京師《みやこ》に還って来るのは、大津皇子刑死後一ヶ月半ほどを経た十一月十六日である。

　大津皇子の薨ぜし後に、大伯皇女、伊勢の斎宮《いつきのみや》より京に上る時に作らす歌二首

神風《かむかぜ》の伊勢の国にもあらましをなにしか来けむ君もあらなくに　(巻二・一六三)

見まく欲り我《あ》がする君もあらなくになにしか来けむ馬疲らしに　(巻二・一六四)

　大津皇子の屍《かばね》を葛城《かづらき》の二上山に移し葬《はぶ》る時に、大伯皇女の哀傷して作らす歌二首

うつそみの人なる我や明日よりは二上山を弟《いろせ》と我が見む　(巻二・一六五)

磯の上に生《お》ふるあしびを手折《たを》らめど見すべき君がありといはなくに　(巻二・一六六)

右の一首は、今案《かむが》ふるに、移し葬る歌に似ず。けだし疑はくは、伊勢神宮より京《みやこ》に還《かへ》る時に、路《みち》の上《へ》に花を見て、感傷哀咽して、この歌を作れるか。

枕詞「神風の」が冠せられた伊勢の国は「イセ（斎風）」[12]が吹く、祈りに満ちた聖なる地である。そこに斎宮としてあることは神への奉仕の日々であり、言い換えれば、神と語らう日々である。「あらましを」という反実仮想で詠まれるその地にあった方が好かったという嘆きは、逆に斎宮としてある生活の厳しさを窺わせる。一六三・一六四番歌で「君もあらなくに」と弟皇子の不在の現実が自身に納得させるかのように繰り返されている。「見まく欲り」しても生を離れた弟皇子を見る事はかなわない。その現実は斎宮の職を離れ、神と距離を持った現実と重なるものであろう。一六四番歌の「馬疲らしに」は、「馬疲るるに」と訓む説[13]もあるが、「馬疲るるに」の逆接的表現が馬の肉体的疲労を詠むのに対して、「馬疲らしに」の使役の用法には馬を疲労させる程の行為——急がせたのであろう——が、まさに徒労に終わった空しさがある。[14]

大津皇子は後にその屍を二上山に移葬されている。罪人である皇子は葬儀を許されず、一六五・一六六番歌は後に埋葬された時の作とする説[15]もある。その屍の埋められた二上山、明日香の地から西に望むことができるその二上山を皇女は「弟として見る」と表明する。それは山を「見る」ことが弟そのものとしてであり、「うつそみの人」として、もはや神との交渉の叶わない皇女にとって語る事のできない亡き弟への、存在の確認の方法であったであろう。一六六番歌が「見すべき君……」と詠むのは、共に見る人がいない歎きであるが、言い換えれば見られる事の無い深い孤独感である。「うつそみの人なる我や」の句切れは、「八千矛の　神の命や」（記五）「汝が御子や」（記七三）「貴人《うまひと》は貴人どちや」（紀二八）などのように歌謡的要素を持つ。先の「君もあらなくに」の繰り返しにおいても、皇女の歌は心情がそのまま表出している。「うつそみの人」である皇女には一方的に「見る」方法しかなかったということであろう。大伯皇女はいずれの場合も「見る」ことを詠んでいるが、大津皇子の生前には直接「見る」とは詠わず、没後に皇子の埋葬されてある二上山を「見る」と詠んでいる。皇子の死に対してなすすべのない悲しみを「見る」方法に昇華させた皇女の方法には、詠わぬ十市皇女が見られることで、その生と死を寿がれる存在であった事を想起させると共に、大伯皇女歌では、見ることとそのことが大津皇子の存在の確認としてあることを考えさせる。

皇女は帰京後、持統・文武朝での生活を語られない。『続日本紀』は、皇女四十一歳の薨去が、持統帝崩御の前年、大宝元年（七〇一）十二月二十七日であることと、「天武天皇之皇女也」とする出自を伝えるばかりである。異母妹の託基皇女（『続日本紀』は当耆皇女）は文武二年九月十日伊勢の斎王となり、帰京後、志貴皇子との間に春日王[16]をなしたと推測され、後に一品にまで上げられている。しかし、大津皇子の事件が皇女のその後に影を落としたのであろう、その誕生が重く位置づけされ、斎宮として重く遇されたであろう皇女の何も語られないひっそりとした生は万葉歌の嘆きを際だたせている。

四　但馬皇女

但馬皇女と穂積皇子との許されない恋愛をめぐる作品群の物語性は、「結果からみると、おのずからにして歌物語の趣をもつものとなってきて」(窪田『評釈』)という指摘から、その後、伊藤博によって、より積極的に持統朝宮廷サロンにおける宮廷ロマンス的なものとして、捉えられている。(17)

但馬皇女の母は藤原鎌足の女氷上夫人で、天武十一年(六八二)に宮中で亡くなり、赤穂に葬られたことが天武紀に見え、鎌足女として天武後宮で重きをなしていたことが推測される。皇女の生没年は未詳だが、母方の親族にあたる不比等《ふひと》の生没年考証などから六百七十六年誕生が言われている。(18)それに従えば、皇女は、母の薨去時に六歳、父天武天皇崩御時に十歳にすぎない。その頃に高市皇子に引き取られたものであろうか。時に、高市皇子は三十三歳。ちなみに不比等は当時二十九歳だが、まだ最初の出仕(持統三年(六八九)二月、直広肆(従五位下相当)の位で判事)を果たしておらず、皇女の後見にはなり得なかった可能性が高い。高市皇子の宮での皇女の立場が妻であったのか、或いは養女であったのか、説の分かれるところだが、今西英麻氏が異母兄との再婚を疑問視されるように、(19)婚姻関係がなかったと考えることは、天武天皇崩御時の皇女の年齢からも可能性があると思われる。とはいえ、皇女が自由な立場であったとは考えにくい。大伯皇女に続く皇女として『日本書紀』に記録されている地位は決して軽い地位ではあるまい。その皇女のロマンスが、理由は想像の域にとどまらざるをえないが、とにかく高市皇子ひいては持統天皇の望むところではなかったのである。

但馬皇女、高市皇子の宮に在《いま》す時に、穂積皇子を思ひて作らす歌一首

秋の田の穂向きの所縁異所縁《よれるかたよりに》君に寄りなな言痛《こちた》くありとも　（巻二・一一四）

穂積皇子に勅《みことのり》して、近江の志賀の山寺に遣《つか》はす時に、但馬皇女の作らす歌一首

後《おく》れ居《ゐ》て恋ひつつあらずは追ひ及《し》かむ道の隈廻《くまみ》に標結《しめゆ》へ我が背　（巻二・一一五）

但馬皇女、高市皇子の宮に在す時に、竊かに穂積皇子に接《あ》ひ、事既に形《あら》はれて作らす歌一首

人言を繁み言痛み己が世にいまだ渡らぬ朝川《あさかは》渡る　（巻二・一一六）

但馬皇女の御歌《みうた》一首　一書に云はく、子部王の作といふ

言繁《ことしげ》き里に住まずは今朝《けさ》鳴きし雁にたぐひて行かましものを　〈一に云ふ「国にあらずは」〉　（巻八・一五一五）

作品群はいくつかの問題点を指摘されている。高市皇子と但馬皇女との関係、穂積皇子を山寺（近江国志賀郡崇福寺か？）に派遣した意図、「道の隈回に標結へ」の意味、「朝川渡る」の意味などである。右の歌群でまず目に付くのは四首中三首までが「言痛くありとも」「人言を繁み言痛み」「言繁き里に住まずは」と「人言」に言及する点である。「人言」への配慮は当時の社会習慣を背景として、相聞歌では珍しくない表現ではあるが、この割合は高いと言えるのではないか。一一四番歌は皇女であっても親しい景であったろう秋の稲穂と「人言」が詠まれている。

秋の田の穂の上に霧《き》らふ朝霞いつへの方に我が恋止《や》まむ　（磐姫皇后　巻二・八八）

秋の田の穂向きの寄れる片縁《かたよりに》我は物思ふつれなきものを　（巻十・二二四七）

秋の穂を詠んで、八八番歌が、恋の行方を見定めかねる思いを表現しているのに対して、「君に寄りなな」には強い希求が窺える。と同時に「言痛くありとも」の条件句のもとで、それが希求としてあることに注意される。二二四七番歌は上の句が共通するが、本文に「片縁」と表記して、つれない相手への一方的な思慕を表明するのに対して、一一四番歌には本文「異所縁」と一般的な「片寄」とは異なる表記がされている。本文「異所縁」を「ことよりに」と読むか、「かたよりに」と読むか、二説に分かれるが、「異同　カタタカヒ」（名義抄）とあることからも「異」を「カタ」と読める。第二句に「所縁」とあるので、「ヨレルカタヨレル」と読むべきところだが、文脈上「ヨレルカタヨリニ」と読むべきところであろう。「異　分也」（『大広益会玉篇』、『広雅』（釈詁））とある字義から「別」の意が導かれる。その使用について、『古典全集』には「高市皇子と別な人という気持ちの反映か」とある。但馬皇女が高市皇子の宮にいることは皇女の意志によるものであったかどうか。そこに「人言」で縛られつつ、そこを抜けたい希求が強く現れたと言えよう。ただし、皇女の歌には「人言はまこと言痛くなりぬともそこに障《さは》らむ我れにあらなくに」（巻十二・二八八六）のような強い意志は見られない。

但馬皇女が穂積皇子を追うことを望む一一五番歌の理解については、下の句の「道の隈廻に標結へ」という行為の意味するところについて、議論がある。特に「標」の理解については、「標」を、目印をつけるとする通説に対して、旅の安全を祈るためのものとする説[20]に沿った理解、「そこから進めないようにする標識[21]」とする理解にほぼ分かれる。第二説は「道の隈」の「隅」についての井手至氏の「奥まった恐ろしいところと意識されていた」「上代において、この現《うつ》し世を去る者の行きつく場所（異郷）として適当なところ[22]」という理解を受けている。第三説は「隈」を「曲がり角」であり、「その地点までは残された者の勢力の及ぶ範囲、道は角を曲がって新たな世界へ続いて行く。それは別なる異世界への道なのである」とする。そして、この歌群に対して、「語りもうたも一定の型の中において受け止めるべく慣習化されていた[23]」当時の理解に立つことを求める。

「標結へ」を導くのは「恋ひつつあらずは」の句だが、この句が多く「〜まし」に続く（一八例中一二例）ことは坂本信幸氏のすでに指摘されるところ[24]であり、「全体としては、恋情に苦しんでいる自己の存在を否定し、それよりも、現実には叶わぬことを希望する表現である」ことが首肯される。そこに「まし」とありたいことが希求されている対象は「秋萩の咲きて散りぬる花」（巻二・一二〇）「紀伊の国の妹背の山」（巻四・五四四）「石木」（巻四・七二三）「君が家の池に住むといふ鴨」（巻四・七二六）「朝に日に妹が踏むらむ地」（巻十一・二六九三）「白波の来寄する島の荒礒」（巻十一・二七三三）のように人間以外の物であったり、「死なまし」（巻二・八六）「死ぬるまされり」（巻十二・二九一三）「（白）露の消かもしなまし」（巻八・一六〇八、巻十・二二五四、二二五六、二二五八）のように「死」「消」であったり、「田子の浦の海人」（巻十二・三二〇五）のように身分違いの者であったりする。中でも、五四四番歌と三二〇五番歌とは「後れ居て恋ひつつあらずは」を受けている。いずれも現実には起こりえないことを想定した上での願望であるが、それは「まし」を伴わない場合にも共通する。

剣大刀《つるぎたち》諸刃《もろは》の上に行き触れて死にかもしなむ恋ひつつあらずは　（巻十一・二六三六）
住吉の津守網引《つもりあびき》の浮けの緒の浮かれか行かむ恋ひつつあらずは　（巻十一・二六四六）
我妹子に恋ひつつあらずは刈り薦の思ひ乱れて死ぬべきものを　（巻十一・二七六五）
家にして恋ひつつあらずは汝が佩ける大刀になりても斎《いは》ひてしかも　（巻二十・四三四七）

二六三六・二七六五番歌は「死」を思い、四三四七番歌は「大刀」になることを願っていて、「まし」と類似の発想であることがわかる。このように見てくると、二六四六番歌の「浮かれか行かむ」も人が物に変わり得ないように実際にはあり得ないこととしてあると考えられ、同様に但馬皇女の「追ひ及かむ」もあり得ないこととして想定された上での発想と考えられる。「追ひ及かむ」は「死なむ」に当たるような重さを持った語と位置づけられねばならない。にもかかわらず、皇女は「追ひ及かむ」と希求する。題詞は、穂積皇子が志賀の山寺へ遣わされたことが勅命であることをわざわざ記している。穂積皇子は増封などから持統天皇との関係は良好だったと推測されるが、その穂積皇子にとっても、もちろん但馬皇女にとっても「追ひ及く」ことは勅命に背くことに他ならない。当時において、勅命に背くことがどのようなものであったか、その重さは想像に余りある。「人言」への配慮を詠む皇女が穂積皇子のそうした立場を思いやらなかったとは考えにくく、そこに但馬皇女の哀れさがあるのではないか。しかし、皇女の心は「追ひ及かむ」とあくがれるのである。「道の隈廻に標結へ」と詠むことには、「隈廻」毎に「標」を結んで、「追いつくのを阻止するために、あるいは『追い付く』のをあらかじめ断念する」ことを願っていると考えられる。[25] ここに見えてくるのは、情熱的で奔放な皇女の姿ではなく、むしろ押さえきれない情熱に戦く皇女の姿であると思われる。

一一六番歌において、一一四番歌〜一一六番歌には秘められていた二人の関係が露見するという、恋の状況の過程が提示される。一一六番歌は「朝川渡る」の理解にともなって、作品の解釈が分かれる歌である。皇女の「朝川渡る」の行為は「竊に穂積皇子に接ひ」「事既に形はれて」とあることから、穂積皇子との逢瀬が露見した後の事であることがわかる。作品の中の「人言を繁み言痛み」という詠い起こしは一般に「朝川渡る」にかかるとされるが『全注』は「己が世にいまだ渡らぬ」にかかるとする。

人言を繁み言痛み逢はざりき心あるごとな思ひ我が背子　（巻四・五三八）
人言を繁み言痛み我妹子に去にし月よりいまだ逢はぬかも　（巻十二・二八九五）
人言を繁み言痛み我が背子を目には見れども逢ふよしもなし　（巻十二・二九三八）

前二首は「人言を繁み言痛み」が原因で「逢はずありき」「いまだ逢はぬかも」が導かれている。

二九三八番歌も「目には見れども」にかかるのではなく、結論としての「逢ふよしもなし」にかかると思われる。当該歌の場合、「已が世に未だ渡らぬ」にかかるとすると、それまで人言が原因で「朝川」を渡らなかったことになり、「朝川渡る」行為がむしろ望ましい事となるのではなかろうか。なおかつそこに、「日の光もまぶしいほどの朝川」「人目を避けようもない朝の川」を想定するのには無理が有るように思われる。やはり「朝川渡る」は「人言」の結果ととるべきであろう。とすれば、「朝川渡る」は皇女が望んだ行為ではなく、やむをえずの行為となろう。「朝」は「暁《あかとき》の　潮満ち来れば　葦辺には　鶴鳴き渡る　朝なぎに　船出をせむと」（巻十五・三六二七）と詠われる早朝を想定することが可能であろう。人目を避けて、皇女としては決してしない行為をしたことの表明であろう。そこに、「已が世にいまだ渡らぬ」とあるのは皇女としての矜持が生むことばであり、その行為が皇女にとって望ましいものではなく、しかし、皇子との逢瀬の為に「朝川渡る」ことまでもした、という自己肯定と受け取れよう。自己の行為の意味の大きさを確認した表現とも理解されるように思われる。

但馬皇女は情熱的で奔放な恋を成就した女性像としてよりも、押さえきれない情熱に動かされる戦きを感じている女性像として捉えうるのではないか。こうした理解は、一五一五番歌の「雁にたぐひて行かましものを」という願望表現に注意される事とも関連する。子部王作との一書もあり、皇女の自作かどうか疑われるが、「行かましものを」という反実仮想の表現には、情熱的に我が道を行く姿は見られない。むしろ、実る事のない思いを抱えて、人言の多い里に住みつつ、「雁とたぐひて」行くことは仮想に過ぎない事を熟知した苦しさが伝わってくる。皇女が自身の屋敷を持っていたことは近年、藤原宮跡出土の木簡資料に「多治麻《たぢま》内親王宮」という文字があることによって知られる。(26)このことは皇女が高市皇子の宮から解放されたことを示すが、穂積皇子との婚姻が認められたかどうかは不明である。

穂積皇子の挽歌が残されている。

但馬皇女の薨ぜし後に、穂積皇子、冬の日雪の降るに、御墓を遥《はる》かに望み、悲傷涕流して作らす歌一首

降る雪はあはにな降りそ吉隠《よなばり》の猪養《ゐかひ》の岡の寒からまくに　（巻二・二〇三）

結句は、西本願寺本に「塞」とあるが金沢本「寒為巻尓」と有るのに従う。「あは」も「さは」通用の例と見られ、(27)雪に降られる皇女の墓所の寒さを思いやっている。穂積皇子は皇女への直接の贈答歌を持たず、死後の右の歌の哀切さが皇女歌群の物語性を強めている。と共に、その身体的感覚に共感する表現は皇女との親密な関係を窺わせる。穂積皇子歌の寒さへの配慮はどちらかというと保護者的であり、情熱的で行動力の有る強い女性に対してという印象からは遠く、人言に配慮しつつ、しかし、情熱を抑えきれない我が身に戦く繊細な皇女像にむしろふさわしいものではないか。皇女と穂積皇子との親しい関係を考えさせるものに皇女の母氷上娘の歌がある。

藤原夫人の歌一首浄御原宮に天の下治めたまひし天皇の夫人なり。字は氷上大刀自といふ。

朝夕に音のみし泣けば焼き大刀の利心も我は思ひかねつも　（巻二十・四四七九）

（右の件の四首、伝へ読むは兵部大丞大原今城なり。）

相聞とも挽歌とも不明な歌であるが、大原今城が知っていたことについては娘の皇女から穂積皇子、坂上郎女、大原今城に伝わったかとされる。但馬皇女歌群が物語性と共に受容された背景を考えさせる点である。

五　紀皇女

紀皇女は蘇我赤兄の娘、大蕤娘《おほぬのいらつめ》の皇女で、穂積皇子・田形皇女と同母とされる。大蕤娘は石川夫人とも称され、託基皇女《たきのひめみこ》と伊勢神宮に参拝した記事が残る（朱鳥元年四月二十七日）。また、穂積皇子は持統朝に優遇されており、皇女の扱いが低かったとは考えにくい。皇女の生没年は未詳。ただし、穂積皇子皇女について没年を洩らさない『続日本紀』に記事のないことから持統十年（六九六）以前の没かと推測される。皇女自身の作は次の二首であるが、弓削皇子からの贈歌（巻二・一一九〜一二二）と夫の石田王への挽歌の或る本歌――左注に紀皇女が亡くなった後の歌とある――が残されている（巻三・四二四、四二五）。

紀皇女の御歌一首

軽の池の浦廻《うらみ》行き廻《み》る鴨すらに玉藻の上にひとり寝なくに　（巻三・三九〇）

おのれ故《ゆゑ》罵《の》らえて居れば青馬《あをうま》の面高夫駄《おもたかぶだ》に乗りて来べしや　（巻十二・三〇九八）

右の一首、平群文屋朝臣益人《へぐりふみやのあそみますひと》伝へて云はく、昔聞くならく、紀皇女竊かに高安王《たかやすのおほきみ》に嫁《とつ》ぎて嘖《ころ》はえたりし時に、この歌を作らすといふ。ただし、高安王は左降《さかう》し、伊与国守《いよのくにのかみ》に任ぜらる。

紀皇女の物語性を考える時に問題になるのは後者の歌であるが、『皇胤紹運録』に長皇子の孫とする高安王と持統朝に没したと推測される紀皇女とでは年齢差が有りすぎることから、異母妹の多紀皇女と誤ったかとする説[28]も有るが、詳細は不明である。むしろ、紀皇女がこうした物語性を持ったことが注意される。この歌の左注に「竊かに」とあるのは、但馬皇女の一一六番歌の題詞に共通し、許されない恋愛の物語を形成していると考えられる。そうした物語性を紀皇女が負う事について、伊藤博は紀皇女をめぐる万葉歌の八首中四二五を除く七首が譬喩か譬喩的表現を採ること、紀皇女が石田王と弓削皇子とに挟まれた艶聞に富んだ人物であったことを論じ[29]、『全注』は高安王にも又別の艶聞があり、両者が結びつけられたとする。三九〇番歌は譬喩歌の冒頭にあり、軽の池の鴨を独り寝の寓喩としている。「ひとり寝て絶えにし紐をゆゆしみとせむすべ知らに音のみしそ泣く」（巻四・五一五）のように、「ひとり寝」がそのわびしさを直接相手に訴えるのに対して、鴨の寓喩は視覚に訴えるものとして、表現効果を上げている。

弓削皇子、紀皇女を思ふ御歌四首

吉野川行《ゆ》く瀬の早みしましくも淀《よど》むことなくありこせぬかも　（巻二・一一九）
我妹子に恋ひつつあらずは秋萩《あきはぎ》の咲きて散りぬる花にあらましを　（巻二・一二〇）
夕さらば潮満ち来なむ住吉《すみのえ》の浅香《あさか》の浦に玉藻刈りてな　（巻二・一二一）
大船の泊《は》つる泊《と》まりのたゆたひに物思ひ痩《や》せぬ人の児《こ》故に　（巻二・一二二）

紀皇女に弓削皇子が贈った四首についてはその構成が問題にされているけれども、(30)吉野川の早い流れ、「秋萩の咲きて散りぬる花」、住吉の浦を場とした「夕さらば潮満ち来なむ」と邪魔がはいる事への寓喩、大船の揺れと不安な恋といった、いずれも視覚的な譬喩表現を用いている。弓削皇子に対する紀皇女の返歌はないが、こうした共通性も紀皇女の物語性を生む要因であったかと思われる。また、「石田王の卒りし時に、丹生王の作る歌」（巻三・四二〇～四二二）に続く「同じく石田王の卒りし時に、山前王の哀傷して作る歌一首」（巻三・四二三）の「或本の反歌」は左注で紀皇女への挽歌としている。

或本の反歌二首

こもりくの泊瀬娘子《はつせをとめ》が手に巻ける玉は乱れてありといはずやも　（巻三・四二四）

川風の寒き長谷《はつせ》を嘆きつつ君があるくに似る人も逢《あ》へや　（巻三・四二五）

右の二首、或は云はく、紀皇女の薨ぜし後に、山前　王《やまさきのおほきみ》、石田　王《いはたのおほきみ》に代はりて作る、といふ。

左注では紀皇女がなくなった時に、夫と推測される石田王の気持ちになって山前王の作った歌となっている。紀皇女の薨去に対して、泊瀬娘子が詠まれている点への疑問、山前王との関係も理解しにくい点であるが、左注に従えば、玉の乱れに皇女の薨去が託されて、譬喩の手法がとられている。譬喩歌の部立ての冒頭に紀皇女歌があることについて、『全注』は皇女の艶聞を伴う古歌の伝承がそうした位置を占めさせたことを示唆する。たった一首ではあるけれども、三九〇歌の鴨に託した「ひとり寝」の否定に弓削皇子の視覚的な譬喩表現の歌が響き合い、表現手法の類似にも艶聞の生じる余地があったことを考えさせる。紀皇女について、艶聞の伝承というその物語性が皇女の表現から探られる。

天武天皇の皇女たち七人のうち、四人を取りあげた。天智天皇の皇女たちが公的立場に即した歌を残しているのに対して、皇女という高貴な生まれながら、必ずしも自在に生きることを許されなかった皇女たちの歌が、また皇女たちに対する歌がいずれも情感豊かな表現になっていることが注目される。逆に『万葉集』に名を残さない二人の皇女、託基皇女（天平勝宝三年正月薨。一品）と田形皇女

（神亀五年三月薨。二品）が、共に長命で身分高く有ることは対照的な生を生きたとも言える。四人の皇女たちに確かな後見が見えにくい背景も皇女たち、特に但馬皇女や紀皇女に物語性が付与されてゆく遠因でもあろう。四人の皇女たちは、その中でも十市皇女と大伯皇女がその歌において、呪的な世界との関わりを強く残しているのに対して、但馬皇女と紀皇女とは歌群が物語性を内包することによって、もちろん習俗としての呪生は残っているが、呪的な世界から一歩抜け出している。人言を気遣いつつも自己の心情を率直に吐露した歌、譬喩といった表現技巧に富んだ歌へという展開は、天武朝から持統朝への流れにそうした新しい位置づけを持つ歌群の一端を担ったのが天武天皇の皇女たちの歌であったことを示していよう。

注1　拙著『萬葉歌の主題と意匠』（塙書房　平成十年）参照。
2　伊藤博『萬葉集相聞の世界』（塙書房　昭和三十四年）
3　吉永登「高市皇子」『講座　飛鳥を考える　Ⅰ』創元社　昭五十一年）
4　「斎つ」は『時代別国語大辞典　上代編』に「ユツは斎《ユ》に助詞ツのついたもの」「ユツ楓《カツラ》・ユツマ椿やイイホツマ榊《サカキ》がおそらく神の物にふさわしく繁った木であるように、ユツイハムラも豊かな岩群であろう」（「ゆついはむら」の項）とする。
5　『萬葉集注釋』
6　「吹芡刀自の寿歌」（『萬葉集研究　第十一集』塙書房　昭和五十八年）
7　川端善明氏『活用の研究Ⅰ』（清文堂　平成九年、初版昭和五十三年）

8　注6前掲論文
9　『萬葉集釋注』は天武四・五年頃、高市皇子は十市皇女の夫となっていたと推測する。
10　「「大来皇女」と『続日本紀』」（『続日本紀研究』第三六四号　平成十八年十月）
11　伊藤博『萬葉集の歌人と作品　上』（塙書房　昭和五十一年）
12　内田賢徳氏「風と口笛」（『説話論集　第六集』　清文堂出版　平成九年）
13　本居宣長「玉の小琴」
14　注1前掲拙著参照。
15　土橋寛『万葉開眼　(上)』（NHKブックス　昭和五十三年）。その遺骸の実態を露わにする移葬に、品田悦一氏は「掘り返す傷み」を推測される（『悲劇の皇子・皇女』高岡市萬葉歴史館叢書17　平成十七年）。
16　元暦校本などの万葉集巻四・六六九の注による。
17　注2前掲書
18　影山尚之氏は六百八十四年誕生とする。（「但馬皇女挽歌の再検討――その儀礼的背景――」『上代文学』第六十七号　平成三年十一月）。
19　「『万葉集』巻二・但馬皇女歌群考――採録の方法と歌の背景との関係――」（『古代中世国文学』第十五号平成十二年七月）
20　それぞれ、異なりを見せるが伊藤博『萬葉集釋注』、神永あい子氏「『標結へ我が背』――但馬皇女が望んだもの――」（『青山語文』第三十一号　平成十三年三月）、坂本信幸氏「標結へ我が背」（『叙説』第二十九号平成十三年十二月）が挙げられる。
21　浅見徹氏『松田好夫先生追悼論文集　万葉学論攷』（続群書類聚完成会　平成二年）、「『標結へ我が

夫』再説」(『萬葉』第百八十七号平成十六年五月)
22 井手至氏「万葉人と『隅』」(『萬葉集研究　第八集』塙書房　昭和五十四年)
23 注21前掲論文
24 注20前掲坂本氏論文
25 注21前掲論文
26 奈良文化財研究所「木簡データベース」に、表「受被給薬車前子一升　酉辛一両　久参四両　右三種」裏「多治麻内親王宮政人正八位下陽胡甥」とある。
27 『萬葉集注釋』
28 吉永登「紀皇女と多紀皇女」(『萬葉』第一号昭和二十六年十月、後『萬葉　その異伝発生をめぐって』所収)
29 注11前掲書
30 『萬葉集講義』が巻一の安騎野の反歌、磐姫皇后御製に比べて起承転結の法に叶っていないとするのに対して、伊藤博は『萬葉集の構造と成立　上』で編纂者などによる連作とし、窪田『評釋』は連作の意図はなかったものの結果として自ずからそのような趣を持つようになったとし、作者の配列と考えている。

＊使用万葉集テキスト　原則として新編日本古典文学全集『萬葉集』による。

佐保大伴家の女たち

小野　寛

一　はじめに――佐保大伴家のこと

佐保大伴家は「佐保大納言《だいなごん》大伴卿」に始まる。それは万葉集に次のようにある。

巻2―126題脚注　大伴宿禰《おおとものすくね》田主《たぬし》について「即佐保大納言大伴卿之第二子、母曰二巨勢朝臣《こせのあそみ》一也」
巻4―528左注　大伴坂上郎女《さかのうえのいらつめ》について「右郎女者佐保大納言卿之女也」
巻4―532題脚注　大伴宿禰宿奈麻呂《すくなまろ》について「佐保大納言卿之第三子也」
巻4―649左注　再び大伴坂上郎女について「右坂上郎女者佐保大納言卿之女也」

右によって、大伴田主は「佐保大納言大伴卿」の次男で、大伴宿奈麻呂は三男、そして坂上郎女はその娘であることが分った。そして『続日本紀』天平三年（七三一）七月二十五日に「大納言従二位大伴宿禰旅人《たびと》薨。難波朝右大臣大紫長徳《ながとこ》の孫、大納言贈従二位安麻呂《やすまろ》が第一子なり」とある。「佐保大納言大伴卿」とは大伴安麻呂である。大伴旅人はその長男であった。

大伴安麻呂は、大化改新の後、大化五年（六四九）に新たに左大臣に巨勢臣徳陀《とこだ》、右大臣に大伴連長徳が任ぜられた、その長徳の子である。壬申の戦さには一族と共に大海人皇子《おおあまのみこ》（のちの天武天皇）側について勝利し、安麻呂の兄御行《みゆき》はその功績により、ついに大納言に昇任して文武天皇五年（七〇一）正月に薨じ、右大臣を追贈された。その後を安麻呂が継ぎ、文武天皇の新律令発布と共に従三位を授けられ、式部卿・兵部卿を歴任し、慶雲《きょううん》二年（七〇五）大納言に任ぜられた。慶雲四年（七〇七）文武天皇崩御、和銅元年（七〇八）元明天皇となり、安麻呂は続いて大納言、その時正三位とある。そして和銅三年（七一〇）三月平城遷都、その新しい都の大伴宗家の邸を佐保の地に与えられ、大伴安麻呂は「佐保大納言」と呼ばれた。そしてその大伴宗家を「佐保大伴家」と呼んだのである。

二　佐保大納言卿の妻（一）——巨勢郎女

佐保大納言大伴安麻呂の子供たちの母なる人について、次男田主は母を「巨勢朝臣」と記していた。その母なる「巨勢朝臣」とは、次の歌の人であろうか。

大伴宿禰、娉二巨勢郎女一時歌一首　大伴宿禰、諱曰二安麻呂一也。難波朝右大臣大紫大伴長徳卿之第六子、平城朝任二大納言兼大将軍一薨也。

玉葛《たまかづら》　実《み》成らぬ木には　ちはやぶる　神そつくといふ　成らぬ木ごとに　（巻二・一〇一）

巨勢郎女《こせのいらつめ》報贈歌一首　即近江朝大納言巨勢人卿之女也

玉葛　花のみ咲きて　成らざるは　誰《た》が恋ならめ　我《あ》は恋ひ思ふを　（同・一〇二）

右は「大伴宿禰」の「巨勢郎女」を求婚する時の歌である。その「大伴宿禰」こそ大納言大伴安麻呂であることが、題詞下の脚注に記されている。そして「巨勢郎女」とは天智天皇の近江朝の大納言巨勢朝臣人《こせのあそみひと》の娘であることが分った。安麻呂の次男田主の母「巨勢朝臣」とはこの人に違いない。

巨勢人は名を「比登・比等」とも書き、史書に初見は、『日本書紀』に近江朝天智天皇十年（六七一）正月二日、蘇我赤兄《そがのあかえ》と二人並んで、天皇に賀正の事を奏上したとある。そしてその日に大友皇子《おおとものみこ》が太政大臣を拝し、蘇我赤兄が左大臣、中臣金《なかとみのかね》が右大臣に、そして蘇我果安《はたやす》と巨勢人と紀大人《きのうし》の三人が御史大夫《ぎょしたいふ》に任ぜられた。のちの大納言である。この年八月天皇は病いに臥し、いよいよ重くなって、十二月三日崩じた。その翌年六月、壬申の戦乱が起こり、近江朝は敗れて、『日本書紀』天武天皇元年（六七二）八月二十五日に、近江朝廷の群臣の処罰が次のように記されている。

仍《よ》りて、右大臣中臣連金を浅井の田根《たね》（近江国浅井郡田根郷）に斬《き》る。是《こ》の日に、左大臣蘇我臣赤兄・大納言巨勢臣比等と子孫、并《あは》せて中臣連金が子、蘇我臣果安（既に自殺した）が子、悉《ことごと》くに配流す。以余は悉くに赦《ゆる》す。

この「大納言巨勢臣比等（人）」の娘巨勢郎女と大伴安麻呂の結婚は、近江朝の平安な時期か、あるいは近江遷都以前であったかも知れない。

巨勢氏は大化改新の大化五年（六四九）四月二十日に巨勢徳陀古《こせのとこだこ》（徳太・徳陀とも）が左大臣に任ぜられ、その時に安麻呂の父大伴長徳が右大臣に任ぜられている。巨勢徳陀と巨勢人との血縁関係は分らないが、巨勢氏と大伴氏が政界のトップに並んでいた。やがて大納言になる巨勢人の娘に若い大伴安麻呂が求婚する伏線がここに敷かれていたと言えよう。

巨勢人の娘巨勢郎女は大伴安麻呂と結婚して田主を生んだ。巨勢郎女が大伴安麻呂の正妻であったことは疑いない。その子田主は安麻呂の第二子とある。第一子は旅人《たびと》（多比等）であった。旅人の生母について記すところがないが、安麻呂が巨勢郎女との正式結婚以前に他の女性に男子を生ませていて、その子が嫡男として遇されるということはありえないことではないが、第一子旅人もこの巨勢郎女の子ではないだろうか。

古く武田祐吉氏「大伴旅人」（春陽堂『万葉集講座』第一巻、昭和8・2）に「旅人」の名は弟「田主」と対語で「田人」ではないかと考え、田主と同母とする方が可能性が多いと言い、尾山篤二郎氏『大伴家持の研究』（平凡社、昭和31・4）には旅人の晩年の故郷を思う歌に「栗栖《くるす》の小野の萩の花」を偲んでいる（巻六・九七〇）ところから、栗栖野は旧巨勢の地であるとして巨勢郎女の子であろうと論じている。また平山城児氏「大伴旅人」（有精堂『万葉集講座』第六巻、昭和47・12）にも、尾山氏と同じ理由で旅人の母を巨勢郎女であるとし、平成十年に出た『大伴旅人　人と作品』（中西進編、おうふう）の「家系と出生」の項に、平山氏はほぼ同文を記している。

大伴旅人の生年は明らかでない。旅人は天平三年（七三一）七月二十五日に薨じており、『続日本紀』等に享年の記載がないが、漢詩集『懐風藻』の大伴旅人の項に「年六十七」と記されているのを没年とすると、誕生は天智天皇四年（六六五）になる。

大伴安麻呂はその旅人がちょうど五十歳の年、和銅七年（七一四）に亡くなるので、旅人が生まれてから五十年の生涯を経たことを考えると、長男旅人をなしたのは二十歳前後であっただろう。仮に二十一歳とすると、安麻呂の享年は七十歳だったことになる。聖武天皇は父文武天皇の十九歳の時の御子であり、藤原鎌足《ふじわらのかまたり》の子右大臣藤原不比等《ふひと》は二十三歳で長男武智麻呂《むちまろ》をもうけて六十三歳で没している。

二十歳の大伴安麻呂が巨勢家のお嬢さんを妻とした。一〇一番歌の題詞に「娉二巨勢郎女一時」とある。「娉」は万葉集にはこの他に次の五例がある。

巻2―93題詞　内大臣藤原卿、娉二鏡王女一時、鏡王女、贈二内大臣一歌一首
巻2―96題詞　久米禅師、娉二石川郎女一時歌五首
巻3―407題詞　大伴宿禰駿河麻呂、娉二同坂上家之二嬢一歌一首
巻4―528左注　…藤原麻呂大夫、娉二之郎女一焉。…
巻16―3788題詞　或曰、昔有二三男一、同娉二一女一也。…

いずれも求婚する意に用いられ、『説文解字』には「娉、問也」とある。大伴安麻呂の歌は巨勢郎女を口説く歌である。まだ結婚していない。結婚する意には「娶」を用いる。

歌は、実のならない木にはどの木にも恐ろしい神がよりつくと言いますよという。なかなかいい返事をしてくれない郎女をおどかしている。いつまでも一人でいるとあなたにも恐ろしい神がとりつきますよというのである。それに巨勢郎女が歌を返した。

その歌は第四句まで、玉かずらのように花ばかり咲いて実がならないのはどなたの恋のことでしょうかという。「誰が恋ならめ」は反語で、誰のでもない、あなたのでしょうと返すのである。結句は、私はあなたを恋い慕っておりますのにという。実がならないのはあなたのせいだと逆襲したのである。

「玉葛《たまかづら》」について、土屋文明『私注』の「補正稿」（『アララギ』昭和43・4〜44・11の各月号に連載）に、「玉かづら」はサネカヅラ一名ビナンカヅラとする説をとり、「サネカヅラは雌雄異株の植物であるから、二人の作者がそのことに気付いてゐて、実のなる木もならない木もあることを心に置いたものとすれば、二人の歌は容易に、かつ自然に解釈出来るであらう」といい、『私注』新訂版（昭和51年）の一〇二番歌の「作者及作意」の項に「タマカヅラを雌雄異株のビナンカヅラと見れば、花だけ咲いて実のならぬ雄株をあげたものとなる」と記している。そして、それまで見ていたかどうか確定的には言えないが、それは当時の自然認識であるからそう見ることはできるだろうと言っている。小学館古典全集（昭和46・1）には「花だけ咲いて実がならないたとえに玉カヅラが引かれたのは、びなんかずらの雄木を念頭に置いたもの」といい、新潮古典集成（昭和51・11）には「さな葛の雄木は花だけをつける。これをにおわしたもの」といい、有斐閣『全注巻二』（稲岡耕二、昭和60・4）もそれらを承けて「玉かづらの雄株に実がならぬことを十分意識した返歌なのであろう」とある。

恋の贈歌への返し歌は相手のことばを利用して、相手を攻（責）める。「玉かづら」に花のみ咲いて実がならない木があることは郎女も知っていた。実に率直な攻めの歌である。乙女らしい抵抗の歌である。古く川田順氏が『作者別万葉集評釈 第七巻 女流歌人篇』（非凡閣、昭和11・4）の「巨勢郎女」の項に、「男が少々戯れたのに、真顔になつて心中を云ふあたり、少女のうゐうゐしさが見えて面白い」と書いている。

この時巨勢郎女は何歳であったか分らない。先にこれは安麻呂の初婚で、結婚は二十歳と推定したから、その相手にふさわしい名門巨勢家のお姫さまは十六、七であったろうか。

二人は夫婦となり、長男旅人をもうけ、次男田主をなし、三男宿奈麻呂を生んだと考えてもよいだろう。

三　佐保大納言卿の妻（二）――石川郎女

その三男宿奈麻呂とのちに結婚（二人とも再婚）したのが坂上郎女《さかのうえのいらつめ》である。坂上郎女の娘で大伴家持の妻になる坂上大嬢《おおいらつめ》にしばしば歌を贈った大伴田村大嬢の歌の左注に次のようにある。

大伴田村家の大嬢、妹坂上大嬢に贈る歌四首　（巻四・七五六〜七五九）

（歌略）

右、田村大嬢と坂上大嬢とは、並《とも》にこれ右大弁大伴宿奈麻呂卿の女《むすめ》なり。卿、田村の里に居れば、号《なづ》けて田村大嬢と曰ふ。但《ただ》し、妹坂上大嬢は、母が坂上の里に居れば、仍《よ》りて坂上大嬢と曰《い》ふ。時に姉妹諮問《とぶら》ふに歌を以《もち》て贈答す。

これによって坂上郎女の母は、宿奈麻呂の母と違うことが分る。二人は異母兄妹であったから結婚できたのである。坂上郎女の生母は、万葉集巻四に安倍虫麻呂と大伴坂上郎女との歌の問答があるが、そのあとの左注に次のように記されている。

大伴坂上郎女の歌二首　（巻四・六六六、六六七）

（歌略）

右、大伴坂上郎女の母石川内命婦《いしかはのないみやうぶ》と安倍朝臣虫麻呂の母安曇外命婦《あづみのげみやうぶ》とは、同居の姉妹、同気の親《しん》なり。これによりて郎女と虫麻呂とは相見ること疎《うと》からず、相談《あひかた》らふこと既に密《こま》かなり。聊《いささ》かに戯歌《ぎか》を作りて問答をなせり。

「命婦」とは古代の身分のある女性をいい、宮中に参内することを許されていた。宮中に参内する

ことを「朝参」というが、『養老令』の「後宮職員令」（第16条）に、
凡《およ》そ内親王、女王及び内命婦、朝参に行立せむ次第は、各本位に従《よ》れ。其れ外命婦は、夫の位の次《ついで》に准《なずら》へよ。

とある。自身が五位以上の位階を持つ者を内命婦といい、五位以上の官人の妻を外命婦という。坂上郎女の母石川内命婦は、万葉集巻三、天平七年（七三五）の坂上郎女の「尼理願挽歌」の左注に次のようにある。

七年乙亥、大伴坂上郎女、尼理願の死去するを悲しび嘆きて作る歌一首 并せて短歌
（巻三・四六〇、四六一）

（歌略）

右、新羅国《しらきのくに》の尼、名を理願といふ。遠く王徳に感じて聖朝に帰化しぬ。時に大納言大将軍大伴卿の家に寄住して、すでに数紀を経たり。ここに天平七年乙亥を以《もち》て、忽《たちま》ちに運病に沈み、既《すで》に泉界に趣《おもぶ》く。是《ここ》に大家《おほとじ》石川命婦、餌薬の事に依《よ》りて有間温泉《ありまのゆ》に往《ゆ》きて、此の喪《も》に会はず。但し郎女独《ひと》り留《とど》まりて、屍柩《しきう》を葬《はぶ》り送ること既に訖《をは》りぬ。仍《よ》りてこの歌を作りて、温泉に贈り入る。

この石川命婦が先述の坂上郎女の母石川内命婦であることは疑いない。石川命婦は大伴家の大家《おおとじ》（大刀自）であった。いつのことか分らないが、大伴安麻呂の正妻となって、坂上郎女を生んでいる。坂上郎女がいつ生まれたかも分らないが、私は、持統天皇十年（六九六）から大宝元年（七〇一）までの間に生まれたと六年の幅を持たせて考えるしかないと論じたことがある（「大伴坂上郎女伝私考その一」『学習院女子短期大学紀要』13号、昭和50・12。『万葉集歌人摘草』に再録）。

それによれば大伴安麻呂と石川内命婦との結婚は早ければ持統天皇九年（六九五）の頃で、それは大伴旅人の誕生から三十年を経ていた。巨勢郎女は旅人を十八歳くらいで生んだとして、持統朝が四十歳からで、その四十五、六歳の頃亡くなったのだろう。次男田主は夭折していたが、三男宿奈麻呂は成人していた。

巨勢郎女の没後に大伴家の大家（大刀自）に入ったのが石川内命婦だった。それが石川郎女であった。次の歌がある。

石川郎女歌一首　即佐保大伴大家也

春日野《かすがの》の　山辺の道を　恐りなく　通ひし君が　見えぬころかも　（巻四・五一八）

春日山《かすがやま》の麓、春日野の山沿いの道を恐れげもなく通って来られた方がこのごろはお見えになりませんね、という。佐保の大伴家の大刀自になる石川郎女のもとへ春日野を通ってせっせと通ったという人は誰だろう。その「君」が最近見えないという。

その「君」は石川郎女の夫となった大伴安麻呂かと言ったのは金子元臣『評釈』が最初である。古注釈類は石川郎女が大伴安麻呂の妻であると記して、「君」はその夫であること言わずもがなという様子が感じられる。金子『評釈』は「安麻呂は佐保に住んでゐた。それが春日山の裾野道を通つて通うたとなると、石川郎女は高円山の裾野辺に住んで居たらしい」という。

この二人の娘坂上郎女が、天平十一年（七三九）に聖武天皇が高円山《たかまとやま》で狩をなさった時に、むささびが都の中に逃げ込んで運悪く勇士にぶつかって生け捕りにされたのを天皇に献上しようとして、それに添える歌を作った。

ますらをの　高円山に　迫《せ》めたれば　里に下《お》り来《け》る　むざさびそこれ　（巻六・一〇二八）

金子氏はこれを坂上郎女が高円山麓に住んでいた証拠だとして、「それは即ち母石川郎女の邸宅を伝承したものと考へられる」というのである。しかし金子氏自身、「安麻呂の壮年期は浄御原宮（天武天皇）時代だから、郎女のこの歌は遅くても藤原時代は降るまい」と推測する。そうだとすれば安麻呂はまだ佐保に住んでいない。

坂上郎女には弟稲公がいた。万葉集巻四に次の歌がある。

大伴宿禰稲公、贈二田村大嬢一歌一首　大伴宿奈麻呂卿之女也

相見ずは　恋ひざらましを　妹《いも》を見て　もとなかくのみ　恋ひばいかにせむ　（巻四・五八六）

右一首、姉坂上郎女作

この歌はいつ作られたか記されていないが、その配列から天平四〜五年と推測される。坂上郎女は異母兄大伴宿奈麻呂の妻となり、すでに二女を生んでいる。その大嬢（坂上大嬢）の大伴家持に贈る恋歌のあとにこの稲公の歌が配列されている。そしてこの歌は「姉坂上郎女作」とある。恋歌を代作してやる弟は同母弟に違いない。また天平二年六月大伴旅人が大宰府で重病になり、遺言をすべく都から稲公を呼び寄せた時、万葉集に「庶弟稲公」とある（巻四・五六七左注）。稲公は旅人にとって異母弟であった。

その稲公の友人であったらしい紀鹿人《きのかひと》の歌に、その題詞に次のようにある。

典鑄正紀朝臣鹿人、至二衛門大尉大伴宿禰稲公跡見庄一作歌一首　（巻八・一五四九）

この稲公の友人を接待した「跡見庄」は、坂上郎女の「跡見庄・跡見田庄」と同じではあるまいか。それは次のようにある。

大伴坂上郎女、従二跡見庄一賜二留レ宅女子大嬢一歌一首 并短歌 （巻四・七二三、七二四）

大伴坂上郎女、跡見田庄作歌二首 （巻八・一五六〇、一五六一）

右の「跡見庄（跡見田庄）」を所有する坂上郎女と稲公とは同母姉弟であったと思われる。二人の母は石川郎女であった。

持統朝から恐らく大宝年代（七〇一～七〇四）に、坂上郎女と稲公の姉弟を生んでいる石川郎女を、奈良時代になって佐保の大伴邸から、すでに老年に入った安麻呂が春日野の山辺の道を通うだろうか。安麻呂は平城京の佐保大伴邸には四年住んで亡くなっている。それに「佐保大家」と言われる石川郎女は、老年の夫安麻呂と共に佐保大伴邸に住んでいた可能性が高い。

土屋文明『私注』には「大伴家には春日里にも家があり、そこに坂上郎女が居たことが（七二五）に見えるから、石川命婦はそこに住して、佐保の宅から来る安麿を待つた時の歌であらうか。命婦が佐保の宅に移り住んだのは後のことと見える」という。しかしそれはないだろう。

澤瀉久孝『注釈』には「この作者（石川郎女―小野注）が後に佐保に住んだことは確実であるが、この作（春日野の歌―小野注）が安麻呂と同棲前の作だとすると作者が待ちうけた家が佐保であるとは限らない」といい、「作者が結婚前の作だとすると藤原宮の頃（持統・文武朝―小野注）となつて、これらの想像（金子評釈・私注―小野注）も必ずしも当らない事にならう」という。その通りである。

私はこの石川郎女の春日野の歌の「君」は夫安麻呂ではないのではないかと考えている。

この歌の前に次の一首が配されていることがこの誤解を招いたのである。

大納言兼大将軍大伴卿歌一首

神樹《かむき》にも　手は触《ふ》るといふを　うつたへに　人妻といへば　触れぬものかも　（巻四・五一七）

「大納言兼大将軍大伴卿」は大伴安麻呂である。歌は、清浄な神木にさえ手を触れることはあるというのに、どうしても人妻というと触れられないものなのだろうかという。安麻呂の人妻への恋歌である。この二首をやがて夫婦になる二人の恋歌と解したのである。

阿蘇瑞枝「石川郎女」（『論集上代文学』第七冊、昭和52・2）には、この二首を贈答ととらえ、前歌の安麻呂の歌は「多情多才の人として名高い石川郎女を恋人とした男の嘆きを皮肉めいた口調で女に訴えたもの」で、石川郎女の歌は「それをさりげなくかわして、かえって男の心変りを責めるというこれまた恋歌の贈答の型をふまえているもの」であるとする。阿蘇氏はこの石川郎女を天武天皇の皇子、日並皇子《ひなみしのみこ》と大津皇子と恋歌を交す石川郎女と同一人とし、一貫する歌物語のヴェールでここまで覆っている感がある。この二首をここに並べて配列した万葉集の編者も同じであっただろう。石川郎女は皇子たちの恋人と同一人であったかも知れない。しかし私は、この二首はヴェールをかけず一首ずつきちんと読みたいと思う。中西進氏も論文「戯歌」（『万葉集の比較文学的研究』の「作品論」の部に収録。昭和38・1）に、久米禅師や草壁皇子（日並皇子）・大津皇子・大伴田主らと恋の戯歌を贈答した石川郎女らと安麻呂の妻で坂上郎女の母たる石川郎女とを別人とする確証はないと述べるが、安麻呂の「神樹にも」の歌はこの戯歌群の中に入れていない。つまりここまでヴェールをかけていない。伊藤博「歌語りの方法」（『万葉』87号、昭和50・3）は、この石川内命婦は前記の石川郎女とは本質的に別の女性とするが、この二首については『釈注』に、編者の「意識しての配列」と見、「ひょっとして、本来、二首は同じ宴席で楽しまれた歌であったか。双方とも『かも』で結ばれていて、しかも主旨が対立しているところも臭い」という。それは分らない。『全注巻四』（木下正俊）は、この二首は単に作者が夫妻であるという点だけで併記したもので贈答ではないだろうと推測する。

石川郎女は、巨勢郎女の没後、持統天皇七年〜八年（六九三、四）の頃から文武天皇四年（七〇〇）の頃に大伴安麻呂の妻となり、坂上郎女を生み、稲公を生んで、大伴宗家の家刀自として盤石の存在であっただろう。和銅三年（七一〇）平城遷都後、佐保に住み、和銅七年（七一四）五月安麻呂没後もずっと「佐保大家《おおとじ》」と呼ばれていたことは、前掲の四六〇〜六一番歌左注に見た。それが天平七年（七三五）であった。安麻呂との結婚がいつか、確かなことは全く分らないが、仮に持統天皇九年（六九五）とすると、それから天平七年まで実に四十年、その時二十歳とすれば六十歳。恐らくそれ以上の年齢であっただろう。有間温泉に病気静養とはむべなるかなと言えよう。しかしその翌天平八年冬の雪の日、内命婦として朝参し、元正太上天皇の宮中、靫負《ゆけひ》の御井へのお出ましのお供の中にあって、病臥中の天智天皇皇女水主内親王《みぬしのひめみこ》に贈るために雪を題にして歌を詠めとの仰せに、命婦たちはみななかなか歌が出来なかったところ、石川内命婦がひとり歌を作ったという。その歌一首が伝えられている。

冬の日に靫負の御井に幸《いでま》しし時に、内命婦石川朝臣、詔《みことのり》に応《こた》へて雪を賦《ふ》する歌一首　諱《いみな》を邑婆《おほば》と曰《い》ふ

松が枝の　地《つち》に着くまで　降る雪を　見ずてや妹《いも》が　隠《こも》り居るらむ　（巻二十・四四三九）

時に、水主内親王寝膳安からずして累日参りたまはず。因《よ》りてこの日を以《もち》て、太上天皇、侍嬬等に勅《みことのり》して曰《のりたまは》く、「水主内親王に遣《や》らむ為に、雪を賦し歌を作りて奉献《たてまつ》れ」とのりたまふ。ここに諸《もろもろ》の命婦等、歌を作るに堪《あ》へずして、この石川命婦ひとりこの歌を作りて奏す。

とある。この歌は大原今城が伝誦したもので、作られた年月は確かには分らない。水主内親王は天平九年八月二十日に薨じているので、右の冬の日の病臥とはその前年の冬のことであろうかと推測してみた。

天平三年七月に旅人が薨じた後も、その妻はすでに没していたし、旅人の父安麻呂の妻ではあるが、旅人と同年か、恐らくは旅人より若い石川郎女が大伴宗家の家刀自として君臨していたのである。それは天平八年まで続いた。六十歳から七十歳と推定される。老境に入っていたが、歌のお好き

な元正太上天皇の供をして歌を奏上した。

元正太上天皇は聖武天皇の伯母に当る。聖武天皇に譲位後太上天皇として肆宴の場で、高官・文人たちに題を出して詠歌を求められることが常であった。そのような「詔《みことのり》」にその場で即座に詠んで「応」えた歌を「応詔歌」と呼んでいる（小野寛「万葉応詔歌考」『論集上代文学』第十冊、昭和55・4）。

この時も、「ここに諸の命婦等、歌を作るに堪へずして」とあるように、予期せぬ突然の「詔」で、さすがの命婦たちも即座には歌が出来なかった。その中で石川命婦が一番に「出来ました」と、この歌を奏上したのである。天平八年とすれば元正太上天皇は五十七歳であった。石川内命婦は先述の通り、六十歳を越えていた。しかし往年の才媛ぶりを遺憾なく発揮した。この母にしてこの娘《こ》あり。坂上郎女がその才をあまねく享《う》けていた。

四　佐保大納言卿の娘――大伴坂上郎女

和銅七年（七一四）五月一日、佐保大納言卿大伴安麻呂は薨じた。娘坂上郎女はその父安麻呂によって政界のナンバーワン知太政官事一品《いっぽん》穂積親王《ほづみのみこ》に嫁いでいた。その結婚は和銅六年（七一三）以前のいつか、分らない。坂上郎女の年齢も分らない。

穂積親王は天武天皇の第五皇子で、母は天智朝左大臣蘇我赤兄の娘大蕤娘《おおぬのいらつめ》である。天武天皇の十皇子の誕生順は古代史学者青木和夫氏の研究（「天武天皇の諸皇子の序列」『山梨大学歴史学論集』5、昭和37・3）によると八番目であるが、私の修正案（「大伴坂上郎女伝私考その一」既出）は六番目である。文武天皇慶雲二年（七〇五）五月の知太政官事忍壁親王《おさかべのみこ》薨去のあとを受けて同年九月五日、穂積親王が知太政官事に任命された。忍壁親王はその母の身分が低いので、第九皇子にランクされていたが、年齢が穂積親王の上なので先に初代の知太政官事に任じられていた。忍壁親王も穂積親王も年齢は不明であるが、仮に和銅六年に穂積親王より年上の皇子たちが生存していたとすると、その誕生順と年齢は次のようになる（括弧は年齢不明を表わす。磯城皇子《しきのみこ》は天武天皇十五年に天智天皇皇子志貴皇子《しきのみこ》と並んで、忍壁皇子に次いでランクされて封戸を受けているが、持統朝に亡くなったようである）。

1高市60、2草壁52、3大津51、4忍壁（ ）、5磯城（ ）、6穂積（ ）…

右の括弧の中にどんな数字を入れればいいか、確かに知るすべはないが、穂積親王は四十七、八歳であっただろうか。その五十歳に近い穂積親王に恐らく十代であった若妻が、どれほどかわいがられたか。その穂積親王も和銅八年（七一五）七月二十七日に薨じた。

若くしてトップレディとなり、そして未亡人になった郎女に、藤原鎌足《ふじわらのかまたり》の孫、不比等《ふひと》の四男麻呂《まろ》が求愛した。万葉集巻四にその麻呂の大伴郎女（坂上郎女）への恋の贈歌があり、郎女の「和《こた》ふる歌」がある。そして左注にその郎女の事情が記されている。

京職《きやうしき》藤原大夫《ふぢはらのまへつきみ》、大伴郎女に贈る歌三首　卿、諱曰㆓麻呂㆒也

娘子《をとめ》らが　玉櫛笥《たまくしげ》なる　玉櫛の　神さびけむも　妹《いも》に逢はずあれば　（巻四・五二二）
よく渡る　人は年にも　ありといふを　いつの間《ま》にそも　我が恋ひにける　（同・五二三）
蒸《む》し衾《ぶすま》　なごやが下に　臥《ふ》せれども　妹《いも》とし寝ねば　肌し寒しも　（同・五二四）

大伴郎女の和ふる歌四首

佐保川の　小石踏み渡り　ぬばたまの　黒馬《くろま》の来る夜は　年にもあらぬか　（同・五二五）
千鳥鳴く　佐保の川瀬の　さざれ波　止む時もなし　我が恋ふらくは　（同・五二六）
来《こ》むと言ふも　来《こ》ぬ時あるを　来《こ》じと言ふを　来むとは待たじ　来じと言ふものを　（同・五二七）
千鳥鳴く　佐保の川門《かはと》の　瀬を広み　打橋《うちはし》渡す　汝《な》が来《く》と思へば　（同・五二八）

右、郎女《いらつめ》は佐保大納言卿の女《むすめ》なり。初め一品穂積皇子に嫁《とつ》ぎ、寵《うつくしび》を被《かが》ふること儔《たぐひ》なし。皇子の薨ぜし後時《のち》に、藤原麻呂大夫、この郎女を娉《つまど》ふ。郎女は坂上の里に家《いへゐ》す。仍《よ》りて族氏号《やからなづ》けて坂上郎女と曰《い》ふ。

「京職藤原大夫」とは京職大夫藤原麻呂をいう。藤原麻呂は、『続日本紀』養老五年（七二一）六月二十六日に、「左右京大夫」に任ずとある。左京職と右京職の長官を兼務したのだろうか。

第一首（五二二）は、おとめの美しい櫛笥に大事にしまってある櫛が神さびているように、自分も神さびて、じいさんになってしまっただろうなあ、久しくあなたに逢わないでいるので、という。ここしばらく二人は逢っていないらしい。

第二首（五二三）は、よく我慢のできる人は年に一度逢うだけで一年待っていられるというのに、いつの間に私はこんなに恋しい恋しいと思うようになってしまったのだろうという。巻十三に類歌がある。

年渡る　までにも人は　ありといふを　いつの間にそも　我が恋ひにける　（巻十三・三二六四）

これをなぞって作った歌である。

第三首（五二四）は、どんなにいい夜具に入っていても、あなたと一緒に寝ていないので肌が寒いという。二人はすでに共寝する関係に入っていたのだろうか。あるいはそれを願っているところだろうか。

「大伴郎女の和ふる歌」は大伴坂上郎女の万葉集初出歌である。「大伴郎女」は大伴旅人の妻もあり、他に「大伴女郎」もある。左注にこの「大伴郎女」を「坂上郎女」と呼ぶようになった事情が記されていることから、これが大伴坂上郎女の初出歌であることが分った。

その第一首（五二五）は麻呂の第二首に焦点を合わせ、麻呂に同じく巻十三の歌を踏まえてみせた。その巻十三の歌は、

川の瀬の　石踏み渡り　ぬばたまの　黒馬の来る夜は　常にあらぬかも　（巻十三・三三一三）

とある。初二句「川の瀬の石踏み渡り」を坂上郎女は「佐保川の石踏み渡り」と歌った。郎女はその時、佐保川を渡って行く佐保の大伴の本邸に住んでいたのである。佐保川の川の瀬の石を踏み渡ってあなたの乗った黒馬が遣って来る夜は年に一度でもあってほしいという。巻十三の歌の結句は「常にあらぬかも」とあるのを、坂上郎女は「年にもあらぬか」と歌った。これを一年中でもあってほしいと解する説もあるが（古義・総釈・金子評釈・窪田評釈・私注・大系・全集・新全集・全注・和歌大系・新大系など）、「常に」を「年に」と七夕の「年の恋」に言い変えたのだから、そのまま素直に解釈したい。「年にも」の「も」も、せめて年に一度でもの気持を表わしていると思われる。逢いたい、恋しいという相手に、逢えないのはそちらの責任だと、遣り返していると解する。

　第二首（五二六）は、その佐保川のさざ波がしょっちゅう立っているように、止む時なくあなたのことを恋い続けているという。逢えない恋しさは第一首をそのまま受けたものである。

　第三首（五二七）は、「来」を繰り返し、それを各句の頭に言う戯《ざ》れ歌風である。あなたは来ると言っても来ない時があるのに、来ないと言うのを来られるだろうかと待ったりはしません。来まいとおっしゃるのだからという。歌う心は相手が来るかと懸命に待つ心ではある。それを分らなくしてしまった。漢詩絶句の「起承転結」の三句目「転」である。そして結ぶ。

　結びの第四首（五二八）は、君のお出でを待って、佐保川の渡り瀬が広いので板の橋を打ちつけて渡しておきましょうという。渡り瀬に打橋を渡すのはやはり七夕の歌にある。巻十の七夕歌にある。

天の川　打橋渡せ　妹が家道　止まず通はむ　時待たずとも　（巻十・二〇五六）
織機《はたもの》の　踏み木持ち行きて　天の川　打橋渡す　君が来《こ》むため　（同・二〇六二）

「打橋」は飛び石の「石橋」とは違って、半ば恒久的な設置物になるから、「打橋を渡す」のは末長く通って来てくれることを期待している。その結句「汝《な》が来《く》と思へば」の「汝」はごく親しい者や目下の者に使う。女から男に対して言うのは異例である。これは「長《なが》く」と掛けて「汝《な》が来《く》」と言ったに違いない（藤原芳男「ねもころに君が聞こして」『万葉』26号、昭和33・1）。四首の見事な構成と、七夕歌に擬した遊戯性と、掛けことばの技巧など、坂上郎女の万葉集初出歌として後の天平歌壇での女流第一人者の活躍が予期される。

左注によると、この郎女は佐保大納言大伴安麻呂の娘として一品穂積親王に嫁ぎ、「被レ寵無レ儔」とある。これを「寵《うつくしび》を被《かが》ふること儔《たぐひ》なし」と訓んだ。夫穂積親王に寵愛されること格別であったという。この表現は、諸家の言うようにいかにも年配の夫が幼な妻をいとおしむ様子がうかがえる。普通の夫婦間では言わないだろう。そして親王が亡くなったすぐ後から藤原麻呂が求婚したという。藤原麻呂は天平九年（七三七）に薨じた時、四十三歳とある（『公卿補任』）。穂積親王が薨じた和銅八年（七一五）は二十一歳であった。このことから坂上郎女は二十歳以下と推定した。穂積親王に嫁いだ年時の推定の下限は父安麻呂薨去の前年、和銅六年（七一三）である。この年郎女は十八歳以下と推定される。そして当時結婚できる女性の年齢は十三歳以上とされていた。そこでこの年郎女は十三歳から十八歳と推定するのである。和銅八年穂積親王が亡くなった時、郎女は十五歳から二十歳であった。まことにうら若い未亡人であった。

和銅八年は九月二日に元明天皇から元正天皇への譲位があり、霊亀元年と改元された。この年ごろ藤原麻呂は美濃介であったらしい。霊亀二年親王の喪が明けて、そして霊亀三年（七一七）九月、元正天皇の美濃行幸があり、当耆《たぎ》郡の多度山《たどやま》の霊泉に遊覧され、その泉の水が病を癒やし、老いを養うことに感激され、十一月十七日養老と改元され、美濃守笠麻呂《かさのまろ》に従四位上、美濃介藤原麻呂に従五位下が授けられた。藤原麻呂は少なくともこの一、二年、美濃国府（今の大垣市）に勤務していたはずである。

従五位下の「介」はありえない。大国の介でも正六位下である。藤原麻呂は上位の官に就くべく、美濃介の任を解かれて帰京したであろうが、その任官の記録はない。うら若い美しい未亡人大伴郎女への求愛は養老二年（七一八）以後のことであっただろう。

藤原麻呂の恋の贈歌はその肩書が「京職大夫」になっている。藤原麻呂は前述の通り養老五年（七二一）六月二十六日に「左右京大夫」に任ぜられている。従ってこの贈歌を養老五年六月以降とする説が多いが、その判定はむずかしい。久米常民氏「大伴坂上郎女」（和歌文学講座5『万葉の歌人』桜楓社、昭和59・3）はこの次の大伴宿奈麻呂との結婚を藤原麻呂の前として、のちに大伴家持の正妻となる娘大嬢の誕生を養老二年（七一八）生まれの家持と同年か、あるいは一、二年年長と推測している。私はこの坂上大嬢は家持よりかなり年下と考えているので、この説はとらない。

藤原郎女の求婚は養老二年または三年からあっただろう。恋歌の贈答はそのころで、題詞の京職大夫はその後の職名をさか上って記したものである。藤原麻呂の終《つい》の官職は参議兵部卿であったのに、その家を後世まで「京家」というように、「京職大夫」が麻呂にもっとも印象的な官職だったのである。

藤原麻呂の求婚がどのように実ったか。それは全く分らない。大伴坂上郎女はやがて佐保大伴家から出て、坂上の里に独立した。それ以来、大伴一族では彼女を「坂上郎女」と呼ぶようになったという。

大伴坂上郎女の「第三の男」、佐保大納言大伴安麻呂の第三子大伴宿奈麻呂は、兄旅人、田主とも、妹坂上郎女とは勿論、弟稲公とも異腹と言われ、また兄旅人・田主とは同母とも言われている。旅人・田主と同母であれば母は巨勢郎女、異腹であれば不明である。和銅元年（七〇八）正月に従六位下から従五位下を授けられ、和銅五年（七一二）正月従五位上に昇叙、同八年（七一五）五月に左衛士督に任ぜられた。この七月二十七日に穂積親王が薨じたのである。霊亀三年（七一七、養老元年）正月に正五位下を授けられた。そして養老三年（七一九）七月十二日、始めて諸国に按察使《あんせちし》（あぜちとも）が置かれ、その時備後国守大伴宿奈麻呂が安芸・周防二国を管轄する按察使に任ぜられた。いつから備後守であったのか、いつ都へ戻ったか、記すところはない。その翌年、養老四年正月に正五位上に昇叙とあるが、遷任のことは分らない。そして神亀《じんき》元年（七二四）二月聖武天皇即位による昇叙に際し、従四位下を授けられた。従五位下になってからほとんど変らずきちんと四年ごとに一階ずつ昇叙されて十六年目に従四位下という、大伴宗家の当主旅人に次ぐ者として模範的な存在であった。その宿奈麻呂に養老四、五年ごろ、坂上郎女は再婚したのである。

大伴宿奈麻呂は神亀元年の従四位下昇叙の記事を最後に『続日本紀』に見られなくなる。万葉集には、本稿第三節の冒頭に引用した大伴田村家の大嬢の歌（巻四・七五六～七五九）の左注に「右大弁大伴宿奈麻呂卿の女なり」とあって、宿奈麻呂が従四位上相当の高官である右大弁に任ぜられていたことが分るが、それは神亀元年以後、神亀年間のことであろうか。そしてその頃に亡くなったのではないだろうか。坂上郎女は宿奈麻呂との間に坂上大嬢と坂上二嬢の二女を生んで、今度は二十六、七歳から三十二、三歳で再び寡婦になったのである。そしてそれが坂上郎女を佐保大伴家に引き戻すことになった。

五　佐保大伴家の坂上郎女

神亀六年（七二九）八月五日、京職大夫藤原麻呂が「天王貴平知百年」と読める図を背に持つ亀一頭を献上したのを聖武天皇は大変嬉ばれて、それを奇端として天平《てんぴょう》元年と改元された。そして八月十日には夫人藤原光明子を皇后に立てられた。光明皇后である。

その天平二年（七三〇）のことである。次の歌がある。

冬十一月、大伴坂上郎女、帥《そち》の家を発《た》ちて道に上り、筑前国の宗形《むなかた》郡、名を名児山《なごやま》といふを

越ゆる時に作る歌一首

大汝《おほなむち》　少彦名《すくなびこな》の　神こそば　名付けそめけめ　名のみを　名児山と負ひて　我が恋の　千重《ちへ》の　一重《ひとへ》も　慰《なぐさ》めなくに　（巻六・九六三）

題詞に、冬十一月に大伴坂上郎女は大宰帥大伴旅人の邸を発って、都へ上る道につき、途中、筑前国宗像郡の名児山《なごやま》という名の山を越える時に歌ったという。「大汝神《おおなむちのかみ》」大国主神と少彦名神こそが初めて名付けられたそうだが、名前だけ「名児山」と心がなごむという名前を背負っていて、私の恋の思いの千分の一もなぐさめてくれないことよという。

坂上郎女は天平二年、筑紫大宰府の兄大宰帥大伴旅人の家に居たのである。この年十月に旅人は大納言に昇格し（『公卿補任』による）、十二月には上京するのだが（万葉集の歌による）、坂上郎女はその一ヶ月前に一足先に帰京したのである。続いてもう一首ある。

同じ坂上郎女、京《みやこ》に向かふ海路《うみつぢ》にして、浜の貝を見て作る歌一首

わが背子に　恋ふれば苦し　暇《いとま》あらば　拾《ひり》ひて行かむ　恋忘れ貝　（巻六・九六四）

わが背子に恋い焦れているのは苦しいというが、坂上郎女がこのころ誰に恋い焦れていたか分らない。今、あとに残して来た兄旅人を慕ってとする説もあるが（井上新考・全釈・総釈・窪田評釈・佐佐

木評釈など）、特定の人があるわけではあるまいと考える説が多い（私注・全集・集成・講談社文庫・全注・釈注・新大系など）。恐らく海浜に、坂上郎女には珍しかった「忘れ貝」の名を聞いて、それを恋を主題に歌ったものだろう。「恋の歌人」坂上郎女の始まりである。

この二首によって坂上郎女が兄旅人のいる大宰府へ下向していたことが分る。それはいつ、何のための下向だっただろうか、分らない。この坂上郎女の大宰府下向について私は以前に論じたことがある（「大伴坂上郎女論――大宰府下向と大伴宿禰百代と――」『国語国文論集』5号、昭和51・2。『万葉集歌人摘草』に再録）。坂上郎女の大宰府下向の理由については諸説があり、詳しくは拙稿を御覧いただきたいが、三説にまとめている。第一は兄旅人が大宰府赴任直後に妻を亡くしたのに求められて後妻として下向したとする説、第二は同じく母を失った家持とその妹たち幼いものの世話をするために下向したとする説、第三は同じく旅人の妻なき後、大伴宗家の家刀自として「大伴一門の母」「一族の妻の座」に就くために下向したとする説であった。

私はそのすべてを否定し、旅人が天平二年の夏に脚の瘡腫《そうしょう》から重患に陥り、遺言をするために都から庶弟稲公と甥の胡麻呂を呼び寄せた時、嫡男家持（十三歳）と共に旅人を看取るべく下向したと考えている。そして幸運にも旅人の病いは癒《い》え、公職のある稲公と胡麻呂は早々に都へ戻って行ったが、坂上郎女と家持は残って病後の旅人を看取ったのである。家持については、稲公と胡麻呂が帰京するのを送る宴の席の送る側にその名が記されている（巻四・五六六〜五六七の左注）。

坂上郎女が大伴宗家の当主旅人の危急に遠く大宰府まで駆けつけることができたのは、すでに寡婦になってひとり身であったからである。それは将来の大伴家の家刀自を約束していた。

翌天平三年七月、旅人が六十七歳で薨じた後、坂上郎女はまだ十四歳の嫡男家持の世話役として佐保の大伴家に入ったらしい。天平五年の次の歌がある。


大伴坂上郎女、姪《をひ》家持の佐保より西の宅《いへ》に還帰《かへ》るに与ふる歌一首

わが背子が　着《け》る衣《きぬ》薄し　佐保風は　いたくな吹きそ　家に至るまで　（巻六・九七九）

題詞は、坂上郎女が佐保の大伴本邸に居て、家持が佐保邸から「西の宅」に帰るのを見送っていると見える。しかし家持こそ亡き父旅人の後を継いで佐保の大伴本邸に居住しているはずと思われるので、この題詞の「姪家持の…西の宅に還帰るに与ふ」の原文「与姪家持…還帰西宅」を「姪家持と…西の宅に還帰る」と訓み、坂上郎女がこの日は家持を伴って西の田村の里（旧大伴宿奈麻呂邸）に帰るとする説もある（石井庄司氏）。歌の心は一緒に帰る人の情とは思われない。

歌は「西の宅」に至るまで「佐保風」は吹くなというのであるから、「西の宅」も佐保からあまり離れていないはずである。川口常孝氏の「西の宅」考（『大伴家持』桜楓社、昭和51・11）は、「西の宅」を平城遷都時に条坊内に設けられた大伴本邸が、後にやや郊外へ移築されたあとの呼称であったという。その旧大伴本邸に若き当主家持が居住していたのだろうか。そして日中は佐保の本邸に来て大伴氏の当主として過ごし、学業につとめ、坂上郎女から歌作りを学ぶなどしていたのだろう。

この歌は坂上郎女の最も女性的な、母性的な「女歌」の代表作ではないか。下三句に暖かい、優しい母の心が歌われている。佐保風よ、強く吹かないでおくれ、この子が家に着くまではという。「佐保風」は万葉集中唯一例である。「わが背子が着る衣薄し」の「ける」は着《け》ているの意。十六歳の成人を迎えた青年の薄着は当然だろう。それを案ずる母の思いやりの心である。

この年天平五年十一月、次の歌がある。

大伴坂上郎女、神を祭る歌一首

ひさかたの　天《あま》の原より　生《あ》れ来《きた》る　神の命《みこと》　奥山の　賢木《さかき》の枝に　白香《しらか》付け　木綿《ゆふ》取り付けて
斎瓮《いはひへ》を　斎《いは》ひ掘り据《す》ゑ　竹玉《たかたま》を　繁《しじ》に貫《ぬ》き垂れ　鹿《しし》じもの　膝折り伏して　手弱女《たわやめ》の　襲《おすひ》取り
懸け　かくだにも　我は祈《こ》ひなむ　君に逢はじかも　（巻三・三七九）

反　歌

木綿畳《ゆふたたみ》　手に取り持ちて　かくだにも　我は祈《こ》ひなむ　君に逢はじかも　（同・三八〇）

右の歌は、天平五年の冬十一月を以《もち》て、大伴の氏の神を供祭《まつ》る時に、聊《いささ》かに此の歌を作る。故に神を祭る歌と曰《い》ふ。

左注にあるように、大伴の氏の神を祭る時に作られた歌である。歌は、神代の昔、高天原から天降って以来ずっと生まれ継いで来られた先祖の神々に呼びかけ、奥山の榊《さかき》の枝にしらかを取り付け、木綿《ゆう》を裂いた幣帛を取り付けて、神聖な甕《かめ》を忌《い》み清めて地面に掘り据え、竹の輪を玉にしていっぱい貫き垂らして、鹿のように膝を折り曲げひれ伏して、たおやめである私が襲《おすい》を肩に取りかけて祈るのだという。この神を祭る仕様は巻十三の古歌の中に、

菅の根の　ねもころごろに　我が思へる　妹《いも》によりては　言《こと》の忌《い》みも　なくありこそと　斎瓮《いはひへ》を
斎ひ掘り据ゑ　竹玉《たかたま》を　間無く貫《ぬ》き垂れ　天地《あめつち》の　神をそ我が祈《の》む　いたもすべなみ
（巻十三・三二八四）

とあり、その「或る本の歌」として、

玉だすき　懸けぬ時なく　我が思へる　君によりては　倭文幣《しつぬさ》を　手に取り持ちて　竹玉を　し
じに貫き垂れ　天地の　神をそ我が祈《の》む　いたもすべなみ
（同・三二八六）

とあり、また更に「或る本の歌」として、

…木綿《ゆふ》だすき　肩に取り懸け　斎瓮を　斎ひ掘り据ゑ　天地の　神にそ我が祈《の》む　いたもすべな
み
（同・三二八八）

とある。これから学んだのであろう（澤瀉注釈）。詞句は同じであるが、これは天地の神（天神地祇）

を祭るのであった。坂上郎女のは「氏の神」を祭る歌で、これは他に例を見ない珍しい歌である。大伴の氏の祖神は、『古事記』『日本書紀』に、天孫降臨の際、天孫ニニギノミコトの御前に武装して先導した武の神天忍日命《あめのおしひのみこと》とある。その後、神武天皇の東征に同じく先導の役を果した道臣命《みちおみのみこと》が続く。氏の神の祭りはどの氏も毎年二月と四月と十一月に行われていた。十一月のはその一つである。

坂上郎女の歌が「祭神歌」と題し、左注にもそう記すように、天平五年十一月、坂上郎女が祭主となってこの大伴の氏の神々を祭ったのであろう。それは、坂上郎女が兄旅人亡きあと、大伴一族の家刀自となっていたことを推測させる。

しかし、坂上郎女の「祭神歌」は結びに「かくだにも　我は祈《こ》ひなむ　君に逢はじかも」とあり、反歌にもそれを繰り返している。こんなにもして私はお祈りをしましょう、それでも、わが君にお逢いできないのでしょうかというのである。神を祭る歌が恋歌として結ばれている。これには諸説あるが、例えば新潮古典集成には、坂上郎女が氏神の祭祀に当たるべき家刀自として祖神を招き寄せようとした歌で、伊藤『釈注』に言うように、この「君」は直接には祖神をさすのであって、祖神の中には大伴一族につながる亡夫宿奈麻呂が強く意識されているとある。

『全注巻三』(西宮一民)も、神の妻として神を招き寄せるために、このような相聞歌的表現を取っているのだといい、ここには亡夫宿奈麻呂を招き寄せる意識が強く働いていたことが推測されるという。

また、あるいは家持を祭主とし、家刀自坂上郎女を司祭として、氏神を祭る氏人の心に先年亡くなった氏上旅人が氏神として意識されただろうとも考えられる（桜井満「坂上郎女祭神歌」『万葉集を学ぶ』第三集、有斐閣、昭和53・3）。そして伊藤『釈注』は、

> 一族が集まって祖神を祭るにあたっては、祖神以来の大伴神統譜の中に夫や父などを送りこんでしまった人がたくさんいたはずである。坂上郎女にとって亡夫宿奈麻呂を意識した「君」も、歌を聞き取ったそれらの人びとにとってはそれぞれの「君」となって乗り映ったと考えなければなるまい。いわば代表的願望のもとに一首が結ばれていると見ることによって、歌は、家刀自の神を祭る歌としての面目を発揮することになろう。

と述べている。これもまた「女歌」なのであった。

しかし、この歌は祭祀の歌ではなく、祭祀のあとの宴席での即興歌ではないかとも考えられる（久米常民「大伴坂上郎女」前出。阿蘇瑞枝「大伴坂上郎女」『シリーズ・古代の文学 万葉の歌人たち』武蔵野書院、昭和49・11）。それはこの歌が恋歌の発想であること、またこの左注の文言は、殊に「神を供祭《まつ》る時に、聊かに此の歌を作る」というのは、この歌が祭祀の場で歌い上げる儀礼歌ではなく、余興の歌作品であることを示していることである（阿蘇瑞枝既出。清水明美「祭神歌の享受」『語文』84号、平成4・12。遠藤宏「大伴坂上郎女『祭神歌』覚書」『成蹊国文』31号、平成10・3）。それでも「祭神歌」と題する以上あくまで神祭りの歌であり、「君」は神で、その神の来訪を嘆願する「神迎え」の歌で

あるが、それを祭主ではありえない坂上郎女は氏の一女子として、氏神祭祀の日の宴席で歌って、また一族の注目を浴びただろうともいう（東茂美『大伴坂上郎女』笠間書院、平成6・12）。

この天平五年の歌としてまた次の歌がある。

大伴坂上郎女、親族《うがら》に宴《うたげ》する歌一首

かくしつつ　遊び飲みこそ　草木すら　春は生《お》ひつつ　秋は散り行く　（巻六・九九五）

坂上郎女が親族を招いて宴を催した時の歌だという。この年十一月に大伴の氏の神を祭る歌があった。この歌は作歌年月日を明記してはいないが、巻六の天平五年次の歌二十首（九七六〜九九五）の最後尾に収録されている。伊藤『釈注』も指摘するように、大伴の氏の神を祭ることは大伴一族を集めて行なわれたはずである。そして祭儀のあとに直会《なおらい》の酒宴が開かれたはずである。この「親族の宴」とは、十一月のそれだったのではないだろうか。

歌は、こうして皆さん、くつろいで楽しく飲んで下さい、草木でさえ春は生命を得、また秋には散るのを繰り返していますという。「遊び飲みこそ」は遊び飲んでほしいの意。宴席のみんなへの願望である。宴の主人として酒を勧める歌である。当主は家持であるが、まだ十六歳の若年であったので、坂上郎女が家刀自の母を助けて主となって一族をまとめていた。坂上郎女はこの年、三十三歳から三十八歳と推定される。

第四句は原文「春者生管」とあり、「春はおひつつ」と訓んだが、旧訓はハルハモエツツで（全註釈・私注・講談社文庫も同訓）、ハルハサキツツと訓む説もある（古義・全注吉井巌）。この下三句は草木の春生秋落を述べ、人生無常を言うと解し、人間の生命もまたはかなく短いから、生きている間は楽しく遊び飲もうという享楽的な心を歌ったとする解が一般であるが、一族を集めての宴席で、それも氏の神を祭る日という晴れの日だとすれば、家刀自は一族の永遠の結束を願うめでたい歌を歌うはずである。「春は咲きつつ」でなく「春は生ひつつ」であることに注目して、毎年春には「生」を繰り返すことを強調していると、私は解したい。

坂上郎女はこの後もしばしば親族の宴を催した。次の歌も確かな年時は分らないが、歌の配列から天平五年より後の作と思われる。

大伴坂上郎女、親族を宴する日に吟《うた》ふ歌一首

山守《やまもり》の　ありける知らに　その山に　標結《しめゆ》ひ立てて　結《ゆ》ひの恥しつ　（巻三・四〇一）

大伴宿禰駿河麻呂《するがまろ》、即ち和《こた》ふる歌一首

山守は　けだしありとも　吾妹子《わぎもこ》が　結《ゆ》ひけむ標《しめ》を　人解《と》かめやも　（同・四〇二）

歌は、その山の番人がいるのを知らないで、その山に自分の占有のしるしの標《しめ》を結い立てて恥をかいたという。「吟」とあるから、親族のみんなの前で声を上げて節をつけて歌ったのである。坂上

郎女には二人の娘がいた。その娘たちの婿を一族の中に求めたのだろう。ところがその婿と決めた男にはすでに意中の人がいるらしい。それを知らないで恥しいことをしてしまったというのである。

一座の中から大伴駿河麻呂が立ち上がってその歌に和した。その山の番人がもし居たとしても、いらつめ様が結ばれた標《しめ》を解く人なんかいやしませんという。大伴一族の家刀自になる人を「吾妹子」と、自分の妻か愛人のように親しく呼んだのは、これが戯笑歌であることを示している。一座の笑いを呼んだだろう。そして歌は坂上郎女を家刀自と立てている。宴席の和やかな雰囲気が感じられる。

大伴駿河麻呂は佐保大納言大伴安麻呂の兄御行《みゆき》の孫といわれ、そうだとすると、家持や坂上家の娘たちとはまたいとこになる。この坂上家の娘たちの中の大嬢《おおいらつめ》が家持の妻になり、二嬢《おといらつめ》を駿河麻呂が娉《つまど》い、妻にしたらしい。

親族の宴席で坂上郎女は巧みに駿河麻呂に愛人がいることを牽制し、娘二嬢の婿として貞節を誓わせたのだろうか。家刀自坂上郎女の堂々たる存在をうかがわせる。

またこれも坂上郎女の親族に宴する歌だろうと思われる歌がある。

　　大伴坂上郎女の歌一首

酒坏《さかづき》に　梅の花浮かべ　思ふどち　飲みての後《のち》は　散りぬともよし　（巻八・一六五六）

　　和《こた》ふる歌一首

官《つかさ》にも　許したまへり　今夜《こよひ》のみ　飲まむ酒かも　散りこすなゆめ　（同・一六五七）

右、酒は官に禁制にして偁《い》はく、京中の閭里《りより》、集宴すること得ざれ、但《ただ》し、親々一二《はらからひとりふたり》して飲楽するは聴許《ゆる》すといへり。此《これ》に縁《よ》りて和《こた》ふる人此の発句《ほっく》を作れり。

とある。左注によれば禁酒令が出て、都の内や近隣の村里で集って酒宴を催してはならないが、親族一人二人が寄って酒を飲んで遊ぶのはかまわないという。天平期の禁酒令は『続日本紀』には天平四年（七三二）七月五日と同九年五月十九日の二回あるが、どちらも集宴の禁止まではない。この後、万葉時代最末期の天平宝字二年（七五八）二月二十日にも禁酒令が出て、「供祭・療患」は除き、また「其の朋友・僚属、内外の親情、暇景に至りて相追ひ訪ふべき者は、先づ官司に申して、然る後に集《つど》ふことを聴《ゆる》せ」とある。祭りの日や、事情を申し出て官の許可を得れば集宴することは出来た。「官《つかさ》にも許したまへり」（一六五七歌）であった。

いつ、どこで、どうして集《つど》うたか分らないが、坂上郎女の歌（一六五六歌）は、今は亡き大伴旅人の催した大宰府での梅花の宴の歌（巻五・八一五～八五二）から多くを取って趣向を凝らした、宴席での挨拶歌に見える。宴の主人の挨拶であったか。

「恋の歌人」と言われる坂上郎女の、もう一つの歌人の顔であった。

東歌に女性の歌が多いこと

関　隆司

一　はじめに

万葉集巻十四は、巻頭に「東歌」という標目を掲げて、二百三十首の短歌とその異伝歌八首を収めている。このうちの五首には柿本人麻呂歌集との関係が注記されているが、すべて作者未詳歌である。

万葉集には、他にも巻七・十一・十二などの作者未詳歌巻があるのだが、東歌研究は、それらの作者未詳歌巻の研究とは異なる面が多い。特に、東歌が東国の民謡とみなされることが多かったため、歌の作者を、個人を特定することはできないまでも、東国の庶民たちと考えて、歌の内容から当時の東国の人々の生活や思想を探る考察がたくさん存在している。それぞれの歌に個々の作者を想定するのは無理であっても、歌の作者の男女差を論じることは可能であり、歌の内容や使われた語彙によって、歌の作者を男女に分類する試みが何度も行われている。

管見のおよぶ限り、東歌の女性歌数は、もっとも少なく数えるもので六十首（渡辺卓『訳註　万葉集女性の歌』関書院・昭和四年）、もっとも多いのものでは百首（樋口秀次郎「東歌の女態(一)」「群女国文」17　平成二年）と、四十首もの差がある。

この差は、単純に女性歌と認定する基準の違いによるのだが、現代短歌の代表的実作者である佐佐木幸綱氏[1]も、「女歌」を論じる中で、

作者未詳歌の場合、文体によって作者の性を判断することは不可能な場合がほとんどです。「君」「妹」など歌い手の性別を暗示する語がある場合、あるいは内容によって作者の性別が判定できる場合はべつですが、そうでない場合は作者の男女別を判定することはほとんど不可能です。

と言い、

東歌を男の歌と女の歌とに仕分けしようと作業にかかり、見事失敗してしまったことがありました。

と述べている。作者未詳歌である東歌の作者を男女に分類することは簡単なことではない。歌意によって作者の性別を見分けるのでは恣意的になるおそれがあるため、「背・君・妹」などの語彙だけによる分類をするとしても、文学表現として男性から男性へ「背」とうたいかけることなどがあることを考えれば、「背・君・妹」などという一見作者の性差を表すように見える語彙も、佐佐木氏の言う通り「歌い手の性別を暗示する語」でしかない。

さらに、東歌作者の性差認定をさらに難しくさせている問題がある。歌の作者を個人とせず、集団と見る考え方である。

佐佐木氏は、右に引用した文章の後で男女判別の難しい東歌の例を紹介し、

　東歌の作者の男女を考える場合、判定不可能なケースが多く出てくるのは、東歌には、ジェンダーとしての性差が現われていないからだと見ることができるのではないか。

　歌垣の歌がそうでした。歌垣という場をそれほど具体的に想像することはできませんが、そこでやりとりされる歌は、歌として男らしさ女らしさが求められているものではなかったらしい。男女は対等というか、対等な歌のやりとり、やり合い、その辺にお互いの歌の関心は向けられていました。短歌の中間性、共通性がむしろ要請される場だったらしいのです。

と東歌特有の問題に触れているのだが、このような考察は、東歌だからこそ行われるのであって、他の作者未詳歌巻の歌では語られることはない。

小学館新編日本古典文学全集本の巻十四解説には、次のように、

　多摩川にさらす手作りさらさらになにそこの児のここだかなしき　(三三七三)

　おして否と稲は搗かねど波のほのいたぶらしもよ昨夜ひとり寝て　(三五五〇)

について、濃厚な愛の一瞬の描写、また待ち明かした女が拗《す》ねて稲搗きの手を休めずに詠《よ》んだ歌、などと説明するならば、それは東歌に関する限り失考と言ってよい。これらは布晒《ぬのざら》しを業とする者（女と限らない）、また稲搗く者（多分、女であろう）たちが作業しながら賑《にぎ》やかに歌い

さざめく、正しい意味での労働歌であったに違いない。このような共同作業の場での合唱の主題には、昔も今も男と女との結び付きの諸相が取り上げられる。時にきわどい詞句が飛び出しても、それ故《ゆえ》に一段と盛上がり、作業の能率もよくなったろう。

と、東歌の有名な二首を掲げて集団詠の具体的な説明がある。

この解説は、佐佐木氏と同じく集団詠という捉え方はしていても、歌のよまれた場が異なる。しかしどちらにしても、集団詠には「虚構」を想定できることになる。集団詠という視点は、作者の性差を分類することを無意味にすることになる。

しかし、作者の性差について論じることがまったく意味をなさないわけではなく、たとえば右に掲げた歌で言えば、歌に「この児」とあるから、「布晒しを業とする者（女と限らない）」という説明がついているのだろうし、「稲搗き」が女性の作業とみなされるからこそ「稲搗く者（多分、女であろう）」との注記がつけられていると想像されるように、歌に性差の想定されるものにこそ、作者の性差が問題となるのである。

それは、かつて柴生田稔氏[2]が、東歌と作者未詳歌巻である巻十一・十二の歌々とを比較して、

東歌は、より現実的、具体的、感覚的であり、巻十一、十二は、より観念的、抽象的、空想的であり、そうして東歌は、万葉集前期の作品に共通し、巻十一、巻十二は、より後期の作品に共通するところが多いと言えるようである。

と、その差を明確に示したように、東歌は単に東国訛りがあるなどの単純な違いなのではなく、他の

作者未詳歌とは異なるものが表現されているという問題につながっていくのである。

「東歌の特徴は女歌にあり」と言う中川幸廣氏(3)は、この柴生田氏の指摘を引いて、

東歌が現実的、具体的、感覚的でありえたのは、女歌の力がかかって大きかったと考えるべきであろう。

と説明しているが、それは中川氏が、東歌における女性歌を七十三首と数え、万葉集の作者判明歌中の女性歌数や古今集の女性歌数を計算して、「東歌34％、貴族万葉18％、古今集11％」という数字を導き出したからである。

右の数字は、万葉集の作者判明歌を二四〇二首、女性歌を四三四首として、貴族万葉の女性歌を18％と計算し、東歌二三八首中の女性歌七三首で約31％、男女不明の二六首を除いて約34％としている。古今集は、女性の歌は東歌と同じ七三首で、全一一〇〇首から作者不明四五〇首を除くと、約11％である。

東歌の女性歌数を、もっとも少なく数える六十首で計算しても25％という数値になり、東歌の女性歌の占める割合の大きさに驚かされる。

無論この数字は、先に説明したように本当に作者が女性であるかを示しているわけではなく、「女性が詠んだと考えられる歌」としておくべき数字である。しかし、そうであっても、貴族万葉や古今集とは大きく異なる結果を持つことは、もっと注目されてよいだろう。

さらに、東歌のほとんどは相聞歌であるという指摘もある。

そもそも東歌は、二百三十八首のうち百九十三首が「相聞」として分類されており、「譬喩歌」と分類された歌も相聞歌的な内容のものである。雑歌と考えられる冒頭の五首にも相聞歌的なものがある。東歌の女性歌を百首と数えた樋口氏は、二百三十四首が相聞か相聞的な歌としているが、その細かな数字は別としても、東歌の女性歌はほとんどが相聞歌であるということになる。

東国の女性たちの相聞歌が数多く残されているという事実は、何を示しているのだろうか。

まずは、東歌の女性作者研究の問題点についてから触れていこう。

二　東歌の女性作者

東歌研究で、作者を女性とみなしている根拠は、どのようなものなのか。

女性歌を百首と数えた樋口氏は、その根拠を、

ア、男を呼びかける用語が含まれている歌　　五十二首
イ、歌意より女歌と推定できる歌　　二十九首
ウ、諸家の解釈が種々で女歌としての不安定要素のある歌　　十九首

と、大きく三種類に分類している。

詳細に確認していくと、問題はいくつも見つかる。たとえばアの「男を呼びかける用語」は、

君　　二十一首
背　　十八首

夫（ツマ）　一首
殿　二首
乎久佐男（乎具佐助男）　一首
かなしき・かなしけ　三首
汝（イマシ・ナ）　四首

と、細かく分類一覧が掲げられているのだが、このうちの「乎久佐男」は、

乎久佐男《をくさを》と乎具佐受家男《をぐさずけを》と潮船《しほふね》の並べて見れば乎具佐勝ちめり　（三四五〇）

という歌で、「男を呼びかける」という定義自体に問題を含むことがわかる。

たとえば、「背」と呼んでいれば、その歌の作者を女性とみるのが一般的だが、「君」では、

逢はずして行かば惜《を》しけむ麻久良我《まくらが》の許我《こが》漕ぐ舟に君も逢はぬかも　（三五五八）

とある歌は、船で旅立つ男性のものと考えられることから、女性を「君」と呼んだ例外的なもの（他に巻二十・四三五二があるが、これも論が揺れている）と考える説もある。

男性から男性を「君」と呼んだものとすると「逢はぬかも」の解釈が難しくなる。三・四句目の

「麻久良我の許我」が明解でないことと重なって、簡単には結論がでない。

「汝」でも、次の歌が問題となる。

山鳥の尾ろのはつをに鏡掛けとなふべみこそ汝《な》に寄そりけめ　　（三四六八）

水島義治『万葉集全注』巻第十四が、この歌の【考】に「東歌きっての難解歌」という見出しをつけているように、「はつをに鏡掛け」という習俗をどう解釈するかなど、さまざまな試案が出されていて、その解釈によって、作者を男女どちらにするか説が分かれる。

東歌だから虚構や創作がないという前提に立っている論者もいるが、歌の中に「男を呼びかける用語が含まれている」だけでは、作者を女性と限定する根拠にはならないことは明白である。

東歌も万葉集に残されたものである以上、創作作品である可能性は十分に残るわけで、「男を呼びかける用語が含まれている」ことだけで、作者の性差を判別することはできない。佐佐木氏が「暗示するもの」と言っている通りである。

樋口分類イの「歌意より女歌と推定できる歌」はどうだろうか。

たとえば、女性歌をもっとも少なく六十首と考えた渡辺氏は、その著書の「はしがき」に「その歌風によつて少しでも女性らしく思はれるものはなるべく取り入れる事にした」と記している。渡辺氏が作者を女性らしく感じた歌は、あまりなかったということになるのだろう。歌意だけで判断するのも、やはり難しい。

結局は、先行研究を踏まえて各歌を詳細に検討し、総合的に決めるしかない。しかし、そうやって数えても、たとえば、大久保正氏六十七首[4]、水島義治氏六十九首[5]、中川幸廣氏七十三首[6]など、各人各様の数字になってしまうのは仕方がないことである。

しかも、単純な総数だけで比較してはならない面がある。

たとえば、中川氏が掲げている水島氏との比較表を調べると、次のような結果となる。

中川が女性歌とし水島が男性歌とするもの　五首
中川が女性歌とし水島が性別不明とするもの　三首
中川が男性歌とし水島が女性歌とするもの　四首
中川が性別不明とし水島が女性歌とするもの　二首

総数の単純な比較では、二人の違いはわずか四首なのだが、

中川は女性歌とするが水島は認めないもの　八首
水島は女性歌とするが中川は認めないもの　六首

と、十四首の異同があることになる。

先に掲げた樋口氏は、「不安定要素のある歌」十九首をそのまま女性歌の数に含めてしまっているのだが、右の中川・水島両氏の「女性歌と認めない」十四首を互いの女性歌の総数から除いてみると、それぞれ五十九首・五十五首となって、渡辺氏の総数六十首よりも少なくなってしまう。中川氏

の数値を五十九首で再計算すると、東歌に占める女性歌数は23％まで下がってしまうことになる。諸説を参照して、誰か一人でも女性歌と認めないものをすべて排除していけば、東歌に占める女性歌数は、当然さらに下がることになる。

佐佐木氏が、作者の男女分けに「見事失敗してしまった」という詳しい理由を知ることはできないが、一首一首の歌意を吟味して決定しようとすればするほど、作者の性別を決めることは難しくなるはずである。

現代の男女の性差を示す基準に照らして「このような内容の歌は男性が詠むもの」、「女性はこのようなことは言わない」などと判定することは、誰もがおかしいと思うだろう。しかし万葉時代の男女の性差、東歌の男女の性差ということを改めて問いなおしてみれば、それらの多くは、その時々の論者が万葉集の歌から導き出した視点であることに気づかされるのである。

しかも、そこに集団詠という視点まで加えてしまうと、作者の性別を論じることは無意味になってしまうだろう。

しかし本当に無意味であるのかどうか。次に、集団詠という視点の問題に触れておく。

三　東歌の集団詠

東歌には集団詠の歌があると考える説は正しいのだろうか。

この説の問題点を、次の歌で説明しておこう。

上野《かみつけの》安蘇のま麻群《そむら》かき抱《むだ》き寝《ぬ》れど飽《あ》かぬをあどか我《あ》がせむ　（三四〇四）

ふりがなを付したような東歌らしい訛りはあるものの、取り立てて難しい語彙はない。麻を刈る作業は、稲のように根の近くを切るのではなく、麻を抱えて土から抜き取るのだという注釈書の説明を読めば、歌意も素直に理解できる。

歌を素直に読めば、男性作者が恋人を思う相聞歌である。しかしながら、この歌には男女差のある語彙は含まれていない。「いくら抱いても抱き足りない」という歌意だけが、「男性の歌」と認定させるのである。女性が詠んだ歌である可能性が皆無なわけではない。だが、作者を女性と考える論者はいない。

ところが、渡部和雄氏(7)が早くに指摘したように、文献資料を見る限り、麻に関わる仕事は女性のものだったようである。奈良時代においても、麻に関わる労働は女性の仕事であったとするならば、別の解釈を考えなければならない。

この歌の作者を麻の作業に従事する女性だと考えるならば、女性の集団が労働の場で笑いながらうたったものと考える方が穏やかになる。前に掲げた新編日本古典文学全集本では次のような「評言」を付している。

麻作りは播種から収穫まで全工程が女の仕事だが、この歌の趣は男の立場で詠んだものと思われる。民謡なるがゆえに男女の性別をあえて無視したのであろう。

「民謡なるがゆえに…あえて無視した」という点は、説明が短いため簡単に納得できるものではないが、女性が男性の立場でうたう理由の説明として必要である。

一方、この歌を根拠にして奈良時代は男性の作業だったのだと強弁することもできるだろうし、作業をしているのは女性だが、その作業風景を見た男性が「そのさまに、いとしい女を抱きかかえるのを見たわけで、まことにもってぴったりだ」（伊藤博『万葉集釈注』）という理解も可能である。

どちらにしても、「かき抱き寝れど飽かぬ」というのは、男性の表現であるという前提に立っているわけだが、なぜ男性の表現と確定できるのかという説明はない。しかし、東国は都とは違う文化があったと考えたりするならば、女性が男性に対して「かき抱き寝れど飽かぬ」とうたったと考えることも十分可能なのではないだろうか。

さらに労働現場での女性集団詠という視点を持つのであれば、女性たちが笑いながら、「かき抱き寝れど飽かぬ」と―本当に女性が男性に対して「かき抱き寝れど飽かぬ」と思うことがあったかどうかは別の話として―うたっていると見ることも十分可能であろう。

「笑い」という視点を入れただけで、解釈がだいぶ違ったものになる。

もう一例東歌を代表する歌をあげる。

多摩川にさらす手作《てづく》りさらさらになにそこの児のここだかなしき　（三三七三）

歌中に「この児」とあるから、作者は男性と考えられる。

土屋文明『私注』に、「調布の製織、洗曝に際しての、労働歌として成立したものであらう。音調だけを主とした民謡である」とあるように、労働歌という考え方は早くから存在しているのだが、この布をさらす労働は、『常陸国風土記』の那賀郡には、

…泉坂の中に出づ。多《さは》に流れて尤《いと》清く、曝井《さらしゐ》と謂ふ。泉に縁《よ》りて居《す》める村落《むら》の婦女、夏の月に会《つ》集《ど》ひて、布を浣《あら》ひ曝《さら》し乾す。


と見えていて、ひとつの村の女性が集団で行なうものであったようである。

このことが常陸国以外の風俗にもあてはまるとすれば、布をさらしている「この児」は一人ではない可能性が高い。現実に今作者の目の前で布さらしの作業が行われているとするならば、「この児かなしき」というのは、一人の女性だけを指しているのではないかも知れないという想像もできる。麻に関わる労働と同じく、布さらしの現場で、女性たちが笑いながら大声で歌っている光景を想像することもできるのである。

このような視点に立てば、先に掲げた新編日本古典文学全集本の巻十四解説のように、「濃厚な愛の一瞬の描写…などと説明するならば、それは東歌に関する限り失考と言ってよい」、「これらは布晒しを業とする者（女と限らない）…たちが作業しながら賑やかに歌いさざめく、正しい意味での労働歌であったに違いない」という解釈は、十分に納得できるものとなる。

ところが当該歌の語釈は、

さらさらに―事新しく言う必要もないが。

この児―コノは近称の指示語。話し手が自ら手に持つ物をさす。抱擁している時などの気持を歌ったものであろう。

という注を付すだけなのである。これでは「濃厚な愛の一瞬の描写」とするのは新編日本古典文学全集本自身とも見えてしまう。頭注に「調布の生産に携わる人々の歌か」という評言は付されているが、「失考と言ってよい」とした解説の勢いはまったくない。

何の説明もなくこの歌をよむならば、やはり「抱擁している時などの濃厚な愛の一瞬の描写」とする方がよっぽどいいのだが、それではなぜ抱擁中にわざわざ歌を詠んだのかという別の疑問も生じることになる。

また、布に関する労働については、機織りの問題から集団労働の場が想定されてもいる。古代の基本税である調・庸のために用意される布の幅は二尺四寸と規定されているのだが、この幅の布を織るためには大型の織機と、それを使いこなす技術が必要であり、各戸単位で作業していたとは考えられないという(8)。つまり、里単位などの小首長が管理する共同作業所の存在と、そこで機織りに従事していた女性たちが想像されているのである。

麻や布に関わる作業は、女性の共同作業場があったと考えていいだろう。とすれば、布さらしの労働に関わる歌の作者は、女性と考えるのが穏やかであり、歌の内容が女性に向けて詠まれたものと判断されれば、新編日本古典文学全集本の頭注のように、歌意と作者の性別が直接結びつかない理由を考えればよい。

それでも残る問題は、女性が集団で作業している場でうたわれたと想像される歌の内容が、なぜ男性から女性へ向けたものなのかという説明がうまくできないということである。

もう一首、国名の判明していない相聞歌に触れておく。


稲《いね》搗《つ》けばかかる我《あ》が手を今夜《こよひ》もか殿《との》の若子《わくご》が取りて嘆かむ　（三四五九）

「殿の若子」が「我が手」を取って嘆くのであるから、作者は女性と考えられる。土屋文明『万葉集私注』は、「稲をつく者の労働歌である。殿の若子も労働を美化しようとする可憐な心のあらはれと見える」と、手を取って嘆いた男性の気持ちまでも鑑賞している。初・二句について伊藤博『万葉集釈注』に興味深い指摘がある。

「稲搗く」とは、籾の殻を除去して精米にする作業をいう。手のひび割れを作る因子として、この籾ほど強烈なものはない。それは、土をいじるよりも激しい。米は籾のままで貯蔵し、当座の量だけ脱穀するのだが、新米の取れる霜枯れの秋には、租税のために稲扱《いねこ》き、籾干しなど、手で籾を扱う機会が多かったはず。その上、共同作業で多量の脱穀をし、生じた籾殻を肥料にするために燃やしたりもしなければならない。手の筋はあちこち裂けてぱっくり口を空ける。赤く割れたその筋を籾がまた襲う。—中略—

筆者の幼少年時代、農家の人びとは、その圻裂した手や足の筋に、黒砂糖のように固まった膏薬を砕いて入れ、まっ赤に焼けた火箸の先でじんじんと溶かし込んでは治療にあたり、そしてそのまま農作業に従事したものである。「稲搗けばかかる我が手」は、尋常には対しがたい表現である。

私はこの説明から、精米作業（稲搗き）が私の想像をはるかに越える重労働だったことを知り、その知識を持った上で『私注』の鑑賞に戻って、女性作者とその労働で傷ついた手を取って嘆いた男性の気持ちを味わいたいと思う。

ところが、伊藤氏のこの歌の鑑賞は、

さまざまな鑑賞があるけれども、本来は稲搗の作業歌で、ひび割れの手を恥ずかしがる形でお屋敷の若様との逢瀬を想い見た歌なのであろう。若様への女たちの憧れが、「かかる我が手」を「殿の若子が取りて嘆」くという発想を導いたものと思われる。したがって、連夜の若様との逢瀬は、現実のことであったとは言い切れない。だが、「相聞」の一首として見る時、若様との逢瀬をひそかに楽しむ一人の女性が、物蔭で我が手を見つめつつ、ひそかに嘆く歌として味わうことも可能。

というもので、完全な虚構であることも想定しているのである。

新編日本古典文学全集本は、頭注の評言で「地方豪族の子息に愛されている小女が歌った趣の、稲搗女の作業歌であろう」と簡単に説明しているが、どちらにしても、作者は単なる若様への恋心を歌にしたのではなく、複雑な恋愛物語を創作していることになる。

若様と娘の逢引を創作する作者の存在を想定するというのは、発想が飛躍しすぎていないだろうか。

それならばむしろ、『万葉集総釈』第七で巻十四を担当した折口信夫が、

> 真実かうした境遇にある人たちの歌と見れば、あはれが深い。だが、かうして伝はるのは、当の作者が真に作つたかもしれないその歌でなく、伝説化したものに過ぎない。又多くは、さういふ悲痛な恋情を空想することを娯しむ人たちを予期した物語歌にすぎないことが多いのである。

と鑑賞したように、歌が残っているのは、その時点ですでに伝説化していたからだと考えた方が納得できるだろう。

東国の一女性が物語を創作する力を持っていたと想定したり、作業能率を高めるために空想の歌が作成されうたわれていたなどと考えるよりも、実際に一人の女性によって詠まれた歌が伝わり、苦しい作業の最中に歌う作業歌として人々に歌い継がれていたのだと想像する方が、私には受け入れやすい。

しかし現在残っている資料だけでは、万葉集の作者未詳歌の本当の作歌事情がわかるはずもなく、歌から想像されたさまざまな鑑賞が、どれも否定されることなく生き続けているのである。

佐佐木氏が、東歌を男の歌と女の歌に分類しようとして見事失敗してしまったと正直に述べているのは、作者未詳歌研究の限界を物語っている。

四　東歌女性作者が歌を詠むこと

右にみてきたような問題点を解決できない以上、東歌の作者を男女に分けて数えることには、意味を見いだすことができない。問題にすべきことは、数ではなく、作者が女性と考えられる歌があるという事実についてであろう。東歌に女性作者の歌があるということを問題とするべきではないか。そこで、私は歌の詠まれた場を比較してみたいと思う。

古代の女性は、どんな場で歌を詠んでいるのだろうか。

好きな男性に贈った「相聞歌」はわかりやすい。会うことのできないその時々に、詠まれたのだろう。

では、「雑歌」はどうだろうか。

額田王には天皇の行幸に従駕したり、宮中での宴《うたげ》の場があった。大伯皇女には弟のことを思う時間や場があった。大伴坂上郎女には、夫や、同族の幼なじみ、娘や娘婿と歌を贈答する機会があった。

地方に住む女性には、歌を詠むどのような場があったと考えられるだろうか。

東歌で女性が歌を詠む場としてまず思い起こされるのは、「歌垣」であろうか。

万葉集では、巻九に「筑波嶺に登りて嬥歌《かがひ》会を為《す》る日に作る歌」という題詞を持つ高橋虫麻呂歌集の歌がある。常陸国の筑波山の歌垣を詠んだものだが、歌には、

鷲の住む　筑波の山の　裳羽服津《もはきつ》の　その津の上に　率《あども》ひて　娘子壮士《をとめをとこ》の　行き集ひ　かがふ嬥歌《かがひ》に　人妻に　我《わ》も交《まじ》はらむ　我が妻に　人も言問《ことと》へ　この山を　うしはく神の　昔より　禁《いさ》めぬ行事《わざ》ぞ　今日《けふ》のみは　めぐしもな見そ　事も咎《とが》むな　（一七五九）

と、「言問い」とはあるが、残念ながら歌を詠み交わしたとはない。

東歌に歌を残す常陸国の、当時の風俗を記した『常陸国風土記』には、二つの歌垣が記されている。

香島郡の条には、「那賀《なか》の寒田《さむた》の郎子《いらつこ》」と「海上《うなかみ》の安是《あぜ》の嬢子《いらつめ》」が、「嬥歌の会　俗《くにひと》、宇太我岐と云ひ、又加我毗と云ふ」で出会い、

いやぜるの阿是の小松に木綿垂《ゆふし》でて吾《わ》を振り見ゆも阿是小島はも　（郎子）
潮《うしを》には立たむと言へど奈西《なせ》の子が八十《やそ》島隠り吾《わ》を見さはしも　（嬢子）

と歌を詠み交わして恋人となったという話が載せられている。この二首は歌の語句だけを見たのでは作者の性別を判断することは難しい。

筑波郡の条には、万葉集と同じ筑波山の歌垣が記されていて、足柄の坂より東の男女が春秋の美しい時期に筑波山へ登り「遊楽」してうたった歌が二首残されている。

筑波嶺に逢はむと言ひし子は誰が言聞けばか嶺逢はずけむ
筑波嶺に廬《いほ》りて妻なしに我が寝む夜《よ》ろははやも明けぬかも

どちらも男性作者と考えられる表現が見えるが、この歌に続けて、詠《うた》へる歌甚《いとさは》多にして、載《の》筆するに勝《た》へず。俗《くにひと》の諺に云へらく、筑波峰の会《つどひ》に、娉《つまどひ》の財《たから》を得ざれば、児《こ》女と為《せ》ずといへり。

とある。記しきれないほどの男女の歌が残されていたということがわかる。

このような歌垣の史料だけを基にすれば、東歌の女性歌の多くが相聞歌的なのは、歌垣の場で詠まれたものが伝わったからだろうと想像することができる。だが、万葉集には歌垣の場以外にも地方の女性が歌を詠む場があったと想像させるものが残されている。

万葉集の巻四に、次の歌がある。

藤原宇合大夫、任を遷されて京に上る時に、常陸娘子が贈る歌一首
庭に立つ麻手《あさで》刈り干し布さらす東女《あずまをみな》を忘れたまふな　（五二一）

同じような題詞を持つ歌が、巻九にもある。

石川大夫、任を遷されて京に上る時に、播磨娘子が贈る歌二首

絶等寸《たゆらき》の山の尾の上《うへ》の桜花咲かむ春へは君し偲《しの》はむ　（一七七六）

君なくはなぞ身装《よそ》はむ櫛笥《くしげ》なる黄楊《つげ》の小櫛《をぐし》も取らむとも思はず　（一七七七）

藤井連、任を遷されて京に上る時に、娘子が贈る歌一首

明日よりは我《あれ》は恋ひむな名欲山《なほりやま》岩踏み平《なら》し君が越え去《い》なば　（一七七八）

常陸娘子と播磨娘子は、名前に国名を冠しているので、実名ではなく、単純にその国の女性という意味だと想像される。右の歌を詠んだ三人の女性は、それぞれの男性が任地で情を交わした女性と説明されることが多いが実際の関係は不明である。

巻六には、大宰帥大伴旅人の大納言転任に際して次のような歌が残されている。

冬十二月、大宰帥大伴卿の京に上る時に、娘子が作る歌二首

凡《おほ》ならばかもかもせむを恐《かしこ》みと振りたき袖を忍びてあるかも　（九六五）

大和道《やまとぢ》は雲隠りたり然《しか》れども我《あ》が振る袖をなめしと思《も》ふな　（九六六）

右、大宰帥大伴卿、大納言を兼任し、京に向かひて道に上る。この日に、馬を水城に駐めて、府家を顧み望む。ここに、卿を送る府吏の中に、遊行女婦あり、その字《あざな》を児島と曰ふ。ここに、娘子この別れの易きことを傷み、その会ひの難きことを嘆き、涕を拭ひて自ら袖を

振る歌を吟ふ。

左注があるので詳しい事情がわかるのだが、この歌を詠んだ娘子は、「遊行女婦」であったという。このことから、常陸娘子や播磨娘子も、児島と同じように遊行女婦だろうと見るのが一般的になっている。

この「遊行女婦」は、平安時代の辞書『倭名類聚抄』に見える「遊行女児 和名宇加礼女又云阿曽比」のことと考えて、ウカレメともアソビとも訓まれ、一般的には、後世の遊女に当たるものと考えられていたのだが、近年の女性史研究は、この遊行女婦を、後世の遊女とは格が異なる位置づけをするようになってきている。

服藤早苗氏(9)は、本来、神事に付属しておこなわれる宗教性の強いものであったウタゲが、世俗的なものに変化して貴族層に広がり、都と地方を往復する律令官人たちによって、頻繁に歓送迎のウタゲが催されるようになった時、男性とともに列席する女性の歌舞が要請されるようになったのだろうと言う。しかも、本来男女ともにいたアソビと呼ばれる歌い舞う者たちは、

政治的分業が主として男性のみに独占される律令国家が成立したのちは、政治的人間交流の目的を持つ宴に、男性と同等な立場で参加できる女性は少なくなる。しかし、古来からの伝統的遊びとしての宴には男性とともに女性も不可欠であるために、専門の歌舞者たる女性が要請される。それが遊行女婦・娘子ではないか。

と言う。

「遊行女婦」は遊女などではなく、ウタゲにおいて大切な役を担った存在であり、常陸娘子や播磨娘子がそのような立場の女性であったと考えるならば、彼女らの歌は、本当の男女の別れをうたったものではなく、悲しい別れを演じて客人を送り出したものとも鑑賞することができる。大伴旅人と児島の関係はまさにそういうものと考えられるだろう。

国府には都から国司が赴任し、その国司たちは、報告書の提出のために交代で年に四度も都まで往復していたのである。歓送迎のウタゲが、数知れず催されていたのは、間違いない。そのようなウタゲの場で、地元の訛りを使った歓送迎の歌が詠まれたこともあったと想像してみたらどうだろうか。

東歌のうち国名の判明しているのは、

東海道―遠江　駿河　伊豆　相模　武蔵　上総　下総　常陸

東山道―信濃　上野　下野　陸奥

の十二か国である。これを、平安時代の『延喜式』による国の等級に分ければ、

大国―遠江　武蔵　上総　下総　常陸　上野　陸奥

上国―駿河　相模　信濃　下野　　　下国―伊豆

となる。大国には、守・介・大掾・小掾・大目・小目、上国には、守・介・掾・目、下国には守・目とそれぞれに史生三人が赴任しているから、単純に計算すれば、東歌に関わる国には、最低でも九十六名の国司が存在していたことになる。

東歌の中に、国司の歓送会の歌が含まれている可能性は非常に高い。

万葉集巻二十には、次の歌がある。


上総国の朝集使大掾大原真人今城、京に向かふ時に、郡司が妻女等の餞する歌二首

足柄の八重山越えていましなば誰《たれ》をか君と見つつ偲はむ　（四四四〇）
立ちしなふ君が姿を忘れずは世の限りにや恋ひ渡りなむ　（四四四一）

万葉末期にあたる天平勝宝七歳（七五五）のもの。この歌を大伴家持に伝えた大原今城は、上総国の大掾であった。

五味智英氏[10]は、この二首が万葉集に唯一か極めて稀な表現を持つ、「言葉の上からも技法からしても土臭さのない」、「都びた詠みぶり」の素晴らしい歌であるから、
今城がこれらの歌を披露した時は、得意であつたに違ひないし、歌好きの家持も興深く聞いたこと思はれる。

としている。

だからこそ、右の二首は万葉集に記録されたのであろう。

大宰帥大伴旅人を見送る歌を詠んだのは遊行女婦で、三等官の大原今城には郡司の妻女等の見送りの歌があるのは、地位による差などとはとても考えられない。送別会などで詠まれた歌のうち、良い

と思われた歌が万葉集に残されたと考えるのが穏やかだろう。

無論、万葉集に残された歌の中には偶然残ったものもあるだろうが、基本的には、誰かがその歌をいい歌だと思ったから残されたに違いない。

東歌は、土臭いからこそ素晴らしいという意見もあり、都人が鄙振りの歌を詠んだのだという意見もある。作者未詳歌なのだから、さまざまな解釈が可能である。しかし、大原今城が大伴家持にもたらした歌は、東国の郡司の妻女等であっても質の高い歌をつくることができたことを示している。五味氏は、この二首が万葉末期のものであるとしても、「かういふ歌の作られる空気は以前から徐々に醸成されて来たものに違ひない」と言っている。

文化を醸成した場として、国司を中心とするウタゲを想定すると、東歌の中で女性作とみなされるもののほとんどが相聞歌的なものであることの理由と、強く結びついていくのではないだろうか。結局のところ、国司はすべて男性であったということに関わっていくのだろうと、私は考えている。

注1　佐佐木幸綱「万葉集〈女歌〉考」(『万葉集を読む』岩波書店・平成十年)
2　柴生田稔「東歌及び防人の歌」(『万葉の世界』岩波書店・昭和六十一年)
3　中川幸廣「巻十四の論」(『万葉集の作品と基層』桜楓社・平成五年)
4　大久保正「東歌の女歌」(『万葉集の諸相』明治書院・昭和五十五年)

5　水島義治「農民的創作歌」（『万葉集東歌の研究』笠間書院・昭和五十九年）
なお、水島氏にはこれ以外にも数字をあげているものがあるのだが、一、二首の揺れがあるため、中川氏の対比したものだけを掲げた。
6　注3に同じ
7　渡部和雄「東歌の『麻』」（「国語と国文学」昭和四十年三月）
8　池田三枝子「歌われた女性労働」（『万葉民俗学を学ぶ人のために』世界思想社・平成十五年）引用の、服藤早苗「古代の女性労働」（『日本女性史　第1巻　原始・古代』東京大学出版会・昭和五十七年）による。筆者未見。
9　服藤早苗「遊行女婦から遊女へ」（『日本女性生活史　第1巻　原始・古代』東京大学出版会・平成二年）
10　五味智英「上総国郡司の妻女等の歌」（『論集上代文学』二　笠間書院・昭和四十六年）
＊万葉集・風土記の本文は、新編日本古典文学全集本（小学館）に拠ったが、一部改めたところがある。

防人歌と女性の表現

田中夏陽子

一　はじめに――防人と防人歌――

「防人」とは、西暦六六三年、日本が百済救援のために唐と新羅と戦い、敗北したことがきっかけで、国防のために壱岐・対馬などの九州沿岸に配備された兵士のことである。「防人」という言葉はもともと唐の律令用語で、我が国でも七〇一年に発布された大宝律令が取り入れることによって使用されるようになった言葉である。日本の古代文献には「崎守」（『萬葉集』巻十六・三八六六）・「佐吉母利」（『萬葉集』巻二十・四三三六）、「前守」（『日本霊異記』）とみられる(1)。

そうした防人や防人の妻らがよんだ歌を「防人歌」と我々は呼んでいる訳だが、防人歌が『萬葉集』に数多く見られるのは、天平勝宝《てんぴょうしょうほう》七歳《さい》（七五五）、兵部少輔《ひょうぶしょうふ》として難波《なにわ》の地で防人の点検業務にあたっていた三十八歳（養老二年生れ説）の大伴家持《おおとものやかもち》によって採取されたからである。『萬葉集』巻二十には、この時一六六首が奉られ、そのうち八十四首が採用され、八十二首が「拙劣歌《せつれつか》」として載せられなかったと記されている。『萬葉集』には、巻二十所収の天平勝宝七歳に家持が採取した防人歌以外にも、巻十四東歌所収の防人歌（三五六七〜三五七一）や巻二十の昔年の防人歌（四四二五〜四四三二・四四三六）などの題詞や左注の記載から防人歌と知られるもの、歌の内容から防人歌と推定されるものまで含めると、百首を超える防人歌が掲載されている。

本稿では、そうした防人歌の中にみられる妻や妹《いも》（妻や恋人）、母といった女性が、防人歌で如何によまれているか、その表現を中心にみていきたい。

二　軍防令にみる防人制度と女性

北九州沿岸に配備された防人は、よく知られているように西暦七五七年までは東国（北陸を除く近畿以東の諸国）から徴兵された。総数は三千人で養老軍防令《ようろうぐんぼうりょう》によれば、任期は任地に向かう日数は含まず三年で（8兵士上番条）で、毎年千人ずつ交替されることになっていた（『続日本紀《しょくにほんぎ》』天平宝字元年閏八月壬子条）が、現実には守られなかったようである。武器と郷里の東国から難波までの食料は自弁であった（7備戎具条・56賷私粮条）。備戎具《びじゅうぐ》条には、兵士が装備しなくてはならない道具のリストが記されているが、次にあげたものは、その中でも各自で用意するもので、なかなかの負担である。

弓1張　弓弦袋《ゆんづるぶくろ》1口　副弦《そえつる》（予備の弦）2条　征箭《そや》（弓矢）50隻《しゃく》　胡簶《やなぐい》（弓筒）1具

大刀《たち》1口　刀子1枚　砥石1枚　藺帽《いがさ》1枚　飯袋《いいぶくろ》1口　水甬《みずおけ》1口　塩甬1口
脛巾《はばき》（脛用脚絆《きゃはん》）1具　鞋《かわからぐつ》　1両

ただし、正丁《せいてい》（二十一〜六十歳の男）三人がいるような世帯からは一人を派遣すればよく（3兵士簡点条）、父子兄弟が同時に複数選出されることはなかったようである。しかも、祖父母・父母の看病が必要で他に看護するものがいない場合は正丁でも選出されなかった（16充衛防条）。だが、防人着任中に父母が亡くなった場合、任務が終わるまでは郷里に帰ることは許されなかった（28征行条）。

防人が任地に向かうにあたっては、防人部領使《さきもりのことりづかい》が郷里から引率した（20衛士向京条）。部領使は各国の国府に属す役人で『萬葉集』巻二十には、十ケ国の防人部領使の名がみえるが、相模国・駿河国は国守《こくしゅ》（国の長官）みずから部領使として引率している。他の国は、掾《じょう》（国の三等官）が一人、大・少目《さかん》（国の四等官）四人、史生《ししょう》（書記官）一人、地位不明二人という具合である。

軍隊は、婦女を同行させることは禁じていた（27征行者条）が、防人の場合は、使用人（家人・奴婢）や牛馬を連れて行きたいと願うことがあれば許可されていた（55防人向防条）。また、時代が下るが九世紀前半に編纂された養老律令の注釈書「令義解《りょうのぎげ》」には、防人は征人（征討に従軍する人）ではないので、「若レ欲将ニ妻妾一者亦須レ聴」と妻や妾を同行してよかったともある。このことを反映しているのか、聖武天皇の御代のこととして、武蔵《むさし》国多麻《たま》郡鴨里《かものさと》（現在の東京都あきる野市あたり）の防人吉志火麻呂《きしのひまろ》が母と共に筑紫で暮らしていたことがわかる仏教説話が『日本霊異記』（中巻・三）にみられる。しかし、『萬葉集』の防人歌には、女性を同行させていたことが推測されるような歌は一切みられない。牛馬を連れていくのが許されていたのは、防人には任地近くに土地が支給され、耕作がおこなわれていたからだろう。耕作に必要な牛力も支給されたようで、収穫料も毎年朝集使によって太政官《だいじょうかん》に報告されていた（62在防条）。

休暇は十日に一日で、病気になると薬が給付され、付き添いのものが一人ついた（63休假条）。

防人の人員の管理にあたっては、十人単位の「火」という行動グループを作って炊事をともしていた（12兵士向京条）。また、名簿が作成され人員管理がなされていた。名簿は二通作られ、貧富が上中下の三等にわけて記述されており、一通は郷里に置かれ、もう一通は毎年朝集使によって兵部省に送られた。国司はこの名簿をもとに、帰郷した防人については、三年間の兵役を免除した（14兵士以上条）。

三　防人歌がうたわれた時

こうした古代の軍事制度のもと生まれた防人歌だが、実は作歌時期や歌の内容に極度な偏りがある。その原因は、先に述べたように、天平勝宝七歳に難波に集結した東国十ケ国出身の防人たちから収集された歌が、大部分を占めるからである。

つまり、東国の郷里から難波に至り、難波の港から西国へ船出するに至る期間によまれた歌ということで、難波津出航以後の歌、瀬戸内を航海する時の歌や九州で警備にあたっている任期中の歌、そして、任期が終わって帰郷する時などによまれた歌はほとんど皆無なのである。

しかも、天平勝宝七歳の防人歌は、家持が「拙劣な歌」と判断した歌は『萬葉集』に掲載されていないのである。

時代は少し下るが平安時代に成立した『延喜式《えんぎしき》』によれば、各国と当時都があった平安京までにかかる所要日数は次のとおりである。

防人の出身国	延喜式の記載の所要日数		防人歌の提出日 於難波 日付は旧暦
	上り	下り	
遠江国	15	8	2月6日
相模国	25	13	2月7日
駿河国	18	9	2月7（9）日
上総国	30	15	2月9日
常陸国	30	15	2月14日
下野国	34	17	2月14日
下総国	30	15	2月16日
信濃国	21	10	2月22日
上野国	29	14	2月23日
武蔵国	29	15	2月20（29）日

都に一番近い遠江国で上り十五日・下り八日、都から一番遠い下野国は上り三十四日・下り十七日かかるとある。この『延喜式』の日数は、布や特産品などの税を運搬するのにかかる日数なので、防人の一行は、もう少し短い日数で難波津に到着したことだろう。遠江国の防人歌が難波の地において提出されたのは旧暦二月六日（太陽暦三月二十七日頃）と『萬葉集』には記載されているので、天平勝宝七歳（七五五）の一月中旬、遅くても一月下旬あたりまでの期間に防人たちは郷里の国を出発したということになる。

いずれにしろ、天平勝宝七歳の防人歌の作者たちは、現在の暦の感覚でいえば、冬の寒さもゆるむ三月上旬に、郷里の国から難波津まで二週間から長いと一ヶ月にわたる旅をしたということになる。そして、このような条件下でうたわれた防人歌には、防人本人が作った歌だけでなく、防人の妻や父のよんだ歌（巻二十・四三四七、上総国の国造丁日下部使主三中が父の歌）も含まれている。

これら防人歌を南信一氏[2]は、出郷時・旅の途中・難波津の三つに分類して一覧表化した。それ以来、身崎壽[3]・金子武雄[4]・林田正男[5]・水島義治[6]諸氏によって、表覧を掲げて詠出場所の検討がなされ、さらに、歌が詠出される直接的な機会として、郷里における国庁での出発式や、旅の途中に峠などで行われる安全祈願の儀礼、宴席など、集団で歌をよむ〈場〉を想定する研究が進んだ。

しかし、防人歌がうたわれた場所の認定には、金子氏が「一々の歌が実際にどの地で作られたかについては、はっきりした証のあるものを除いては判断できないものが多い」「その思いがその地で歌われたとは限らず、あとになって別の地で歌われたこともあったはずだからである」と述べるように、確証性には限界がある。これは防人歌の問題に限らず、『萬葉集』の歌の〈場〉を想定する研究全般に付きまとうことである。

だが、防人歌のうたわれた場所の分類については、諸氏の意見はおおかた一致している。そして、場所を確定するのではなく、どのようなシチュエーション(場面・境遇)で、どのような思いが歌によまれるかという発想や表現を考察するには、分類は有効であった。

なお、作歌場所については近年、林慶花《イムキョンファ》(7)・品田悦一(8)両氏によって、防人歌の類句や中央官人歌的な発想から難波滞留中を重視する見解が出され、支持されつつある。

四　防人歌にみる女性の表現

(一)　出発の時の歌

防人の故郷出発の時の歌といえば、まず次の歌があげられよう。

今日よりはかへり見なくて大君の醜《しこ》の御楯《みたて》と出で立つ我は　(四三七三・下野国火長今奉部与曽布《いままつりべのよそふ》)

今日からは昨日までとは異なり何も顧みずに大君の盾として出征する、という戦士としての忠誠心を誓った勇ましい歌である。戦前・戦中に皇国精神を鼓舞するために盛んに利用された防人歌としてよく知られているが、忠誠心を積極的に誓う気持ちをよんだ防人歌は、『萬葉集』の百首を超える防人歌の中では少数に過ぎない。左の歌のように、大君の命令が恐れ多いので（「大君の命恐み」）、「我ぬ取り付きて言ひし子（私に取りすがって嘆いたあの子）」や「愛しけ真子（愛しい妻）」に、つまり恋人や妻に後ろ髪を強くひかれながら出立する方が一般的な出立の時の心情である。そして、三首目のように、明日からは妹がいないので独り寝であると、独り身となるさみしさを嘆くのである。

大君の命《みこと》　恐《かしこ》み出で来れば我《わ》ぬ取り付きて言ひし児なはも　（四三五八・上総国種淮郡《すえのこおり》上丁物部龍《たつ》）
大君の命恐み愛《うつく》しけ真子《まこ》が手離り島伝ひ行く　（四四一四・武蔵国助丁秩父郡大伴部小歳《おとし》）
恐きや命　被《かがふ》り明日ゆりや草《かえ》が共寝《むたね》む妹《いも》なしにして　（四三二一・遠江国国造丁長下郡物部秋持《あきもち》）

出発時の歌には、このような恋人や妻との別れをうたう他にも、次の一・二首目のように母と離ればなれになる悲しみを述べる歌がある。ただし、親しい者との別離を嘆く歌ばかりではない。三・四首目のように両親、特に母親の息災を祈る前向きな歌も目立つ。

畳薦《たたみけめ》牟良自《むらじ》が磯の離磯《はなりそ》の母を離れて行くが悲しさ　（四三三八・駿河国助丁生部道麻呂《みぶべのみちまろ》）
たらちねの母を別れてまこと我旅の仮廬《かりほ》に安く寝むかも　（四三四八・上総国国造丁日下部使主三中《くさかべのおみみなか》）
父母が殿の後《しりへ》のももよ草百代《ももよ》いでませ我が来るまで　（四三二六・遠江国佐野郡生壬部足国《みぶべのたりくに》）

真木《まけ》柱ほめて造れる殿のごといませ母刀自《ははとじ》面変《おめが》はりせず　（四三四二・駿河国坂田部首麻呂《おびとまろ》）

息災を祈るためには、斎《いわ》い（潔斎）も行われる。右の二首は、両親の壮健を祈る歌であったが、左の二首は、自分が無事に帰還するようにと父母や家族に対して家で斎いをして待っていてくれと願う歌である。

国巡るあとりかまけり行き巡り帰《かひ》り来《く》までに斎《いは》ひて待たね　（四三三九・駿河国刑部《おさかべ》虫麻呂）
父母《とちはは》え斎ひて待たね筑紫なる水漬《みづ》く白玉取りて来《く》までに　（四三四〇・駿河国川原《かわら》虫麻呂）

（二）防人の妻の歌——衣類の表現意識——

両親とのやり取りが目立つ防人の出郷時の歌の中、武蔵国の防人歌は特殊で、十二首中六首が妻の歌である。そのうち次の四組八首は、夫婦揃って歌が掲載されている。防人の妻（妹）の歌は、武蔵国の防人歌以外にも、昔年の防人歌（四四二五・四四二六・四四二八）や夫の行路死を嘆く巻十三の長歌の反歌（三三四五）にもみられる。先述した『日本霊異記』の説話のように特殊な例もあるが、防人には女性の同行は許されていなかったはずなので、武蔵国防人の妻との問答の歌の場は、郷里出発時ということになろう。

白玉を手に取り持《も》して見るのすも家なる妹をまた見てももや
（四四一五・武蔵国主帳荏原《えばら》郡物部歳徳《としとこ》）

草枕旅行く背《せ》なが丸寝《まるね》せば家《いは》なる我は紐《ひも》解かず寝む
（四四一六・妻の椋椅部刀自売《くらはしべのとじめ》）

家《いは》ろには葦火《あしふ》焚《た》けども住み良けを筑紫に至りて恋《こふ》しけ思《も》はも
（四四一九・武蔵国橘樹《たちばな》郡上丁物部真根《まね》）

草枕旅の丸寝の紐絶えば我《あ》が手と付けろこれの針《はる》持《も》し
（四四二〇・妻の椋椅部弟女《おとめ》）

我が行《ゆ》きの息《いき》づくしかば足柄《あしがら》の峰這《は》ほ雲を見とと偲はね
（四四二一・武蔵国都筑《つつく》郡上丁服部於由《はとりべのおゆ》）

我が背なを筑紫へ遣りて愛《うつく》しみ帯は解かななあやにかも寝も
（四四二二・妻の服部呰女《あざめ》）

足柄のみ坂《さか》に立《た》して袖振らば家《いは》なる妹はさやに見もかも
（四四二三・武蔵国埼玉《さきたま》郡上丁藤原部等母麻呂《ともまろ》）

色深《ぶか》く背なが衣《ころも》は染めましをみ坂賜《たば》らばまさやかに見む
（四四二四・妻の物部刀自売《とじめ》）

右のように武蔵国防人歌の妻と夫の苗字が違うのは、正倉院文書の戸籍などをみてもわかるように、当時は夫婦だからといって同姓とは限らず、実家の姓を名告る習慣があったからである。夫婦が一緒の姓を名告ることの方が珍しい。

最後の一組を除くと、他の三組はかみ合っているといえるようなやり取りではないが、妻は旅行く夫の苦労を思い、「我は紐解かず寝む」（四四一六）・「帯は解かななあやにかも寝も」（四四二二）と、家にいる自分も旅先の夫の苦労を分かち合うかのように貞淑に暮らすとうたっている。

これら妻の歌には、紐・針・帯・衣といった衣類を歌の景物としているものが目立つ。

防人歌を含め男がよむ機会が多い旅の歌には、帯や紐・衣といった衣類がよく登場する。次の歌は下総国の防人歌である。

旅とへど真旅《またび》になりぬ家の妹が着せし衣《ころも》に垢《あか》つきにかり　（四三八八・下総国占部虫麻呂《うらべのむしまろ》）

本格的な長期の旅（「真旅」）というものは、家の妹が着せてくれた衣に「垢つきにかり」と表現されるように、快適な衣類を身につけられる生活ではなくなることである。男が身につけている衣類は、通常この歌のように、女の管理下にあり、男が快適な衣類を身につけられる生活は、恋人・妻・母といった親しい女性の存在〈妹《いも》〉によって維持されている。男が旅にあって、衣類が汚れたりほつれたりすることをうたうのは、そのこと自体を不快に感じて嘆いているだけでなく、それが心理的契機となって、〈妹〉が欠落した状態であることを認識しているのである。つまり孤独で淋しい境遇であることを否応なしに思い知らされるのである。

一方、女にとって、親しい男が自分の手による衣類を身につけていることは、その男性を占有している意識標示となる。マーキング（占有標示）といってもいいかもしれない。そうした衣類をめぐる行為に、自分の魂を封じ込めるといった霊的呪術性を見いだすか否かは別として、旅というものを契機に、親しい男と女の間には相関的な心理的・精神的関係が、衣類を通じて強く意識されるのである。その最たる例として取上げられることが多いのが、四組目の夫婦の歌である。

足柄山は、駿河・相模国境に位置する山で、平安時代には菅原孝標女が『更級日記』で、

足柄山といふは、四、五日かねて、恐ろしげに暗がり渡れり。やうやう入り立つふもとのほどだに、空のけしき、はかばかしくも見えず。えもいはず茂り渡りて、いと恐ろしげなり。

と、四、五日前から、恐ろしげな暗い道が続いて、麓のほうでさえも木々が茂り薄暗く、空もはっきりと見えず恐ろしげなところであったと回想する東海道の難所であった。

四四二三番の歌は、神の御坂といわれる足柄峠を防人である自分が通過する時、袖振りという魂を招き寄せて活発化する行為をおこない、見えるはずもない自分の姿を郷里の武蔵国埼玉郡（現在の埼玉県東北部）の家にいる妹に見てもらおうという呪術的習俗をよんだ歌といわれている。

足柄峠で防人が行おうとしている袖振りの袖は、単なる袖ではなく、妻である物部刀自売の作った衣の袖である。だからこそ、妻である刀自売は、「色深く背なが衣は染めましを」と、自分の夫が

はっきり見えるように、深い色に染めればよかったと後悔しているのである。濃い色合いに衣を染め仕立てるには、時間も手間も費用もかかる。そうした手間を惜しんでしまったということで、足柄峠からの夫の姿が見えづらくなる。それは結果的に、妻としての占有力、マーキングが減退した状態となり、自分の力が及ばないことになる。

(三) 防人の父の歌――女歌の表現とジェンダー――

防人が母をよんだ歌は数多くみられるが、防人の母の歌というものは『萬葉集』には残されていない。そのかわり、防人の父の歌を一首見ることができる。

家にして恋ひつつあらずは汝《な》が佩《は》ける大刀《たち》になりても斎《いは》ひてしかも
(四三四七・上総国国造丁日下部使主三中が父の歌)

上総国防人歌の冒頭に位置する歌で、この歌の次に、左のような防人に出征した息子三中の歌がある。

たらちねの母を別れてまこと我《われ》旅の仮廬《かりほ》に安く寝むかも (四三四八・上総国国造丁日下部使主三中)

母と別れて本当に私は、旅の仮宿で安らかに寝れるだろうかという意味だが、母離れができないような、幼さの残る歌である。肩書きの国造は、地方豪族が世襲する地方官である。上総国の防人歌の配列からすると最上位に位置すべき人物である。他の防人たちを統率すべき国造という職にありながら、このような歌をよむとは、なんとも心許無い国造の防人である。防人は、一世帯から一人選出すればよかったとされるので、それまで父が引き受けていた防人の任務を、息子がはじめて引き継いだのかもしれない。そんなことを想像させるような息子の防人歌である。だからこそ、父は、家にいて心配しているよりか、息子の佩ける大刀になって守りたい、とうたうのであろう。

防人自身が家族の同行を願う歌は、次のようにいくつか存在するが、父の立場で同行したいとうたうのはこの歌だけである。

置きて行かば妹はまかなし持ちて行く梓の弓の弓束《ゆつか》にもがも　（巻十四・三五六七・東歌の防人歌）

父母も花にもがもや草枕旅は行くとも捧《ささ》ごて行かむ　（巻二十・四三二五・遠江国佐野《さや》郡丈部黒当《くろまさ》）

母刀自《おもとじ》も玉にもがもや頂きてみづらの中にあへ巻《ま》かまくも　（四三七七・下野国津守宿祢《つもりのすくね》小黒栖《おぐろす》）

さて、この防人三中の父の歌にみられる表現について、土屋文明『萬葉集私注』は、大伴坂上郎女が聖武天皇に奉った、

よそに居《ゐ》て恋ひつつあらずは君が家の池に住むといふ鴨《かも》にあらましを　（巻四・七二六）

の如き洗練された発想であるとし、また窪田空穂『萬葉集評釈』も、京の歌と異ならないとし、国造の家なので教養があったと評価している。

林田正男氏(9)は両氏のそうした評価を継承しながら、「恋ひつつあらずは」を都人の慣用的表現句を使用したものだとした。そして、東国方言も使用せず、中央的な慣用表現が可能だったのは、渡来系の文筆の業を職務とする氏族の流れを汲んでいたからだと推察する。

「家にして恋ひつつあらずは」と家にいて離れた恋しい相手を思いつづけるという発想は、通常男の訪れを待つ女の歌の発想である。防人三中の父は、そうした女歌の表現・発想を、「おまえが腰にさしている大刀になって守ってやれたらなあ」と、防人に出征していく息子に対する父性の表現へと転換することに成功しているのである。

天平時代、平城京という都市生活空間の出現と大陸から渡来した大量の漢籍の影響で、日本の和歌世界は大きく変容した。越中国守だった大伴家持と部下の大伴池主の贈答歌や、先にあげた大伴坂上郎女と聖武天皇の贈答歌にように、量産されるようになった恋歌は、恋心を相手に伝達するにとどまらず、官人を中心とする教養層にとって、男女・身分さえも超越する社交・交友の手段として発展したことは周知のとおりである。これを表して和歌の表現世界におけるジェンダーの自由化といっていいかもしれない。それまで「男の歌」「女の歌」と性別によって画一化されていた和歌の表現は、天平の代の成熟した恋歌の表現の中では、性別・身分から解放され、表現の可能性を広げた。東国の防人の父の歌にも、平城京で発展したジェンダーを越えた恋歌の表現手法をかいま見ることができるのである。

(四) 妹から母へ

防人歌は、基本的には旅を契機とした悲別の表現によって成り立っているが、遠藤宏氏[10]は、過酷な防人制度が東国の農民に一家崩壊の危機をもたらしたため、中央知識人の旅の歌に比べて、防人歌には「父母」「妻」「子」といった言葉で表現される家族・家庭への執着・回帰願望が強いという。

周知のように、中央知識人による一般的な旅の歌では、妹《いも》や妻が対象になることが多く、父・母はいたって少ない。たとえば、公的な旅の歌群の例としてあげられる遣新羅使人歌群では雪宅満《ゆきのやかまろ》挽歌を除くと、五十首以上に「妹(妻)」への思いの歌がみられるのに対し、「父」はおろか「母」を対象とした歌さえみられない。巻十四の防人歌と巻二十の昔年防人歌も同様に、父母の歌はないのである。

大伴家持が採取した天平勝宝七歳の防人歌のみ、妻(妹)をよんだ歌と母をよんだ歌が、ほぼ互角の数なのである。

そうしたことから、天平勝宝七歳の防人歌について、渡辺和雄氏[11]・林慶花氏[12]は、父母をよむのは大伴家持が尊敬していた山上憶良にはじまることで、律令制度の思想的基盤である儒教倫理や家持自身の官人意識によると推察し、家持が防人作歌の場に「父母」という素材を持ち込んだとする。
林氏は、これら防人歌の親子関係にみられる悲別という題材は、都人の相聞歌・相聞発想の歌の伝統を援用した独自の創作意欲が働いた結果とし、その論を受けて東城敏毅氏[13]は、意図的に「妹」を「母」にかえる発想こそが、単なる東国の庶民の歌ではなく、地方において上層階級の身分に属し、律令官人の最末端に位置する者たちによってうたわれた防人歌の実態なのだとする。

六　防人歌流転——近代の防人歌の享受——

与謝野晶子が日露戦争で旅順総攻撃のために戦地へ赴いた弟鳳籌三郎《ほうちゅうさぶろう》の無事を祈った詩「君死にたまふこと勿れ」は、反戦詩としてよく知られているが、いろいろな意味を込めて、近代の防人歌と言っていいのではないだろうか。

（前略）
君死にたまふことなかれ
すめらみことは戦ひに
おほみづからは出でまさね
かたみに人の血を流し
獣《けもの》の道に死ねよとは

死ぬるを人のほまれとは
大みこゝろの深ければ
もとよりいかで思《おぼ》されむ

（後略）

（与謝野晶子「君死にたまふこと勿れ」『明星』明治三十七年九月号）

この詩で晶子は、天皇さえも引き合いに出して戦争批判をしたとして、当時大きな非難を浴びた。それに対して晶子は、『明星』明治三十七年十一月号に「ひらきぶみ」を発表し、「この国に生れ候私は、私等は、この国を愛で候こと誰にか劣り候べき」「少女と申す者誰も戦ぎらひに候」「歌は歌に候。……まことの心うたはぬ歌に、何のねうちか候べき」と、私も弟も国を愛している気持ちは誰にも劣らない、女は誰もが戦争嫌いだ、歌はまことの心をうたうもの、と反撃したことはよく知られている。しかし、「ひらきぶみ」には、「……御国のために止むを得ぬ事と承りて、さらばこのいくさ勝てと祈り、勝ちて早く済めと……」と、弟が出兵することはお国のためにはやむを得ぬ事なので、戦に勝利して早く済んで欲しいともあり、戦争を端から反対している訳ではないのである。

幸い弟の籌三郎は戦争から無事に帰ってくる。伊藤博氏は、防人歌や大伴家持の防人同情歌群に対して、「私情を抱えながら公事に従う境涯において、兵部省の役人も東国の兵士も等しく『ますらを』である――防人に対する家持の『共感』と呼ばれるものは、この一点を核に凝結した感情ではなかったか」（『萬葉集の歌群と配列　下』塙書房）と述べておられるが、晶子のこの詩をめぐる態度には、防人歌や大伴家持の防人同情歌群と共通する思考が感じられる。

さらに晩年、晶子は太平洋戦争が開戦された時、「詔勅を拝して」と題し、戦地に赴く息子に対して次のような歌をよんだ。


水軍の大尉となりてわが四郎み軍《いくさ》に征く猛《たけ》く戦へ　与謝野晶子

水軍（海軍）の大尉となって出征するわが子に対して、猛々しく戦えという内容である。万葉調の歌ではあるが、『萬葉集』の防人歌には、母親が息子をよんだ歌はない。先述した防人三中の父の歌と比べても、比較にならないほど雄雄しい歌である。

与謝野晶子は一般的には「君死にたまふこと勿れ」の影響で反戦家としてのイメージが強いが、戦争に対する首尾一貫した思想があった訳ではないようである。時勢にのった思想や論理をしたたかに歌の中に取り込み、自分に有利な歌をつくっていく。これも一種の女歌の特性といえるのかもしれない。

品田悦一氏は、『万葉集の発明』（新曜社・平成十三年）以降、明治の近代国家と『萬葉集』享受の社会的関係について徹底して論じられているが、昭和の戦時体制の中『萬葉集』は、「軍国日本の聖典」に祭り上げられ、「戦意高揚のために動員される。その最たるものが防人歌であった」と述べられている。(14) 左の六首は、品田氏も言及されている「愛国百人一首」に採用された『萬葉集』の防人歌である。

大君の命《みこと》かしこみ磯に触《ふ》り海原《うのはら》渡る父母を置きて　丈部《はせつかべ》人麻呂（巻二十・四三二八）
真木柱ほめて造れる殿のごといませ母刀自面変りせず　坂田部麻呂（四三四二）
霰《あられ》降り鹿島の神を祈りつつ皇御軍《すめらみいくさ》に吾は来にしを　大舎人部千文（四三七〇）
今日よりは顧みなくて大君のしこの御楯と出で立つ吾は　今奉部与曽布（四三七三）
天地《あめつち》の神を祈りて幸矢《さつや》貫《ぬ》き筑紫の島をさしていく吾は　大田部荒耳《あらみみ》（四三七四）
ちはやふる神の御坂《みさか》に幣奉《ぬさまつ》り斎ふいのちは母父が為め　神人部子忍男《かむとべのこおしお》（四四〇二）

「愛国百人一首」とは、戦時下である昭和十七年十一月に発表された愛国的和歌を百首集めたものである。東京日々新聞と大阪毎日新聞が、明治以前の和歌の中から読者に推薦させた歌を、佐佐木信綱、斎藤茂吉、太田水穂、尾上柴舟、窪田空穂、折口信夫、土屋文明、松村英一らが委員となり選定し、さらに軍関係者に交じって徳富蘇峰、辻善之助、平泉澄、久松潜一も顧問として名を連ねた。戦時中は百人一首かるたが禁止されていたので、代わりに広く用いられた。

川田順『愛国百人一首評釈』（朝日新聞社・昭和十八年）によれば、歌の選定方針として愛国の精神を歌ったものでも、志士獄中の作のようなものはできるだけ避け、なるべく健やかで、積極性のある歌を採用したという。

六首を見てわかるとおり、「愛国百人一首」には父母への孝行の精神をうたった防人歌が選ばれ、妹・妻の存在のある防人歌は選ばれなかった。大伴家持が『萬葉集』に選び伝えた防人歌の方が、妻・妹が登場し、女性の多様性が保証されている。

先に紹介した『日本霊異記』に登場する防人は、母を防人の任務地に同行させた上、故郷に残してきた妻に逢いたくなったため、母を密かに殺害して、その喪に乗じて妻と逢おうとした儒教の孝の倫理からはほど遠い話である。大伴家持が採取した防人歌のイメージからは想像さえつかない防人である。また、『萬葉集』の東歌にも、

筑紫なるにほふ児《こ》故に陸奥《みちのく》の香取娘子《をとめ》の結《ゆ》ひし紐解く　（巻十四・三四二七）

という歌がある。防人歌と推測される歌の一首で、家持が採取した防人歌とは異なり、「筑紫娘子がうるわしいので、下紐を解く」と、赴任地筑紫で、浮気をすることをうたっている。家持が収集した防人歌の世界とは異なる防人歌である。

『萬葉集』にみられる防人歌は、先に述べたように、作歌時期が非常に偏り、歌の内容も画一的である。任期中の歌、帰郷の歌は残っていないに等しい。

結局、百首ほどある防人歌のほんの一部だけが一人歩きしたのが近代日本の『萬葉集』防人歌の享受の仕方だった。

『萬葉集』に掲載されている防人歌の大部分は、幾度も述べたように大伴家持という天皇の身近に侍る名門貴族の御曹司によって選ばれた歌である。大伴家持という中央の政治家であり歌人である人物のフィルターを通過した防人歌しか我々は目にすることができないのである。

いつの日にか再び、『萬葉集』の防人歌を引きながら、政治を語る時代が来るかもしれない。その時は、一部の防人歌のみ取上げたりせず、大伴家持という人物によって収集され、限られた期間の中でつくられた歌であることを認識した上で語ってもらいたい。そして、万葉時代の防人が一度も戦いに出なかったことを言いそえて欲しいものである。

注1　防人を示す「戍人《じゅにん》」の文字が書かれた木簡が佐賀県唐津市中原遺跡から平成十二年九月に出土している。木簡の大きさは、縦二十七センチ、幅三・五センチ、厚さ〇・三センチほど。延暦八年（七八九）頃のもので、平川南氏らが赤外線解析で「甲斐國□戍人」（□は不明）と解読。「戍」は「守る」の意味で、『続日本紀』にも「常戍」「辺戍」といった言葉がみられ、防人の呼称が当時「戍人」だったと推測されている。（佐賀新聞平成十七年五月三十一日、松尾光「唐津市中原遺跡出土の戍人木簡について」『万葉古代学研究所年報』第四号・平成十八年三月）

2　南信一『万葉集駿遠豆　論考と評釈』（風間書房・昭和四十四年）

3　身崎壽「防人歌試論」（『萬葉』八十二号・昭和四十八年十月）

4　金子武雄「東国防人等にとってのその歌」（『万葉　防人歌――農民兵の悲哀と苦悶――』公論社・昭和五十一年）

5 林田正男「防人歌の人と場」(『万葉防人歌の諸相』新典社・昭和六十年)
6 水島義治「防人歌の成立と性格(一)」(『いわき明星大学人文学部研究紀要』四号・平成三年三月)
7 林慶花「天平勝宝七歳防人歌の場」(日本文学協会『日本文学』五十巻三号・平成十三年三月)
8 品田悦一「東歌・防人歌論」(『セミナー 万葉の歌人と作品』十一巻・和泉書院・平成十七年)
9 注5
10 遠藤宏「防人の歌――その発想の基点――」(『文学』四十巻九号・昭和四十七年九月)「東歌・防人歌の世界」(『国文学解釈と鑑賞』五十一巻二号・昭和六十一年二月)
11 渡辺和夫「防人歌における『父母』」(『北大古代文学会研究論集』二号・昭和四十七年八月)
12 林慶花「『父・母』の詠まれた防人歌の形成試論」(『上代文学』八十七号・平成十三年十一月)
13 東城敏毅「防人歌の世界」(高岡市万葉歴史館編『無名の万葉集』笠間書院・平成十七年)
14 注8

※『萬葉集』の引用は塙書房刊「『万葉集』CD-ROM版」によったが、私に改めたところもある。

伝説歌の女性

坂本信幸

一　女性の表現された伝説歌

『万葉集』には、さまざまな伝説歌が残されている。それら万葉の伝説歌にあらわれる女性たちはどのような女性であろうか。

伝説歌といっても、そこには大久間喜一郎氏（「神話・伝説と万葉集」『万葉集講座 第四巻』昭和四十八年、有精堂刊）の指摘されたように、⑴伝説に関連ある作品と、⑵伝説自体を形象化した作品とに分けることができ、(1)氏は「真の意味での伝説歌と言われるものは⑵の系列にあるものである」とする。⑴の系列の歌々にも女性は登場するが、角麻呂の作である天《あま》の探女《さぐめ》伝説の歌

ひさかたの天の探女が岩船の泊《は》てし高津はあせにけるかも　（巻三・二九二）

には、天の探女の岩船が停泊した高津の様子は歌われるものの、探女自体の形象は描かれておらず、逸文『駿河国風土記』に手児《てご》の呼坂《よびさか》伝説に関係する男神の歌とされる

東道《あづまぢ》の手児の呼坂越えがねて山にか寝むも宿りはなしに　（巻十四・三四四二）

東道の手児の呼坂越えて去《い》なば我は恋ひむな後は相寝《あひぬ》とも　（巻十四・三四七七）

にも、荒ぶる神にさまたげられて男神を待つ女神の形象は見られない。柘枝伝説の歌

仙《やまびめ》柘枝《つみのえ》が歌三首

あられ降り吉志美《きしみ》が岳《たけ》を険《さが》しみと草取りかなわ妹が手を取る　（巻三・三八五）

右の一首、あるいは云はく、吉野の人味稲《うましね》、柘枝仙媛《つみのえやまびめ》に与《あた》ふる歌なり、といふ。ただし、柘枝伝を見るに、この歌あることなし。

この夕柘の小枝《さえだ》の流れ来ば梁《やな》は打たずて取らずかもあらむ　（巻三・三八六）

右の一首

古に梁打つ人のなかりせばここにもあらまし柘の枝はも　（巻三・三八七）

右の一首、若宮年魚麻呂《あゆまろ》が作

には、三八七の「梁打つ人のなかりせばここにもあらまし」の表現に仙媛に対する若宮年魚麻呂の憧憬の思いが歌われてはいるものの、伝説自体が不明であり、やはり具体的様相を見せていない。

ただ、山部赤人の勝鹿の真間《まま》の娘子《をとめ》伝説の歌（巻三・四三一〜三）には、

勝鹿の真間の入江にうちなびく玉藻刈りけむ手児名《てごな》し思ほゆ　（巻三・四三三）

と、僅かながらではあるが、労働に従事する娘子の姿が描かれており、山上憶良の松浦佐用比売《まつらさよひめ》伝説の歌、

松浦潟佐用姫の児が領巾《ひれ》振りし山の名のみや聞きつつ居らむ　（巻五・八六八）

とともに、参考されるべきものと考えられる。また、棄老伝説として（1）の系列に置かれた巻十六・三七九一〜三八〇二の竹取翁関連歌にも七人の女性の歌が伝えられており、考察の対象とすべきものと考えられる。

一方、（2）の系列にある山上憶良の鎮懐石伝説歌（巻五・八一三、八一四）は、神功皇后の新羅征討の折に鎮めとされた鎮懐石を歌うことに興味の中心があり、主人公の女性も神功皇后という天皇に代わるべき存在であり、通常の伝説歌の女性とは様相を異にするもので、直接考察の対象とすべきものと

は考えがたく、(1)の系列の息長足日《おきながたらしひ》女《め》伝説の歌（巻五・八六九）とともに参考にとどめるべきものといえる。

以上のような点から、女性の表現された万葉の伝説歌として次の作品が挙げられる。

①真間娘子伝説歌（山部赤人の巻三・四三一～四三三歌）、（高橋虫麻呂の巻九・一八〇七～一八〇八歌）
②松浦佐用姫伝説歌（山上憶良の巻五・八六八歌、八七一～八七五歌）、（三島王の巻五・八八三の追和歌）
③七夕伝説歌（山上憶良の巻八・一五一八～一五二九歌、作者不明の巻九・一七六四、一七六五歌）
④珠名《たまな》娘子伝説歌（高橋虫麻呂の巻九・一七三八、一七三九歌）
⑤水江浦島子《みづのえのうらのしまこ》伝説歌（高橋虫麻呂の巻九・一七四〇、一七四一歌）
⑥菟原《うなひ》娘子伝説歌（田辺福麻呂の巻九・一八〇一～一八〇三歌）、（高橋虫麻呂の巻九・一八〇九～一八一一歌）、
（大伴家持の巻十九・四二一一、四二一二歌）
⑦桜児《さくらこ》伝説歌（巻十六・三七八六、三七八七歌）
⑧縵児《かづらこ》伝説歌（巻十六・三七八八～三七九〇歌）
⑨竹取翁伝説歌（巻十六・三七九一～三八〇二歌）

二　妻争い伝説の女性

まず、これらから分かることは、万葉の伝説歌に表現された女性の中心をなすのは、①の真間娘子

や⑥の菟原娘子、⑦の桜児、⑧の縵児といった、妻争い伝説の女性であるという点である。

その他においても、男性との別離に涙した②の松浦佐用姫や、一年に一度の逢瀬しか許されない③の織女であり、複数の男性と関係を結ぶ④の珠名娘子においても、また、⑤の浦島伝説の海神《わたつみ》の神の娘子にせよ、いずれ愛恋をめぐる女性が伝説の女性として表現されているといえる。唯一竹取翁伝説歌にあらわれる女性たちが愛恋をめぐる女性とはいいがたいように思えるが、これも「娘子等が和《こた》ふる歌九首」は、

はしきやし翁の歌におほほしき九《ここの》の児らや感《かま》けて居らむ［一］（巻十六・三七九四）
恥を忍び恥を黙して事もなく物言はぬさきに我は寄りなむ［二］（巻十六・三七九五）

に始まり、それぞれ、「我も寄りなむ」［三］（巻十六・三七九六）、「我も寄りなむ」［四］（巻十六・三七九七）、「我も寄りなむ」［五］（巻十六・三七九八）、「我も寄りなむ」［六］（巻十六・三七九九）、「我も寄りなむ」［七］（巻十六・三八〇〇）、「にほはぬ我や　にほひて居らむ」［八］（巻十六・三八〇一）、「にほひ寄りなむ　友のまにまに」［九］（巻十六・三八〇二）と、娘子は翁になびき寄る思いを歌っており、愛恋の様相を保っている。

しかも、その作品には作者に片寄りがあり、いずれも万葉第三期以降の作品となっていることは[2]注目すべき点である。

妻争い伝説自体は、「中大兄の三山の歌」(巻一・一三)に「神代より かくにあるらし 古も 然《しか》にあれこそ うつせみも 妻を 争ふらしき」と見られるように、古昔から伝えられてきたところであり、「香具山は 畝傍ををしと 耳梨と 相争ひき」と、その内容に触れられてもいる。しかし、それは吉井巌氏「中大兄三山歌」(『万葉集を学ぶ 第一集』昭和五十二年、有斐閣刊)の指摘するように、「三山妻争いを踏まえての、作者の神話的世界ならぬうつせみの人の嘆きを歌った」歌であり、伝説自体を形象化する意図のもとに作られた作品ではない。つまり、伝説歌を歌うという営為自体が、万葉第三期以降に生まれてきたと考えられるのである。

①〜⑨の作品群の中で、①の山部赤人の

勝鹿の真間の娘子が墓に過《よき》る時に、山部宿祢赤人が作る歌一首 并せて短歌 東の俗語に云ふ、かづしかのままのてご

古に ありけむ人の 倭文機《しつはた》の 帯解きかへて 廬屋《ふせや》建て 妻問ひしけむ 勝鹿の 真間の手児名が 奥《おく》つ城《き》を こことは聞けど 真木《まき》の葉や 茂りたるらむ 松が根や 遠く久しき 言のみも 名のみも我は 忘らゆましじ (巻三・四三一)

反歌

我も見つ人にも告げむ勝鹿の真間の手児名が奥つ城所 (巻三・四三二)

勝鹿の真間の入江にうちなびく玉藻刈りけむ手児名し思ほゆ (巻三・四三三)

は、製作年次から考えてもそれらの魁《さきがけ》といえる歌群であろう。(3) ここでは、題詞に「過ニ勝鹿真間娘子墓一時」と見えるが、伊藤博氏（『万葉集の歌人と作品 下』「伝説歌の形成」昭和五十年、塙書房刊）によると、「過――」の型の題詞は、「羈旅の途次、あるものを見て感懐を述べるという作歌事情を標榜した題詞」であり、これらの型の歌は伝説歌の源流に位置する作であるという。そして、その本質は「旅にあってある場所を無事通過するために、タマフリをするという点にあった」という。果たして、赤人は「真間の手児名が　奥つ城を　こことは聞けど」「言のみも　名のみも我は　忘らゆましじ」と自己を主体として述べ、真間の娘子の伝説の具体にはあまり立ち入らない。反歌においてもやはり、「我も見つ人にも告げむ」「手児名し思ほゆ」と我を主体として追想するのであり、その感懐自体が鎮魂の意味をもつものである。

それに対して、同じ真間の娘子を歌っても、高橋虫麻呂の歌では、

勝鹿の真間の娘子を詠む歌一首　并せて短歌

鶏《とり》が鳴く　東《あづま》の国に　古に　ありけることと　今までに　絶えず言ひける　勝鹿の　真間の手児
名が　麻衣《あさぎぬ》に　青き衿《くび》付け　ひたさ麻《を》を　裳《も》には織り着て　髪だにも　掻《か》きは梳《けづ》らず　沓《くつ》をだに
はかず行けども　錦綾《にしきあや》の　中に包める　斎《いは》ひ児も　妹に及《し》かめや　望月の　足《た》れる面《おも》わに　花
のごと　笑《ゑ》みて立てれば　夏虫の　火に入るがごと　湊入りに　舟漕ぐごとく　行きかぐれ　人
の言ふ時　いくばくも　生けらじものを　なにすとか　身をたな知りて　波の音の　騒く湊の

奥つ城に　妹が臥《こ》やせる　遠き代に　ありけることを　昨日しも　見けむがごとも　思ほゆるかも　(巻九・一八〇七)

反歌

勝鹿の真間の井を見れば立ち平《なら》し水汲ましけむ手児名し思ほゆ　(巻九・一八〇八)

と、題詞に「詠二勝鹿真間娘子一歌一首」として、漢詩の影響による「詠物」の形式をとっており(4)、その描写は、赤人歌が我を主体として表現しているのと異なり、「真間の手児名が　麻衣に　青き衿付け　ひたさ麻を　裳には織り着て　髪だにも　掻きは梳らず　沓をだに　はかず行けども」「望月の足れる面わに　花のごと　笑みて立てれば」と、真間の娘子を中心とした客観的具体的な表現となっている。

それは過去推量の「けむ」という助動詞の使用にも関係しており、赤人長歌が「古に　ありけむ」「廬屋建て　妻問ひしけむ」と二箇所にわたり「けむ」を用いて、不確実なこととして伝説を想像するのに対し、虫麻呂長歌はそのような「けむ」を用いることなくその伝説を描写している(「昨日しも　見けむがごとも　思ほゆるかも」の「けむ」は自分の追懐が昨日にでも見たかのように思われるというのであり、伝説の内容について推定した赤人歌の「けむ」とは相違する)。

赤人歌は伝説を中心にして歌うことをしなかったが故に、解釈に誤解を生じ、『万葉集攷証』では、虫麻呂歌の真間の娘子が「よばふ人あまたある故に、いづれにもあはで、水に入てうせけるよし」であるのに対し、赤人歌の真間の娘子は「男にあへりしよしなる」ものとして、虫麻呂歌と赤人歌とでは真間の娘子の「伝への異なるにか」と疑い、『万葉集注釈』などの近代の諸注釈においても、両者の伝説は異なるもので、赤人歌に見える真間の娘子伝説では、「古にありけむ男は倭文機の帯解きかはして寝たのである。手児名は男に逢ったのである」（『万葉集注釈』）と考えられることとなった。しかしながら、それは赤人歌の「倭文機の　帯解きかへて」の句を、カヘテを「交へて」と解し、「倭文機の帯解きかはして寝た」と解釈したところから生じた誤りであることは、拙稿（「倭文機の帯解き替へて―山部赤人の真間の娘子の歌の解釈をめぐって―」『叙説』第22号、平成七年三月）に指摘したとおりである。原文表記「帯解替而」の「替」の字は、万葉集中の用例では「住鳥毛《すむとりも》　荒備勿行《あらびなゆきそ》　年替左右《としかはるまで》」（巻二・一八〇）、「其緒者替而《そのをはかへて》　吾玉尓将為《わがたまにせむ》」（巻七・一三二六）、「浣衣《あらひきぬ》　取替河之《とりかひがはの》　河余杼能《かはよどの》」（巻十二・三〇一九）、「蜻領巾《あきつひれ》　負並持而《おひなめもちて》　馬替吾背《うまかへわがせ》」（巻十三・三三一四）、「馬替者《うまかはば》　妹歩行将有《いもかちならむ》」（巻十三・三三一七）「珠乃七條《たまのななつを》　取替毛《とりかへも》　将申物乎《まうさむものを》」（巻十六・三八七五）、「今替《いまかはる》　尓比佐伎母利我《にひさきもりが》　布奈弖須流《ふなでする》」（巻二十・四三三五）とすべて字義に沿った交替・交換する意の例ばかりで正訓字としての用法であり、[5]「互いに〜する」意の借字として用いた例は一例も見えない。カヘテは、原文の表記どおり「替へて」と解すべきであり、「交へて」ではあり得ない。「帯解き替へて」真間の娘子に妻問いをしたというのは、古にありけむ人が、妻なる女性と貞節の誓いのもとに結び合った帯をすら自ら解き替えて、つまり妻を捨ててまでして求婚したと解すべきであり、虫麻呂、赤人両歌の真間の娘子伝説は基本的には相異するものではなかった。

むしろ、虫麻呂歌は赤人歌を踏まえて作歌されたものであることは、その反歌において明らかである。前述のように虫麻呂長歌は推定の「けむ」を用いることなく伝説を描写していたが、反歌においては「けむ」を用いている。それは、伝説内容を想像する「けむ」ではなく、真間の娘子が生きていたころはそうしたであろう労働を推定するものであるが、赤人歌の反歌第二首、

勝鹿の真間の入江にうちなびく玉藻刈りけむ手児名し思ほゆ　（巻三・四三三）

の下三句の表現をそっくり用い、労働の内容を「藻刈り」から「水汲み」に変えて

勝鹿の真間の井を見れば立ち平し水汲ましけむ手児名し思ほゆ　（巻九・一八〇八）

と表現しているのである。集中の「けむ……思ほゆ」の語法例がこの二例だけであることからも、虫麻呂歌が赤人歌の踏襲であることが判る。虫麻呂歌では作者の行為は「見れば」「思ほゆ」の二つであるが、「真間の井を見れば」の視覚的表現は、おそらく赤人の第一反歌の「我も見つ」の視覚的表現を踏まえたものであろう。(6)

赤人歌を踏まえつつ作成している伝説の内容が、赤人歌と相異するということなどあり得ないのである。考えてみれば、男が女と共寝をすることは常態であり、諸注釈のように、男が帯を解き交わし

て共寝をした真間の娘子というのでは、語り伝えるべき意味が無く、伝説としての意味をなさないのである。そのことは、

勝鹿の真間の手児名をまことかも我に寄すとふ真間の手児名を　（巻十四・三三八四）

勝鹿の真間の手児名がありしかば真間のおすひに波もとどろに　（巻十四・三三八五）

と歌われた二首の東歌においても同じである。第一首目は「勝鹿の真間の手児名を、ほんとかなあ、私と関係があると噂している。あの真間の手児名を」というのであって、伝説上の美女である真間娘子と自分とが恋仲であると世間が噂していると聞いて喜んでいる趣の歌で、到底ありえないことをそうあるかのように歌うところに笑わせ歌としてのこの民謡の機能があったと考えられる。第二首目は、真間娘子がこの世に生きていた頃は、真間の磯辺に波が轟き寄せるように男どもが騒ぎ寄ったものだ、という娘子讃歌であり、二首ともに男と帯を解きかわして寝た女とは歌われていない。むしろ、第一首目では、容易に男に靡《なび》かなかった女であったから「まことかも我に寄すとふ」という表現が笑わせ歌として機能するわけであって、東国民謡の世界においても真間の娘子は男と寝たのではないのである。集中の他の伝説と同様に、複数の男に求婚される中で死を選んだ美女、という典型的な古代の人々の好んだ伝説内容であったと考える方が理にかなっているのであり、そこには、男と逢うことなく死ぬ女性への強い哀悼の思いがあるといえる。

三　伝説歌の表現

赤人歌と、虫麻呂歌ではその表現のあり方が違うのであり、赤人歌が伝承の内容を「歌の外で諒解されるもの」（神野志隆光「虫麻呂の方法　その一」『改訂版上代日本文学―後期万葉へ―』平成四年、放送大学教育振興会刊）として詳しく触れないのに対して、虫麻呂歌では積極的具体的に表現しているのである。

伝承の内容は元来歌の外にあった。中大兄三山歌においては、妻争いがあったこと、その争いの原因が香具山が畝傍山を「ををし」と思ったことを表現するだけであり、その恋の起こりや、その結果については表現しない。また、印南国原との関わりについてもその内容を明らかにしない。むしろ、それは外に語られるものとしてあるものであって、そのことを記述する場合においても、それは歌の外において、題詞・左注で語る方法がとられた。山上憶良の伝える松浦佐用姫伝説では、その内容は題詞に明らかにされているし、巻十六の桜児伝説（三七八六〜七）、縵児伝説（三七八八〜九〇）も同様に、題詞において伝承内容が明らかにされている。その題詞に語る由縁と歌との相関が後の『大和物語』や『伊勢物語』などの歌物語につながってゆくものであることはすでに指摘されているとおりである。(7)

虫麻呂の文学的営為は、伝承の内容を歌の中に積極的具体的に表現していったところにあり、そこに伝説歌人としての虫麻呂の新しさがあるといえるが、伝承の内容を題詞・左注で語る方法自体も、第三期以降の歌人の新しい営為としてあったと考えられる。それは憶良の八七一歌の題詞が、「妾也松浦」「曰二領巾麾之嶺一也」と「也」の助辞を含みつつ、

大伴佐提比古郎子（大伴佐提比古郎子《おほとものさでひこのいらつこ》）、
特被朝命、奉使藩國（特《ひと》り朝命を被《かがふ》り、使《つか》ひを藩国《はんこく》に奉《うけたま》はる）。
艤棹言歸、稍赴蒼波（艤棹《ふなよそひ》して言《ここ》に帰《ゆ》き、稍《やくやく》に蒼波《さうは》に赴《おもぶ》く）。
妾也松浦佐用嬪面（妾《をみなめ》松浦《まつら》〔佐用姫《さよひめ》〕）、
嗟此別易、歎彼會難（この別れの易《やす》きことを嗟《なげ》き、その会ひの難《かた》きことを嘆く）。
即登高山之嶺、遙望離去之船（即《すなは》ち高き山の嶺に登り、遥かに離り去く船を望み）、
悵然断肝、黯然銷魂（悵然《ちやうぜん》に肝を断ち、黯然《あんぜん》に魂《たま》を銷《け》つ）。
遂脱領巾麾之、傍者莫不流涕（遂に領巾《ひれ》を脱《ぬ》きて麾《ふ》る。傍《かたはら》の者《ひと》、涕《なみた》を流さずといふことなし）。
因号此山、曰領巾麾之嶺也（因《よ》りてこの山を号《なづ》けて、領巾麾嶺《ひれふるみね》と曰ふ）。
乃作歌曰（乃《すなは》ち歌を作りて曰く）、

と漢籍を意識した四六駢儷体《しろくべんれいたい》を基本として書かれていることに知られる。伝承内容の作品化である。

憶良の作は、歌においては

遠つ人松浦佐用姫夫恋《つまごひ》に領巾振りしより負《お》へる山の名　（巻五・八七一）

後の人の追和

山の名と言ひ継げとかも佐用姫がこの山の上《へ》に領巾を振りけむ　（巻五・八七二）

最後の人の追和

万代《よろづよ》に語り継げとしこの岳に領巾振りけらし松浦佐用姫　（巻五・八七三）

最々後の人の追和二首

海原の沖行く舟を帰れとか領巾振らしけむ松浦佐用姫　（巻五・八七四）

行く舟を振り留みかねいかばかり恋しくありけむ松浦佐用姫　（巻五・八七五）

と、第一首目の八七一歌は伝承された歌としての様相をしめすものの、「後人追和」「最後人追和」「最々後人追和」においては、八七二、八七四、八七五に伝聞推定の「けむ」を用い、八七三にも「けらし」（ける・らし）という過去の推量を用いて、短歌形体の歌で赤人歌と通ずる主体の追想の表現をもつ。

一方、巻十六の桜児伝説や縵児伝説では、特に四六体をとることはないが、冒頭を「昔者有二娘子一」（桜児伝説）、「或曰、昔有二三男一」（縵児伝説）と始める形式は、小島憲之氏（『万葉以前—上代びとの表現』第6章「上代官人の『あや』その一」昭和六十一年、岩波書店刊）の指摘されるように、『敦煌零拾《とんこうれいしゅう》』所収『捜神記《そうしんき》』の説話冒頭句の「昔有…」の形式や『琱玉集《ちょうぎょくしゅう》』の各編冒頭の「昔…」などの外来説話の形式を学んだものと推定されるものであり、複数の男性に求婚された女性が自死を選ぶに至った理由を、一人の女の身で二人の壮士《をとこ》には嫁げないということ（「未だ聞かず、未だ見ず、一《ひとり》の女の身の二つの門に往適くといふことを。方今《いまし》壮士の意、和平《やは》し難きものあり。」）や、一人の女の身の消えやすいことが露のようであるということ（「一の女の身の、滅易《けやす》きこと露の如く、三の雄《をのこ》の志の、平《やは》し難きこと石の如し」）に求めるのは、内田賢徳氏（「巻十六　桜児・縵児の歌」『万葉集研究第二十集』平成六年、塙書房刊）の指摘するように、新しく与えられた解釈といえる。

そのこと自体が第三期以降に生まれてきた極めて文学的な営為として加えられた部分といえる。その桜児・縵児両群は、

春さらばかざしにせむと我が思ひし桜の花は散り行けるかも〈その一〉　（巻十六・三七八六）
妹が名にかけたる桜花咲かば常にや恋ひむいや年のはに〈その二〉　（巻十六・三七八七）
耳無の池し恨めし我妹子《わぎもこ》が来つつ潜《かづ》かば水は涸《か》れなむ〈一〉　（巻十六・三七八八）
あしひきの山縵の児《こ》今日行くと我に告げせば帰り来《こ》ましを〈二〉　（巻十六・三七八九）
あしひきの玉縵の児今日のごといづれの隈を見つつ来にけむ〈三〉　（巻十六・三七九〇）

と、それぞれ求婚した男たちの歌としてあって、作者「我」の思いを述べる方法はとらない。というよりも、おそらくはその歌自体が伝説として伝えられたものではなく、新しい解釈のもとに題詞を製作した作者の創作したものなのであろう。その点では憶良の時代より物語性を強くしているといえよう。

四　伝説歌の女性の美

伝承の内容を積極的具体的に歌の中に表現していった虫麻呂の伝説歌は、女性の容姿の表現においても具体的である。真間の手児名の姿は、「麻衣に　青き衿付け　ひたさ麻を　裳には織り着て　髪だにも　掻きは梳らず　沓をだに　はかず行けども　錦綾の　中に包める　斎ひ児も　妹に及かめや」（巻九・一八〇七）とその美しさを表現され、また「望月の　足れる面わに　花のごと　笑みて立」つ姿が歌われていた。上総《かみつふさ》の末《すゑ》の珠名娘子《たまなをとめ》を詠む歌（巻九・一七三八）では、「胸別《むなわけ》の　広き我妹《わぎも》　腰細の　すがる娘子の　その姿《かほ》の　きらぎらしきに　花のごと　笑みて立」つ珠名の姿が歌われていた。菟原処女《うなひをとめ》が墓を見る歌（巻九・一八〇九）では、これら戸外に立つ美の姿とは逆に「八歳子《やとせこ》の　片生《かたお》ひの時ゆ　小放《をばな》りに　髪たくまでに　並び居《を》る　家にも見えず　虚木綿《うつゆふ》の　隠《こも》りて居」る女性として家内に坐している姿が歌われ、見ることができない故に、「見てしかと　いぶせむ時の　垣ほなす　人の問ふ時」とその美が強調されている点において、意図的である。

赤人の真間の娘子歌が、娘子の容姿を形容しないのと同様に、同じ菟原処女を歌った田辺福麻呂の歌も、

古の　ますら男の　相競《あひきそ》ひ　妻問ひしけむ　葦屋《あしのや》の　菟原処女の　奥つ城を　我が立ち見れば
永き世の　語りにしつつ　後人の　偲《しの》ひにせむと　玉桙《たまほこ》の　道の辺近く　岩構へ　作れる塚を

天雲《あまくも》の　そきへの極み　この道を　行く人ごとに　行き寄りて　い立ち嘆かひ　或る人は　音《ね》にも泣きつつ　語り継ぎ　偲ひ継ぎ来る　処女らが　奥つ城所　我さへに　見れば悲しも　古思へば
(巻九・一八〇一)

と、そこには菟原処女の容姿の形容はない。むしろ赤人歌を追うように、「妻問ひしけむ」と過去推量の「けむ」を用いて伝説を想像する表現が見られ、「我が立ち見れば」「我さへに　見れば悲しも　古思へば」と自己を主体として述べている。それは、題詞に「葦屋の処女の墓に過る時に作る歌一首并せて短歌」と赤人歌と同様に「過──」の型を持つことと関わるものであろう。「反歌」においても、

古の小竹田壮士《しのだをとこ》の妻問ひし菟原処女の奥つ城ぞこれ
(巻九・一八〇二)

語り継ぐからにもここだ恋しきを直目《ただめ》に見けむ古壮士
(巻九・一八〇三)

と二首の在りようが、一八〇二は赤人の「勝鹿の真間の手児名が奥つ城所」(巻三・四三二)の表現を、一八〇三は赤人の「玉藻刈りけむ手児名し思ほゆ」(巻三・四三三)の表現を踏まえたものといえよう。赤人歌との相異は、福麻呂歌ではわずかではあるが、「古の　小竹田壮士の　妻問ひし　菟原処女」と、その伝承の具体を表現していることと、「直目に見けむ　古壮士」と、その想像の対象を赤人歌の娘子から壮士に変化させている点である。

福麻呂歌が赤人歌の表現を追ったのと対蹠的に、家持の菟原処女歌「処女墓の歌に追同する一首并せて短歌」(巻十九・四二一一〜四二一二)は虫麻呂歌の表現を踏まえたものといえる。その容姿の表現は、

「春花の　にほえ栄えて　秋の葉の　にほひに照れる　あたらしき　身の盛り」と春花秋葉で美しく表現し、その自死においても「ますらをの　言《こと》いたはしみ」と理由を述べて、「家離《いへざか》り　海辺に出《い》で立ち　朝夕《あさよひ》に　満ち来る潮《しほ》の　八重波に　なびく玉藻の　節の間も　惜しき命を　露霜の　過ぎましにけれ」と具体的に叙述する。わずかに叙述された作者の時点に立った表現は「黄楊小櫛《つげをぐし》　然刺しけらし　生ひてなびけり」という結末部の推量であって、その叙述は虫麻呂歌の「故縁《ゆゑよし》聞きて　知らねども　新喪《にひも》のごとも　音《ね》泣きつるかも」の結末部とほぼ類同の、表現主体たる自己の表出であり、その「然刺しけらし」の推量は虫麻呂歌の反歌

墓の上の木《こ》の枝なびけり聞きしごと千沼壮士《ちぬをとこ》にし依りにけらしも　(巻九・一八一一)

の「けらし」を踏まえた表現である。

家持歌の「追同」については、生田周史氏(「処女墓の歌に追同する歌」『セミナー万葉の歌人と作品　第九巻』平成十五年、和泉書院刊)が整理したように、今日

A　田辺福麻呂歌集歌(巻九・一八〇一〜一八〇三)に追同したとするもの。

B　高橋虫麻呂歌集歌(巻九・一八〇九〜一八一一)に追同したとするもの。

C　田辺福麻呂歌集歌(巻九・一八〇一〜一八〇三)と高橋虫麻呂歌集歌(巻九・一八〇九〜一八一一)に追同したとするもの。

D　どの歌に「追同」したのか記さず不明のもの。

の四説に分かれるが、題詞・左注の在り方から「追同」歌を特定することはできず、生田論文が指摘したように、それは歌の表現から推定するを得ないものである。

　生田論文では、「千沼壮士」と「菟原壮士」の二人の名を挙げて語っている点、虫麻呂歌の反歌で「墓の上の木の枝なびけり」（巻九・一八一一）とあったものを、家持歌でその樹木が「黄楊」であったと「樹木に類同し、かつ、固有名で和え」ている点において家持歌の「追同」の所以を見るが、その理解はまた全体の表現の在り方から考えても正しいものといえる。

　墓に木が生えて、その枝が千沼壮士の墓の方に靡いていることによって、処女の心が千沼壮士の方に寄っていたようだと推定する叙述には、すでに小島憲之氏（『上代日本文学と中国文学　中』第八章「伝説の表現」昭和三十九年、塙書房刊）の指摘されたように、『玉台新詠《ぎょくだいしんえい》』（巻一）の無名人の作「為ニ焦仲《しょうちゅう》卿《きょう》妻一作并序」や『捜神記』（巻十一）、敦煌遺文の「韓朋賦」などの漢籍の影響が考えられる。ただ、その樹木は、「為ニ焦仲卿妻一作并序」では松柏・梧桐であり、『捜神記』の韓馮の妻の故事では大梓木であり、「韓朋賦」では桂樹・梧桐であったのが、家持の処女歌に「黄楊」と歌われていることには、前掲内田論文にいうように、「『事実』を越えて必然的な靡く樹を『黄楊』として表現することに、作者家持の発想があった」といえる。

五　新しい女性美の表現

伝説歌の女性は、中国の説話の形式を学ぶことによって、形作られてきたものといえる。それ故に、伝説歌の女性の美しさは海彼の表現で描かれる。新しい美の発見は、常に外から齎《もたら》されるものであり、美はまた時代とともに変化するものである。第二次世界大戦後の西洋文化への憧れとともにあったマリリン・モンローや、シモーヌ・シニョレ、ソフィア・ローレン、ブリジット・バルドー、ジャクリーヌ・ササール、ミレーヌ・ドモンジョなど銀幕の美女のその豊満な女性美は、豊かな時代の到来とともにツウィギーの細い肢体の美に変化してゆく。赤人歌四三三の藻刈りという海浜の労働に携わる手児名が、虫麻呂歌一八〇八において井戸の水汲みをする手児名に変わった理由については、注6に述べたように、赤人や笠金村たちの時代の女性に対する好尚が、虫麻呂の時代では変化したことによろうが、そういった女性表現の一方では、海彼への憧れによって伝説の女性が形象化されもしてゆく。

虫麻呂の描いた上総の末の珠名娘子（巻九・一七三八）は、「胸別《むなわけ》の　広き我妹《わぎも》　腰細《こしぼそ》の　すがる娘子《をとめ》の　その姿《かほ》の　きらぎらしきに　花のごと　笑みて立」つ女性として表現されている。「胸別の　広き我妹」の表現には、すでに代匠記が指摘したように、『楚辞』「大招」の「滂心綽態姣麗《ばうしんしゃくたいかうれい》只、小腰秀頸若㆓鮮卑《せんぴ》㆒」などの影響が考えられ、ことに「腰細」の表現には、楚の霊王の好んだ「細腰」という美人が意識されており、代匠記に、『尸子』の「霊王好㆓細腰㆒、而民多㆑餓」や『文選』（巻第十九）

宋玉の「登徒子好色賦」の「腰如レ束レ素」を引き、古義に『遊仙窟』の「細細腰支、参差《しんし》疑二勒断《ろくだん》一」を引くように、漢籍の影響による表現と考えられる。楚王の故事とは『後漢書』馬援《ばえん》列伝の「伝曰楚王好二細腰一、宮中多二餓死一」であり、賢注に「墨子曰、楚霊王好二細腰一、而国多二餓人一也」と見える故事で、『懐風藻』の荊助仁《けいじょじん》「美人賦」にも、「腰逐二楚王一細、體随二漢帝一飛」と、漢の成帝が愛した趙飛燕《ちょうひえん》の故事と共に見える。細い腰をして花の如く笑んでいる有様も、小島憲之氏（『上代日本文学と中国文学 中』第八章）が指摘されたように、『遊仙窟』の「眉間月出疑レ争レ夜、頬上花開似レ闘レ春、細腰偏愛レ転、笑臉特宜レ嚬」や「華容婀娜《くわようあだ》、天上無レ儔《たぐひ》、玉體逶迤《ゐた》、人間少レ匹《たぐひ》、耀々面子《えうえうめんし》、荏苒《じんぜん》畏二弾《だん》穿《せん》一、細々腰支、参差疑二勒断一」など中国的な表現の型を追ったものと考えられる。

小島氏は、また、「さし並ぶ 隣之君《となりのきみ》」の語も、「東隣有二一女子一」（司馬相如、美人賦）、「隣之女」（宋玉、登徒子好色賦）、「東隣之佳人」（江淹《こうえん》、麗色賦）などいわゆる東隣の美人に暗示を得て、「隣之君」へと転換したものと指摘、さらに、これは単に短句ばかりでなく、「腰細の珠名が花のやうに笑んで門に立つてゐると、その美しさのために呆れてしまひ、道行く人は自ら彼女の門に足を向け、近隣の男達は自分の妻を捨てて彼女に鍵を進上する」といった趣向の長句が、文選の情賦に「嫣然《えんぜん》一笑、惑二陽城一迷二下蔡一」（登徒子好色賦）、「華容婀娜《あだ》、令二我忘レ餐」（洛神賦）などと例を見ることを指摘する。

こういった虫麻呂が珠名娘子を詠ずるにあたり借用応用したと考えられる表現の見える「美人賦」（司馬相如）、「登徒子好色賦」（宋玉）、「麗色賦」（江淹）などの詩文は、ほとんどが『芸文類聚』に載せられており、しかも、それが巻十八「美婦人」の項目に見えることについては、拙稿（「高橋虫麻呂の上総の末の珠名娘子を詠む歌について」『叙説』第24号、平成九年三月）に指摘したとおりである。「分明浄二眉眼一、一種細腰身」（簡文帝「詠二美人看一レ画」）や「細腰宜二窄衣《さくい》一、長釵《ちやうさい》巧挿レ鬟《くわん》」（庾肩吾「南苑看二人還一」）、「払レ紅点レ黛《まゆずみ》何相似、本持二纖腰一惑二楚宮一」（江総「新入姫人 応令」）など「細腰」の用例も多い。

虫麻呂はまた、真間の娘子を「麻衣に　青き衿付け　ひたさ麻を　裳には織り着て　髪だにも　掻きは梳らず　沓をだに　はかず行けども　錦綾の　中に包める　斎ひ児も　妹に及かめや」と歌い、「望月の　足れる面わに　花のごと　笑みて立」つ姿に男たちが競って求婚することを歌う。ここにおいても、「青衿」が『詩経』（鄭風）「子衿《しきん》」の「青青子衿、悠悠我心」（毛伝「青衿青領也」）の語句に関連あるということは、早くから契沖の代匠記に指摘されている。そして、「望月の　足れる面わに」については、『玉台新詠』巻六に「二八人如レ花、三五月如レ鏡。開レ簾一種色、当レ戸両相映」（王僧孺《おうそうじゅ》「月夜詠三陳南康新有二所納一」）と関連する表現が見え、また、『芸文類聚』（巻十八）「美婦人」にも、「面若二明月一、輝似二朝日一。色若二蓮葩《れんぱ》一。肌如二凝蜜一」（後漢蔡邕「協初賦」）、「狹斜《けふしや》才女、銅街麗人、亭亭似レ月、婉如レ春」（梁沈約「麗人賦」）と顔の美を月に譬える表現が見える。王僧孺「月夜詠三陳南康新有二所納一」も『芸文類聚』巻十八「美婦人」に収められており、おそらく虫麻呂はこういった「美婦人」詠の影響のもとに、我が国の東国の「美婦人」を描いたものと考えられる。漢籍の知識による新しい女性美の表現であった。

虫麻呂の女性美の描写は、末の珠名娘子も真間の娘子も海彼に対する憧れの中で描かれている。それ故、真間の娘子の「麻衣に　青き衿付け　ひたさ麻を　裳には織り着て　髪だにも　掻きは梳らず

沓をだに　はかず行けども　錦綾の　中に包める　斎ひ児も　妹に及かめや」という描写が、都の男性官人が鄙の女性に対して抱いていたであろう幻想と願望を言語化し、映像化してみせたものであり、「都人の優位な立場から発せられた言葉である」とする西沢一光氏（注6論文）の指摘は、鋭い指摘ではあるものの虫麻呂の表現とはやや遠いところにある。真間の娘子の描写は、男が訪れれば「夜中にも　身はたな知らず」逢った珠名娘子の美の描写と対蹠的に描かれた、「身をたな知りて」入水自殺した女性の美である。

六　死の自覚

古代の人々の好んだ伝説歌の女性は、複数の男に求婚される中で死を選んだ美女であった。そこには、男と逢うことなく死ぬ女性への強い哀悼の思いがあった。

　里人も語り継ぐがねよしゑやし恋ひても死なむ誰が名ならめや　（巻十二・二八七三）

という作者不明歌は、そういった思潮を逆手にとって歌われた一首であろう。そのような表現ができるほどに、恋に死ぬことに対する人々の感心があったといえる。

しかしながら、伝説歌の女性たちはただ果てたのではない。虫麻呂の描いた菟原娘子は「倭文《しつ》たまき　賤しき我が故　ますらをの　争ふ見れば　生けりとも　逢ふべくあれや　ししくしろ　黄泉《よみ》に待たむ」（巻九・一〇九）と自らの生命を絶ったのであり、真間の娘子も「身をたな知りて」入水して果てたのである。身を省みずに、夜中にでも家から出て男に逢う珠名娘子も自らの意志で生きているといえる。

桜児の死も、「娘子歔欷《なげ》きて曰く、古より今までに、未だ聞かず、未だ見ず、一の女の身の二つの門に往適《ゆ》くといふことを。方今壮士《いましをとこ》の意、和平《やは》し難きものあり。如《し》かじ、妾《わ》が死にて相害《あひころ》すこと永く息《や》まむには」と自ら決意した死であった。死の自覚は、生の自覚でもある。

吉井巖氏（『ヤマトタケル』昭和五十二年、学生社刊）は、弟橘媛の入水について

運命に対決する人の意欲なしに運命の深まりはなく、滅ぶにまかせた人の死は哀れであっても、そこに悲劇の誕生はない。

とされ、「愛に生きるために死を選んだ、そのような死をはっきりと自覚したおそらく最初の女性像として、『古事記』のなかに輝く位置を占めているように思う」とされる。

万葉の伝説歌にあらわれる女性像にも、そのように自覚的に生きるために死を選び取る姿があったと思われる。

注1　大久間喜一郎「神話・伝説と万葉集」（『万葉集講座　第四巻』昭和四十八年、有精堂刊）では、(1)伝説に関連ある作品、として、

大和三山妻争伝説（一三、一四）

湧泉伝説〈水島の伝説〉（三二四五）
香具山天降伝説（二五七、二六〇）
天の探女伝説（二九二）
大汝少名彦伝説（三五五、九六三、一二四七）
柘枝伝説（三八五―三八七）
真間手児奈伝説（四三一―四三三）
松浦佐用比売伝説（八六八）
神功皇后伝説（八六九）
養老伝説（一〇三四）
七夕伝説〈七夕伝説歌群〉（一九九六―二〇九三）
許奴美浜伝説（三一九五）
変若水伝説（三二四五、三二四六）
手児の呼坂の伝説（三四四二、三四四七）
棄老伝説（三七九一）
をあげ、(2)伝説自体を形象化した作品、として
鎮懐石伝説（八一三・八一四、山上憶良）
松浦佐用比売伝説（八七一―八七五、八八三）
七夕伝説（一五一八―一五二九、山上憶良）（一七六四、一七六五）
周准珠名娘子伝説（一七三八、一七三九、高橋虫麻呂）
水江浦島子伝説（一七四〇、一七四一、高橋虫麻呂）

菟原処女伝説（一八〇一―一八〇三、田辺福麻呂）（一八〇九―一八一一、高橋虫麻呂）（四二一一・四二一二、大伴家持）
真間手児奈伝説（一八〇七、一八〇八、高橋虫麻呂）
桜児伝説（三七八六、三七八七）
縵児伝説（三七八八―三七九〇）
をあげている。

2　作者不明の9・一七六四、一七六五歌は、左注の「右の件の歌、或は云はく、中衛大将藤原北卿の宅にして作るといふ」によって、天平元年以降の作（『公卿補任』によると、藤原北卿である房前が中衛大将に任ぜられたには天平二年十月であるが、万葉集巻五の大伴旅人の八一一歌の書状の記載により、天平元年十月にはすでに中衛大将であったことが判る）と推定する。また、巻十六の成立は新編古典全集の「各巻の解説」に指摘するように天平十八年と思われ、⑦⑧⑨の巻十六の諸歌群は第四期の作と考えられる。

3　赤人の作品のうち、東国や伊予などの地方に赴いた折の作については、神亀元年以前のものと推定される（拙稿「山部赤人論」『セミナー歌人と作品 第七巻』平成十三年、和泉書院刊参照）。

4　伊藤博『万葉集の歌人と作品 下』「伝説歌の形成」（昭和五十年、塙書房刊）には「詠物」の発想法について、「対象に客観の眼を向け、それを観照的にうたう点に特色がある」と述べる。

5　巻十三・三三一四「馬替吾背」、三三一七「馬替者」は「買う」という意と考えられようが、『万葉集全註釈』に「カフは、取り替える意と見ても、古くは四段活であつたのだろう。それが買うの意に分化を遂げたものと見られる」とあるように、「替ふ」と「買ふ」とは同じ意と考えられる。「交ふ」も元来は「入れちがえる」意として、「替ふ」と同源ではあるが、「交ふ」が「互いに……する」意であるのと、チェンジする意の「替ふ」とは異なる。沢瀉注釈が、「『替』の字はたゞ借字にすぎない」と、「替」を「交」の借字としたのは、その相異を意識してのことであろう。

6　四三三歌の藻刈りという海浜の労働を、一八〇八歌において井戸の水汲みに変えて表現した理由については、赤人たちの時代の女性に対する好尚が、西沢一光氏「真間の娘子の墓に過る時の歌」(『セミナー万葉の歌人と作品 第七巻』平成十三年、和泉書院刊)の示唆するように、笠金村が印南野行幸に際して作った歌(巻六・九三五～九三七)に見える藻塩を焼く海人娘子にあったのに対し、虫麻呂の時代の女性に対する好尚が変化したことにもよろう。東歌には、

　人皆の言は絶ゆとも埴科の石井の手児が言な絶えそね(巻十四・三三九八)

　鈴が音の駅家の堤井の水を飲へな妹が直手よ(巻十四・三四三九)

と井に関わる歌が二首見え、また

　青柳の萌らろ川門に汝を待つと清水は汲まず立ち処平すも(巻十四・三五四六)

と水汲みの歌が見えるが、虫麻呂自身が「那賀郡の曝井の歌一首」として、

　三栗の那賀に向かへる曝井の絶えず通はむそこに妻もが(巻九・一七四五)

という地方の井に関わる歌を詠んでいる。東国の水を汲む女性への憧憬である。この好尚はやがて大伴家持の、

　もののふの八十娘子らが汲みまがふ寺井の上の堅香子の花(巻十九・四一四三)

に繋がって行くものであろう。

7　阪倉篤義氏(「歌物語の文章―『なむ』の係り結びをめぐって―」『国語国文』二十二巻六号、昭和二十八年六月)によると、万葉集の左注に盛んに用いられる「也」「焉」「矣」「哉」「乎」などの助辞は、平安朝の歌物語における「なむ」の頻用に比し得る提示的、強調的意味があり、それらの助辞を含む文

は解説文としての性格を持つという。また、巻十六の数個においてのみ見られる「也」が文章中に用いられている題詞は、上記の左注の文章と共通の性格を持つもので、いわば、こういう左注を歌の右側に据えたもの（左注的題詞）だという。この阪倉氏の論を援用して万葉の「歌語り」について論じたものに、大浜厳比古氏の『万葉幻視考』（昭和五十三年、集英社刊）、伊藤博氏「万葉の歌語り」（『万葉集の表現と方法 上』昭和五十年、塙書房刊）がある。伊藤氏の『万葉集釈注』巻十六解説にも記すように、これらは中古の『大和物語』や『伊勢物語』につながるものといえる。

＊『萬葉集CD-ROM』（塙書房）による。

《娘子》の変容
――「うたう」から「うたわれる」へ――

新谷秀夫

はじめに

万葉歴史館に着任した当時、《越中の三乙女》ということばを口にする人がいることに驚いた。「日本海に面した県には、秋田、新潟、石川、京都と、ひとつおきに『…美人』という物言いが存在することを意識して唱えられたのだろう」と解説してくれた人もいたが、昨今はほとんど耳にしなくなった。耳にしたときの強烈な第一印象がいまだ残っている者としては、いささか寂しさを感ぜざるを得ない。なぜなら、この、「越中美人」ならぬ《越中の三乙女》は、「秋田小町」や「加賀美人」などの下世話な物言いとまったく違い、じつは『萬葉集』に由来するからである。

雄神川《をかみがは》　紅《くれなゐ》にほふ　娘子《をとめ》らし　葦附《あしつき》〈水松《みる》の類〉取ると　瀬に立たすらし　（巻十七・四〇二一）

春の苑《その》　紅にほふ　桃の花　下照《したで》る道に　出《い》で立つ娘子《をとめ》　（巻十九・四一三九）

もののふの　八十娘子《やそをとめ》らが　汲《く》みまがふ　寺井《てらゐ》の上《うへ》の　堅香子《かたかご》の花　（巻十九・四一四三）

越中時代の大伴家持が詠んだ歌のなかの三首である。この三首に共通してうたわれる「娘子」を、まとめて《越中の三乙女》と唱えていたのだ。しかしながら、うたわれた時も場も異なるこの三首の「娘子」を一括する必然性は乏しい。他県を意識して口にしていただけならば、このような一括呼称は消滅しても致し方ないだろう。それでもなお稿者が寂しさを感ずるのは、《越中の三乙女》という物言いには、越中時代の家持歌の特色をうまく捉えている部分もあると考えるからである。

四〇二一番歌は、天平二十年（七四八）春の出挙《すいこ》で越中国内の諸郡を巡行した折の作である。葦附を採る「娘子」たちによって雄神川が「紅にほふ」さまをうたっている。同じ「紅にほふ」が見える四一三九番歌は、越中時代の家持の到達点とも言うべき天平勝宝二年（七五〇）三月の「越中秀吟」冒頭を飾る歌で、春の庭園に咲く桃の花の下にたたずむ「娘子」をうたう。同じ「越中秀吟」にふくまれる四一四三番歌は「紅にほふ」とはうたわないが、薄紫色の「堅香子の花」が咲く寺井のほとりでさざめく「娘子」の姿がうたわれている。

このように、時と場という観点に立つと一括する必然性が乏しい三首だが、じつは素材的に近しい関係にあることが確認できる。早くに中西進氏「くれなゐ――家持の幻覚――」（『中西進万葉論集　第五巻　万葉史の研究(下)』講談社刊　平8・5　初出は昭42・6）が指摘されたように、この三首を詠んだ時期の家持は「望京幻想の時代」にあり、その感興を表出した語として「紅」や「娘子」を頻繁にうたっていた。《越中の三乙女》という物言いは、この中西氏の指摘をうまく捉えたものだと感ずるのだが、いかがであろうか。

ところで、この三首にうたわれている「娘子」という語は、「をとこ」の対。若い女性。本来結婚するにふさわしい年齢の女性をさして呼んだものであろうが、上代では未婚の女性をいうことが多くなっている。

と『角川古語大辞典』が定義しているように、未婚の若い女性をあらわす。けっして「美人」という概念を伴う語ではないことは付言しておかなければならないだろう。この「娘子」と称する若い女性は『萬葉集』に数多く登場する。その様態をつぶさに考証された神田秀夫氏「「嬢子」と「郎女」」(『古事記の構造』明治書院刊　昭34・5　初出は昭27・6)が、

概して姓氏の未詳の低い身分の鄙の少女が多く、中央の貴族や官吏に発見され、その赴任先で彼らに誘惑され、彼らの栄転と共に置き去りにされたらしい女性が多い。

と指摘されたのが、正鵠を射た推定と感ずる。このような「娘子」のなかには、歌を残している者もいれば、残さなかった者もいる。また、簡潔に素性めいたことが記された「娘子」もいれば、たんに「娘子」と記されただけの者もいる。これらの「娘子」たちはいずれも題詞や左注に登場するのだが、それとは別に、歌そのものに詠まれた「娘子」、つまり歌語としての《娘子》もいる。

本稿では、『萬葉集』に数多く登場するこの《娘子》について、それぞれの様態にいささかの差異が認められることに着目し、検討を加えつつ、卑見を提示したいと考える。なお本稿は、「娘子」と

表記されている用例を中心に論を進めるが、論旨上必要とあらば、その他の表記で登場する《娘子》についても言及したい。

一　うたう《娘子》

前節末尾でふれたように、『萬葉集』に登場する《娘子》は、その様態の差異に着目してみると、つぎの五種類に分類できる。

A　歌を残している《娘子》　I　素性めいたことが記されている
　　　　　　　　　　　　　II　たんに「娘子」と記されるだけ
B　歌を残さなかった《娘子》　I　素性めいたことが記されている
　　　　　　　　　　　　　　II　たんに「娘子」と記されるだけ
C　歌語としての《娘子》

そこで、本節ではまずAのIに属する《娘子》について検討を加えたい。つぎに掲出する二十名である。(1)

1　舎人娘子《とねりのをとめ》（巻一・六一、巻二・一一八、巻八・一六三六）
2　清江娘子《すみのえ》（巻一・六九）
3　依羅娘子《よさみの》（巻二・一四〇、二二四〜二二五）
4　筑紫娘子《つくしの》・児島《こしま》（巻三・三八一、巻六・九六五〜九六六）

5　常陸《ひたちの》娘子　(巻四・五二一)
6　河内百枝《かふちのももえ》娘子　(巻四・七〇一〜七〇二)
7　巫部麻蘇《かむなぎべのまそ》娘子　(巻四・七〇三〜七〇四、巻八・一五六二、巻八・一六二一)
8　粟田女《あはため》娘子　(巻四・七〇七〜七〇八)
9　豊前国《とよくにのみちのくち》の娘子・大宅女《おほやけめ》　(巻四・七〇九、巻六・九八四)
10　安都扉《あとのとびら》娘子　(巻四・七一〇)
11　丹波大女《たにはのおほめの》娘子　(巻四・七一一〜七一三)
12　日置長枝《へきのながえ》娘子　(巻八・一五六四)
13　他田広津《をさたのひろきつの》娘子　(巻八・一六五二、一六五九)
14　県犬養《あがたいぬかひの》娘子　(巻八・一六五三)
15　播磨《はりま》の娘子　(巻九・一七七六〜一七七七)
16　対馬《つしま》の娘子・玉槻《たまつき》　(巻十五・三七〇四〜三七〇五)
17　狭野弟上《さののおとがみ》娘子　(巻十五・三七二三〜三七二六ほか)
18　娘子・(前《さき》の采女《うねめ》)　(巻十六・三八〇七)
19　娘子・車持氏《くるまもちうぢ》　(巻十六・三八一一〜三八一三)
20　蒲生《かまふ》娘子　(巻十九・四二三二)

素性めいたことが記されているといっても、それはたんに国名・地名もしくは氏姓などに過ぎない。しかしながら、この「娘子」たちはみな、歌を残したことで萬葉歌人のひとりとして数えられることとなった。つまり、「うたう《娘子》」として一括しうる「娘子」たちである。若き家持の恋の相手と目される6・7・8・12などの存在を鑑みると、『萬葉集』に登場する《娘子》は、さきの『角川古語大辞典』が定義するように、いずれも若い女性であった可能性が高いと見て大過あるまい。ただ、柿本人麻呂の妻として登場する3「依羅娘子」や、巻十五後半部で中臣宅守《なかとみのやかもり》との悲恋が語られる17「狭野弟上娘子」など、未婚ではない《娘子》もいささか存したようだ。

　これらの《娘子》を一概に捉えることはできない。しかしながら、人麻呂の妻や家持の恋の相手のような氏姓を冠する「娘子」と、それ以外の「娘子」とのあいだには、いささかの差異が認められるようである。そこで、つぎの三名に着目してみたい。

4　右、大宰帥大伴卿《だざいのそちおほともきやう》、大納言《だいなふごう》を兼任し、京《みやこ》に向かひて道に上《のぼ》る。この日に、馬を水城《みづき》に駐《とど》めて、府家《ふか》を顧《かへり》み望《のぞ》む。ここに、卿を送る府吏《ふり》の中に、遊行女婦《うかれめ》あり、その字《あざな》を児島《こしま》と曰《い》ふ。ここに、娘子《をとめ》この別れの易《やす》きことを傷《いた》み、その会《あ》ひの難《かた》きことを嘆き、涕《なみた》を拭《のご》ひて自《みづか》ら袖を振る歌を吟《うた》ふ。

（巻六・九六五～九六六の左注）

18　右の歌、伝へて云《い》はく、葛城王《かづらきのおほきみ》、陸奥国《みちのくのくに》に遣《つか》はされける時に、国司の祗承《しじよう》、緩怠《くわんたい》なること異甚《はなは》だし。ここに王の意《こころ》悦《よろこ》びずして、怒りの色《おもへり》面《おもて》に顕《あらは》れぬ。飲饌《いんざん》を設《まう》けたれど、肯《あ》へて宴楽せず。ここに前《さき》の采女《うねめ》あり、風流《みや》びたる娘子《をとめ》なり。左手に觴《さかづき》を捧《ささ》げ、右手に水を持

ち、王の膝《ひざ》を撃《う》ちて、この歌を詠《よ》む。すなはち王の意解《こころと》け悦びて、楽飲すること終日《ひねもす》なり、
といふ。　（巻十六・三八〇七の左注）

20　遊行女婦《うかれめ》蒲生娘子《かまふをとめ》が歌一首　（巻十九・四二三二の題詞）

「遊行女婦」・「前の采女・風流びたる娘子」という記述ではあるが、素性めいたことが語られる《娘子》である。「遊行女婦」の実態についてはいまだ不明だが、

本籍地を離れ、「遊行」する女性を示す言葉である。巡遊の芸能者として活動したと思われるが、売笑も生業としていたようである。…（中略）…侍宴して勧酒することはもちろんとして、歌舞をも披露している。

と上野誠氏「遊行女婦」（小野寛館長・櫻井満氏編『上代文学研究事典』所収　おうふう刊　平8・5）が指摘されたのが妥当な推定であろう。宴席の場で芸能を披露し、おそらくその一環として歌をも残した「遊行女婦」と、葛城王を歓待する宴席で王の機嫌を取りなした18の「前の采女」である「風流びたる娘子」とは近しい様態を示していると見て大過あるまい。

さらに、この三名のような具体的な記述はないが、国名・地名を冠する2「清江娘子」・9「豊前国の娘子・大宅女」・16「対馬の娘子・玉槻」などについて、注釈書の多くが「遊行女婦」であった可能性を指摘することも看過できない。

さらに、赴任してきて「抜気大首」なる人物に娶《めと》られた「豊前国《とよくにのみちのくち》の娘子・紐児《ひものこ》」（巻九・一七六七

～一七六九　BのⅠに分類した用例）について新編日本古典文学全集本（以下「新編全集本」と略す）が、

遊行女婦かともいう。中央官人が任地において部内の女子を娶ることは勅令で禁止されていたが、実際には現地妻を持つ者がかなりあったと思われる。

と頭注することにも着目すべきであろう。この頭注の記述を鑑みるならば、

5　藤原宇合大夫《ふぢはらのうまかひだいぶ》、遷任《せんにん》して京《みやこ》に上《のぼ》る時に、常陸娘子《ひたちのをとめ》が贈る歌一首

庭に立つ　麻手《あさで》刈り干《ほ》し　布《ぬの》さらす　東女《あづまをみな》を　忘れたまふな　（巻四・五二一）

と、みずからを「東女」とうたった「常陸娘子」についても、宇合《うまかい》が常陸赴任時に娶った「遊行女婦」であった可能性を指摘しても大過あるまい。

つまり、氏姓を冠する「娘子」以外の《娘子》——その多くは国名・地名を冠する「娘子」だが——は、早くに川上富吉氏「釆女・女孺——相聞の担い手として——」（『万葉歌人の研究』桜楓社刊　昭58・1　初出は昭46・10）が指摘されたように、おそらく「遊行女婦」もしくは「前の釆女」のような存在であったのだろう。さきの上野氏の指摘をふまえて付言するならば、『萬葉集』に残された彼女たちの歌に宴席の場で詠まれたと推測されるものが多いことも、その裏付けとなる(2)。

あらためて喚起しておきたいが、現地妻であったか否かに関わりなく彼女たちは、都から来た官人の存在が深く関わって『萬葉集』に記録されたのである。このような中央官人との関わりという点に

立脚するならば、さきの人麻呂の妻（3）や家持の恋の相手（6〜8・12）だけでなく、持統天皇の行幸にも従駕し、舎人皇子《とねりのみこ》の歌に応えた1「舎人娘子」、『萬葉集』の収録状況を鑑みるならば家持をとりまく女性と見て大過ないと思しい「娘子」たち（9〜11、20）など、氏姓を冠する「娘子」のなかにも様態の同じい「娘子」たちは存するのである。

そして、この「娘子」たちと関わる中央官人たちは、2・3を除くと、いずれも平城京遷都後に活躍の場を持った人物たちである。つまり、「うたう《娘子》」は平城京遷都後に中央官人との関わりのなかで『萬葉集』に記録されたという様態を示しているのである。この点を鑑みて、歌を残しながらも素性めいたことが記されない《娘子》について検討してみたい。

二　名も無き《娘子》

「うたう《娘子》」同様に『萬葉集』に歌を残しながら、素性めいたことがまったく記されない《娘子》がいる。前節冒頭の分類でAのIIに属する、つぎに掲出する「名も無き《娘子》」である。複数の「娘子」が登場する用例（29など）も存するが、同一歌群に登場する点で一括把握しても大過ないと考え、八例と数えておく。(3)

21　佐伯赤麻呂《さえきのあかまろ》と贈答した娘子　（巻三・四〇四、四〇六、巻四・六二七）
22　湯原王《ゆはらのおおきみ》と贈答した娘子　（巻四・六三三〜六三四、六三七、六三九、六四一）
23　大伴旅人《おおとものたびと》の梧桐《ごとう》の日本琴《やまとごと》を贈る書簡に登場する娘子　（巻五・八一〇〜八一一）

24 大伴旅人の松浦《まつら》川関連歌に登場する「娘等《をとめら》」（巻五・八五三、八五八〜八六〇）
25 藤原広嗣《ひろつぐ》と贈答した娘子（巻八・一四五七）
26 藤井連《ふじいのむらじ》と贈答した娘子（巻九・一七七八）
27 遣新羅使人《けんしらぎしじん》らの宴席で歌を詠んだ娘子（巻十五・三六八二）
28 竹取《たけとり》の翁《おきな》と贈答した九人の娘子（巻十六・三七九四〜三八〇二）

なお、この八名以外にも、つぎのような「娘子」たちがいる。

ア 昔壮士《をとこ》と美《うるは》しき女《をみな》とあり。姓名未詳なり。二親に告《つ》げずして、竊《ひそか》に交接《けうせふ》を為《な》す。ここに娘子《をとめ》が意《こころ》に、親に知らせまく欲《ほ》りす。因《よ》りて歌詠を作り、その夫《つま》に送り与へたる歌に曰《いは》く

（巻十六・三八〇三の題詞）

イ 昔壮士あり、新《あらた》しく婚礼を成す。未だ幾時《いくばく》も経《へ》ねば、忽《たちま》ちに駅使《やくし》となりて、遠き境《さかひ》に遣《つか》はされぬ。…（中略）…ここに娘子、感慟悽愴《かんどうせいさう》、疾疹《やまひ》に沈《しづ》み臥《ふ》しぬ。…

娘子、臥しつつ、夫君《つま》の歌を聞き、枕《まくら》より頭《かしら》を挙《あ》げ、声《こゑ》に応《こた》へて和《こた》ふる歌一首

（巻十六・三八〇四の題詞と三八〇五の題詞）

ウ 右、伝へて云《い》はく、時に女子《をみなご》あり。父母に知らせず、竊に壮士に接《まじは》る。壮士その親の呵嘖《ころ》はむことを悚惕《おそ》りて、稍《やくや》くに猶予《うらおも》ふ意《こころ》あり。これに因りて、娘子この歌を裁作《つく》りて、その夫に贈り与ふ、といふ。

（巻十六・三八〇六の左注）

エ　右、伝へて云はく、時に幸《うつくし》びられし娘子あり。姓名未詳なり。寵《ちよう》の薄れたる後《のち》に、寄物俗にかたみといふを還《かへ》し賜ふ。ここに娘子怨恨《うら》みて、聊《いささ》かにこの歌を作りて献上《たてまつ》る、といふ。

（巻十六・三八〇九の左注）

オ　右、伝へて云はく、昔娘子あり。その夫を相別《あひわか》れて、望《うら》み恋《こ》ひて年《とし》を経《へ》たり。その時、夫君更《さら》に他妻《あたしめ》を取《めと》り、正身《ただみ》は来《こ》ずて、ただ裹《つと》物のみを贈る。これに因りて、娘子はこの恨《うら》むる歌を作りて、これに還し酬《こた》ふ、といふ。

（巻十六・三八一〇の左注）

歌を残しているという状況を鑑みるならば、用例数にふくめるべきかもしれない。しかしながら、たしかに「娘子」自体には素性めいたことが記されていないが、文脈全体で「娘子」の素性を語る形となっていることに着目したい。その点では、前節の「うたう《娘子》」にもふくめうる様態と言える。

ここで着目したいのは、この五例がいずれも巻十六所収歌であるという点である。あらためて後述したいが、28「竹取の翁と贈答した九人の娘子」をふくめ、彼女たちは明らかに「伝承世界に属する人物」と目されるのである。さらには、アが「美しき女」と提示したあとに、その女性を言い換え「娘子」とすることや、ウが「女子」と提示したあと「娘子」と言い換えていることを鑑みて、この五例の「娘子」たちは、さきの八例とは『萬葉集』に登場する様態が異なると考え、用例として数えないで措きたい。

ところで、この八例の《娘子》は、様態的には前節で検討してきた《娘子》に近しい。21・22・25は氏姓を冠する「娘子」と同じく、それぞれが中央官人との関わりのなかで歌を残す。また、国名・地名を冠する「娘子」に近しい26・27もおそらくは、現地妻であったか否かはともかく、都から来た官人に関わって『萬葉集』に記録されることとなったのだろう。そして、この「娘子」たちと関わる中央官人たちがいずれも平城京遷都後に活躍の場を持った人物たちであることから、平城京遷都後にまとめられた巻と推定される（後述）巻十六の例である28をふくめ、いずれも平城京遷都後に記録された「娘子」たちと言える。

それではなぜこの「娘子」たちは「名も無き」ままに記録されたのか。

4　筑紫娘子《つくしのをとめ》が行旅《たびひと》に贈る歌一首　娘子、字《あざな》を児島《こしま》といふ　（巻三・三八一）

9　豊前国《とよくにのみちのくち》の娘子大宅女《おほやけめ》が歌一首　未《いま》だ姓氏を審《つばひ》らかにせず　（巻四・七〇九）

豊前国の娘子が月の歌一首　娘子、字を大宅といふ。姓氏未詳なり　（巻六・九八四）

第一節で掲出した《娘子》に関わる題詞のうち二例である。ここに施されている細注に、国名提示ではあるがそれなりに素性の知れる「娘子」の、さらに具体的な素性を明らかにせんとする意図を読みとって大過あるまい。『萬葉集』に登場する《娘子》に対するこのような意図がいささかでも確認しうるのであれば、本節の八名の「娘子」についても同様な意図が働いていても不思議ではないと感ずるが、実態は異なる。

このような「名も無き《娘子》」をめぐって新編全集本が、

「娘子」「嬢子」とだけあって氏姓を記さない女性は概して卑姓ないし無姓で、社会的にはあまり身分の高くない婦人を、匿名扱いにしたものと思われる。（四四の頭注）

と推測するのは、はなはだ穏当な解釈であろう。しかしながら、21をめぐって橋本四郎氏「幇間歌人佐伯赤麻呂と娘子の歌」（『橋本四郎論文集　万葉集編』角川書店刊　昭61・12　初出は昭49・11　以下、橋本氏の説はこの論文による）が、

単に「娘子」と表示された女性は、何らかの虚構に支えられていると見る角度から検討を加える必要があろう。

と指摘されたことにむしろ着目すべきである。

さきにも指摘したが、巻十六所収の28「竹取の翁と贈答した九人の娘子」は、明らかに「伝承世界に属する人物」である。また、すでに多くの先学が指摘しているように、旅人のふたつの歌（23・24）も虚構の産物である可能性がきわめて高い。さらには、さきの橋本氏や中西進氏「集団と和歌」（『中西進万葉論集　第六巻　万葉集形成の研究　万葉の世界』講談社刊　平7・9　初出は昭48・4）が、22に架空の恋物語の小説仕立て構成を読みとっていることも看過できない。

遣新羅使人たちの前で歌を披露した「娘子」（27）や広嗣との贈答歌を残している「娘子」（25）までをも虚構・架空の存在として一括してしまうにはいささか躊躇する。しかしながら、「卑姓ないし

無姓で、社会的にはあまり身分の高くない婦人」だから「匿名扱い」したという論理は、けっして「名も無き《娘子》」すべての本質を明らかにはしない。もしこの論理が汎用されていたのならば、『萬葉集』に登場する「娘子」すべてが「匿名扱い」されていなければならないはずであるが、実態は異なるからである。

同じ新編全集本が、27の「娘子」については「姓氏未詳。姓氏を記さないのは遊行女婦《あそびめ》の類ゆえであろう」と、21に対するのとは異なる注記をする。この注記のように、おそらく素性を明らかにするすべもないままにやむなく「娘子」と記録された「遊行女婦《うかれめ》」の類は27に限るものではなかろう。しかしながら、むしろ「名も無き《娘子》」の大半は、橋本氏や中西氏が指摘されたような虚構・架空の人物であったと考えるべきではなかろうか。虚構・架空の人物ならば、素性を明らかにするすべはないに等しい、と言うよりも、その必要はまったくないはずである。そのため『萬葉集』に「名も無き」まま記録されることとなったのであろう。この推定を、「歌を残さなかった《娘子》」を検討するなかで裏付けてみたい。

三　語られる《娘子》

つぎに掲出するのが、第一節冒頭の分類でいうBのIに属する、素性めいたことは記されているが、歌を残さなかった《娘子》、八名である。

29　土形娘子《ひぢかたのをとめ》　（巻三・四二八）

30　出雲《いづも》娘子　（巻三・四二九～四三〇）
31　勝鹿《かつしか》の真間《まま》の娘子　（巻三・四三一～四三三、巻九・一八〇七～一八〇八）
32　上総《かみつふさ》の末《すゑ》の珠名《たまな》娘子　（巻九・一七三八～一七三九、なお歌中に「すがる娘子」あり）
33　豊前国《とよくにのみちのくち》の娘子・紐児《ひものこ》　（巻九・一七六七～一七六九）
34　娘子・桜児《さくらこ》　（巻十六・三七八六～三七八七）
35　娘子・縵児《かづらこ》　（巻十六・三七八八～三七九〇）
36　娘子・尺度氏《さかとうぢ》　（巻十六・三八二一）

33を除き、挽歌の対象として登場する「娘子」（29～31）と伝説めいた存在としての「娘子」（32・34～36）に分かれる。しかしながら、以前に「歌わない萬葉びとたち」と題する拙稿（本集8『無名の万葉集』所収　平17・3）においていささか検討したが、33を除く「娘子」たちはいずれも「伝承世界に属する人物」と目され、「萬葉の時代に生き、記録されてはいないが歌を詠んだ可能性も考えうる萬葉びと」とは言えない人物たちである。なお、

29　土形娘子《ひぢかたのをとめ》を泊瀬《はつせ》の山に火葬《やきはぶ》りし時に、柿本朝臣人麻呂《かきのもとのあそみひとまろ》が作る歌一首　（巻三・四二八）
30　溺《おぼほ》れ死にし出雲娘子《いづものをとめ》を吉野《よしの》に火葬りし時に、柿本朝臣人麻呂が作る歌二首　（巻三・四二九～四三〇）

の「娘子」については、さきの拙稿において引用した坂本信幸氏「『諸弟らが練の村戸』試案――歌

と人名——」（『萬葉』96　昭52・12）が「概して地名による人名はそれだけ個性的でなく、伝説的世界のものが多いようで」あると指摘されたことを踏まえ、曖昧性を有する広義の意味での「伝承世界に属する人物」として捉えておく。

また、33の「豊前国の娘子・紐児」は、「抜気大首」なる伝未詳の人物が筑紫に赴任したときに娶った相手として登場する。この「抜気大首」をめぐっては、「抜《ぬき》（氏）＋気大《けだ》（名）＋首《おびと》（姓）」か「抜気《ぬきけ》（氏）＋大首《おほびと》（名）」か、いまだその名の正確な訓みも定まっていないことに着目したい。この点を鑑みるならば、この「娘子」もまた広義の意味での「伝承世界に属する人物」として捉えても大過あるまい。したがって、ここでは、八名すべてを「語られる《娘子》」として一括しておく。

なお、第一節で掲出した18と19の「娘子」はいずれも歌を残してはいるが、巻十六所収ということを鑑みるならば、34～36に近しい「伝承世界に属する人物」と目される。そこで、それぞれの「娘子」が登場する部分を提示してみる。

18　右の歌、伝へて云《い》はく、葛城王《かづらきのおほきみ》、陸奥国《みちのくのくに》に遣《つか》はされける時に、…（中略）…ここに前《さき》の采女《うねめ》あり、風流《みや》びたる娘子《をとめ》なり。…　（巻十六・三八〇七の左注）

19　右、伝へて云はく、時に娘子あり、姓は車持氏《くるまもちうじ》なり。…　（巻十六・三八一一～三八一三の左注）

34　昔娘子あり、字《あざな》を桜児《さくらこ》といふ。…　（巻十六・三七八六～三七八七の題詞）

35　或《あるひと》の曰《いは》く、昔三《みたり》の男《をのこ》あり。同《ひと》しく一《ひとり》の女《をみな》を娉《よば》ふ。娘子嘆息《なげか》ひて曰く、…（中略）…各《おのもおのも》

所心《おもひ》を陳《の》べて作る歌三首　娘子は字を縵児《かづらこ》といふ　（巻十六・三七八八〜三七九〇の題詞）

36　右、時に娘子あり、姓は尺度《さかと》氏なり。…　（巻十六・三八二二の左注）

「うたう《娘子》」の実体を推定する根拠のひとつとした提示した18はやや異なるが、ほか四例はほぼ等しく「娘子」と提示したあとにその具体的な名前や素性を語る。巻十六所収ということでこれらは同一に扱うべきかとも感ずるが、いまは「歌を残した」という点に立脚して区別しておく。

ところで、巻十六所収歌の年代を推定するのはままならない。しかしながら、伊藤博氏が『萬葉集釋注』別巻で詳細に述べられているように、おそらく『萬葉集』の巻十六までの諸巻は天平十七年（七四五）以降の数年間で、家持を中心にまとめられたものと考えられることに着目すべきであろう。18・19や34〜36の巻十六所収歌に登場する「娘子」は、家持と直接的な関わりを有したわけではないが、記録という次元に立脚すると、家持が関与した可能性はきわめて高い。同様な次元で、31「勝鹿の真間の娘子」や32「上総の末の珠名娘子」の娘子もまた、山部赤人や高橋虫麻呂という歌人たちによって『萬葉集』に記録された「娘子」ということができよう(4)。

つまり、人麻呂が挽歌を捧げた「娘子」（29・30）をふくめ、「語られる《娘子》」はいずれも、中央官人——ここでは歌人と言うべきかもしれないが——との関わりによって『萬葉集』に登場することとなったのである。その点では、前二節で検討してきた《娘子》と様態的には近しい。しかしながら、素性めいたことが記されながらも歌わない彼女たちは、歌が残っていないという点に立脚するならば、「伝承世界に属する人物」として歌人たちに詠まれることで「語られる」対象となった《娘子》であったと見て大過あるまい。その点で、実在性の高い「うたう《娘子》」同様に歌を残しながらも素性めいたことが記されない「名も無き《娘子》」よりも、さらに実在性が乏しい存在であると言える。ちなみに、人麻呂の二例を除くと、いずれも平城京遷都後に記録された《娘子》であると考えられることでも前二節の《娘子》に通ずることも付言しておく。

　三節にわたって『萬葉集』に登場する《娘子》の様態について見てきた。「歌を残している」か「語られる」かの区別なく、彼女たちが『萬葉集』に記録された背景に、中央官人（歌人）の存在が深く関わったことはまちがいない。また、その大半が平城京遷都後に記録されたと目される点も看過できない様態として指摘してきた。この点では、「娘子」とは記されていない用例である「長忌寸《ながのいみきの》娘《をとめ》」（巻八・一五八四）もまた、「橘朝臣奈良麻呂《たちばなのあそみならまろ》、集宴《しふえん》を結ぶ歌十一首」（一五八一〜一五九一）という中央官人（歌人）たちが集う宴席の場で歌を残していることを鑑みると、第一節の「うたう《娘子》」と様態的には同じい。

　さらには、

AのⅠ　歌あり・素性あり　＝　「うたう《娘子》」　→　実在性の高い《娘子》
AのⅡ　歌あり・素性なし　＝　「名も無き《娘子》」　→　虚構・架空の《娘子》か
BのⅠ　歌なし・素性あり　＝　「語られる《娘子》」　→　伝承世界に属する《娘子》

という位相が認めうることも確認してきた。素性めいたことが記されている「萬葉歌人」としての

《娘子》から「素性」が消え「歌」が残されなくなると、《娘子》は「虚構・架空の人物」や「伝承世界に属する人物」と見て大過ない存在へと変容しているのである。そしてその究極に、歌も素性も記録されない《娘子》がいると稿者は考える。

なぜ、平城京遷都後にこのような《娘子》が数多く『萬葉集』に登場することとなったのか。そのことについて卑見を述べる前に、歌も素性も記録されない《娘子》を検討してみたい。

四　歌にされる《娘子》

つぎに掲出するのが、第一節冒頭の分類にいうBのIIに属する、歌を残さなかった素性の明らかでない《娘子》である。家持が歌を贈った41の「娘子」をすべて別人として捉えることも可能だが、いまは一括把握しておき、八例と数えておく。

37　（門部王《かどべのおほきみ》の恋の歌一首）
右、門部王、出雲守《いづものかみ》に任ぜらるる時に、部内の娘子《をとめ》を娶《めと》る。未《いま》だ幾《いく》だもあらねば、既に往来を絶《た》つ。月を累《かさ》ねて後に、更に愛する心を起す。仍《よ》りてこの歌を作り、娘子に贈《おく》り致す。（巻四・五三六）

38　神亀《じんき》元年甲子《かふし》の冬十月、紀伊国《きのくに》に幸《いでま》せる時に、従駕《じゅうか》の人に贈《おく》らむがために、娘子に誂《あとら》へられて作る歌一首　并《あは》せて短歌
（笠金村《かさのかなむら》　巻四・五四三～五四五）

39　二年乙丑《いっちう》の春三月、三香原《みかのはら》の離宮《とつみや》に幸せる時に、娘子を得て作る歌一首　并せて短歌

（笠金村　巻四・五四六〜五四八）

40　高安王《たかやすのおほきみ》、包める鮒《ふな》を娘子に贈る歌一首　高安王は後に姓大原真人《おほはらのまひと》の氏《うぢ》を賜ふ　（巻四・六二五）

41　大伴宿禰家持《おほとものすくねやかもち》が娘子に贈る歌二首　（巻四・六九一〜六九二）

大伴宿禰家持、娘子が門《かど》に至りて作る歌一首　（巻四・七〇〇）

大伴宿禰家持が娘子に贈る歌七首　（巻四・七一四〜七二〇）

大伴宿禰家持が娘子に贈る歌三首　（巻四・七八三〜七八五）

大伴宿禰家持、娘子が門に至りて作る歌一首　（巻八・一五九六）

42　河内《かふち》の大橋《おほはし》を独《ひと》り行《ゆ》く娘子を見る歌　并せて短歌　（高橋虫麻呂《たかはしのむしまろ》歌集　巻九・一七四二〜一七四三）

43　娘子を思ひて作る歌一首　并せて短歌　（田辺福麻呂《たなべのさきまろ》歌集　巻九・一七九二〜一七九四）

44　（放逸《はういつ》せる鷹《たか》を思ひ、夢《いめ》に見て感悦《かんえつ》して作る歌一首　并せて短歌）

右、射水郡《いみづのこほり》の旧江村《ふるえのむら》にして蒼鷹《おほたか》を取獲《と》る。……（中略）……ここに夢《いめ》の裏《うち》に娘子あり。喩《をし》へて曰《いは》く……　（家持　巻十七・四〇一一〜四〇一五）

このうちの44は、前節でふれた拙稿「歌わない萬葉びとたち」において、歌を詠んだ可能性のない「伝承世界に属する人物」として捉えた「娘子」である。この点では、第二節で掲出した旅人の23や24、さらに用例とはしなかったア〜オをもふくめ、その様態は前節「語られる《娘子》」に近しいと言えよう。たしかに、夢に現れて家持に語りかけたという具体的な記述は存するが、それはあくまでも「夢の裏」でのことであり、伝説めいた内容であることはまちがいない。しかしながら、「語られる《娘子》」と違って44の「娘子」は、素性めいたことがまったく語られない。その点を鑑みると、「伝承世界に属する人物」とするよりも「虚構・架空の人物」として捉えるべきかと考える。

同様に、伊藤博氏『萬葉集釋注』（以下、伊藤『釋注』と略す）が、

ここでは、珠名娘子を詠む歌（一七三八〜一七三九）とは逆に、現世に見る娘子がお伽の世界の女性のようにうたわれているのが特色。一つはこちらに引き寄せることで、一つはそちらに押し上げることで、常ならぬ女性の美化が行なわれている。

と解した42の「娘子」についても、「幻想、或いは想像の世界」（森斌氏「河内大橋を独り行く娘子を見る歌」『セミナー万葉の歌人と作品　第七巻』所収　和泉書院刊　平13・9）の女性として「美化」された形でうたわれていることに着目すべきであろう。たしかに「語られる《娘子》」に近しい様態を示しているが、素性めいたことが記録されないという点で、この「娘子」もまた虚構・架空の人物として捉えるべきではなかろうか。

37については以前、「門部王の「恋の歌」をよむ」と題する拙稿（『高岡市万葉歴史館紀要』15　平17・3）において検討したので参照願いたい。そこで稿者は、「恋の歌」と題されたこの歌はあくまでも《恋を主題とする歌》にすぎず、左注で語られているような事実は存しなかった可能性が高いと結論づけた。門部王の出雲守在任までもが歌語り的に伝誦されていたとまで言うつもりはないが、「娘子」をめぐる門部王の恋として歌語り的に伝誦されながら享受されていたものがのちに左注として記載されたのだと考える。

また、40の高安王には、この門部王の用例に近しい様態を示す歌が残されている。

おのれ故《ゆゑ》　罵《の》らえて居《を》れば　青馬《あをうま》の　面高夫駄《おもだかぶだ》に　乗りて来《く》べしや　（巻十二・三〇九八）

右の一首、平群文屋朝臣益人《へぐりふみやのあそみますひと》伝へて云《い》はく、昔聞くならく、紀皇女《きのひめみこ》ひそかに高安王《たかやすのおほきみ》に嫁《とつ》ぎて嘖《ころ》はえたりし時に、この歌を作らすといふ。ただし、高安王は左降《さかう》し、伊予国守《いよのくにのかみ》に任ぜらる。

作者未詳歌巻におさめられながらも作歌事情が注記されるというこの特異な歌については、拙稿「歌わない萬葉びとたち」においていささか検討したが、伊藤『釋注』が成立論に立脚しつつ「左注はあくまでもお話」であり、「大伴家持たちに伝えられたお話」と推察し、浅見徹氏「高安王左降さる」（『萬葉集研究　第二十四集』所収　塙書房刊　平12・6）が「恋物語として、史的事実とは乖離した場をもって享受されていたものと考えた方がよい」と解されている。

このように、門部王の用例に近しい「歌語り的に伝誦されていた」恋物語が高安王についても確認しうること、さらには、第二節「名も無き《娘子》」で引用した橋本四郎氏の、

単に「娘子」と表示された女性は、何らかの虚構に支えられていると見る角度から検討を加える必要があろう。

という指摘を鑑みて、「包める鮒」を贈るという具体的な説明がなされていることは看過できないが、

40の「娘子」は限りなく虚構・架空の人物に近しいと考えておきたい。

この高安王の歌の「娘子」の様態に通ずると感ずるのが、家持をめぐる「娘子」たち(41)である。この「娘子」をめぐって小野寛館長「女郎と娘子――家持の恋の諸相――」(『大伴家持研究』笠間書院刊　昭55・3　初出は昭47・11)は、

名を記さないところに真実の恋の相手ではない恋の歌を秀作するための仮想の娘子を考えることもできるのだが、家持がこの娘子をわがものにできなかったがために名を伏せたとも考えうるのである。

と指摘されている。小野館長の推測は、第二節で引用した新編全集本の「氏姓を記さない女性は概して卑姓ないし無姓で、社会的にはあまり身分の高くない婦人を、匿名扱いにした」(四〇四の頭注)という解釈に通ずる。しかしながら、いままで検討してきたように、素性が消え歌が残されなくなると、《娘子》は「虚構・架空の人物」や「伝承世界に属する人物」と見て大過ない存在へと変容していく様態が確認できることを鑑みるならば、むしろ黒田徹氏「大伴家持の「娘子」に贈る歌」(大東文化大学『日本文学研究』28　平元・2　以下、黒田氏の説はこの論文による)が、

石上乙麻呂と久米若売、中臣宅守と狭野弟上娘子の私通事件が制作動機になっていると思われ、家持は、「娘子」に女孺のような女性を想定していると考えられる。

と指摘されたことに着目すべきであろう。黒田氏の指摘する制作動機をめぐる問題については次節であらためて検討するが、稿者は家持をめぐる「娘子」たちもまた虚構・架空の人物であった可能性が

きわめて高いと考えている（この問題については、あらためて別稿を用意する）。
ところで、歌を残さなかった素性の明らかでない《娘子》の残る三例は、
38「従駕の人に贈らむがために、娘子に誂へられて作る」（笠金村・紀伊国行幸時の作）
39「娘子を得て作る」（笠金村・三香原離宮行幸時の作）
43「娘子を思ひて作る」（田辺福麻呂歌集）
と題された長歌の用例である。この三首について伊藤『釋注』は、
38 この歌群は、娘子に頼まれて作った歌として行幸先で発表した物語歌ではなかったかと思われる。
39 いかにも事実めかしたこの歌は、前歌群（38を指す・稿者注）と同様仮構の物語歌で、行幸先で公表した歌と見てよい。
43 久邇京官人たちの妻恋しさを代弁して詠んだ作と見る時、よく理解が届き、またさような作としてなかなかよくできているのがこの長反歌であるように思う。
と解釈されたのが正鵠を射た解釈と考える。なお金村の二首についての言及ではあるが、梶川信行氏「娘子に誂へられて作る歌」（『セミナー万葉の歌人と作品　第六巻』所収　和泉書院刊　平12・12）が「虚構の作であり、誰でも主人公になり得る恋のドラマを構想して、従駕の宴で披露された」とまとめられているように、この三例の「娘子」はいずれも「恋のドラマ」の登場人物として設定されたと思しい、まさに「虚構・架空の人物」であったと見て大過あるまい。

さらに中西進氏「長歌論」（『中西進万葉論集　第二巻　『万葉集』の比較文学的研究(下)』講談社刊　平7・5　初出は昭37・7）がこの三例をふくむ長歌体の相聞歌全般について検討を加え、
　恋愛長歌は素材設定に基づく虚構歌であり、その素材の中心に遠隔の地にある恋の歎きという条件があったといい得るのである。そしてそれは多分に実作と否とに拘らず、伝承時における取扱いの要素を強く持つという事が考えられる。

という、さきの伊藤氏や梶川氏に通ずる結論に達していることも看過できない。

　つまり、歌を残さなかった素性の明らかでない《娘子》は、先学が指摘されてきたように、虚構性の高い作品に登場するのである。たしかに、様態的には前節「語られる《娘子》」との近似性を見てとることができる。しかしながら、素性を語っていると解することも可能な内容を記している左注にあらわれる用例（37・44）を除くと、いずれも素性めいたことがまったく記されず、ただ「娘子」と提示されているだけにすぎないことに着目しなければならない。このことを鑑みるならば、本節の「娘子」たちは、素性を語ることに通ずる「伝承世界」に属する人物と考えるべきではなく、むしろ「虚構・架空の人物」として捉えなければならないのではなかろうか。

　いま一度喚起しておきたいが、本節で掲出した八例の「娘子」たちはいずれも、中央官人――ここでもまた歌人と言うべきかもしれないが――との関わりによって『萬葉集』に登場することとなったのである。その点では、すでに検討してきた三種の《娘子》と同じ様態を示すが、実在性に乏しいということを鑑みるならば、「語られる《娘子》」により近しいと言える。しかしながら、その「語られる《娘子》」が、中央官人（歌人）によって素性めいたことが記録されている（＝「語られる」）のに対して、八例の「娘子」たちは中央官人（歌人）たちが歌をよむための素材・手段として記録されているのである。その点に着目して、彼女たちを「歌にされる《娘子》」と一括すべきだと考える。

この「歌にされる《娘子》」たちもまた、関わる中央官人（歌人）たちの活躍状況を鑑みると、すべて平城京遷都後に記録された《娘子》となる。最後に、この点について卑見を提示したい。

五　うたわれる《娘子》へ

四節にわたって『萬葉集』に登場する「娘子」の様態について検討を加えてきた。その結果、

AのI　歌あり・素性あり　＝「うたう《娘子》」　→　実在性の高い《娘子》
AのII　歌あり・素性なし　＝「名も無き《娘子》」　→　虚構・架空の《娘子》か
BのI　歌なし・素性あり　＝「語られる《娘子》」　→　伝承世界に属する《娘子》
BのII　歌なし・素性なし　＝「歌にされる《娘子》」　→　虚構・架空の《娘子》

という位相が認めうることを確認してきた。検討してきた内容をふまえてまとめ直してみると、

i　素性あり・歌あり　→　実在性の高い《娘子》（ただし巻十六所収歌を除くべきか）
ii　素性あり・歌なし　→　伝承世界に属する「語られる《娘子》」（および巻十六所収歌をふくむ）
iii　素性なし　→　虚構・架空の存在として「歌にされる《娘子》」

という位相差を確認してきたことになる。ただし、iiiにふくまれることとなるAのIIとして検討した

27「遣新羅使人らの宴席で歌を詠んだ娘子」は実在性がきわめて高い。また、同じAのIIとして検討した25「藤原広嗣と贈答した娘子」・26「藤井連と贈答した娘子」や、BのIIで検討した40の高安王が「包める鮒」を贈った「娘子」などを「虚構・架空の《娘子》」と断言するにはいささか躊躇する。いまは、幾度か引用した橋本四郎氏の、

単に「娘子」と表示された女性は、何らかの虚構に支えられていると見る角度から検討を加える必要があろう。

という指摘を鑑みて、これらの「娘子」たちもまた限りなく「歌にされる《娘子》」に近しい存在と捉えておきたい。

素性めいたことが記された萬葉歌人としての《娘子》は、歌が残されたり素性が記されたりしなくなればなるほど、その度合いに対応するかのように実在性は乏しくなっていくのである。そして稿者は、このような《娘子》の変容のなかで、第一節冒頭の分類にあるC「歌語としての《娘子》」がうたわれるようになったと考えている。この「歌語としての《娘子》」をふくめ、『萬葉集』に登場する《娘子》の大半は、平城京遷都後の中央官人（歌人）たちとの関わりにおいて登場する。最後にこのことについていささか卑見を提示してみたい。

「配流された萬葉びと――記録者としての家持――」と題する拙稿（本集9『道の万葉集』所収　平18・3）でいささか検討したように、前節「歌にされる《娘子》」で取り上げた37の門部王「恋の歌」は、

イ　大伴宿奈麻呂宿禰《おほとものすくなまろすくね》の歌二首　佐保大納言卿《さほのだいなふごんきやう》の第三子にあたる　（巻四・五三二〜五三三）

ロ　安貴王《あきのおほきみ》の歌一首　并《あは》せて短歌　（五三四〜五三五）

という、新編全集本が「宮仕えに出る予定の女性を部領する使人などが横恋慕」し、「任国から采女などを貢進した時に、これを見送って詠んだものか」と推測した歌（イ）と、門部王「恋の歌」に近しい禁断の恋を語る左注を持つ歌（ロ）とともに、ある程度まとまりあるものとして巻四に位置づけられていた可能性が考えられる。そして、その背景として、

　相聞にせよ、雑歌にせよ、見立ての詠物的姿勢が強く、常に何らかの仮装を伴っている。…（中略）…歌はかならずしも写実でなくてもよいとする考え、いいかえれば、歌は仮構であるときむしろ美しいという考えが普及していた。…（中略）…その和歌圏は、恋歌に的をしぼれば片恋文化圏なのであり、雑歌をも含めていえば、虚構文化圏ないし見立《みたて》文化圏なのであった。

と伊藤博氏「天平の女歌人」（『萬葉集の歌人と作品　下』塙書房刊　昭50・7　初出は昭49・11）が指摘された、大伴坂上郎女や家持を中心とする「和歌圏」があったと稿者は考える。

　本稿で検討してきた「娘子」のなかにも、イをめぐって新編全集本が推定している様態に近しい、中央官人の「現地妻」と思しい人物がいた。また、「安貴王の歌」については、前節末尾で引用した中西進氏「長歌論」が、

恋愛長歌は素材設定に基づく虚構歌であり、その素材の中心に遠隔の地にある恋の歎きという条件があったといい得るのである。

と指摘され、曽倉岑氏もその表現をつぶさに検討されて「非自作説」を唱えられているように[5]、明らかに虚構・架空の設定に基づく歌と見て大過ない。このふたつの歌の様態こそが、平城京遷都後の歌のありようを示しているのであり、その中心に伊藤氏の指摘する「和歌圏」に属する歌人たちがいたのであろう。

平城京遷都によって万葉びとたちが都市生活者となり、そのなかで文化もまた都市化され成熟していった天平時代あたりになると、宴席での歌の披露や贈答歌のやりとりが日常のこととしてなされることが多くなってきた。その結果として、宴席の場で披露したり身内との贈答に変化を持たせたりなどするために、純粋な恋歌ではない、まさに文芸的な「恋歌」を歌うようになってきたのであろう。

と拙稿「天平の恋」(万葉歴史館第五回企画展図録『天平万葉』所収　平17・10)でまとめたように、坂上郎女の相聞歌に見られる身内との「起居相問」(巻四・六四九左注)を恋歌風に仕立てる営為は、人麻呂の「石見相聞歌」(巻二・一三一〜一三九)や「泣血哀慟歌」(巻二・二〇七〜二一六)をめぐってすでにさまざまに指摘されている「恋」そのものを主題とする虚構の世界、まさに文芸作品としての恋歌の流れにあるものとして位置づけられるのである。

そのような流れのなかで、前節でも少しくふれた門部王の歌のような「恋の歌」と題する《虚構の恋歌》が詠まれるようになったと考えて大過あるまい。それとともに、前節でも引用した家持をめぐる「娘子」(41)についての黒田徹氏の指摘「石上乙麻呂と久米若女、中臣宅守と狭野弟上娘子の私通事件が制作動機になっている」にあるように、配流された石上乙麻呂や中臣宅守に関わる歌や、安貴王の歌や高安王をめぐる歌などの、まさに禁断の恋とも言うべき悲恋をめぐる歌が『萬葉集』におさめられることとなったのであろう。そして、その理由として、

おそらく、たんに鑑賞するためにだけこれらの歌は『万葉集』におさめられているのではない。むしろ、天平の万葉びとたちが相聞歌を作る上で、そこから表現を学ぶためのものとして享受《きょうじゅ》していたにちがいない。都市化された生活のなかで暮らす万葉びとたちの心のゆとりが、それまでの純粋な恋歌を超越したあらたな相聞の世界を必要とした。そのようななかで、これらの歌が受け入れられるようになったのであろう。

と拙稿「天平の恋」のなかで指摘しておいた。

このような時代のありようのなかで、数多くの《娘子》は中央官人(歌人)たちが歌をよむための素材・手段として『萬葉集』に記録されることとなったのである。さきの伊藤氏の指摘にあるように、その《娘子》のありようは恋歌に限るものではなく、「常に何らかの仮装を伴っ」た歌が「仮構であるときむしろ美しい」と考える歌人たちが中心となった「虚構文化圏ないし見立文化圏」のなかで、さまざまな形となってあらわれることとなったのである。

池田三枝子氏「聖武朝の政治理念と「みやび」」(『古代文学』34 平7・3)は、元正天皇が聖武天

皇へ譲位する契機となった神亀出現の瑞祥をめぐる詔（『続日本紀』養老七年十月二十三日条）に見える「徳沢流洽」という表現に着目して、『萬葉集』に見える「みやび」を論ずるなかで、

土地の娘子との恋愛が歌われたのも、「徳沢流洽」を具現する一手段であったのではないか。天皇の徳が洽く行き渡った「みやび」な土地にいる以上は、土地の娘子であっても、「みやび」な女性でなければならない。都と同様に「みやび」な女性がいて、都風の恋愛をすることで、その土地を都と均質化することができる。鄙を都と均質化して、都の秩序下に包摂するという意味に於いて、土地の娘子との恋愛は「徳沢流洽」の具現たり得、行幸従駕歌として機能したと考えられる。

という示唆に富む指摘をされた。第四節「歌にされる《娘子》」で取り上げた金村の歌（39）をめぐる発言ではあるが、この指摘はそのまま『萬葉集』に数多く登場する《娘子》たち全般に言えることではなかろうか。

さまざまな様態を示してはいるが、中央官人（むしろ歌人と言うべきか）との関わりのなかで『萬葉集』に登場することとなった《娘子》は、おそらく都を具現化する「みやび」な存在として意識されていたのであろう。そのような《娘子》の大半が平城京遷都以後に記録されるようになるのも、そのような「みやび」を意識した時代のありようによったのではなかろうか。

「遊行女婦」や「前の釆女」とも思しい存在としての《娘子》との恋愛めいたことが記録されたり、実在性の乏しい「伝承世界に属する人物」もしくは「虚構・架空の人物」として語ったり歌にされた

《娘子》が数多く登場するのも、さきにイ・ロを通して確認したように、この時代の歌のありようと深く関わる。そして、このような時代のありようは、池田氏が指摘された都を具現化する「みやび」を強く意識した、伊藤氏の言う「和歌圏」の歌人たちによって培われたものであったにちがいない。そして、そのようななかで、本稿冒頭で言及した《越中の三乙女》という物言いの由来となった歌に見える「歌語としての《娘子》」、つまりは「うたわれる《娘子》」が、伊藤氏の指摘する「和歌圏」に属する家持によってうたわれることとなったのである。

さいごに

多種多様な様態を示す例を一律に論じたためにはなはだ煩雑な論となったが、『萬葉集』に見える《娘子》について卑見を提示してきた。ただ、すでに指定枚数を超越しており、いまひとつ論ずべき「うたわれる《娘子》」については別稿（『高岡市万葉歴史館紀要』17所載予定）を用意したので参照願い、ここでは簡単に要点のみを指摘するに留めておく。

表記を問題とせずに、歌語として《娘子》がうたわれている歌を概観すると、

- たんに「をとめ」とある用例　（巻一・四〇、巻六・一〇〇一など）
- 「あまをとめ」とうたわれる用例　（巻一・五、巻三・三六六など）
- 修飾する語がつく「をとめ」　（巻一・二二「常をとめ」、巻一・八一「伊勢をとめ」など）
- 序詞のなかに見える「をとめ」　（巻四・五〇一、巻四・五二三など）

という四種類に分類できる。年代的には、初期万葉から家持の時代まであまねく確認できるのだが、うたわれ方に着目するならば、本稿で確認してきた様態に近しい部分を指摘しうるのである。

a　あみの浦に　船乗《ふなの》りすらむ　娘子《をとめ》らが　玉裳《たまも》の裾《すそ》に　潮満《しほみ》つらむか　（人麻呂　巻一・四〇）

b　ますらをは　み狩《かり》に立たし　娘子らは　赤裳裾引《あかもすそび》く　清《きよ》き浜辺《はまび》を　（赤人　巻六・一〇〇一）

c　雄神川《をかみがは》　紅《くれなゐ》にほふ　娘子らし　葦附《あしつき》〈水松《みる》の類〉取ると　瀬に立たすらし　（家持　巻十七・四〇二一）

d　春の苑《その》　紅にほふ　桃の花　下照《したで》る道に　出《い》で立つ娘子　（家持　巻十九・四一三九）

e　もののふの　八十《やそ》娘子らが　汲《く》みまがふ　寺井《てらゐ》の上《うへ》の　堅香子《かたかご》の花　（家持　巻十九・四一四三）

これらの歌にうたわれる「娘子」がすべて実在するか否かは不明だが、a・bという行幸関連の歌に見える「娘子」は、早くに森朝男氏「景としての大宮人――宮廷歌人論として――」（『古代和歌の成立』勉誠社刊　平5・5　初出は昭59・11）が指摘されたように、行幸に従駕する様子をうたうことで、その行幸の中心である天皇を讃美するために用意された《景物》としての「娘子」である。その点では、cの家持歌にうたわれた「娘子」も、その土地を讃美するための《景物》として提示されたと見てとることも可能であろう。しかしながら、残るd・eの「娘子」は、さきの三例と同質に捉えることはできないと感ずる。家持のc・d・eの歌については、伊藤『釋注』が、

c　家持特有のいささかの幻想を働かせつつ詠んだ…（中略）…葦付を取る越の娘子たちのあでやかな姿を想像的に形象する中にみやびな都の女性たちの映像を重ねた…

d　家持がここで映像化しているのはあくまで一人の艶麗なる「娘子」であって、「我妹」「我妹子」と呼ばれる妻そのものではない。かような歌が造型される契機として、都の風情の満ち溢れる妻大嬢と桃の花との取り合わせとがあったことは否定しがたい…

e　この歌の娘子の背景にも妻大伴坂上大嬢の映像が存するのであろう。ここにうたわれる「八十娘子ら」は越の田舎の、地の草娘子そのものではないと思われる。妻大嬢を通して見た憧れの都の女性たちの姿と見てよかろう。

と指摘されたのが正鵠を射た解釈と稿者は考える。この指摘にあるような、「幻想を働かせつつ」「想像的に形象」・「映像化」された「娘子」は、もはやたんなる《景物》ではない。しかも、これらの「娘子」がうたわれる背景に「都」への意識が強く働いていたという。

このような家持の三首について、森朝男氏「比喩としての〈をとめ〉」（『恋と禁忌の古代文芸史——日本文芸における美の起源——』若草書房刊　平14・11　初出は平12・5）は、

これらの「娘子」は花や色彩とともに表出されていて、美しいものとして詠む意図を潜めていると見える。…（中略）…これらの歌は、〈をとめ〉を表現することが、絵画的な、といってもよい美の表出の方へ向けられている。そこにこれらの歌の、万葉〈をとめ〉歌群のなかでの孤立した位置がある。この娘子こそ、いうならば美と高貴の〈比喩〉である。

と捉えられた。「孤立」は過言と感ずるが、このような家持特有の《娘子》が「美と高貴の〈比喩〉」であると指摘されていることは看過できない。

中央官人と関わることによって『萬葉集』の題詞や左注に登場することとなった《娘子》は、おそらく都を具現化する「みやび」な存在として意識されていたのであろう。そして、そのような意識のもと、素性めいたことが記されている萬葉歌人としての《娘子》から、歌が残されなかったり素性が記されなくなった実在性の乏しい《娘子》までの幅広さで、《娘子》は『萬葉集』に記録されることとなったのである。さらに、記録されると同時に、都を意識し、《娘子》たちの記録に関わった中央官人によって、「みやび」を象徴的にうたう素材として「娘子」がうたわれるようになった。ここに、『萬葉集』に見える《娘子》の、究極的な変容を見てとることができるのではなかろうか。

はなはだ煩雑な上に、性急な結論であるが、ご教示・ご叱正をお願いする次第である。

注1　なお、掲出した二十名のほかにも、「三方沙弥《みかたのさみ》、園臣生羽《そののおみいくは》が女《むすめ》を娶《めと》りて、未《いま》だ幾《いくばく》の時も経《へ》ねば、病《やまひ》に臥《ふ》して作る歌三首」（巻二・一二三～一二五）のなかの一二四番歌の下に付された細注に登場する「娘子」と、「草嬢《くさのをとめ》が歌一首」（巻四・五一二）の「草嬢」とがいる。

　一二四番歌の「娘子」は、題詞に「園臣生羽が女」として記録されている女性の言い換えであり、第二節「名も無き《娘子》」で掲出した巻十六所収の用例（ア～オ）に近しい様態を示している。また、この用例が歌の下に施された細注であることも看過できない。一二五番歌の類歌である巻六・一〇二七番歌の左注に「或本《あるほん》に云《い》はく、三方沙弥、妻苑臣《そののおみ》に恋《こ》ひて作る歌なり、といふ。然《しか》らば則《すなは》ち、豊島《としまの》采女《うねめ》は当時当所《そのときそのところ》にしてこの歌を口吟《うた》へるか」とあることを鑑みると、当該歌群に「歌物語的構想および配列」を見ること（尾崎富義氏「巻二相聞歌とその配列」［伊藤博氏・稲岡耕二氏編『万葉集を学ぶ第二集』有斐閣刊　昭52・12」など）もあながち誤りではなかろう。当該歌の前後に、登場者の素性をめぐる細注が施されている用例がいささか存することをも鑑み、この細注が「口吟」われながら享受されるなかで付された可能性もあると考えて本稿では用例として数えないで措く。

また「草嬢」については、伊藤博氏『萬葉集釋注』が、

未詳。田舎娘の漢語的表現か。カヤノヲトメと読み、カヤを氏の名と見る説もある。神代紀（上）に「草野姫《かやのひめ》」の名がある。また、蚊屋忌寸《かやのいみき》・香屋臣《かやのおみ》などの氏姓はある。しかし、その氏姓に「草」の字をあてた例はない。ほかに、ウカレメ・キナカヲトメ・サウヂヤウなどと訓む説もある。

とまとめられているように、その訓みもいまだ定かではなく、第三節「語られる《娘子》」で掲出した「豊前国《とよくにのみちのくち》の娘子・紐児《ひものこ》」（33）に近しい様態を示している。伊藤氏や新編日本古典文学全集本などが普通名詞と捉えていることを鑑みて、この用例も除外し数えないで措く。

2　本文で述べた以外にも、「娘子」のなかに「遊行女婦」もしくは「前の采女」のような存在がいた可能性を裏付けする用例が存する。たとえば「娘子」とは記されていない

①越中時代の家持が参加した宴席で歌を残した「遊行女婦土師《はにし》」（巻十八・四〇四七、四〇六七）

②家持の部下である尾張少咋《おわりのおくい》が愛した遊行女婦「左夫流《さぶる》」（巻十八・四一〇六〜四一一〇）

などの、様態的に20「遊行女婦蒲生」に近しい「遊行女婦」たちである。なお、彼女たちもおそらくは「娘子」であったはずだが、『萬葉集』では「娘子」と記されていないので、「橘《たちばな》の歌一首」（巻八・一四九二）の作者である③「遊行女婦」とともに、本稿の対象からは除外した。

同様に、「娘子」と記されてもおかしくない「采女」として

④安見児《やすみこ》（巻二・九五の題詞・歌中）

⑤吉備津《きびつの》采女（巻二・二一七〜二一九の題詞　ただし、歌中に「志賀津《しがつ》の児《こ》」「大津《おほつ》の児」あり）

⑥駿河《するがの》采女　（巻四・五〇七の題詞、巻八・一四三〇の題詞）
⑥因幡《いなば》の八上《やかみの》采女（巻四・五三五の左注）
⑦豊島《としまの》采女　（巻六・一〇二六と一〇二七の左注　ただし故人として登場）

などの存在が『萬葉集』に記録されているが、彼女たちもまた「娘子」と記されていないことを鑑みて、本稿では対象から除外した。

3　なお、「娘子」ではないが、家持との贈答を残した名も無き「童女」の歌が巻四に存する（七〇六）。この「童女」について新編全集本の頭注は、

未成年の女子。娘が成人すると束ねた髪を固定するために笄《こうがい》やかんざしの類を挿すが、それをまだ挿していない年少の女子をいう。

と解説する。「未成年の女子」という点では「娘子」に近しく、本稿の対象に加えてもあながち誤りとは思われないが、「童女」は「娘子」よりも年少である点は看過できない。同じ未成年であっても、「はじめに」で引用した『角川古語大辞典』が「本来結婚するにふさわしい年齢の女性をさして呼んだもの」と定義しているように、「娘子」は結婚適齢に近い女性を指すと考えられる。また、第一節で検討した「娘子」のなかに結婚していたと思しい例（3・17）も存していることを鑑みると、本稿で対象とする《娘子》とは一線を画すべきと思われ、いまは用例として数えないで措く。

4　なお、歌人たちによって『萬葉集』に記録された「娘子」としては、本文中に例示した以外に、

ア　・和銅《わどう》四年、歳次辛亥《さいしんがい》、河辺宮人《かはへのみやひと》、姫島《ひめしま》の松原《まつばら》に「嬢子《をとめ》」が屍《かばね》を見悲嘆して作る歌二首　（巻二・二二八〜二二九）

・和銅四年辛亥、河辺宮人が姫島の松原に「美人《をみな》」の屍を見て、哀慟して作る歌四首　（巻三・四三四〜四三七）

イ・葦屋《あしのや》の「処女《をとめ》」が墓に過《よぎ》る時に作る歌一首　并せて短歌　（福麻呂歌集　巻九・一八〇一～一八〇三）

・「処女」墓の歌に追同《ついどう》する一首　并せて短歌　（家持　巻十九・四二一一～四二一二）

という、「娘子」とは記されていない用例が存する。

5　万葉七曜会例会（平18・7・14　於学士会館本館）における曽倉岑氏の「巻四安貴王非自作説」と題する口頭発表による（小野寛館長のご教示）。示唆に富む指摘であり、活字化されることを期待したい。

参考文献（本文中に引用しなかったものを掲出する）

・吉田修作氏『文芸伝承論——伝承の〈をとこ〉と〈をとめ〉——』（おうふう刊　平10・10）
・猪股ときわ氏『歌の王と風流の宮——万葉の表現空間——』（森話社刊　平12・10）
・佐藤忠彦氏「「娘子」の世界——万葉集を中心として——」（『駒沢大学北海道教養部研究紀要』3　昭43・11）
・久米常民氏「万葉の娘子歌人」（『万葉集の文学論的研究』桜楓社刊　昭45・3　初出は昭44・12）
・西谷元夫氏「万葉集における「郎女」と「娘子」」（『解釈』27—7　昭56・7）
・橋本四郎氏「万葉集のことば——親族語彙・人名・地名など——」（『橋本四郎論文集　万葉集編』角川書店刊　昭61・12　初出は昭57・11）
・山田英雄氏「女郎・郎女・大嬢・娘子」（『万葉集覚書』岩波書店刊　平11・6　初出は平元・12）
・藤川都氏「万葉集にみる娘子と郎女」（『九州大谷国文』19　平2・7）
・駒木敏氏「万葉歌における人名表現の傾向」（『和歌の生成と機構』和泉書院刊　平11・3　初出は平6・6）
・飯田勇氏「男・女関係としての宮廷文学——『万葉集』の「ますらを」「みやびを」を視座として——」

（『古代文学』38　平11・3）

・飯田勇氏「律令官人の言葉の位相――「遊行女婦」の発生――」（『神の言葉・人の言葉――〈あわい〉の言葉の生態学――（古代文学会叢書Ⅰ）』所収　武蔵野書院刊　平13・10）

・飯田勇氏「「遊行女婦」をめぐって――万葉歌を読む――」（東京都立大学『人文学報』330　平14・3）

使用テキスト（なお、適宜引用の表記を改めたところがある）　↓　小学館刊『新編日本古典文学全集』

付記　本稿は、第二十一回萬葉語学文学研究会（平18・8・25　於奈良女子大学）において「うたわれた「娘子」――安貴王・門部王の歌から考える――」と題しておこなった口頭発表の一部を大幅に加筆訂正したものです。席上、貴重なご教示をいただいた諸先生方に深謝申し上げます。なお、本文中に言及したように、同じ口頭発表に基づいて「うたわれる《娘子》」と題した別稿（『高岡市万葉歴史館紀要』17所載予定）を用意したので、併読していただければ幸甚です。

『万葉』の母

平野由紀子

一　はじめに

『万葉集』には「母」が「子」を詠んだ歌はほとんどない。わずかに、遣唐使として唐へ渡る子を思う母の歌と、娘の大嬢《おおいらつめ》を思って詠んだ母大伴坂上郎女《おおとものさかのうえのいらつめ》の歌を見るくらいである。

これに対して、「子」が「母」を詠む歌は、「防人歌」や「東歌」のほかに「作者未詳歌」に多く見られる。「母」という語を含む歌は、山上憶良《やまのうえのおくら》、大伴家持《おおとものやかもち》のほか、大伴三中《おおとものみなか》・調使首《つきのおみのおびと》・葛井連子老《ふじいのむらじこおゆ》・遣新羅使人が詠んだ挽歌と流罪になった石上乙麻呂《いそのかみのおとまろ》の歌にも見られ、古歌集・柿本人麻呂《かきのもとのひとまろ》歌集・高橋虫麻呂《たかはしのむしまろ》歌集・田辺福麻呂《たなべのさきまろ》歌集といった歌集にも見られる。もちろん、歌の中に「母」という語が出てくるからといって、すべてが「母」への思いや「母」の姿を歌っているわけではないが、『万葉集』の中で、「母」がどう詠まれたのかを見ていきながら、『万葉集』の時代に生きた「母」たちの素顔に迫ってみたい。

二　防人歌の「母」

「母」への思いがよく表れている歌といえば、やはり「防人歌」であろう。

巻二十に「母」は二十五例出てくるが、大伴家持の三例を除く二十二例が防人たちの歌である。家持の三例も、防人が自分の母への気持ちをうたった歌とは違うが、防人の心情を詠んでいる。

防人歌の「母」の用例二十五例（家持の三例を含む）の内訳は次に示す通りである。

国名	ハハ（ハハトジ）	アモ（アモトジ）	オモ
遠江	3		
相模	2		
駿河	6（1含む）		
上総	2		
下総	2		1
下野		4（1含む）	
信濃			2
（家持）	3		

防人は辺境を守る者で、主として九州北岸や壱岐・対馬を守備する兵士を指し、東国から集められることが多かった。任期は三年、二十一歳以上六十歳以下の正丁の中から徴発された。命令を受けると、家族と別れを惜しむ間もなく、遠い九州の地へ出発しなければならなかった防人の情は、故郷に残す家族への思いとなって歌に結実した。天平勝宝七歳（七五五）二月、交替して筑紫に遣わされる防人たちの歌が国別に「拙劣歌」を除いて『万葉集』巻二十に収められている。その防人たちの歌は大伴家持によって集められ、巻二十に収載された。

「母」は「ハハ」のほかに、東国語では「アモ」「オモ」とも言った。下野国では四例すべてが「アモ」であり、信濃国では二例すべてが「オモ」である。下総国では「ハハ」二例のほか、「オモ」も一例ある。

「アモ」は、『日本書紀』の歌謡にも「道に闘《あ》ふや　尾代《をしろ》の子　母《あも》［阿母］にこそ　聞えずあらめ　国には　聞えてな」（雄略天皇二十三年八月）とある。

下野国の防人の歌はすべて「アモ」で、二例が「母父」で、あと二例が「母」のみを詠んでいる。

旅行《ゆ》きに行くと知らずて母父《あもしし》［阿母志々］に言申さずて今ぞ悔しけ　（四三七六）
母刀自《あもとじ》［阿母刀自］も玉にもがもや戴きてみづらの中に合へ巻かまくも　（四三七七）
月日夜《つくひよ》は過ぐは行《ゆ》けども母父《あもしし》［阿母志々］が玉の姿は忘れせなふも　（四三七八）
津の国の海の渚に船装《ふなよそ》ひ立《た》し出も時に母《あも》［阿母］が目もがも　（四三八三）

当時、中央では「父母」であり、「チチハハ」と言うところを、下野国の歌では「母父」であり、「アモシシ」と言ったことがわかる。「アモシシ」という東国語は「母」を優先させる古い母系社会のなごりの表現である。「アモ」は『万葉集』ではこの下野国の防人歌に四例みられるのみである。「オモ」は信濃国の防人の歌に二例みられる。

韓衣裾《からころむすそ》に取り付き泣く子らを置きてそ来《き》ぬや母《おも》［意母］なしにして　（四四〇一）

ちはやふる神のみ坂に幣《ぬさ》奉り斎《いは》ふ命は母父《おもちち》［意毛知々］がため　（四四〇二）

四四〇一番歌は「母」が詠まれているが、ここは例外で、ほかの歌とは全く違い、「父」の歌である。「母」のいない子どもたちを残していかなくてはならない防人の、父親としての気持ちが痛いほど伝わる歌である。四四〇二番歌は「母父《おもちち》」であるが、やはり「母」を優先させるところに母系社会のなごりが感じられる。

「オモ」は下総国の防人の歌にも一例みられる。下総国ではあと二例は「ハハ」であり、どちらも使われていた。

我が門《かづ》の五本《いつもと》柳いつもいつも母《おも》［於母］が恋すす業《な》りましつしも　（四三八六）

「ハハ」は防人歌には十五例あり、そのうち「ハハトジ」一例を含む七例が「母」単独の用例で、残り八例は「父母」と詠まれている。「母」の単独用例は次の通りである。

時々《ときとき》の花は咲けども何すれそ母［波々］とふ花の咲き出来《でこ》ずけむ　遠江国（四三二三）
難波津《なにはつ》に装《よそ》ひ装ひて今日の日や出《い》でて罷《まか》らむ見る母［波々］なしに　相模国（四三三〇）
畳薦《たたみけめ》牟良自《むらじ》が磯の離磯《はなりそ》の母［波々］を離れて行《ゆ》くが悲しさ　駿河国（四三三八）
真木柱《まけばしら》ほめて造れる殿《との》のごといませ母刀自《とじ》［波々刀自］面変《おめが》はりせず　駿河国（四三四二）
たらちねの母［波々］を別れてまこと我《われ》旅の仮廬《かりほ》に安く寝むかも　上総国（四三四八）
我が母［波々］の袖もち撫《な》でて我が故《から》に泣きし心を忘らえぬかも　上総国（四三五六）
天地《あめつし》のいづれの神を祈らばか愛《うつく》し母［波々］にまた言問はむ　下総国（四三九二）

防人に行く若者の母に対する思いがよく出ている。また、四三五六番歌には息子の袖を撫でて泣く母の姿が歌を通して浮かんでくる。

次に、「父母」の用例をあげる。

父母［知々波々］も花にもがもや草枕旅は行《ゆ》くとも捧《ささ》ごて行《ゆ》かむ　遠江国（四三二五）
父母が殿《との》の後《しりへ》のももよ草百代《ももよ》いでませ我が来《きた》るまで　遠江国（四三二六）

大君《おほきみ》の命《みこと》 恐《かしこ》み磯に触《ふ》り海原《うのはら》渡る父母［知々波々］を置きて　相模国（四三二八）

水鳥の発《た》ちの急ぎに父母に物言《ものは》ず来《け》にて今ぞ悔《くや》しき　駿河国（四三三七）

＊父母《とちはは》［等知波々］え斎《いは》ひて待たね筑紫《つくし》なる水漬《みづ》く白玉《しらたま》取りて来《く》までに　駿河国（四三四〇）

忘らむて野行《ゆ》き山行《ゆ》き我《われ》来《く》れど我が父母［知々波々］は忘れせぬかも　駿河国（四三四四）

父母［知々波々］が頭《かしら》かき撫《な》で幸《さ》くあれて言ひし言葉《けとば》ぜ忘れかねつる　駿河国（四三四六）

大君の命《みこと》にされば父母［知々波々］を斎瓮《いはひへ》と置きて参《ま》ゐ出来《でき》にしを　下総国（四三九三）

「父母」は「チチハハ」と訓まれていることがわかる。＊四三四〇番歌は「トチハハ」と訓め、「トチ」は「チチ」の訛りかあるいは幼児語かといわれるが、他に例はない。「父」の単独用例は、『万葉集』全体でも防人歌の次の一例のみである。

橘の美袁利《みをり》の里に父を置きて道の長道《ながち》は行《ゆ》きかてぬかも　駿河国（四三四一）

この歌は、「父」を思う歌である。防人の歌二十二例のうち、半数の十一例は「父母」「母父」と詠まれ、残りの十一例が「母」の単独用例である。「父」は「父母」や「母父」として、「母」とともに詠まれる以外は単独では一例しか詠まれない。この一首もあるいは「父」しかいない片親の防人だったのかもしれない。

大伴家持の歌には八例の「母」が詠まれているが、巻二十にある三例はすべて「防人歌」と関わって詠まれている。

天平勝宝六年四月、家持は兵部少輔となった。翌天平勝宝七歳、「防人歌」の収集作業にあたった家持は、二月八日、十九日、二十三日の三回にわたって、防人の心を思いやって長歌を詠んでいる。

まず、二月八日に「防人が悲別《ひべつ》の心を追ひて痛み作る歌一首」（四三三一〜四三三三）が詠まれた。

…鶏《とり》が鳴く　東男《あづまをのこ》は　出《い》で向かひ　顧《かへり》みせずて　勇《いさ》みたる　猛《たけ》き軍士《いくさ》と　ねぎたまひ　任《ま》けの
まにまに　たらちねの　母［波々］が目離《か》れて　若草の　妻をもまかず…ぬばたまの　黒髪敷き
て　長き日《け》を　待ちかも恋ひむ　愛《は》しき妻らは　（四三三一）
ますらをの靫《ゆき》取り負ひて出《い》でて行《い》けば別れを惜しみ嘆きけむ妻　（四三三二）
鶏《とり》が鳴く東男《あづまをとこ》の妻別れ悲しくありけむ年の緒《を》長み　（四三三三）

長歌には「たらちねの母」が詠まれてはいるものの、「待ちかも恋ひむ愛《は》しき妻らは」とあるように一首のウエイトは「妻」にあるといえる。そして、反歌では「妻」のことだけが詠まれている。

次に、十九日に「防人が情《こころ》のために思ひを陳《の》べて作る歌一首」（四三九八〜四四〇〇）が詠まれた。

大君の　命《みこと》恐《かしこ》み　妻別れ　悲しくはあれど　ますらをの　心振り起し　取り装ひ　門出をすれ

ば　たらちねの　母［波々］かき撫で　若草の　妻取り付き　平けく　我は斎《いは》はむ　ま幸くて
はや帰り来《こ》と…　（四三九八）

「妻」とともに「母」も詠まれているが、「妻別れ悲しくはあれど」とあるように、やはり「妻」にウエイトがありそうだ。

さらに、二十三日に「防人が悲別の情《こころ》を陳《の》ぶる歌一首」（四四〇八〜四四一二）が詠まれた。

大君の　任《ま》けのまにまに　島守《しまもり》に　我が立ち来れば　ははそ葉の　母［波々］の命《みこと》は　み裳《も》の裾《すそ》
摘《つ》み上げかき撫《な》で　ちちの実の　父［知々］の命《みこと》は　たくづのの　白《しら》ひげの上ゆ　涙垂《た》り　嘆き
のたばく　鹿子《かこ》じもの　ただひとりして　朝戸出《あさとで》の　かなしき我が子　あらたまの　年の緒《を》長く
相見ずは　恋しくあるべし　今日だにも　言問ひせむと　惜しみつつ　悲しびませば　若草の
妻も子どもも　をちこちに　さはに囲《かく》み居《ゐ》　春鳥の　声の吟《さまよ》ひ　白たへの　袖泣き濡らし　携《たづさ》は
り　別れかてにと　引き留め　慕ひしものを…　（四四〇八）

「ははそ葉の母の命」と「ちちの実の父の命」を並べて、さらに「妻も子どもも」と家族の嘆くさまを歌っている。「父」の前に「母」を置くところに古い母系社会のなごりを見ることができる。

家持の防人歌は、防人とその家族の悲別に思いを馳せ、「母」を詠んでいるが、嘆きの中心にあるのはむしろ「妻」であったといえる。多くの防人たちの歌にも「妻」への思いは切々と歌われていた。家持はその「妻」への思いにより深く心を動かされたのであろう。

東国の防人たちの歌は、家族との悲別が主たるテーマになっている。その中に「父母」に対する愛を詠んだ歌もあるが、特に「母」をとりあげた歌が多く存在し、それらの「母」を詠んだ歌々は、息子である防人たちの「母」への愛情が強く感じられる。そして、まだ母系社会の影響が残っていることを感じさせる。

貴族であり、中央政権の官人であった家持は、防人たち自身の歌とは多少違ってはいたが、そうした防人たちの心情を汲んだ歌を詠んだ。

三　相聞歌の「母」——東歌の母、作者未詳歌の母——

「防人歌」が息子からの母への思いを詠んだ歌とすれば、「相聞歌」は娘から見た母の歌といってもよく、「母」の姿がよく表れている。巻十四には防人たちと同じ東国の歌である「東歌」がある。

駿河の海おしへに生《お》ふる浜つづら汝《いまし》を頼み母［波播］に違《たが》ひぬ〈一に云ふ、「親に違ひぬ」〉　駿河国（三三五九）

筑波嶺のをてもこのもに守部据ゑ母［波播］い守れども魂そ合ひにける　常陸国（三三九三）

汝《な》が母［波伴］にこられ我《あ》は行《ゆ》く青雲の出《い》で来我妹子《わぎもこ》相見て行かむ　国名不明（三五一九）

等夜《とや》の野に兎狙《をさぎねら》はりをさをさも寝なへ児故に母［波伴］にころはえ　国名不明（三五二九）

東歌には「母」を詠んだ歌が四例ある。これらはいずれも相聞往来の歌であり、歌の主題は男女の恋であるが、男女の恋の障壁として母が登場する。母は娘を見張り、近づく男を追い払うのである。

この東歌の母の姿に近いのは、作者未詳歌巻の相聞歌にみられる母たちである。

巻七・巻十一・巻十二・巻十三の作者未詳歌巻に出てくる「母」は全部で三十三例あり（「一に云ふ」を含む）、巻七に二例、巻十一に古歌集歌一例、柿本人麻呂歌集歌三例とその他七例、巻十二に七例、巻十三に作者未詳歌巻としては異例の作歌事情と作者を記す調使首の二例とその他十一例がある。雑歌や挽歌もあるが、その多くは相聞歌である。そして、これらの相聞歌にみられる母たちは東歌の母と同様、男女の恋の障壁として登場する。

巻十一は「古今相聞往来歌類の上」という目録を持つ巻であるが、その中に古歌集歌と柿本人麻呂歌集歌がある。

玉垂《たまだれ》の　小簾《こす》のすけきに　入《い》り通ひ来《こ》ね　たらちねの　母が問はさば　風と申さむ　（二三六四）

古歌集・旋頭歌

たらちねの母が手離れかくばかりすべなきことはいまだせなくに　（二三六八）

人麻呂歌集・正述心緒

百積《ももさか》の船隠《かく》り入《い》る八占《やうら》さし母は問ふともその名は告らじ　人麻呂歌集・正述心緒（二四〇七）

たらつねの［足常］母が養《か》ふ蚕《こ》の繭《まよご》隠《も》り隠れる妹を見むよしもがも　人麻呂歌集・寄物陳思（二四九五）

母は娘を大切に育てる庇護者であった。それゆえに娘を見張って、娘に近づく男に対して警戒し、排除しようとする。恋する男女にとっては最大の障壁であった。

人麻呂歌集の二四九五番歌も、「たらつねの［足常］母が養ふ蚕《こ》の繭《まよご》隠《も》り」という三句は序になっているが、「蚕が繭の中に籠っているように、娘が家の中に閉じ込められて出られないことにかけた比喩の序」（『新編日本古典文学全集』小学館）である。「たらつねの」は「たらちねの」の音転かと思われるが、この一例のみである。

この歌の類歌が巻十二にある。こちらの歌は上三句が「いぶせし」の序になっており、蚕が繭の中に籠って身動きできず窮屈そうなことから、男が娘に逢えず気持ちが晴れずうっとうしい状態の「いぶせし」を起こす序としている。

たらちねの母が飼ふ蚕《こ》の繭《まよご》隠《も》りいぶせくもあるか妹《いも》に逢はずして　寄物陳思（二九九一）

巻十三は長歌を集めた作者未詳歌巻であるが、その相聞歌の中にも「たらちねの母が飼ふ蚕の繭隠り」という類句を持つ歌があり、巻十二の二九九一番歌と同じような意味で使われている。

…たらちねの　母が飼ふ蚕《こ》の　繭隠《まよごも》り　息づき渡り　我が恋ふる　心の中《うち》を　人に言ふ　ものにしあらねば…　（三二五八）

また、これらの歌からは養蚕に従事する「母」の姿が浮かんでくる。巻七の「木に寄する」には「母」の仕事としての養蚕が詠まれた歌がある。

たらちねの母がその業《な》る桑《くは》すらに願へば衣《きぬ》に着るといふものを　（一三五七）

また、巻十四の東歌の冒頭五首の中の一首にも、そうした「母」の姿を反映した歌がみられる。

筑波嶺《つくはね》の新桑繭《にひぐはまよ》の衣《きぬ》はあれど君が御衣《みけし》しあやに着欲《きほ》しも　常陸国　（三三五〇）

或本の歌に曰く、「たらちねの」、また云はく、「あまた着欲しも」

歌の中には「母」とはないが、異伝に「たらちねの」とあり、「たらちねの『母』が養ふ蚕《こ》の新桑《にひぐは》繭《まよ》の衣《きぬ》」ということになろう。
巻十一のそのほかの作者未詳歌は次のとおりである。

たらちねの母に障《さは》らばいたづらに汝《いまし》も我も事そなるべき　正述心緒（二五一七）
誰そこの我がやどに来呼ぶたらちねの母にころはえ物思ふ我を　正述心緒（二五二七）
たらちねの母に知らえず我が持てる心はよしゑ君がまにまに　正述心緒（二五三七）
たらちねの母に申さば君も我も逢ふとはなしに年そ経ぬべき　正述心緒（二五五七）
かくのみし恋ひば死ぬべみたらちねの母にも告げつ止まず通はせ　正述心緒（二五七〇）
桜《さくら》麻《あさ》の麻生《をふ》の下草露しあれば明かしてい行《ゆ》け母は知るとも　寄物陳思（二六八七）
あしひきの山沢《やまさは》ゑぐを摘みに行《ゆ》かむ日だにも逢はせ母は責むとも　寄物陳思（二七六〇）

これらの歌をみても、娘の結婚については母親の発言力が大きかったことがうかがえる。
巻十三の相聞歌にもそういった歌が多く、次の歌は二五三七番歌の類歌である。

たらちねの母にも告《の》らず包めりし心はよしゑ君がまにまに　（三二八五）

また、母親が相手の男を警戒し、娘に注意する次のような長歌もある。

…逢《あ》ふべしと　逢ひたる君を　な寝《い》ねそと　母聞こせども　我が心　清隅《きよすみ》の池の　池の底　我は
忘れじ　直《ただ》に逢ふまでに　（三二八九）

巻十二は「古今相聞往来歌類の下」という目録を持つが、「オモ」の例が三例（二首）と「ハハ」の例が四例（三首）ある。

「オモ」は「乳母」とあり、親子ほども年の差がある若い男の求婚に対して「乳母」を求めるようなものだと断わる女の歌で、「乳母」は「チオモ」というべきを「オモ」と略称したものである。

みどり子のためこそ乳母《おも》は求むといへ乳《ち》飲めや君が乳母《おも》［於毛］求むらむ　（二九二五）

悔しくも老いにけるかも我が背子《せこ》が求むる乳母《おも》に行《ゆ》かましものを　（二九二六）

「ハハ」の用例のうちの一首（二九九一）は、前にあげた巻十一の人麻呂歌集歌（二四九五）の類歌である。次の一首は、東歌の常陸国の歌（三三九三）のように「母」が娘を見張っているという歌で、異伝と合わせて二例の「母」がでてくる。

魂《たま》合へば相寝《ぬ》るものを小山田《をやまだ》の鹿猪田《ししだ》守《も》るごと母し守《も》らすも〈一に云ふ、「母が守らしし」〉

寄物陳思　（三〇〇〇）

また、次の「問答歌」の答歌に一例みられる。古代では「名」はその人を支配するほどの重みを持つ。本名を口にすることははばかられ、その「名」を呼ぶのは「母」であり、親と配偶者以外の他人には本名を打ち明けなかった。したがって、「名」を尋ねることは求婚を意味し、それに答えることは承諾を意味した。

紫は灰さすものそ海石榴市《つばきち》の八十《やそ》の衢《ちまた》に逢《あ》へる児《こ》や誰《たれ》　(三一〇一)
たらちねの母が呼ぶ名を申さめど道行《みちゆ》く人《ひと》を誰と知りてか　(三一〇二)

巻十三の相聞歌には、ちょっと変わった父母と息子の問答歌がある。

うちひさつ　三宅《みやけ》の原ゆ　ひた土に　足踏み貫《ぬ》き　夏草を　腰になづみ　いかなるや　人の児故《こゆゑ》
そ　通はすも我子《あご》　うべなうべな　母は知らじ　うべなうべな　父は知らじ　蜷《みな》の腸《わた》か黒き髪
に　ま木綿《ゆふ》もち　あざさ結ひ垂れ　大和の　黄楊《つげ》の小櫛《をぐし》を　押へ挿す　うらぐはし児《こ》　それそ我
が妻　(三二九五)
父母に知らせぬ児故三宅道《みやけぢ》の夏野の草をなづみ来るかも　(三二九六)

女のもとに通う息子に問いかける父母に対して、長歌では息子はまず「母」に答えている。反歌では「父母」と詠まれ順序が入れ替わっていて、母系社会のなごりと新しい父系制社会が混在している。

問答歌には当時の生活の様子がわかる歌もある。ここでも「母」が「父」より先に詠まれている。

こもりくの　泊瀬小国に　よばひせす　我が天皇《すめろき》よ　奥床《おくとこ》に　母は寝《い》ねたり　外床《とどこ》に　父は寝《い》ねたり　起き立たば　母知りぬべし　出《い》でて行かば　父知りぬべし…　（三三一二）

四　挽歌の「母」

山上憶良には巻五の雑歌の中に「熊凝《くまごり》」と「古日《ふるひ》」という人物の死を悼む挽歌といえる歌がある。また、大伴家持には娘婿の藤原二郎が母を亡くした時に弔問した挽歌がある。処女墓の歌に追同する歌も伝説の処女とはいえ挽歌の類いに入るだろう。憶良と家持以外に作者の判明している「母」を詠む歌は、大伴三中《おおとものみなか》・調使首《つきのおみのおびと》・葛井連子老《ふじいのむらじこおゆ》・石上乙麻呂《いそのかみのおとまろ》のほか、名前はわからないが遣新羅使人の歌がある。高橋虫麻呂《たかはしのむしまろ》と田辺福麻呂《たなべのさきまろ》の歌集歌にもあるが、これも作者判明歌に入るだろう。そのほとんどは挽歌である。配流になった石上乙麻呂《いそのかみのおとまろ》の歌も気持ちとしては挽歌と相似たものがあるといえる。そのほか、作者未詳歌では巻十三に一組挽歌がある。

まず、巻三に「天平元年己巳《きし》、摂津国《つのくに》の班田《はんでん》の史生丈部竜麻呂《ししやうはせつかべのたつまろ》自《みづか》ら経《わな》きて死にし時に、判官《じょう》大《おほ》伴宿禰三中《とものすくねみなか》が作る歌一首」がある。

…玉葛《たまかづら》　いや遠長く　祖《おや》の名も　継ぎ行《ゆ》くものと　母父《おもちち》に　妻に子どもに　語らひて　立ちにし日より　たらちねの　母の命《みこと》は　斎瓮《いはひへ》を　前に据《す》ゑ置きて　片手には　木綿《ゆふ》取り持ち　片手には　和《にき》たへ奉《まつ》り　平《たひら》けく　ま幸《さき》くませと　天地《あめつち》の　神を乞《こ》ひ禱《の》み…（四四三）

ここでは「母父」とあり、東歌や防人歌にみられるような母系社会のなごりがある。「母父」は「防人歌」以外では挽歌に出てくるが、ここも「オモチチ」と詠まれ、「オモ」は本来は幼児語であった。挽歌では口語的な表現がなされたのだろう。「母父」「妻子」に「語らひて」出発した後、「母の命」は息子の無事を「斎瓮を据ゑ」「木綿を持ち」祈り続ける。その姿は坂上郎女にもみられるが、神を祭る家刀自の姿であり、母の姿の一端がここにみられる。

次に、巻十三に「或本の歌」として「備後国《きびのみちのしりのくに》の神島《かみしま》の浜にして、調使首《つきのおみのおびと》、屍《かばね》を見て作る歌一首」がある。「或本の歌」という資料上の問題によるのだろうが、作者や詠まれた場所の地名を記さない巻にあって、作者と作歌事情を記すのは異例のことである。この歌は直前の作者未詳歌の異伝である。

…恐《かしこ》きや　神の渡りの　しき波の　寄する浜辺に　高山《たかやま》を　隔《へだ》てに置きて　浦淵《うらぶち》を　枕にまき

て　うらもなく　伏したる君は　母父《おもちち》が　愛子《まなご》にもあらむ　若草の　妻もあるらむ　家問へど
家道《いへぢ》も言はず　名を問へど　名だにも告《の》らず　誰《た》が言《こと》を　いたはしとかも　とゐ波の　恐《かしこ》き海を
直《ただ》渡りけむ　（三三三九）
母父《おもちち》も妻も子どもも高々に来むと待つらむ人の悲しさ　（三三四〇）
家人の待つらむものをつれもなき荒磯をまきて伏せる君かも　（三三四一）
浦淵に伏したる君を今日今日と来むと待つらむ妻しかなしも　（三三四二）
浦波の来寄する浜につれもなく伏したる君が家道知らずも　（三三四三）

長歌によれば、亡くなった人は「母父」の「愛子」であるという。大伴三中の歌と同じく、この歌も「母父」とあり、「父母」よりも日常的で私的な情を感じさせる。また、「妻」も出てくるが、「母父」の「愛子」であるということにウエイトが感じられる。一方、反歌では「妻」にウエイトが置かれているようだ。「母父」と「妻子」が帰りを待っていると歌う第一反歌に続く第二反歌は、待つ人を「家人」と置き換えている。そして、第三反歌では待つ人として「妻」のみをとりあげている。最後は「家道」に集約されているが、まず「母父」をあげ、そこから「妻子」を含む家族へと及び、結局待つ人の中心となるのは「妻」ということになるのではないか。直前の作者未詳歌は、

…いさなとり　海の浜辺に　うらもなく　臥したる人は　母父《おもちち》に　愛子《まなご》にかあらむ　若草の　妻

かありけむ…　（三三三六）

母父《おもちち》も妻も子どもも高々に来むと待ちけむ人の悲しさ　（三三三七）

とあり、調使首の長歌と同じように「母父」とともに「妻」も出てくるし、「母父」の「愛子」であるということが歌われている。そして、「父母」ではなく、やはり「母父」である。また、反歌は調使首の第一反歌とほぼ同じである。

挽歌ではないが、巻六の「石上乙麻呂卿《いそのかみのおとまろきやう》、土左国《とさのくに》に配《なが》さるる時の歌三首」にも、自分は父や母にとって「愛子」であると歌う。

父君に　我は愛子ぞ　母刀自［妣刀自］に　我は愛子ぞ…　（一〇二二）

また、巻七の「羈旅《きりよ》にして作る」歌は、妹背山が人であれば「母」の「最愛子《まなご》」であると歌う。

人ならば母が愛子そあさもよし紀の川の辺《へ》の妹と背の山　（一二〇九）

巻十五には遣新羅使人関係に挽歌が二首でてくる。一首は「壱岐島《ゆきのしま》に至りて、雪連宅満《ゆきのむらじやかまろ》が忽《たちま》ちに鬼病《きびやう》に遇《あ》ひて死去せし時に作る歌一首」で、作者は雪連宅満と同じ遣新羅使人であろうが、名前はわからない。

天皇《すめろき》の　遠《とほ》の朝廷《みかど》と　韓国《からくに》に　渡る我が背《せ》は　家人《いへびと》の　斎《いは》ひ待たねか　正身《ただみ》かも　過《あやま》ちしけむ　秋さらば　帰りまさむと　たらちねの　母［波々］に申して　時も過ぎ　月も経ぬれば　今日か来む　明日かも来むと　家人は　待ち恋ふらむに…　（三六八八）

この長歌は同僚を亡くした人によって詠まれている。「家人」が待ち恋うていると歌っているが、とくに「母」にことわってこの旅に出たという。

もう一首は、作歌事情は前の歌と同じだが、「葛井連子老《ふぢゐのむらじこおゆ》が作る挽歌」という左注を持っている。こちらは長歌で「母」も「妻」も待ち恋うていると歌う。

…たらちねの　母［波々］も妻らも　朝露に　裳《も》の裾《すそ》ひづち　夕霧に　衣手《ころもで》濡れて　幸《さき》くしも　あるらむごとく　出《い》で見つつ　待つらむものを…雲離《くもばな》れ　遠き国辺《くにへ》の　露霜《つゆしも》の　寒き山辺《やまへ》に　宿りせるらむ　（三六九一）

はしけやし妻も子どもも高々に待つらむ君や島隠れぬる　（三六九二）

もみち葉の散りなむ山に宿りぬる君を待つらむ人しかなしも　（三六九三）

この第一反歌は、巻十三の調使首と作者未詳歌にあった第一反歌に類似している。ただ、調使首と作者未詳歌にあった「母父」がなくて、「妻」と「子ども」だけが歌われているという点が異なっている。

巻九の田辺福麻呂歌集の挽歌には、「足柄《あしがら》の坂に過《よき》るに、死人《しにひと》を見て作る歌一首」（一八〇〇）と「弟《おとひと》の死にけるを哀《かな》しびて作る歌一首」（一八〇四）があり、歌の中に「父母」が詠まれている。

…父母［父妣］も　妻をも見むと　思ひつつ　行きけむ君は…　（一八〇〇）

父母が　成しのまにまに　箸《はし》向かふ　弟《おと》の命《みこと》は…　（一八〇四）

高橋虫麻呂《たかはしのむしまろ》歌集の歌には三例「母」がでてくるが、そのうちの一例は「菟原処女《うなひをとめ》が墓を見る歌一首」で挽歌である。二人の男に求婚された処女は「母」に自分の気持ちを語って自らの命を絶つ。

…我妹子が　母に語らく　倭文《しつ》たまき　賤《いや》しき我《わ》が故《ゆゑ》　ますらをの　争ふ見れば　生けりとも

逢ふべくあれや　ししくしろ　黄泉《よみ》に待たむと…　（一八〇九）

この歌が家持の巻十九の「処女墓《をとめはか》の歌に追同《ついどう》する一首」（四二一一）のもとになったと思われるが、家持はその中で「父母に申し別れて」と詠んでいる。

また、巻十六の「夫君《つま》に恋ふる歌一首」では、長年消息の来ない夫に恋い焦がれ、死に瀕《ひん》する娘子《おとめ》が、「神のせいにしないで、占いもしないで」と言い、「もういまわの時も切迫した」と言って、

…たらちねの　母の命《みこと》か　百足《もも た》らず　八十《やそ》の衢《ちまた》に　夕占《ゆふけ》にも　占《うら》にもそ問ふ　死ぬべき我が故

（三八一一）

と歌っている。今にも死にそうな私なのに、母は八十のちまたで夕占をしたり、おまじないをしたりしているらしいと母の愛を歌うのである。内容的にはこれも挽歌といえる。

五　憶良歌の「母」・家持歌の「母」

山上憶良の歌には十二例の「母」が詠まれている。巻三の「山上憶良臣、宴を罷《まか》る歌一首」は訓に諸説あるが「憶良らは今は罷《まか》らむ子泣くらむそれその母も我を待つらむそ」（三三七）。いずれにしても、家で帰りを待つ「妻」を泣いている子どもの「母」と表現したものであり、憶良の妻への愛情が感じられる歌である。

そのほかの十一例は、すべて巻五にある。十一例といっても、「惑《まと》へる情《こころ》を反《かへ》さしむる歌一首」に一例、「熊凝《くまごり》のためにその志を述ぶる歌に敬和する六首」の長歌に二例と反歌に五例〈一に云ふ〉を含む）、「貧窮問答の歌一首」の長歌に二例、「男子名《をのこ》を古日《ふるひ》といふに恋ふる歌三首」の長歌に一例で、

実際には四組である。

まず、「惑へる情を反さしむる歌」は漢文の序がついていて、「或人《ある》、父母を敬《うやま》ふことを知りて、侍《じ》養《やう》することを忘れ、妻子を顧《かへり》みずして、脱屣《だつし》よりも軽《いるかせ》にし、自《みづか》ら倍俗《ばいぞく》先生と称《なづ》く…」とあり、序にも「父母」にふれ、「倍俗《ばいぞく》と称して社会的秩序を乱し農耕にいそしまぬ一部の不心得な民衆を教導しようとする、国守としての憶良の儒教的政治姿勢が認められる」(『新編日本古典文学全集』小学館)。

父母を　見れば尊し　妻子《めこ》見れば　めぐし愛《うつく》し　世の中は　かくぞ理《ことわり》　…　(八〇〇)

憶良は歌の中で、「父母」は尊敬するものであり、「妻子」は慈しむものであると諭している。この歌は序にあるように儒教的な思想を反映した内容になっている。

次の「熊凝《くまごり》のためにその志を述ぶる歌に敬和する六首」は、大典麻田陽春《だいてんあさだのやす》の「大伴君熊凝《くまごり》が歌二首」(八八四・八八五)に唱和した歌である。やはり序を持ち、その中で「…天の為に幸《さきはひ》あらず…」とあり、この「天」は『毛詩』にあるように「父母」を表す。「…我が老いたる親、並に庵室に在す…」の「親」はここでは「父母」であり、さらに「…哀《かな》しきかも我が父、痛《あへがた》きかも我が母。一身の死に向かふ途は患《うれ》へず、ただ二親の生《よ》に在《いま》さむ苦しびを悲しぶるのみ…」とあり、「父」とともに「母」、また「二親」という表現があり、子に先んじられる父と母の悲しみを述べる。

序によれば、熊凝《くまごり》は肥後国の人で年十八、従者として奈良の都に向かう途中で安芸国で亡くなった。憶良は熊凝《くまごり》のためにその気持ちを序と長歌一首・反歌五首にした。

うちひさす　宮へ上ると　たらちしや　母［波々］が手離れ…国にあらば　父取り見まし　家にあらば　母取り見まし…　（八八六）

たらちしの母［波々］が目見ずておほほしくいづち向きてか我が別るらむ　（八八七）

家にありて母［波々］が取り見ば慰《なぐさ》むる心はあらまし死なば死ぬとも　（八八九）

出でて行《ゆ》きし日を数へつつ今日今日と我を待たすらむ父母［知々波々］らはも〈一に云ふ、「母［波々］が哀しさ」〉　（八九〇）

一世《ひとよ》には二度《ふたたび》見えぬ父母［知々波々］を置きてや長く我が別れなむ　（八九一）

序では「父母」同じようにあつかわれ、長歌でも「国にあらば父取り見まし」「家にあらば母取り見まし」と「父」と「母」を対にして歌っているが、「母」については長歌の最初のところで、「たらちしや母が手離れ」と単独で詠まれている。「母が手離れ」は庇護者としての「母」の姿が見える。反歌には「父母」が二例あるが、「母」はそのほかに三例が単独で詠まれており、「母」への思いが深い。

次の「貧窮問答の歌一首」は、国司として地方の貧しい農民の生活を目にしていた憶良が、その実態を対話形式で訴えている。そこに一家の様子として「父母」と「妻子」が対になって歌われている。

…我よりも　貧しき人の　父母は　飢ゑ寒《こ》ゆらむ　妻子《めこ》どもは　乞ふ乞ふ泣くらむ…父母は　枕の方《かた》に　妻子どもは　足《あと》の方《かた》に…　（八九二）

最後に、憶良の作かといわれる「男子《をのこ》名を古日《ふるひ》といふに恋ふる歌三首」がある。「古日」は憶良の子という説と、いとし子を亡くした父親の身になって詠んだ代作という説がある。いずれにしてもこの歌は「父」の歌であり、その中には夕方になると父母の手をとって「さあ寝よう」と誘う子どものかわいらしい様子が歌われている。

…夕星《ゆふつづ》の　夕《ゆふへ》になれば　いざ寝よと　手を携《たづさ》はり　父母も　うへはなさがり…　（九〇四）

大伴家持の歌には八例の「母」が詠まれている。

家持は、越中国守として赴任した年の冬、重病になりあやうく命を落とすところであった。巻十七の「忽《たちま》ちに枉疾《わうしつ》に沈み、殆《ほとほ》と泉路《せんろ》に臨《のぞ》む。仍《よ》りて歌詞を作り、以《もち》て悲緒《ひしよ》を申《の》ぶる一首」はその時の歌で、この歌の「母」は「義母」、つまり家持にとっては「叔母」であり「姑」である大伴坂上郎《おおとものさかのうえのいら》女《つめ》であり、妻はその娘である大嬢《おおいらつめ》を指す。

…たらちねの　母［波々］の命《みこと》の　大船の　ゆくらゆくらに　下恋《したごひ》に　いつかも来《こ》むと　待たす

らむ　心さぶしく　はしきよし　妻の命《みこと》も　明け来《く》れば　門《かど》に寄り立ち…　（三九六二）

「いつ帰って来るかとお待ちであろう」と歌われた義母坂上郎女は、父旅人薨じた後の家持を養育し、家持の越中赴任に際しては惜別の歌（三九二七〜三九三〇）を贈っている。その中で「草枕旅行《ゆ》く君を幸《さき》くあれと斎瓮《いはひへ》据《す》ゑつ我が床《とこ》の辺《へ》に」（三九二七）と無事を祈ってくれた。

巻十八の「史生尾張少咋《ししやうをはりのをくひ》を教へ喩《さと》す歌一首」は、任地で遊行女婦《あそびめ》の左夫流《さぶる》という女性と関係を持って、妻をないがしろにしている部下に対して、教え諭した歌である。

大汝《おほなむち》　少彦名《すくなびこな》の　神代《かみよ》より　言ひ継ぎけらく　父母を　見れば貴く　妻子《めこ》見れば　かなしくめぐし…　（四一〇六）

この歌には序がついており、その序の中で「七出例に云はく」「三不去に云はく」「両妻例に云はく」「詔書に云はく」と具体的に『律令』を掲げる。国守として部下を諌める歌を詠むのは、山上憶良が「惑へる情を反さしむる歌」（八〇〇）を詠んだことを思わせる。家持も歌の中で、「父母」は尊敬するものであり、「妻子」は慈しむものであると憶良と同じことを言っている。

家持の作歌には憶良の影響が大きいが、巻十九の「勇士《ゆうじ》の名を振《ふ》るはむことを慕《ねが》ふ歌一首」は、憶良の辞世の歌ともいうべき巻六の「山上臣憶良、沈痾《ぢんあ》の時の歌一首」の「士《をのこ》やも空《むな》しくあるべき万《よろづ》

代《よ》に語り継ぐべき名は立てずして」（九七八）に追和したものである。その中に、

ちちの実の　父の命《みこと》　ははそ葉の　母の命《みこと》　凡《おほ》ろかに　心尽くして　思ふらむ　その子なれやも
ますらをや　空《むな》しくあるべき…　（四一六四）

とある。家持はこの歌で、「父」に対して「ちちの実の」、「母」に対して「ははそ葉の」という枕詞を使っている。後に巻二十の「防人が悲別《ひべつ》の情《こころ》を陳《の》ぶる歌一首」（四四〇八）でもそれぞれ一例使っているが、ほかには例がない。家持はこの歌で「父の命《みこと》」「母の命《みこと》」と「父母」への最大の敬意をはらった表現を用いている。それは憶良歌における「父母」への敬意とも通じている。そして、その「父」と「母」の慈しむ子であると歌う。

六　「母」の詠む歌――大伴坂上郎女と遣唐使の母――

『万葉集』には「母」が詠む歌はほとんどない。これは歌が詠まれる「場」に問題があるのだろう。もともと歌は「場」とともに生れ、口から口へと歌い継がれた。やがて歌は記録にとどめられるようになるが、長く「場」とともにあった。官人である男たちには、宴や旅などで歌を詠む「場」が日常的にあった。そうした中で、憶良や家持のように歌を作ること自体に興味を抱き、作品として歌をなす者も現れた。しかし、女たちは相聞以外にはそうした「場」がなかった。一般の民衆の中では、歌

は日常の集団的な労働や男女の恋の中から生まれてきた。もとになった資料の問題もあろうが、『万葉集』に記録として残った歌は、こうした歌々であった。

大伴坂上郎女は、たまたま家持が万葉集の編纂にかかわり、自らもその編纂に資料を提供したと言われている。そのために坂上郎女自身の歌もたくさん『万葉集』に残ることになった。巻四の「大伴坂上郎女、跡見《とみ》の庄《しやう》より、宅に留まれる女子《むすめ》大嬢に賜ふ歌一首」も、そういう事情の中で存在した。

常世《とこよ》にと　我が行《ゆ》かなくに　小金門《をかなと》に　もの悲しらに　思へりし　我が子の刀自《とじ》を　ぬばたまの　夜昼《よるひる》といはず　思ふにし　我が身は痩《や》せぬ　嘆くにし　袖さへ濡れぬ　かくばかり　もとなし恋ひば　故郷《ふるさと》に　この月ごろも　ありかつましじ　（七二三）

朝髪《あさかみ》の思ひ乱れてかくばかりなねが恋ふれぞ夢《いめ》に見えける　（七二四）

母に代わって留守にあたる大嬢を「我が子の刀自《とじ》」と呼び、また「名姉《なね》」と呼びかけ、「しっかりしなさい」と励ます厳しさと、まだ若い娘の大嬢に家を任せて、荘園に滞在しなければならない母坂上郎女の、娘への愛情が感じられる歌である。母坂上郎女は大嬢への歌に、「夜昼となく心に思っているうちに痩せてしまった」といい、「あなたが恋しがるから夢に見えた」と歌っている。

また、「大伴坂上郎女、竹田《たけた》の庄《しやう》より女子《むすめ》大嬢に贈る歌二首」でも、

うち渡す竹田の原に鳴く鶴《たづ》の間《ま》なく時なし我が恋ふらくは　（七六〇）
早川《はやかは》の瀬に居《ゐ》る鳥のよしをなみ思ひてありし我が子はもあはれ　（七六一）

と我が子に対するいとしさを歌っている。

娘を思う母の気持ちは大嬢が家持と結ばれてからも変わらず、巻十九には越中にいる大嬢を思い、「京師《みやこ》より来贈《おこ》せたる歌一首」を詠んでいる。

海神《わたつみ》の　神の命《みこと》の　み櫛笥《くしげ》に　貯《たくは》ひ置きて　斎《いつ》くとふ　玉にまさりて　思へりし　我が子にはあれど　うつせみの　世の理《ことわり》と　ますらをの　引きのまにまに　しなざかる　越路《こしぢ》をさして　延《は》ふつたの　別れにしより　沖つ波　撓《とを》む眉《まよ》引き　大船《おほぶね》の　ゆくらゆくらに　面影に　もとな見えつつ　かく恋ひば　老い付く我が身　けだし堪《あ》へむかも　（四二二〇）
かくばかり恋しくしあらばまそ鏡見ぬ日《ひ》時なくあらましものを　（四二二一）

真珠よりも大事に思っていた我が子を越中に行かせ、その面影がむやみに見えて、年老いた自分の体がもたないのではと歌う。「母」の愛情があふれる歌である。

しかし、『万葉集』に残された「母」の歌は、坂上郎女のような特殊な事情を除けば、巻九にある天平五年（七三三）の遣唐使の「母」の歌くらいのものである。

秋萩を　妻問ふ鹿《か》こそ　独り子に　子持てりといへ　鹿子《かこ》じもの　我が独り子の　草枕　旅にし行《ゆ》けば　竹玉《たかたま》を　しじに貫《ぬ》き垂《た》れ　斎瓮《いはひへ》に　木綿《ゆふ》取り垂《し》でて　斎《いは》ひつつ　我が思ふ我が子　ま幸《さき》くありこそ　（一七九〇）

旅人の宿りせむ野に霜降らば我が子羽ぐくめ天《あめ》の鶴群《たづむら》　（一七九一）

「母」は我が子の無事を「竹玉《たかたま》をしじに貫《ぬ》き垂《た》れ斎瓮《いはひへ》に木綿《ゆふ》取り垂《し》でて」祈りつづける。そして、大陸に渡ってからも霜が降ったら鶴の羽でかばってほしいと歌う。この歌は「天平五年癸酉《きいう》、遣唐使の船難波《なには》を発《た》ちて海に入る時に、親母《おや》の子に贈る歌一首」という題詞を持つ。出発に際して、何らかの席が催され、歌が記録として残ったのだろう。

「母」の歌ではないが、遣唐使の歌に「母」に奉った歌がある。巻十九の「阿部《あへ》朝臣《のあそみ》老人《おきな》、唐《もろこし》に遣《つか》はされし時に、母に奉《たてまつ》る悲別《ひべつ》の歌一首」である。

天雲《あまくも》のそきへの極《きは》み我が思へる君に別れむ日近くなりぬ　（四二四七）

歌の中に「母」とはないが、この「君」は母を指す。これも「母」を思う歌であった。

七　おわりに

歌が詠まれる「場」や資料の問題もあろうが、『万葉集』には「母」が詠む歌はわずかしかない。しかし、残された数少ない歌である坂上郎女や遣唐使の母の歌からは、我が子を思う母の深い愛情がよく伝わってくる。

一方、「母」を詠む歌はたくさんある。それらの歌には子から「母」への思いが歌われるが、同時にそれらの歌からは我が子を思う「母」の姿が浮かび上がってくる。

「防人歌」は、「母」と別れなければならない悲しみと、「母」への愛が歌われていた。

「相聞歌」では、娘にとって庇護者でもあるが、恋の監視役であり障壁となる「母」の姿が詠まれていた。それらの歌からは娘の結婚に対する「母」の発言力の大きさや、養蚕に従事する「母」の姿など、当時の生活が垣間見られて興味深い。相聞歌に登場する「母」は、「万葉の母」の日常の姿をよくあらわしているといえる。

「挽歌」には、「母」への愛とともに、子どもの無事をひたすら祈る「母」の姿が詠まれていた。

これらの歌をみていくと、そのほとんどは名もない庶民や防人たちの歌である。名を記すのは「挽歌」の作者くらいで、山上憶良と大伴家持は例外的に数が多いが、「母」への思いを詠んだ歌というよりも、儒教的な意味での「父母」が詠まれた歌が多く、ほかの用例とは異なっていた。

子どもの親に対する愛情は「父母」に及ぶが、「母」に対する思いの方がより深かったといえる。

防人歌二十二例をとっても、「母」だけが詠まれた歌は十一例で、「父母」が詠まれた歌の十一例と同数である。「父」だけが詠まれた歌は『万葉集』全体でも防人歌の一例しかないのに、「母」だけが詠まれた歌は『万葉集』全体では六割を占め、「父母」が詠まれた歌よりも多い。しかも、長歌では「父」と「母」をともに詠んでも、短歌では「母」のみをとりあげることが多い。長歌は句数が多いので「父母」をとりあげられても、句数の限られた短歌では思いの深さから「母」に絞られるということがあるためではないか。

『万葉集』に出てくる「オヤ」には先祖や両親を指すものもあるが、「母」を意味する例もあり、万葉人にとって「母」は「親」と同義といってもよい。子どもにとって、親とは「母」であったといえる。

古代母系社会は、律令国家体制の中でしだいに父系制社会へと変換していく。それにともなって、「母父《あもしし》」「母父《おもちち》」は「父母《ちちはは》」になり、憶良や家持の歌にあるように儒教的な考え方も広まっていった。しかし、地方や一般庶民の暮らしの中には古代母系社会の影響がまだ強く残っていた。万葉の時代は「母」の時代でもあった。

＊『万葉集』のテキストは『新編日本古典文学全集』（小学館）によったが、表記を改めたところがある。

女歌の表現——坂上郎女を中心に——

浅野則子

はじめに

「女歌」という概念はあいまいである。一般に、女性が詠んだ歌について、「女歌」といわれ、いわゆる女性としての特質をその表現に見ようとしている。それでは、女性らしい歌が「女歌」なのだろうか。こうして考える時、性差としての女性と、歌の表現との関わりがあまりに、現代的にとらえられていることに気づく。すなわち、それは、現在の理解による「女性らしさ」が和歌にも適用され、「女性らしい歌」が「女歌」であるという、一つの理解をうむということなのである。それでは、和歌表現における「女歌」とは、どのように考えたらよいのだろうか。

今、女歌の表現というテーマに従って、論を進めていくとき、はじめに考えなくてはいけないことは、「男歌」ということばが、歌の表現をとらえる時に一般的には理解されない概念である限り[1]、「女歌」とは、実際の詠み手の性差の問題だけでなく、歌の表現そのものの中に、性差としての、「女性」

をみることができる歌であるということになるだろう。「女歌」ということばは、たとえ、その内容において、「男」と一対をなすものであっても、概念としては、男とは一対ではなく、独立したものであるといえよう。この点については、すでに、鈴木日出男氏が「ただ女がよんだ歌をさすのではなく、実際には男がよんだ歌であっても、どこかに女のよみぶりを思わせるようなところのある歌」とされているが、[2]この鈴木氏の論によって、詠み手の性差ではない、表現としての女性をもつ「女歌」という存在が明らかにされたと言っても過言ではないだろう。

「女歌の表現」を考えるにあたり、まずは、万葉集中で、女性が詠んだ歌の中から贈答歌である場合、どのように、対男性的な表現をとっているか、一方、男性を対象としていない場合にどのように性差をとらえるかということが問題となってくるであろう。その上で「女歌」として、表現の女性性が何かをみていくことで、『万葉集』の歌における「女歌」という表現を明らかにしていくこととしたい。[3]

一　歌表現における男女

「女歌」の表現と言うとき、歌における表現の特質としての女性が浮き彫りにされるのは、いうまでもなく、男性を対象としているものであろう。和歌という表現様式をもつもののなかでそれを確かめるためには、まずは、相聞がおさめられている巻二における初期万葉の歌を例にあげておきたい。

①妹が家も継ぎて見ましを大和なる大島の嶺に家もあらましを　天智天皇
秋山の樹の下隠り行く水の我こそ益さめ思ほすよりは　鏡王女
（巻二・九一・二）

②玉葛実成ぬ木にはちはやぶる神そつくといふならぬ木ごとに　大伴安麻呂
玉葛花のみ咲きて成らざるは誰が恋ひならめ我は恋ひ思ふを　巨勢郎女
（巻二・一〇一・二）

③わが里に大雪降れり大原の古りにし里に落《ふ》らまくはのち　天武天皇
わが岡の龗《おかみ》に言ひて降らしめし雪の摧《くだけ》しそこに散りけむ　藤原夫人
（巻二・一〇三・四）

これらの贈答歌から女性の側の歌をみていくと、①では、「我こそ益さめ」と、自らの思いの方が、「御思」、すなわち、相手の思いより強いことを歌う。表現の中心にある思いの強さは、歌を贈る相手と対比した強さである。②においては「我は恋ひ思ふ」と自らの思いをつげるが、それに対して、相手のことは「花のみ咲きて成らざる」恋としている。具体的には、安麻呂の「実」に対しての「花」という表現になるが、男性の側の歌のことばである「実」を逆に利用し相手の恋は、不誠実であり、自らの恋は、それとは、異なっているというのである。ここでも、対比されて、明らかになる恋情がある。③の歌では恋情は表には出ていない。ここで歌われるのは「雪」であるがその「雪」は、相手のもとで降っている大雪である。男が誇らしげに歌う大雪を、女は、自分のいる岡の「龗《おかみ》」にふらせた雪がくだけたものにすぎないと歌う。この歌が歌われている「わが岡（大原）」とは実体的には天武のいる場所からはそう離れてはいないが、実体そのものではなく、相手の場所と、自分のいる場所との違いを明らかにしているのである。

贈答形式の「答」歌であるため、贈られた歌の表現を受けて、自らの思いへと転じていくという形式にのっているのであるが、ここで、これらの歌の表現に共通していることは、つねに、相手との比較によって優位性に立つということであろう。単に、「答」歌として贈られた歌表現を受けて歌うというのみならず、これらの歌は、相手の歌の内容そのものを超えるということが目的となる。それは、たとえば、次のように女性から先に歌ったものにおいてもみることができる。

④玉くしげ覆ふをやすみ明けていなば君が名はあれどわが名し惜しも　鏡王女
玉くしげみむろの山のさな葛さ寝ずは遂にありかつましじ　藤原鎌足
（巻二・九三・四）

この贈答は、まず女性である鏡王女から歌いかける。鏡王女は、夜があけて出て行く男に対して、噂がたったら「君が名はあれど」、つまり、あなたはよいけれど、「わが名し惜しも」というのである。これは、歌の順序ではなく、贈答歌という歌い方で男女がそれぞれの立場で歌う時に、性差を持つ立場の歌の表現が形式としてあることになるだろう(4)。次に歌われるべき男性の側の歌の表現を想定して歌うという点からみると、こうした男女の表現は、それぞれの側で形式化していたはずであり、贈答歌における、女性の立場の歌表現は、歌という様式の中では、その個別性をおいて、女性にとって、歌そのものとして、受けつがれていったものといえるであろう。こうした、男女の表現形式は、結果として贈答歌で何を求めていくのであろうか。次にあげる久米禅師と石川郎女の歌からみていこう。

⑤みこも刈る信濃の真弓わが引かばうま人さびて否と言はむかも　久米禅師
みこも刈る信濃の真弓引かずして弦作《を》るわざを知るといはなくに　石川郎女
梓弓引かばまにまに寄らめども後の心を知りかてぬかも　郎女
梓弓弦緒《つらお》取りはけ引く人はのちの心を知る人そ引く　禅師
（巻二・九六～九九）

男性である久米禅師は「否と言はむかも」と、石川郎女が否定することを前提としつつ歌いかけるが、石川郎女は、自らがするであろう否定を歌わず、禅師に対して、禅師が歌った「引」くという行為のさらに上にたって強く引いてくれることを望む。これも相手の上へと向かう女性の表現の形のひとつであろう。そして、さらに石川郎女は、当然、禅師が引いてくれるとし、それには「まにまに寄」るとした上で「後の心」と展開していく。これから後まで、禅師に引かせ続けるということ、自らの立場に完全に男性である禅師を誘いいれたのである。最後の禅師の歌は石川郎女の歌に従って「のちの心を知る人そ引く」と歌い治める。この二人の贈答は、こうして、石川郎女の思い通り、禅師にこれから先のことまで歌わせて終わる。女性が、男性の思いの上へ先へと進むのは、結果として、自らの恋の安泰へと結びつくといってよいだろう。

初期万葉の贈答歌から、女性の歌の特徴をみてきたが、初期万葉の贈答歌における表現のあり方は、必ずしも、歌の表現において概念としてとらえられる「女歌」の女性性とは一致しないであろう。繰り返せば、男女という一対の関係で、自分が立つべき場を明らかにし、そこから、もう一方に対しているということになるはずであり、これらの贈答歌における女性の歌から考えられるのは、男性の存在に向かいあい、男性からの表現に対するということになる。すでに、鈴木氏によってこれらの表現は、男の懸想・女の切り返しというとらえかたがされているが[5]、女性の側の表現としては、相手を超える表現により、挑発する形になるといってよいだろう。

性差としての女性がもっとも求められる贈答歌において、女性の歌の表現は、一対の片側にあるものとして、もう一方を前提として存在するもので、その一方とは超えるべきものとして考えられているということになろう。この、相手に対する歌い方は、相手としての男性がその立場から歌う時、常に自らの女性の立場へと向かわせるものになる。そして、その結果、男性の歌を女性の歌の側へと導き、至らせる。それは女性の立場を浮き上がらせ、照らし出すものであり、歌表現における女性性とは、女性ということばが男性と対をなすように、背後に男性を意識し続けている表現ということを押さえておきたい。「女歌」を歌表現における性差としての女性という意味づけをしてよいのならば、「女歌」とは、歌の中で必ず一対の関係である恋という状況を持ち、そこで、女性の立場から男性へと向かっていくものである。

二　坂上郎女と歌表現の女

初期万葉といわれる、巻二の贈答歌の女性の歌を見ていくことで、「女歌」に欠かすことのできない表現、すなわち歌表現に求められている女性表現の特質を明らかにした。次には、この特質が、『万葉集』の中でどのように変容していくかを考えなくてはいけないだろう。その時、先に確認してきた和歌表現における「女歌」の特徴をふまえながら、『万葉集』の中でもっとも多く、また、多様な内容の歌を残す坂上郎女の歌をその対象としたい。『万葉集』の女性の中では比較的、歌の実体、歌われた場が明らかであるこの作者の歌の表現をみることが、「女歌」がどのように表現を展開していくかということの手だてとなると思われる。

まずは、相手を明確に示している贈答歌から考えていこう。

⑥娘子らが玉くしげなる玉櫛《たまくし》の神さびけむも妹に逢はずあれば
　よく渡る人は年にもありといふを何時《いつ》の間にそも我が恋ひにける

蒸《む》し衾《ぶすま》なごやが下に臥せれども妹とし寝ねば肌し寒しも
佐保川の小石踏み渡りぬばたまの黒馬《くろ》の来る夜は年にもあらぬか
千鳥鳴く佐保の川瀬のさざれ波やむ時もなし我が恋ふらくは
来むといふも来ぬ時あるを来じと言ふを来むとは待たじ来じと言ふものを
千鳥なく佐保の川門の瀬を広み打橋渡す汝《な》が来《く》と思へば　（巻四・五二二〜八）

右の歌は坂上郎女の歌の中で時代が明らかなものとしては、もっとも、年代が古いとされているものである。これらの贈答に関しては、訪れる男と待つ女という表現を中心に伝承をふまえた歌という観点からすでに論じられているが、[6]ここでは、坂上郎女の歌における対男性（麻呂）への表現に焦点を絞って考えていきたい。

麻呂の歌に対して、郎女は、まず、五二五の歌を歌う。これは、麻呂の五二三の歌に対応するが、その表現は、どうだろうか。麻呂の歌における「よく渡る人」を次の「年にもありといふ」から、一年堪え続けている男とする。それは、麻呂の謎かけでもあり、麻呂の側から「七夕伝説」を一年に一度しかあえないというとらえ方で歌うものである。麻呂は、しかし、「七夕伝説」を表面には出してはいない。これに対して歌うのが郎女の一首目となる。一年間堪える男に対して、女は、「年にもあらぬか」と歌う。これは、「七夕伝説」を一年に一度は会えるとするとらえ方であり、それすらもかなわないということになる。「七夕伝説」の両面性があることを歌の中で女性の立場から郎女は、男性に対して明らかにしてみせたといえるが、それは、女性の歌の表現形式における男性の愛情を超える表現をとるということになる。一首毎の対応ではなく、麻呂が歌の構成によってなした「堪える」男性の立場の歌に対し、女性の立場の郎女は、まず、相手の愛情を超えることから始めるのである。しかしながら、次の歌では、一転して、自らの恋情を訴えるという表現に転じていく。これは、前の歌の表現とは異なり、媚態とも考えられるものであるが、この歌の構成から見ると、一首目の、一年に一度さえ訪れない男を待つ女の心情を、二首目では身近な風物を序詞としつつ、具体的にあらわしたものといえる。さらに、三首目の歌では、一首目からの表現の中心をなす、「男の訪れ」について、また、かつての男性の行為・現在の行為そして今後へと歌に時間的拡がりを与えながら歌い、恋の空間で、男性と対峙する女の立場を明確にする。最後に郎女は「待たじ」を「来じ」と対応させるが、この屈折した表現は、本来待つべき女性の立場を拒否することで男性の立場からの「訪れる」という表現に一対の片側の意味を与えないということになりはしないだろうか。郎女のこうした表現によって、待つ存在を失った男性の立場が女性の立場を超えることはできなくなる。このように「待たじ」とひとたび、一対の片側を逃れたかの歌で、中断された恋は、「汝が来と思へば」と歌う最後の歌に至って、待ち続けるということになり、再び、女性の立場を作って、男性を自らの場に向けつつ終わるという結末となる。郎女の四首の構成は、計算された女性の立場の歌表現なのである。

「僕《われ》は聖代の狂生ぞ(7)」として自ら風流を任じる麻呂との間で郎女の共通の知識をもとにしたこのよ

うな贈答は、高度な知識が根底にあり、それを互いに理解しあっているためになしうることであろう。こうした贈答においても、その表現の中心は、女性の歌が持っていた形式にのっとっていることにほかならないのである。

三　女歌の展開

『万葉集』の「女歌」について坂上郎女の相手が明らかな贈答歌から、その特質を考えてきたが、こうした、「女歌」の表現が、歌表現そのものの形式としてあるとするならば、実体を伴わない恋情表現ではどのような効力を示していくのだろうか。

従来、いわれていることではあるが、坂上郎女には、恋の相手として想定することが難しい人物にむけての歌に、女性の立場から歌いかけているものがある。

まずは、贈答形式をもつものから見ていきたい。

⑦相見ぬは幾久さにもあらなくにここだく我は恋ひつつもあるか
　恋ひ恋ひて逢ひたるものを月しあれば夜はこもるらむしましはあり待て
　　右は、大伴坂上郎女の母石川内命婦と、安倍朝臣虫満《まろ》の母安曇《あづみ》外命婦とは、同居の姉妹、同《どう》気《き》の親《はらから》なり。これに縁りて郎女虫満、相見ること疎《うと》からず。相談《あいかたら》ること既《すで》に密《こまや》かなり。聊《いささ》かに戯れの歌を作りて、以て問答を為せしなり。
　　　　　　　　　　　　　　　　　　　　　　　　（巻四・六六六・七）

この二首は、贈答と明記はされてはいないが、左注により安倍虫満の歌に対して歌われていることがわかる。虫満の歌は、次のようなものである

⑧向ひ居て見れども飽かぬ我妹子《わぎもこ》に立ち離れ行かむたづき知らずも　（巻四・六六五）

まず、先に安倍虫満から歌いかけられているが、その歌では、相手を「我妹子」と呼び、一対の男女関係であることを明らかにした上で今、離れていかねばならない心情を「たづき知らずも」と歌う。男性の立場である虫満は、立ち去っていく今、郎女に別れがたいと愛情を訴えてみせる。歌のあり方としては、先にのべた初期万葉の贈答歌における男性の立場と同じであろう。郎女は、この愛情を前提として、歌の中で女性の立場から男性の愛情表現を超えていくこととなるが、郎女は、一首目で恋情の激しさを「相見ぬ」時間の短さと対比させ、今、まさしく、虫満が去っていく時と結びつける。それは、男以上の長い時間を恋いつづけ、今に至っていると歌うが、共有する「今」の愛情すらも、女性の立場の郎女の方が男より深いということになる。そして、さらに、二首目は「恋ひ恋ひて」と繰り返し、今共有している「時」―逢瀬―は、実は自らが求めて作り上げたものであり、それが続くことを願ってみるのである。この歌によって二人が今、存在している「時間」が浮き彫りにされ、恋の時間をも自らの手によって得たとする女性の立場が男性の立場の上をいくことは明らかである。

この歌は「戯れの歌」という左注がつけられているので、編纂する時点で、明らかに「恋」ではないと意識されていたことがわかる。しかしながら、あえて「戯歌」と左注をつけねばならなかったのは、具体的な場においては、「戯れの歌」であっても、歌の内容は、恋歌であったことに他ならない。男女の立場を持つ贈答歌の表現形式、言い換えれば恋歌の形式で歌う時それは、虫満と郎女という実体から離れ、歌の中の男性の立場、女性の立場として表現そのものが相手歌に関わっていくのである。次に、相手が明らかであるものの、具体的な製作動機、状況が記されていない歌を例にあげたい。同じ巻四、相聞にのせられている歌である。

⑨にほ鳥の潜《かづ》く池水心あらば君に我が恋ふる心示さね
外《よそ》に居て恋ひつつあらずは君が家の池に住むといふ鴨にあらましを
（巻四・七三五・六）

「天皇に献れる歌」という題詞がつくため、この歌の相手が「天皇」という存在であることがわかる。時の天皇、聖武帝に歌った歌の表現の中で、坂上郎女は一首目では、「我が恋ふる」と歌い、さらに二首目では「恋ひつつあらずは」と歌って天皇に対する心情を「恋」として表現しているのである。それは、歌の中では、恋という状況を作り、女性という立場として存在しているということとなる。いいかえれば歌の形式上での男女となろう。だからこそ歌の中で、郎女は、女性の立場から、女の思いを訴えることが可能になる。この郎女の歌に対する限り、聖武は男性の立場で向かい合うしかなく、恋歌の形式の中で実体をこえて郎女の歌の立場―女―と向かい合うことが強要されてしまうのであった。さらに「恋ひつつあらずは――あらましを」という部分に類歌を持つ二首目の歌は、心情表現を類歌にゆだねつつ聖武の見ることのできる池に住む鴨に身を変えたいと歌う。この類歌表現で郎女の思いは広く理解されうることとなるが、その上で郎女は、具体的な景を描いて見せる。その景とは、聖武の目の前の池に、歌の女の姿を重ねるものとなり、恋の景となっていく。

郎女はこうして、歌の世界で、返歌を手にしたかどうかはおくとしても、聖武に自らを含む恋の景を与えていった。男としての相手に自らの景へと誘うことが可能となったのも、述べてきたような男女の立場に立った歌の表現自体がもつ効力であろう。こうした郎女の歌において、女という性差は、男という性差がなくとも、それ自体で歌の相手を自らの立場に対峙するものとして位置づけることができるのである。

女性の歌の形式の問題は娘である大嬢への歌、家持への歌にもあらわれている。[9] その場合、歌い手の実体から女性の恋歌の「転用」とされる。しかしながら、それは、歌い手の存在をもとにしたとらえ方であり、歌われた歌そのものにおいては、思いは女性の歌の表現の効力によって、歌という表現様式の中で、女性の立場に立つことになる。いいかえれば女性の歌の表現の効力によって、相手を求めたということになるのではないだろうか。

ここでは、歌の表現形式のなかで女性という立場をとることで、心情を伝えることができるのが女歌の効用であるということを確認しておこう。

四　女歌の変容

坂上郎女の歌から贈る相手を持つ歌について、その女性表現の特質を考えてみた。一般に女性的な特質があらわれるのは、相手に贈る場合に多く見られるとされる。それでは、歌の相手の存在が明確ではない場合は、女性の歌の特質はないのだろうか。同じ坂上郎女の歌の中から相手への思いとは切り離されて、景を見る歌を例として女性の表現のあり方を考えていきたい。まずは季節毎に、雑歌・相聞に分類されている巻八で同じ題材として「霍公鳥」を歌っているものを問題としていこう。

雑歌

⑩なにしかもここだく恋ふるほととぎす鳴く声聞けば恋こそまされ　（巻八・一四七五）

⑪ほととぎすいたくな鳴きそ独り居て眠《い》の寝らえぬに聞けば苦しも　（巻八・一四八四）

相聞

⑫暇《いとま》なみ来まさぬ君にほととぎす我かく恋ふと行きて告げこそ　（巻八・一四九八）

ほととぎすは、万葉集中、懐古の情をおこす鳥・恋情を誘う鳥、さらには、思いを伝える鳥として歌われる。心を動かす鳥という点では、季節をあらわしつつ、心情の動きと重なる鳥といってよいが、坂上郎女の歌い方では、季節は、ただ霍公鳥の存在のみにあると言えるだろう。雑歌という分類にありながらも、郎女の歌では、霍公鳥がやってきた夏の景物ではなく、霍公鳥によって恋情に苦しむ自己の姿が中心である。一首目では「ここだく恋ふる」と霍公鳥を恋う自分をいぶかしむが、それは、霍公鳥が夏の鳥であっても、郎女に夏という季節そのものを感じさせるのでないからといえよう。二首目は逆に、霍公鳥に「いたくな鳴きそ」と歌う。夏の鳥、霍公鳥は郎女に独り寝の苦しさを与えるのみの鳥となり、歌う郎女にとって、夏の鳥であることは前提であるが、もはや、ここでの霍公鳥は、季節を超え恋の世界の鳥となってしまうのであった。相聞では、「暇」がないという男のことばを用い、相手の不実をなじりつつ、霍公鳥は訪れない相手へと恋情を運ぶ鳥となる。季節の景を歌うと言う点から見れば、郎女の歌では、雑歌・相聞ともに、霍公鳥は、単に夏の鳥であり、霍公鳥によって結ばれる景は、恋の景でしかないといっても過言ではない。郎女にとっての季節の景は、恋が背景にあり、そこには、相手を意識した、歌の中の女が浮かび上がって来る。

こうしたあり方を、家持の歌と比べてみよう。同じ巻八の雑歌で「霍公鳥」と題がつけられているものを例としてあげたい。

⑬卯の花もいまだ咲かねばほととぎす佐保の山辺に来鳴きとよもす　（巻八・一四七七）

⑭ほととぎす待てど来鳴かずあやめぐさ玉に貫く日をいまだ遠みか　（巻八・一四九〇）

家持が霍公鳥に愛着を示していたことは、歌の数の多さのみならず、霍公鳥に対しての要求の詳細さ、表現の多様さから明らかである。[10] ここにあげた雑歌として扱われている巻八の家持の歌は、霍公鳥がやってくることを待ち望むということでは一貫しているが、霍公鳥を含む景は同じではない。一首目では、卯の花と霍公鳥という取り合わせを夏の景として、まだ、卯の花が咲かないのに鳴く霍公鳥を際だたせ、二首目では、逆に、霍公鳥が訪れないことを、五月の節句の花である菖蒲をとりだすことにより、まだ、時期が熟していないといって、納得しているという歌であろう。雑歌で家持が霍公鳥を歌う時、そこには、夏の景が展開し、歌の表現として共通の理解のもとにある夏の鳥としての霍公鳥が描き出されているといえよう。

坂上郎女の歌を家持と比較した場合、共通の理解を背景としながらも、郎女の歌では、そこから導き出される心情にむかっていくのである。これは、歌の表現の中で、「女歌」が本来持っていた女という立場、恋の相手を前提とした表現という点にあるのではないだろうか。決して季節のみを切り離し得ない発想がここにはみてとれる。いいかえれば季節の景も相手がふくまれる景となるのである。こうした表現は、次のような歌にさらにはっきりと現れている。春の雑歌に分類されてい歌の中からあげていきたい。

⑮我が背子が見らむ佐保道《さほぢ》の青柳《あおやぎ》を手折《た》りてだにも見むよしもがも
うち上る佐保の川原の青柳は今は春へとなりにけるかも
（巻八・一四三二・三）

この歌については、坂上郎女がどこにいて歌ったかということが問題となるものであるが[11]、今、歌の表現のみを見た場合、郎女が望んでいる景とは、「我が背子」が見ているであろう「佐保道」であることを確認しておきたい。「見むよしもがも」と望む郎女にとって春を感じる「青柳」は、「青柳」そのものではなく、「背子」がいる佐保道の「青柳」でなければいけない。いいかえれば、郎女が歌として選び取った春の景は、背子のいる景なのであった。それは、「背子」のいる景をとおして季節をとらえているのであり、歌の表現についていうならば、恋の表現をとおして、季節を見ることになるのではないだろうか。二首目の歌には、具体的には、恋は歌われないものの、二首並べて見た時、今そこに「背子」の存在があるなしに変わらず、「佐保」の川辺の景は、「背子」の存在を投影している。春を確認する「青柳」が一首目と異なるものではないことは、一首目の願望・二首目の感嘆からも明らかになろう。

坂上郎女の歌の世界の景物は相手との関わりで歌われ、そこでは常に自己の存在が意識された景が浮びあがってくる。こうした歌い方は、はじめから、対男性という形式でうたわれた「女歌」の世界であるといってもよいのではないだろうか。「恋」をとおして景物を見ることにより、表現に出てくる性差は、季節の景を歌う側に女という立場を与えたのであり、歌の表現においては贈答歌と同様な

「女歌」の一つの表現とみなしうるであろう。

五　むすびにかえて

「女歌」とは、どのようなものであろうか。「男性」という性差はなぜ和歌表現では、問題とされないのか。坂上郎女の歌を見てきた今、再び、初めの疑問とむきあうことになる。女性そのものがもっている特質とはまた別の特質が歌の表現世界にあるとしたら、「女歌」とは、作者に必ずしも実体としての女性を必要としないということが明らかであろう。その時、「女」という言葉は、「男」を使い、自らの方向性を明らかにする一つの立場を意味するものではなかったのだろうか。男の歌を誘い、導き、さらには男の歌によって、新たに歌い続けることこそが、歌の表現の中にあらわれた女たちにとって、自らの「女」という歌の性差の確認となろう。「女」は歌の中では、男女という一対でありつつも、そこからつきぬけていくのである。

今、「女歌」の表現について確かなことは、男性を意識し、求める表現であるということになろう。「女歌」の表現は、実体に関わらず、恋を背後に持ちつつ、受けつがれていく。それは和歌の表現の中で、後には恋の表現そのものに欠かせないものとなり、歌う男性も、その表現に身をおくことになっていくのである。

注1　後藤祥子氏は、「女歌」の対になるべき概念として「男歌」ということばを使用している。「女流によ

る男歌―式子内親王歌への一視点」『平安文学論集』風間書房　一九九二・十
2　鈴木日出男「女歌の本性」『古代和歌史論』東京大学出版会　一九九〇・一
3　近藤みゆき氏は歌の詠み手のジェンダーから歌のことばをとらえる視点により、『古今集』の言葉を女性特有・男性特有の表現という分析をしている。千葉大学『人文研究』二十九号　二〇〇〇・三
4　鈴木氏は、このような方法を「女の返歌の作法」とされる。注1におなじ。
5　鈴木氏注1におなじ。
6　北野達「藤原麻呂との贈答歌」『セミナー万葉の歌人と作品』第十巻　二〇〇四・十
関本みや子「万葉後期贈答歌の様相―藤原麻呂・坂上郎女贈答歌群をめぐって―」『上代文学』五十号　一九八三・四
7　『懐風藻』　藤原万里(麻呂)「暮春於弟園池置酒」の序
8　拙稿「池によせる情」『大伴坂上郎女の研究』翰林書房　一九九四・六
9　大嬢への歌は、四・七二三〜四、四・七六〇〜一、十九・四二二〇〜一
家持への歌は、六・九七九、十七・三九二七〜三〇、十八・四〇八〇〜一
なお、大嬢への歌表現については、東茂美「大伴坂上大嬢に贈る歌」『セミナー　万葉の歌人と作品』第十巻　二〇〇四・十に詳しい。
10　菊池威雄「鍾愛のホトトギス」『天平の歌人大伴家持』二〇〇五・十
村瀬憲夫「大伴家持とほととぎす」『製強我婆良』第二十六　一九八三・七
11　拙稿「背子のいる景」『大伴坂上郎女の研究』翰林書房　一九九四・六

使用万葉集
新日本古典文学大系　岩波書店

古代女帝論

瀧浪貞子

はじめに

日本の古代を特徴づけるものとして女帝の存在がある。卑弥呼の時代はともかく、確かなところでは六世紀末、飛鳥時代の推古天皇をはじめ、いわゆる大化改新前後の皇極《こうぎょく》天皇（重祚《ちょうそ》して斉明天皇）、飛鳥から藤原京に遷都した七世紀末の持統天皇を経て、奈良時代には元明・元正そして孝謙天皇（重祚して称徳天皇）と、六人・八代の女帝が即位している。古代では、これを最後に再び登場することはない（江戸期に、明正天皇と後桜町天皇の二人が即位するが、ここでは取り上げない）。

女帝が存在したのは、わが国だけではない。中国（唐）では六九〇年、高宗の皇后・則天武后《そくてんぶこう》が即位し、朝鮮（新羅）ではこれ以前、善徳女王（即位六三二年）ついで真徳女王（即位六四七年）が、その後およそ二世紀のちに真聖女王（即位八八七年）が登場している。もっとも新羅の最初の女帝善徳が即位したのは、わが国では推古が没して四年後であり、則天武后はさらに降って持統の時代であった。しかも則天武后は後にも先にも中国唯一の女帝であり、朝鮮でも女帝は三人の三十二年間だけであった。百済や高句麗に女帝は存在しない。

こうしてみると日本の推古の即位がもっとも古く、しかも六人・八代に及ぶなど、女帝は日本独自のものといわないまでも、わが国の皇位継承に深く根ざしたものであったことが知られよう。しかし、女帝の即位事情やその役割は、個々の女帝によって異なり、決して同じではない。早い話、初期の女帝——推古や皇極（斉明）は、男帝と同じく死ぬまで在位したが、後期の女帝——持統以後になると譲位が制度化されて限られた期間の在位となるなど、求められた役割にも自ずから差異がある。したがって、女帝を一括して論じることははなはだ困難であるが、それでも女帝には女帝としての共通性があったに違いない。

そうした女帝について、古くからもっとも関心が持たれてきた問題は、①わが国でこのような女帝が登場した理由は何か、②女帝に選ばれる条件は何であったのか、③男帝とどのように違うのか、④女帝はなぜ奈良時代で終わったのか、といったことであろう。しかし従来の研究史をたどるとき痛感させられるのは、問題提起がなされているものの、各女帝の個別的事情の考察に終始し、結局のところ女帝の本質は明らかにされていないという事実である。しかも、関係史料の少なさによるとはいえ、その多くは推論や仮説の域を出ないというのが実情であろう。かく言う本稿もその制約を負うことになるが、可能な限り事実を確認しながら女帝の登場した背景や役割などを考察し、日本古代の女帝の本質といったものを明らかにしてみたい。本稿が『万葉集』の理解に、少しでも役立つことがあれば幸いである。

一　女帝の誕生

(1) 推古と厩戸皇子

敏達《びだつ》天皇の皇后炊屋姫《かしきや》が群臣の要請を受けて即位したのは崇峻《すしゅん》五年(五九二)である。この年十一月、崇峻が、大臣《おおおみ》蘇我馬子によって殺害されるという事件が起こり、翌月(十二月)、飛鳥豊浦《とゆら》宮で即位している。時に三十九歳、即位が確認されるわが国最初の女帝、推古の誕生である。

暗殺された崇峻は馬子の甥(母は蘇我稲目の娘小姉君《おあねのきみ》)に当たるが、馬子との関係はよくなかった。事件の一ヶ月前、ある者から猪を献上された崇峻は、それを指さしながら、「この猪の首を斬るように、いつか嫌いな奴を斬ってしまいたい」と言って武器を集めさせている。これを聞いた馬子は自分が嫌われているのを知り、東漢駒《やまとのあやのこま》に命じて崇峻を殺害させたのである。臣下が天皇(大王)を暗殺するのは前代未聞のことであり、推古が擁立された背景には、事件直後の緊張した雰囲気を緩和するという期待が込められていたことは確かである。しかしそれだけでなく、そこには推古がはじめての女帝として登場する相応の理由があったと考える。というのも、『日本書紀』(即位前紀)は推古の即位を次のように伝えているからである。

天皇（崇峻）、大臣馬子宿禰の為に殺《し》せられたまひぬ。嗣位《みつぎのくらい》、既に空《むな》し。群臣、渟中倉太珠敷《ぬなくらふとたましき》天皇（敏達天皇）の皇后額田部《ぬかたべ》皇女（炊屋姫の幼名）に請《もう》して、践祚さしめまつらむとす。

ここに見える「嗣位、既に空し（皇位が空になった）」とは、崇峻天皇が暗殺されて皇位を継承すべき立場の候補者がいなくなってしまった状況をいう。そしてこれによれば推古女帝は、この「嗣位、既に空し」という皇位（王位）継承の危機を打開するために要請されただけでなく、その即位に、ある種の役割が期待されていたことを思わせる。

そこで手がかりを得るために、当時の皇位（王位）継承の実態とそこに見られる特徴を整理しておきたい。

別掲系図は、『日本書紀』の記載に従って、実在が確かな仁徳天皇以後の皇位継承について作成したものである。一般に古代の皇位継承は兄弟相続が特徴であったといわれるように、仁徳のあとは履《り》中《ちゅう》→反正《はんぜい》→允恭《いんぎょう》、また允恭のあとは安康→雄略と、兄から弟への継承が確かに多い。ただし允恭や雄略のように兄弟間の継承が終わり、次の世代（兄弟の子供たち）に移る時は当然、父子相承となるわけで、兄弟相承には世代間の親子相承が含まれていることも理解しておく必要がある。しかも次の世代に移る時、例外もあるが、最後の天皇（末弟）が在位中に皇太子を立てているという事実が知られよう。これは皇位が兄弟に継承されていく限りにおいて、有資格者は限定されており問題が少なかったのに対して、次の世代に移る時は、兄弟の子供たち（即位しなかった兄弟の子供たちをも含めて）

【兄弟相承と立太子】

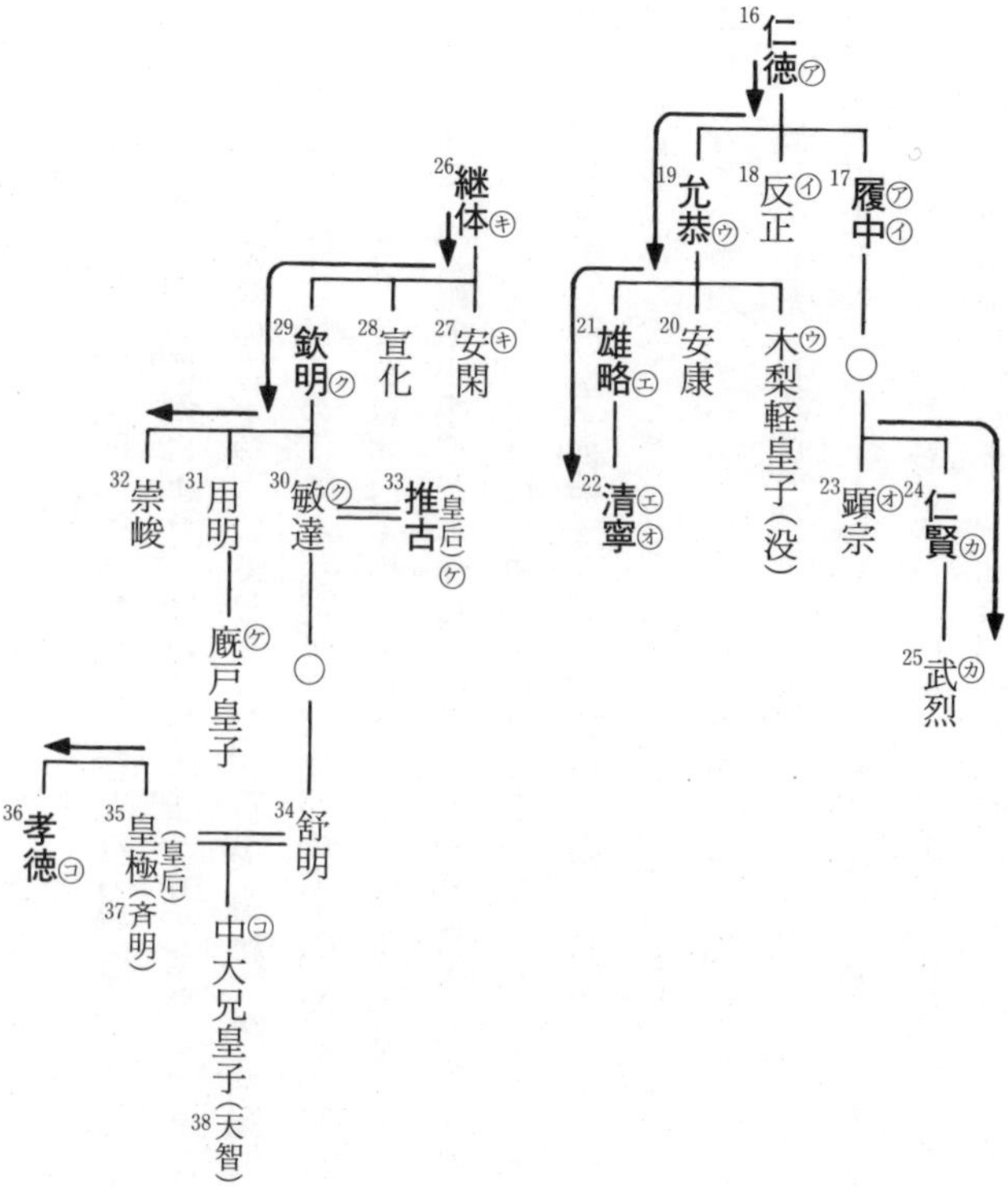

→ 皇位（王位）継承の流れを示す
太字は在位中に皇太子を立てた天皇（大王）
㋐～㋙は天皇と皇太子の関係を示す

が有資格者として一挙にふえてくるため、早い時期に皇位継承者（皇太子）を定めておく必要があったことを示している。

そうしたことからすれば、欽明の子の世代の最後となる崇峻は、まさしく右にいう移行期に当たっていた。したがって当時の慣例により、即位後皇太子を立てて然るべきであった。ところが、皇太子が立てられる以前に崇峻の方が殺されてしまった。『日本書紀』が、「嗣位、既に空し」と記した理由である。女帝推古の即位はこのような状況下で、崇峻のあとの皇位の移行をスムーズに実現するために要請されたのである。それはすべて馬子の目論むところであったと考える。

そもそも崇峻には、妃の小手子《こてこ》（大伴糠手《おおとものぬかで》の娘）との間に皇子が生まれていたが、皇后所生の嫡長子でなかったことから、この皇子に皇位継承権はなかった。したがってその時点で考えられる皇位継承の候補者は、敏達天皇の皇子押坂彦人《おしさかひこひと》大兄（母は広姫）と竹田（母は炊屋姫＝推古）、それに用明天皇の長子厩戸《うまやと》皇子の三人で、このうち馬子が期待したのは厩戸皇子であった。両親とも蘇我氏を母とするだけでなく、厩戸みずからも馬子の娘と結婚しており、誰よりも親近感を抱いていたからである。むろん、厩戸の資質を見抜いてのことであった。しかし、厩戸はこの時十九歳、当時、即位は少なくとも三十歳以上というのが不文律となっていたから（村井康彦「王権の継受」『日本研究』1）、馬子の権力をもってしても、ただちに厩戸を即位させるのは不可能である。しかも誰を選んでも、その男王を中心に再び兄弟相承が始まり、利害関係が表面化するのは必至であった。崇峻のあとの皇位の移行を、極度に高まっていた政治的緊張感を緩和しつつ、トラブルを避けスムーズな合意形成を得るには、従来とは別個の原理で擁立する以外に糸口は見出せなかったろう。それが推古、すなわち女帝を即位させるということであった。

推古を即位させた馬子の真意は、厩戸皇子の立太子の実現にあったと考えてよい。推古が即位して四か月後のことであるが、『日本書紀』に、「厩戸豊聡耳《うまやとのとよとみみ》皇子を立てて、皇太子とす。仍《よ》りて録摂政《まつりごとふさねつかさど》らしめ、万機を以て悉《ことごと》くに委《ゆだ》ぬ」（推古元年四月十日条。用明元年正月一日条にも、「（厩戸皇子）東宮に位居《ましま》し、万機を総摂して、天皇事《みかどわざ》したまふ」とある）と見え、厩戸皇子を立太子させ、国事を委ねている。当時皇太子が立てられるのは早くても即位後一、二年というのが通例で、雄略天皇の場合には二十余年も後のことであったから、厩戸の立太子は異例の早さであったといってよい。

もっとも皇位継承予定者としての皇太子制が定められるのは一世紀あと、珂瑠《かる》皇子（文武天皇）以降のことで、その意味で『日本書紀』に見える厩戸の立太子記事は、後世の潤色と考えられる。ただし推古朝でも、王位継承の資格をもつ「ワカミタフリ」（ワカ［若］ミ［御］トホリ［通り］とも。天皇［大王］の血筋を引く者の尊称）が存在したことが知られており（『隋書』倭国伝、開皇二十年条）、その立場にあったのは厩戸をおいて他にない。当時、「皇太子」の称号が定着していなかったとしても、厩戸が「皇太子」に準ずる「ワカミタフリ」の立場にあったことは確かである。ここでは、そうした立場や地位を便宜上「皇太子」と表記するが、先にもふれたように、推古の即位については、異例の早さで厩戸皇子がその「皇太子」とされているのである。これは推古の即位と厩戸の立太子とが一体のものであったこと、さらにいえば女帝＝推古の即位は、皇太子＝厩戸の立太子があって初めて完結するものであったことを示している。推古が即位するだけでは問題の解決にならなかったということである。というより推古が求められたのは、廐戸皇子の立太子を実現するためであった。ここに男帝と大きく異なる女帝独自の機能があったと考えてよい。

（2）皇極と古人大兄皇子

推古のあと即位した二人目の女帝は皇極である。舒明《じょめい》天皇の皇后であった。皇位を継いだのは舒明が没した三ヶ月後だが、皇極が擁立された理由も推古と同様、皇太子問題が関わってのことである。皇極の夫舒明は推古のあと、蘇我蝦夷《えみし》の後押しにより、山背大兄《やましろおおえ》を抑えて即位した。山背は廐戸皇子の嫡男であるが、蝦夷が、山背でなく舒明（田村皇子）を強く推したのは、馬子の娘・法提郎媛《ほてのいらつめ》との間に生まれた舒明の皇子、古人《ふるひと》大兄への皇位継承を見越してのことである。蝦夷は父馬子が期待した上宮王家《じょうぐうおうけ》（廐戸皇子・山背大兄皇子）を捨て、古人へ切り替えたのである。蝦夷の狙いは、舒明というより古人の立太子の実現にあった。

舒明の立場は、かつての崇峻天皇に似ていた。一代で世代が移ることになるので、慣例に従って在位中に皇太子が立てられて然るべき状況にあったからである（系図）。ところが舒明は十三年の在位中、皇太子を立てた形跡がまったくない（『日本書紀』舒明十三年十月十八日条には、舒明の殯《もがり》に中大兄皇子が「東宮」として誄《しのびごと》を述べたと記すが、舒明の生前、中大兄が立太子した事実はない）。群臣の中には山背を推戴する者も少なくはなく、皇位継承に強い発言力を持つ蝦夷でさえ、そうした群臣の意向を無視することは出来なかったのである。それに舒明自身、古人よりも嫡子の中大兄皇子（母は皇后の宝《たから》皇女、のちの皇極）の立太子を望んでいたフシがある。立太子が容易でなかったことを思わせる。

結局立太子のないまま舒明が没してしまい、皇極が即位したのであった。擁立を推進したのは蝦夷で、古人の立太子を図るためであったことは明白である。時に皇極は四十九歳、蝦夷が引き続き大臣として実権を握ることになる。

こうした経緯を考えると、皇極の即位後、早い時期に皇太子が立てられて然るべきであったが、在位三年の間、これまた皇太子は立てられていない。ただし、立太子の動きはあった。『日本書紀』によると、蘇我入鹿は病気の父蝦夷から大臣を譲られ、最高位に立つと、「古人大兄を立てて天皇とせむ」と決意し、ただちに斑鳩《いかるが》の山背大兄とその一族を襲撃させている。この場合の「天皇とせむ」というのは、襲撃した相手が皇極女帝でなく山背大兄であったことから明らかなように、皇極を廃してただちに古人を即位させるというのではない。入鹿は、皇極女帝の下で古人を皇太子となし、その後即位を実現するつもりだったのである。

繰り返しになるが、古人の立太子は蝦夷が舒明を擁立した時からの構想であり、皇極を即位させたのもそのためであった。だが蝦夷は、皇極の即位を実現させた時点でも古人の立太子は差し控えている。時期尚早とみていたのであろう。ところが息子の入鹿は待ちきれず、独断専行して実現を図ったのである。

上宮王家を滅亡させて人望を失うことは、蝦夷がもっとも恐れたことで、これを聞いた蝦夷が入鹿に向かって「なんという愚か者か。お前の命も危ういぞ」と罵声を浴びせたのも無理はない。事実、それが蘇我氏（本宗家）の滅亡を招く原因になった。

一方、古人の立太子はその後機会があったにもかかわらず、結局実現しなかった。乙巳《いっし》の変（いわゆる大化改新）によって入鹿が殺され蘇我氏の後押しを失った古人は、身の危険を感じて出家し吉野に入ったが、殺害されてしまう。『日本書紀』に古人が「古人太子」とか「吉野太子」（大化元年九月日条）などと、太子の称号で記されているところから、皇極朝に立太子されたとみる意見もある。立太子が実現したとは考えがたいが、この呼称は、古人が皇太子たりうる人物であり、立太子の動きがあったことを示唆する。古人は、いうならば皇極朝の「幻の皇太子」であった。

こうしてみると舒明のあとを承けた女帝皇極の即位もまた、古人の立太子と一体のものとして考えられていたことが知られよう。推古といい、皇極といい、皇位継承の断絶に際して要請された女帝であったが、次期皇位継承者の立太子を導き出すために擁立されたことが知られるのであって、それが女帝に求められた役割であった。

このような女帝と皇太子との関係で想起されるのが、時期は七世紀後半に降るが、天智天皇の皇后倭《やまと》姫にまつわる逸話である。『日本書紀』によれば、重病の天智天皇が皇太弟の大海人《おおあま》皇子を呼び、皇位を授けようとしたところ、天智の本心が実子、大友皇子の即位実現にあることを見抜いた大海人は、「願はくは、陛下、天下を挙げて皇后に附《よ》せたまへ。仍《なお》、大友皇子を立てて、儲君《もうけのきみ》としたまへ」（天武即位前紀）と答えたという。また、「請ふ、洪業《ひつぎ》を奉《あ》げて、大后に付属《さづ》けまつらむ。大友王をして、諸政を奉宣《のたま》はしめむ」（天智十年十月十七日条）とも見え、それを理由に大海人は皇太子位を辞退している。

大海人の提言は、まず皇后（倭姫）を即位させて、そのもとで大友を立太子させて政務を執らせるのがよいというものであった。天智の意図は、慣例や故実にかかわらず、ただちに大友の即位を実現させることにあったが、二十四歳という大友の年齢を考えると、いきなり即位するにはかなりの抵抗があったろう。そこで、大友に皇位を継承させたいのなら、まず大友を立太子させて政務に携わらせ、その上で実現すべきであること、それには女帝の即位が先決であると指摘したのである。倭姫の即位（もしくは称制）の実否については議論の分かれるところだが、大海人の建言は、女帝の即位が立太子を導く役割を果たすことを指摘している点で極めて重要である。それは、推古や皇極など女帝の立場を理解した上での進言であり、的確なものであった。

（3）所生皇子の排除

ところで推古や皇極など女帝の即位については一般に、実子への中継ぎの役割を果たすためであったとする理解が多い。たとえば推古の場合は、実子の竹田皇子が成長するまでの橋渡しであったとみるのが、これまでの通説である。しかし譲位の慣習がなかった当時、竹田皇子への皇位継承の可能性がどこまであったか、はなはだ疑問である。推古は在位三十六年、七十五歳の高齢で没したが、その間に竹田皇子は亡くなっている。譲位が行われない以上、女帝であってもその死を待つ以外に、次の皇位継承は有り得ないから、推古の役割が、竹田が成長するまでの時間稼ぎであったとは、とうてい考えられない。

竹田が、推古の即位以前に没していれば問題外であるが、たとえ竹田が存命であったとしても、推古朝で立太子出来る可能性はほとんどなかった。そればかりではない、先述したように、推古を即位させた蘇我氏（馬子）の真意は竹田皇子になく、当初から廐戸皇子の立太子の実現にあった。このことは女帝に所生の皇子がいても、その皇子が女帝（母）の皇太子に立てられるわけでなかったことを示している。こうした女帝と所生皇子との関係は、皇極の場合、より明確に知ることが出来る。

皇極の即位についても一般に、当時十七歳であった皇極の実子、中大兄皇子の成長を待つ間の中継ぎであったとする理解が多い。しかし、皇極が即位することで中大兄の立太子が見込まれていたとするなら、入鹿は古人大兄の立太子を妨げるライバルとして、誰よりもまず中大兄を討ったであろう。しかし先述したように、襲撃されたのは山背大兄とその一族であり、入鹿の眼中に中大兄はなかった。この事実は、皇極朝で中大兄が古人の立太子を脅かす立場にはなかったことを暗示している。だいいち、皇極が即位することで中大兄の立太子が見込まれていたとするなら、古人の立太子を期待する蘇我氏が皇極の即位そのものを進めることもなかったはずである。

こうしてみると、皇極の即位や女帝としての立場は、実子中大兄の皇位継承には何ら有効な手立てとはなっていなかったことを知る。しかしそれこそが「女帝に求められた不文律」だったのである。

繰り返すことになるが、女帝の即位は皇太子を決めないままに天皇が没した場合、立太子（次代の天皇）を引き出す役割を果たした。しかしその場合、女帝所生の皇子は立太子出来ない、というのが女帝に求められた条件であった。女帝を立てることが当面の政治的緊張の緩和にあったとすれば、この原則こそが天皇（女帝）への権力集中を避ける唯一の手立てであった。女帝の皇子を皇太子にしたのでは、新たに持続的な権力を再生することに他ならず、何の緊張緩和にもならないからである。女帝の求められた意味や条件は以上の如くである。

こうした観点から乙巳の変を分析すると、蘇我氏滅亡後、皇極にかわって孝徳天皇が即位（六四五年）するが、孝徳即位の日、中大兄皇子が皇太子となっている事実が注目される（『日本書紀』）。これは母皇極の即位（六四二年）によって、いったんは皇位継承から排除された中大兄皇子にその資格が与えられたことを示している。その意味で鎌足ら推進者にとって乙巳の変は、可能性のなかった中大兄の立太子を実現するところに、もう一つの大きな目的があったといってよい（瀧浪「女帝の条件」『京都市歴史資料館紀要』10号）。

六六五年正月、皇極は重祚する。斉明天皇である。この間の事情は省略するが、重祚はこの女帝が最初であった。皇太子であり、すでに三十歳に達していた中大兄が、この時点でもなお即位しなかったのは、中大兄に対する批判や反発を避けるためであったと考える。

皇極の重祚によって、当然中大兄自身の即位は遠のくことになるが、すでに皇太子となっている以上、女帝の実子は立太子しないという慣例に制約されこともない。というより、そうした不文律を空疎なものにしてしまった。その意味で皇極の重祚が女帝の歴史に及ぼした影響はまことに大きい。

二　女帝と不改常典

(1) 称制の皇后

女帝の歴史において、その在り方を大きく変えたのが三人目の女帝、持統である。理由は、皇位継承の上ではじめて「不改常典《ふかいじょうてん》」が適用されたことにある。

いわゆる「不改常典」とは、言葉としては元明即位の詔（『続日本紀』慶雲四年七月十七日条）に、「天地と共に長く、日月と共に遠く、改《かわ》るまじき常の典《のり》」（略して通常「不改常典」と称している）として初出するが、実際にはそれ以前、持統が、即位せずに没したわが子草壁皇子の嫡子珂瑠皇子――持統にとっては孫――の即位を是が非でも実現するために適用したのが最初である。

すなわち『日本書紀』（持統称制前紀）には天武十五年（六八六）、天武天皇が亡くなったあと、皇太子である草壁皇子（時に二十五歳）が即位せずに、皇后鸕野《うの》（持統）が称制（即位せずに政務を執ること）したと記している。当時の慣習で、天皇となるためには少なくとも三十歳以上というのが不文律となっていたから、二十五歳でも草壁は若すぎたのである。といってこの時には譲位――生前の皇位継承のしきたりがなかったから、いったん即位したら鸕野が亡くならない限り、草壁の即位はあり得ない。草壁の即位は鸕野の死と引き替えに実現するものであった。となれば草壁が三十歳になるまでなんとか時間を稼ぐ以外にはなかった。そのために採られたのが鸕野の称制であり、草壁の条件が整った時、皇位は鸕野から皇太子草壁へ委譲されたに違いない。その意味では、鸕野の称制は「譲位」の前史とみてよいであろう。

ところが肝心の草壁が三年後（六八九年）、二十八歳で亡くなってしまう。そこで鸕野は六九〇年、正式に即位した。持統天皇である。この天皇の課題は、時に七歳であった草壁の嫡子、珂瑠皇子の即位を実現することであった。事実珂瑠が十五歳になった時（六九七年）に立太子させ、半年後、持統は自ら譲位し、皇位を伝えている。文武天皇であるが、その際拠り所とされたのが「不改常典」であった。

「不改常典」の内容について、その要点だけをいえば、天智天皇が定めたとされる皇位継承法（ただし口勅の類）であり、直接には天智がその子、大友皇子の即位実現のために案出された方便であったとみられる。持統はそれを持ち出すことで皇位継承上の原則を破って「存日譲位」を行い、「年少天皇」文武の誕生を実現したのである。八年もの間皇太子の地位にありながら、結局即位出来なかった草壁皇子の轍を踏まないための措置であったことは言うまでもない。持統は譲位後、自ら太上天皇として「共治《きょうち》」することで文武を後見しており、譲位後も持統が政務を執ったものと考えてよい。こんどは〝称制〟の太上天皇となったのである。

ちなみにこの「不改常典」は、その後、文武の嫡子首《おびと》皇子（のちの聖武天皇）の即位にも最大限に利用されるが、その際、男子嫡系相承の論理が強調されたのが特徴で、その結果、強烈な皇統意識が生まれたことが留意される（瀧浪「皇位と皇統」『史窓』48号）。

女帝の在り方は持統によって大きく変化した。すなわち皇位に直系（嫡系）相承という新しいルールが持ち込まれ、これがこののち奈良時代の皇位継承の方向を決定づけたからである。具体的には持統以後の女帝は、男子の即位を実現するためだけの存在となり、女帝の立場は著しく制約されることになる。その意味で女帝の歴史だけでなく、古代の皇位継承において持統女帝の果たした役割は、極めて大きいといえよう。

（2）母娘二代の女帝

四人目の女帝が元明であるが、元明はそれまでとは違う事情、すなわち息子文武天皇の求めによって即位した特異な女帝である。

『続日本紀』（元明即位前紀）によれば、慶雲三年（七〇六）十一月、文武から譲位の意向を伝えられた阿閇《あへ》（元明）は、「朕は堪《た》へじ」といって、当初これを固く辞退している。死期を悟った文武の気掛かりは、当時七歳の皇子首（のちの聖武天皇）への皇位継承であった。文武を後見してきた持統はすでに五年前に没しており、首への橋渡し役を果たせるのは阿閇以外にいなかった。文武からの「遍多《たびまね》く日重ねて」の申し出に動かされ、阿閇が承諾したのは文武が亡くなる直前のことであった。

しかしその阿閇の立場も決して安定していたわけではない。当時、新田部《にいたべ》親王・舎人《とねり》親王など天武の諸皇子がなお活躍しており、皇位継承上からいえば、阿閇よりはるかに有利な立場にあった。だいいち、それまでの女帝がいずれも即位前は皇后であったのに比して、阿閇（元明）は皇太子草壁皇子の妃でしかなかった。その点で、女帝としての元明の政治的立場は弱かったといわざるを得ない。元明が「朕は堪えじ」といって躊躇したのは、偽らざる気持ちであったろう。

このような元明の立場に関連して注目したいのが、即位三ヶ月前の慶雲四年四月、草壁皇子の薨日（持統三年四月十三日）が国忌《こっき》と定められていることである。これは、皇太子のままで没した草壁を事実上天皇とみなしたことであるが（天平宝字二年、岡宮御宇《おかのみやにあめのしたしらしめしし》天皇と追号される）、その真意は、これに伴い草壁妃であった阿閇内親王（元明）を「皇后」に準じた立場に置くことにあった。女帝になるための条件づくりであり、その伝統に従おうとしたのである。この「皇后」に準じる立場が、阿閇の即位実現に有効に働いたのは間違いない。

即位の四日後のことであるが、帯刀舎人《たちはきのとねり》寮が創設されたのも留意される。文字通り、帯刀して宮中の警護にあたるもので、いわゆる元明朝の禁衛隊である。元明の即位がそれだけ不安定要素をはらんでいたことを示していよう。ちなみに『万葉集』（巻一・七六）には即位の翌年（和銅元年）、大嘗《だいじょう》祭《さい》の時に元明が詠んだとされる歌が収められている。

ますらおの鞆の音すなりもののふの　大臣楯立つらしも
（武人たちの鞆の音が聞こえてくる。武官の将軍が楯を立てて威儀を正しているらしい）

武人たちの調練の音が聞こえてくる情景を詠んだものであるが、元明の思いは、この歌に続いて収められている姉の御名部《みなべ》皇女の歌（巻一・七七）から察することが出来る。

わご大君な思ほしく皇神の　つぎて賜へるわれ無けなくに

（大君よ、ご心配なさいますな。皇祖の神々が大君に添えてお遣わしになった私がいないわけではございませんのに）

「朕は堪へじ」と言って即位を躊躇した元明、その気持ちを思いやり、励まそうとする姉の心情が表れている。

もっとも即位後の元明は積極的に政治に取り組み、在位八年の後、和銅七年（七一四）六月、十四歳の首皇子を皇太子に立て、翌八年九月、娘の氷高《ひだか》内親王に譲位している。五人目の女帝元正である。元明は譲位に際して下した詔で、天智天皇が定めた「不改常典」に従って氷高に譲るが、最後は首皇子に間違いなく皇位を伝えるようにと厳命しており、氷高即位の役割を明確に表明している（『続日本紀』神亀元年二月）。元明と元正の母娘はともに、首皇子へ皇位を伝える「中継ぎ」のためだけに即位した女帝であったといってよいであろう。しかし氷高の立場は元明以上に不安定であった。氷高は未婚であり、未婚の皇女が即位した例はなかったからである。氷高が内親王時代、首皇子の立太子に連動する措置として破格の封戸《ふこ》と一品《いっぽん》（内親王としては最高位）が与えられているが、それは氷高が別格の存在であることを天下に表明したものであり、つまりは女帝にするための要件作りであったといってよい。それが前例のない即位を実現するための唯一の方法であった。そうした元正の立場は、即位の詔にも表れている。

奈良時代、天皇の即位の詔はすべて和文体であるのに対して、元正の詔だけが漢文体である。これは未婚という前例のない元正の立場に鑑みて、即位の詔ではあえて伝統的な表現を差し控えて漢文体としたものと考える（それに対応して元明譲位の詔も漢文体であり、授受における唯一の事例となっている）。それだけに即位の詔で、「朕、欽《つつし》みて禅《ゆづり》の命《みこと》を承けて、敢《あ》えて推《お》し譲らず（私は元明天皇の命によって禅譲を承けたが、敢えて辞退はしない）」（『続日本紀』霊亀元年九月二日条）と述べた元正の言葉には、固い決意が読み取れる。元正の即位は首皇子の即位を阻止するためとみて、この言葉を、不比等への対抗宣言であったとする意見があるが、全く逆の解釈であり、それでは元正の立場なり役割を理解したことにはならないであろう。

われわれは元明や元正の即位により、それまでの女帝の即位の原則（前皇后であったという）が崩れ、自由に即位出来るようになったと理解しがちであるが、それは違う。決して先例や伝統を無視して即位が強行されたのではなく、実際にはさまざまな支障を一つ一つ克服しながら即位を実現していることに留意する必要がある。

それにしても誰しも疑問に思うのは、元明が、首皇子に皇位を継承させることが自らの役目であると言いながら、首への譲位を見送り、娘の氷高内親王に皇位を譲っていることであろう。結論だけをいえば、後見者たるべき元明自身が、この時すでに五十五歳の老齢に達していたことから、氷高を即位させることによって後見者の立場の継続化を図ったものと考える。またこの時期、天皇を中心とする律令国家体制の確立がめざされていた。そのため首皇子の即位を急ぐよりも、皇太子としての地歩を固め、律令国家の君主たるにふさわしい環境・体制作りの道が選択されたのである。

（3）皇位継承と吉野行幸

持統によって女帝の果たすべき機能が中継ぎに限定され、それは元明を経て元正に至り、決定的となった。そうした中で、男帝はむろん、女帝にとって何よりも心の拠り所となったのが吉野であったことに留意したい。

	4・13	※広瀬大忌神・竜田風神を祭らせる
	7・15	※広瀬大忌神・竜田風神を祭らせる
㉒	9・4	吉野行幸（～？）
	12・6	（＊）藤原遷都
持統9年（695）		
㉓	閏2・8	吉野行幸（～15日）
㉔	3・12	吉野行幸（～15日）
	4・9	※広瀬大忌神・竜田風神を祭らせる
	6・3	京及び畿内の諸社に祈雨
㉕	6・18	吉野行幸（～26日）
	7・23	※広瀬大忌神・竜田風神を祭らせる
㉖	8・24	吉野行幸（～30日）
㉗	12・5	吉野行幸（～13日）
持統10年（696）		
㉘	2・3	吉野行幸（～13日）
	4・10	※広瀬大忌神・竜田風神を祭らせる
㉙	4・28	吉野行幸（～5月4日）
㉚	6・18	吉野行幸（～26日）
	7・8	※広瀬大忌神・竜田風神を祭らせる
	7・10	高市皇子没
持統11年（697）		
㉛	4・7	吉野行幸（～14日）
	4・14	※広瀬大忌神・竜田風神を祭らせる
	8・1	持統天皇、珂瑠皇子に譲位
	7・12	※広瀬大忌神・竜田風神を祭らせる
大宝元年（701）		
㉜	6月29	吉野行幸（～7月10日）

【持統の吉野行幸】

持統2年（688）
11・11　天武天皇を大内山陵（檜隈大内陵）に葬る
持統3年（689）
①1・18　吉野行幸（～21日）
4・13　皇太子草壁皇子没
6・29　飛鳥浄御原令を施行
②8・4　吉野行幸（～？）
持統4年（690）
1・1　持統天皇即位
③2・17　吉野行幸（～？）
4・3　※広瀬大忌神・竜田風神を祭らせる
④5・3　吉野行幸（～？）
7・5　高市皇子を太政大臣、丹比島真人を右大臣に任命、あわせて八省・百官を選任、翌日すべての地方官を任命
7・18　※広瀬大忌神・竜田風神を祭らせる
⑤8・4　吉野行幸（～？）
9・1　戸令によって戸籍を造らせる（庚寅年籍）13日から紀伊行幸（～24日）
⑥10・5　吉野行幸（～？）
10・29　（＊）高市皇子、藤原宮地を視察
⑦12・12　吉野行幸（～14日）
12・19　（＊）藤原宮に行幸
持統5年（691）
1・13　高市皇子に封二千戸を加増
⑧1・16　吉野行幸（～23日）
4・11　※広瀬大忌神・竜田風神を祭らせる
⑨4・16　吉野行幸（～22日）
5・18　4月からの長雨を憂え、仏前に悔過し誦経させる
⑩7・3　吉野行幸（～12日）
7・15　※広瀬大忌神・竜田風神を祭らせる
8・13　18氏に対し各祖先の墓記を上進させる
9・23　※竜田風神と信濃の須波・水内などの神を祭らせる
⑪10・13　吉野行幸（～？）
10・27　（＊）新益京（藤原京）の地鎮祭
11・1　大嘗祭
持統6年（692）
4・19　※広瀬大忌神・竜田風神を祭らせる
⑫5・12　吉野行幸（～16日）
5・23　（＊）藤原宮の地鎮祭
6・30　（＊）藤原宮の視察
⑬7・9　吉野行幸（～28日）
7・11　※広瀬大忌神・竜田風神を祭らせる
9・9　班田大夫を4畿内に派遣
⑭10・12　吉野行幸（～19日）
持統7年（693）
2・10　（＊）造京司に藤原京造営地で掘り出した遺骸を収公させる
⑮3・6　吉野行幸（～13日）
4・17　※諸神社に祈雨、広瀬大忌神・竜田風神を祭らせる
⑯5・1　吉野行幸（～7日）
⑰7・7　吉野行幸（～16日）
7・12　※広瀬大忌神・竜田風神を祭らせる　同14日諸社に祈雨
8・1　（＊）藤原宮に行幸
⑱8・17　吉野行幸（～21日）
9・9　天武天皇のために無遮大会を営む
⑲11・5　吉野行幸（～10日）
持統8年（694）
1・21　（＊）藤原宮に行幸
⑳1・24　吉野行幸（～？）
㉑4・7　吉野行幸（～14日。『書紀集解』による）

知られるように吉野は、在位中の持統が三十一回（称制中の二回を含む。譲位後をいれると三十二回）にも及ぶ行幸を重ねている。吉野が壬申の乱の出発点であり、天武と持統にとっての〝原点〟であったとしても、度が過ぎており理解に苦しむ、というのが大方の意見であるが、私は夫天武の埋葬儀を終えたあとに行幸が始まっていることに着目する（表参照）。しかもその前半の行幸では、前後に即位式や大嘗祭などの儀式行事あるいは行政に関わる重要な決定・判断のなされているのが目につく。吉野行幸が朝廷の儀式や行事などとセットになっているのである。

行幸前後のこととして、もう一つ留意したいのが、広瀬・龍田《たつた》神社に使者を派遣していること、また藤原京の造営と並行してなされていることである。広瀬・龍田神社の大忌祭《おおいみのまつり》・風神祭《かぜのかみのまつり》は天武によって国家祭祀に高められたものであり、藤原京の造営は天武の遺志を受け継いだもので、いずれも天武と不可分である。そうしたことを考えると、持統にとって吉野の行幸は、いわれるように天武を追慕し、為政者としての霊力を身につける〝たまふり〟という以上に、天武の継承者たることを表明するデモンストレーションであったと考える。

持統没後、吉野への行幸は文武の二度（大宝元年二月・翌二年七月）を最後に途絶えている。次の元明は一度も行幸していない。これにはわけがある。先述のような不安定要素をはらんでいた元明の場合、その不在をついて政治的事件が起こらないとも限らないから、宮都を遠く離れることが出来なかったのである。

元明にとって吉野に代わる場所、それは大内山陵（檜隈《ひのくま》大内陵）――藤原京の南にあった天武と持統の合葬陵であった。『続日本紀』慶雲四年（七〇七）七月五日条に、「大内山陵に事《つかえること》有り」と見え、大内山陵に即位を奉告している。即位式の十日ほど前である。元明の即位が苦悩の末に決断したものであったことを考えると、即位式に臨むにあたり、決意も新たに自らの覚悟を誓ったものであろう。元明の〝吉野〟は大内山陵であった。

元明のあとの元正は、養老七年（七二三）五月にはじめて吉野に出かけている。文武以来じつに二十一年ぶりの行幸であった。むろん思いつきの行幸といったものではない。前年十二月、母元明の一周忌供養を終えた直後、祖父母にあたる天武（三十六年前に没）・持統（二十年前に没）両天皇のために弥勒像と釈迦像を造らせている。元明の一周忌を機に発願したこの造像が自身の役割を確認し、首皇子への皇位継承を誓ったものであることは明らかで、遠く吉野にまで出かけた理由もただひとつ、首皇子への皇位継承を実現するため、譲位することの奉告であった。年が明けて八年二月、元正は皇太子首に譲位している。首の即位は祖母持統の悲願でもあったはずで、それに応えるための奉告は、天武・持統ゆかりの地、吉野をおいて他にはなかったのである。

『万葉集』には、この時の行幸に供奉した笠朝臣金村らの歌（巻六・九〇七～九一六）が収められている。元正天皇の詔に応じて奉られたものである。かつて三十数年前、持統の行幸に従駕した柿本人麻呂（巻一・三六～三九）以来の吉野讃歌である。

こうしてみると、皇位の授受に際してつねに回顧されるのが吉野であったこと、しかもそれは男帝以上に「不改常典」の重荷を背負わされた女帝の、心の拠り所となっていたことが知られよう。女帝にとって吉野は、「不改常典」の権化であり、自らの役割を刻む〝証の地〟に他ならなかった。

三　皇位と皇統

(1) 内親王の立太子

元正のあと、六人目の女帝は孝謙(=称徳)であるが、孝謙の立場はそれ以前の女帝とはまったく異なる。内親王時代、皇太子に立てられているからで、歴史上、立太子の上、即位した女帝は孝謙ただ一人である。

これまで述べてきた推古にはじまる女帝は、当初、前(元)皇后の立場で即位しており、立太子の必要はなかった。それは中継ぎ的役割が強くなった持統以後も踏襲され、女帝の特徴になっていたといってよい。したがって孝謙(阿倍内親王)の場合も、立太子なしの即位で一向に差し支えなかったはずである。にもかかわらず「立太子→即位」という前例のない手続きを取らせたのは、孝謙を嫡子として、男帝と同等の存在にするためであった。

もっとも阿倍の立太子については、従来、成長する安積《あさか》親王を抑えるために藤原氏がとった対抗策とみるのが大方の意見であるが、そうではない。立太子の前年(七三七年)、知られるように武智麻《むちま》呂《ろ》以下藤原四兄弟は天然痘によって急死し、藤原氏の政治力は一挙に失われていたから、この時期の藤原氏には、立太子という皇位継承に関わる重大事を仕掛けるような人材はいなかった。阿倍の立太子を推進したのは聖武天皇その人である。

この前後、聖武にとって皇位継承問題はもはや猶予出来ない時期にきていた。すでに三十八歳になっていた光明子に、皇子出産の望みはほとんど消えかけていたからである。十一歳に成長していた安積親王（母は県犬養広刀自《あがたいぬかいのひろとじ》）は嫡系ではないが、聖武にとって唯一の直系皇子である。後述するように、未婚の女帝となるであろう阿倍のあとを考えれば、その継承者は安積以外に存在しなかった。といって「不改常典」の申し子ともいうべき聖武が嫡系相承にこだわった（瀧浪『帝王聖武』）のは当然のことで、その立場から、女子ではあっても嫡系である阿倍を安積に優先する皇位継承者に位置づけることが先決であった。それが阿倍を立太子させた理由である。

強調しておきたいのは、阿倍の立太子が安積の存在を考慮して行われたことは確かだが、通説のように、それによって皇位継承上における安積の立場が否定されたわけではないということだ。それどころか阿倍の立太子は、そのあとの安積の皇位継承を見据えての措置であり、これによって安積にも皇位継承へのパスポートが保証されたことを見逃してはいけない。

天平十年（七三八）正月、阿倍は立太子した。時に二十一歳、しかし女性皇太子としての阿倍の立場には、あとにも述べるように、微妙なものがあった。そのため、阿倍の立場は機会あるごとに表明されている。立太子から五年後、天平十五年（七四三）五月五日、恭仁宮《くに》で行われた五節《ごせちの》（田）舞《まい》もその一つである。

聖武が平城京を離れた、いわゆる東国行幸の間（瀧浪「聖武天皇『彷徨五年』の軌跡」『日本古代宮廷社会の研究』)、恭仁京でのことで、時に二十六歳の皇太子阿倍自身が群臣たちを前に五節を舞い、列座の人々に感銘を与えたというものである。「五節舞」は天武天皇が「礼と楽」とで天下を統治するために創始したと伝えるが、皇太子自らが舞姫となるのは前後に例がない。女性皇太子なるがゆえに可能だったということもあるが、これも、天武のはじめた舞を阿倍が舞うことで天武の正統な皇位継承者であることを表明する儀式であった。というのはこの時点でも貴族官人たちの間には、阿倍を皇位継承者として認めようとしない雰囲気があり、阿倍の位置づけを明確にしておく必要があったからである。阿倍を正統づけるためにあらゆる演出がなされている。ちなみにこの時元正太上天皇は、「天武の創始した舞を皇太子に舞わせるのを見ると、天下の法は絶えることがないように思われる、その趣旨を忘れさせないために、人びとを昇叙してもらいたい」と言ったあと、三首の歌を歌っている(『続日本紀』)。

元正は、やがて同じ未婚の女帝となる阿倍の立場について心を砕いている。時期は降るが、宇佐八幡神託事件直後の神護景雲三年(七六九)十月、孝謙(称徳)が下した宣命の中に、元正が群臣に語ったという詔が引用されている。それによれば「朕が子天皇(聖武)に奉《つか》へ侍れ、護り助けまつれ、継ぎては是の皇太子(阿倍内親王)を助け奉へ侍れ」と命じ、これにそむいた者には、「朕必ず天《あま》翔《がけ》り給ひて(自分があの世から下りて来て)必ず処罰しよう、と述べたという。皇位継承者としての阿倍の立場の困難さを暗示しているが、元正の「天翔り」て処罰するという言葉には、悲壮感さえ感じられる。

（2）消された不改常典

阿倍が即位したのは天平感宝元年（七四九）七月二日であるが、『続日本紀』のこの日の条には、聖武の譲位の宣命と阿倍（孝謙）の即位の宣命が併せ収められている。それをみると、前者（聖武譲位）では聖武の即位が天智天皇の定めたという、いわゆる「不改常典」に則ったものであり、法に従って阿倍に譲位するという点が強調されている。それに対して後者（孝謙即位）の宣命には、当然あって然るべき「不改常典」の語が一回も出てこない。

理由は明らかで、孝謙の場合、男子嫡系相承を標榜する「不改常典」を持ち出せば、女帝である孝謙自身を否定することに他ならなかったからである。こうした孝謙（阿倍）の立場の弱さを、聖武は誰よりもよく承知していた。そのため聖武がことあるごとに臣下に語ったのは、「朕に子供は二人といない。ただこの阿倍内親王だけが朕の子であるから、二心なく仕えよ」（『続日本紀』神護景雲三年十月一日条）というものである。阿倍が嫡子に相当する立場にあることを強調し、その正統性を訴えたものに他ならない。孝謙に対しても繰り返し、「天下は汝に授ける。したがって汝の意思ひとつで、いったん立てた王（天皇）を廃して奴にしてもよいし、奴を天皇にしてもよい」（天平宝字八年十月九日）とまで述べている。皇権の生殺与奪権を与えたもので、すべては孝謙に〝男帝〟と同じ正統天皇の地位・立場にあることを認識させるためであった。不改常典の考え方そのものである。それは孝謙の母、光明子も同様で、「あなたは女子ではあるが、岡宮御宇天皇（草壁皇子）の日嗣《ひつぎ》＝皇統を絶やさないために即位させるのです」(『続日本紀』天平宝字六年六月三日条)と、言い聞かせている。

しかし、こうした嫡系の論理はあくまでも聖武や光明子が抱くものであって、当時の社会通念ではなかった。橘奈良麻呂《たちばなのならまろ》のごときは天平十七年(七四五)、聖武が重態に陥った機をとらえてクーデターを企てるが、その際、「陛下(聖武天皇)枕席《ちんせき》安からず。殆ど大漸《たいぜん》に至らんとす。然れども猶《なお》皇嗣立つること無し。恐らくは変有らんか」(天平宝字元年七月四日)と高言している。阿倍が立太子して七年も経っていながら、結局は「皇嗣」=嫡子として認められていなかったことを示している。皇統の継承者は男子であるという、いわゆる「不改常典」が冷酷なまでに嫡系相承の原理となっていたことが知られよう。

こうした奈良麻呂の認識はむろん阿倍の即位後も変わることはなく、孝謙の存在を否定し続ける。クーデターは未遂に終わったが、奈良麻呂だけでなく、女帝を皇統の継承者として認めないというのが貴族社会の通念だったのである。

女帝の立場と役割は、「不改常典」によって著しく限定されただけではない、即位しても皇統からは除外される存在であった。にもかかわらず孝謙は、父聖武と母光明子の意向に従い、男帝と同じ嫡系意識を持ち続け、行動した。そこに孝謙の悲劇があったとすれば、孝謙もまた「不改常典」の犠牲者であったのである。

孝謙は在位八年で仲麻呂の擁立する大炊《おおい》王こと淳仁に譲位する。ところが淳仁は、自らを「聖武天皇の皇太子」に立てられたと主張し(『続日本紀』天平宝字三年六月十六日条)、皇位を、孝謙を飛ばして聖武から継承したと公言して憚らなかった。舎人親王の子である大炊王（淳仁）は、天武の孫ではあるが傍系で、聖武と直接血縁的なつながりはない。そうした大炊王を権威付けるために、仲麻呂が「聖武の皇太子」に仕立てたのである。大炊王を聖武の正統な後継者、すなわち聖武の皇統に連なる立場に位置づけるには、擬制的にせよ、大炊王を聖武の嫡子に仕立てる以外に手はなかった。それが「聖武の皇太子」に立てるという措置の意味である。

自分は聖武の皇太子であるという淳仁の主張は、父の舎人親王への尊称追贈を拒否した孝謙に対して発したものであるが、これは真っ向から女帝（孝謙）の存在を否定したに等しい。これも結局のところ、孝謙を正統な天皇として認めない社会通念が根強く存在していたことの証である。

（3）即位式のない重祚

孝謙と淳仁＝仲麻呂の対立は、じつは淳仁の即位時からすでに胚胎していた。孝謙は重病に伏す母光明子に、娘として最後の孝養を尽くしたいとの思いから譲位に踏み切ったが、その際、淳仁（仲麻呂の養子になっていた）の擁立に狂奔する仲麻呂に警戒心を抱いており、淳仁の即位を完全に了解していたわけではなかった。その表れが淳仁の年号である。淳仁は不思議なことに、即位後も孝謙時代の年号である「天平宝字」をそのまま踏襲している。しかも在位六年の間、一度も改元の動きがない。日本史上淳仁は、独自の年号を持たない希有な天皇なのである。むろん孝謙が、即位の表徴である代始改元を拒んだためだが、仲麻呂もこれを無理強いすることは出来なかったようだ。

孝謙は、淳仁がその父舎人親王に崇道尽敬《すどうじんきょう》皇帝という謚号を贈ることにも正面切って反対している。先述の「聖武天皇の皇太子」に立てられたとは、この時孝謙に対して発した淳仁の言葉である。

孝謙の立場に関連して留意されるのが聖武没後東大寺に献納されたという草壁皇子の佩刀（黒作《くろつくりの》懸佩刀《かきはきのたち》）である。不比等を介して草壁→文武→聖武へと授受されたあと、孝謙への継受を断念して光明子から東大寺へ献納されたものである。佩刀はのち天平宝字三年十二月、他の宝剣とともに仲麻呂によって持ち出された可能性が高いという（米田雄介『正倉院と日本文化』）が、それが事実とすれば、持ち出しは、淳仁が「聖武天皇の皇太子」と公言した（六月）半年後のことになる。しかもこの頃には仲麻呂による保良《ほら》宮遷都が具体化していたが、合意の得られない天皇による遷都では、貴族たちの同意を得られるはずがない。そうしたことからすれば、淳仁の権威付け、正統性が急がれていたはずで、その拠り所として佩刀が持ち出された可能性は十分考えられる。その結果、佩刀が淳仁に与えられたとしたら、ここでも孝謙の存在が否定されたことになる。孝謙が反発しないわけがない。

両者の関係は、調停役を果たしていた光明子の死、さらには道鏡《どうきょう》の登場によって急速に悪化する。ついに孝謙は自らが国政権を掌握すると宣言、これに対して仲麻呂も謀反を企てる。天平宝字八年（七六四）、孝謙は仲麻呂を近江に追討し、淳仁を廃した上で重祚した。称徳女帝である。大化改新後に重祚した皇極（斉明）女帝以来一〇九年ぶりのことであるが、重祚は、自らの正統性を天下に改めて表明したものである。重祚もまた女帝特有の皇位継承の方便であったといえよう。

重祚した称徳は翌九年正月、年号も天平神護と改め、十一月には大嘗祭を行っている。孝謙時代に一度大嘗祭を経験しており、二度目である。しかしこの度の祭儀はあらゆる点で孝謙時代とは異なっており、異例づくめであった。

その一つは、重祚したものの、この時点で即位式を行った形跡がなく、大嘗祭が重要な意味をもったことである。孝謙には、即位式は行なえなかった。淳仁への譲位が正式なものである以上、称徳が重祚するには淳仁からの受禅践祚、すなわち皇位を禅譲されて即位するという手続きが不可欠であった。しかし廃位させた淳仁からの禅譲・即位は有り得ない。その意味で大嘗祭こそ称徳の即位を確認する唯一の手続きであったのだ。

異例の二つは、これ以前に出家しており、出家天皇が朝廷の伝統的神事である大嘗祭を行う先例がなかったことである。そのために称徳は大嘗祭の儀式が終わったあとの直会《なおらい》（酒宴）で勅を下し、このことへの貴族官人の理解を求めている。

しかしいかなる考えがあるにせよ、「不改常典」の論理に従う限り、女帝である称徳の重祚もまた皇位継承上の意味を持たないことは明白であった。称徳自身、そのことを誰よりも承知していたはずである。称徳の理想は、自身と道鏡とで聖俗にわたる共治体制をとることであり、天平神護二年（七六六）十月、道鏡を法王に任命し、それを実現している。ただし俗界の天皇称徳を、法界のシンボルという立場から権威づけて後見していくという意味での〝共治〟であって、決して実務を女帝と道鏡とで分担していくというのではない。

その証拠に道鏡の地位を高める（大臣禅師→太政大臣禅師→法王）ごとに、称徳のブレーンである藤原永手《ながて》や吉備真備《きびのまきび》らの地位も昇格させている（瀧浪「孝謙女帝の皇統意識」『日本古代宮廷社会の研究』）。道鏡の人事だけが突出した形で行われたわけではなく、議定官とバランスをとりながら称徳朝を支える体制の整備を心がけている。これは、称徳の行為が、すべてでなくとも貴族官人たちの理解と協力を得ていたことを示している。

道鏡を法王に任命した翌年八月、景雲の祥瑞にちなみ神護景雲と改元している。聖武天皇の時以来用いてきた〝天平〟が元号から捨てられた。それは、女帝と法王による〝共治〟体制の新たなスタートを期してのことだった。ここに至って、称徳は両親の呪縛から初めて解放されたのである。

みずからを正統天皇として位置づけようとした称徳の重祚は、ある意味では女帝（＝中継ぎ天皇）に対する社会通念への挑戦であったといってもよい。しかし覆すことは出来なかった。そればかりか、称徳のあとを承けた光仁天皇はもとより、その子桓武も即位当初、皇統は聖武から受け継いだと認識し、行動している（瀧浪「桓武天皇の皇統意識」前掲書）。ここでも女帝は、皇位継受者でありながら、皇統の中には位置づけられることはなかったのである。

四　女帝の終焉――むすびにかえて――

女帝の在り方は持統の時、大きく変わった。しかし皇位継承の上で中継ぎであったという点では、女帝の果たす役割が変わったわけではない。

初期の女帝――推古や皇極（斉明）は、男帝と同じく死ぬまで在位した。しかし前述したように、所生の皇子が皇位継承から排除されていた点に注目すれば、その役割は「一代限りの皇位継承者」であったこと、つまり女帝は、一期《いちご》を限りとする皇位の「中継ぎ」だったことになる。

これが後期の女帝――持統以後になると、同じ中継ぎといっても目的を達成するまでの限られた期間のことであって、一期ではなくなる。初期女帝がロングリリーフであったとすれば、これはさしずめショートリリーフであった。そのぶん持統以後の女帝は、「中継ぎ」という性格がより顕著となったわけである。

これは文武以降、「不改常典」を拠り所に、草壁系（天武系）の嫡系男子を正統な継承者とし、それ以外を認めないとする観念、すなわち草壁「皇統」（瀧浪「桓武天皇の皇統意識」前掲書）という意識が生み出されたことによる。兄弟相承が行われ、嫡系相承が社会的な慣例になっていなかった持統以前（初期女帝の段階）では、極端にいえば、皇位継承者は皇胤でありさえすればよかった。それが皇位が草壁系に独占されたことにより、皇位の継承に「（草壁）皇統」という要素が生じたのである。その意味で、初期女帝が「皇位」の中継ぎであったのに対して、持統以後（後期女帝）の役割は「皇統」の中継ぎであったということが出来よう。

しかし、「皇位」にせよ「皇統」にせよ、所詮女帝に求められたのは中継ぎ的役割でしかなかった。政治的緊張の緩和が期待され、時々の皇位継承をめぐる争いの中で、最大限に活用されたのが女帝だったからである。

なお付言すれば、女帝の登場以来、未婚が即位の要件であったわけではない。しかし男系社会であったことから、事実上非婚を強いられたのが女帝であった。推古や皇極など、初期の女帝が寡婦であり、即位後も独身を通したのは、むろん年齢的なこともあったろうが、なによりも男系社会であったことが大きい。そうした女帝の立場は不改常典が登場することによってますます徹底され、元正以降は未（非）婚が強いられることになる。中継ぎを目的とする以上、係累を持つ（結婚によって皇子を儲ける）ことは許されなかったからである。皇統が男系によって継承される社会では、非婚が女帝の

即位と立太子表

即位年月日	立太子年月日
持統　687・9・9	
	珂瑠皇子　697・2・16
文武　697・8・1	
元明　707・7・17	
	首皇子　714・6・?
元正　715・9・2	
聖武　724・2・4	
	基王（夭折）　727・12・2
	阿倍内親王　738・1・13
孝謙　749・7・2	
	道祖王（×）　756・5・2
	大炊王　757・4・4
淳仁　758・8・1	
称徳　764・10・9	
	白壁王　770・8・4
光仁　770・10・1	
	他戸親王（×）　771・1・23
	山部親王　773・1・2
桓武　781・4・3	早良親王（×）　781・4・4
	安殿親王　785・11・25
平城　806・5・17	神野親王　806・5・19
嵯峨　809・4・13	高岳親王（×）　809・4・14
	大伴親王　810・9・13
淳和　823・4・16	正良親王　823・4・18
仁明　833・2・28	恒貞親王（×）　833・2・30
	道康親王　842・8・4
（以下略）	（以下略）

（×）はのちに廃太子

宿命となった。
その女帝が中継ぎという役割を終えるのは平安初期である。九世紀に入ると、皇太子制度が整備され、即位と立太子がほぼ同時期に行われるようになる（表）。それまでは天皇が即位して数年後に行われていた皇子の立太子が、即位儀礼に組み込まれて行われるようになった。皇太子が皇位継承の新しい受け皿となったのである。ここに至って、皇太子が次期皇位継承者として明確に位置づけられたといってよい。別の言い方をすれば、中継ぎ役は無用となったのである。女帝が登場しなくなった理由であり、女帝の終焉である。

主要参考文献

荒木敏夫『可能性としての女帝――女帝と王権・国家』青木書店、一九九九年
上田正昭『女帝』講談社、一九七一年
小林敏男『古代女帝の時代』校倉書房、一九八七年
瀧浪貞子『最後の女帝 孝謙天皇』吉川弘文館、一九九八年
瀧浪貞子『帝王聖武 天平の勁き皇帝』講談社、二〇〇〇年
瀧浪貞子『女性天皇』集英社新書、二〇〇四年
土橋 寛『万葉開眼』（上・下）日本放送出版協会、一九七八年
吉野裕子『持統天皇』人文書院、一九八七年

吉村武彦　『古代天皇の誕生』角川書店、一九九八年
『日本古典文学大系　日本書紀』（小学館）
『新日本古典文学大系　続日本紀』（岩波書店）
『日本古典文学全集　万葉集』（小学館）

藤原夫人と内親郡主

川﨑　晃

一　はじめに――藤原夫人――

『万葉集』には二人の藤原夫人《ぶにん》がみえる。天武天皇の夫人であった藤原鎌足の女《むすめ》の五百重《いおえの》娘《いらつめ》と氷《ひ》上《かみの》娘《いらつめ》の姉妹で、各一首の歌を伝える。

藤原夫人の歌一首〈浄御原宮《きよみはらのみや》御宇天皇の夫人なり。字を氷上大刀自《ひかみのおほとじ》と曰《い》ふ。〉
朝夕《あさよひ》に　音《ね》のみし泣けば　焼き大刀《たち》の　利心《とごころ》も我《あれ》は　思ひかねつも　（巻二十・四四七九）

藤原夫人の歌一首〈明日香清御原宮御宇天皇の夫人なり。字を大原大刀自《おおはらのおほとじ》と曰《い》ふ。即ち新田部《にひたべの》皇子の母なり。〉
ほととぎす　いたくな鳴きそ　汝《な》が声を　五月《さつき》の玉に　あへ貫《ぬ》くまでに　（巻八・一四六五）

天武紀二年二月癸未［二十七日］条には「夫人《ぶにん》藤原大臣《おほまへつきみ》（藤原鎌足）の女氷上娘《むすめひかみのいらつめ》、但馬皇女を生めり。次の夫人氷上娘の弟五百重娘《いろどいほへのいらつめ》、新田部皇子を生めり」とあり、氷上娘は氷上大刀自、五百重娘は大原大刀自と称されたことがわかる。いうまでもなく「夫人」は単に妻を意味するのではなく、天皇の妻妾である「夫人」（後宮職員令2）であり、高級貴族の女《むすめ》である。

この二人は藤原氏の外戚政策の先駆をなし、その後にも「藤原夫人」と称される藤原氏の女が続く。周知のように藤原不比等の女の藤原宮子も文武天皇の夫人となり「藤原夫人」と呼ばれ、光明皇后もまた聖武天皇の皇后となる以前は「藤原夫人」と呼ばれた。(1)

しかし、案外と知られていないのが聖武天皇にはもう二人の「藤原夫人」がいたことである。

1、『続日本紀』天平九年（七三七）二月戊午［十四日］条

夫人《ぶにん》无位藤原朝臣の二人〈名を闕《か》けり〉に並に正三位。

2、『続日本紀』天平二十年（七四八）六月壬寅［四日］条

正三位藤原夫人《ぶにん》薨《こう》しぬ。贈太政大臣武智麻呂の女《むすめ》なり。

3、『続日本紀』天平宝字四年（七六〇）一月辛卯［二十九日］条

従二位藤原夫人薨しぬ。贈正一位太政大臣房前の女なり。

一人は不比等の長男武智麻呂の女、もう一人は次男房前の女である。このうち武智麻呂の女は「藤原南夫人」とも称されているので、(2)以下二人を区別して武智麻呂の女は藤原南夫人、房前の女を藤原夫人と呼ぶことにする。本稿では万葉ファンにはあまりなじみのない藤原夫人とその母牟漏《むろ》女王につ

いて考察を加えてみたい。

二　藤原夫人願経

京都国立博物館蔵『仏説阿難四事経《ぶっせつあなんしじきょう》』(3)や東京の根津美術館蔵『仏説一切施王所行檀波羅蜜経《いっさいせおうしょぎょうだんはらみつ》』(4)などの奥書には同文の願文が認められる。発願者の名をとって藤原夫人一切経、あるいは外題と表紙継目に「元興寺印」の丸朱印があることから元興寺経などと呼ばれている。藤原夫人一切経は、ともに天平十二年（七四〇）の奥書をもつ光明皇后五月一日経と並ぶ写経事業であった。

若干字配りに相違もあるが、京都国立博物館図録『古写経―聖なる文字の世界―』掲載の『仏説阿難四事経』写真に基づき奥書を掲げておく。

維天平十二年歳次庚辰三月十五日、正三位藤原夫
人奉為　　亡考贈左大臣府君、及見在　　内親
郡主、発願敬写一切経律論各一部、荘厳已訖、設
齋敬讃、藉此勝縁、伏惟　　尊府君道済迷
途、神遊浄國、見在　　郡主心神朗慧、福
祚無疆、伏願
聖朝萬壽、國土清平、百辟盡忠、兆人安楽、及檀

主藤原夫人常遇善縁、必成勝果、倶出塵労、同
登彼岸

《維《こ》れ天平十二年（七四〇）歳《ほし》は庚辰《かのえたつ》に次《やど》る三月十五日、正三位藤原夫人《ぶにん》、亡考贈左大臣府君《ふくん》及び見在《げんざい》せる内親郡主《ぐんしゅ》の奉為《おおんため》に発願して、敬みて一切経律論各一部を写し、荘厳已に訖《おわ》り、齋を設けて敬讃す。此の勝縁《しょうえん》（すぐれた因縁）に藉《よ》りて、伏して惟《おも》んみるに、尊府君、道は迷途《めいず》（迷いの境界）を済《わた》し、神《たましひ》は浄国に遊び、見在せる郡主の心神は朗慧《ろうえ》（聡明）にして、福祚《ふくぞ》（善行の功徳）は無疆《きょう》ならん。伏して願わくば、聖朝万寿、国土清平にして百辟《ひゃくへき》（諸国の王）忠を尽くし、兆人《ちょうじん》（万民）安楽にして及び檀主藤原夫人、常に善縁に遇ひ、必ず勝果《しょうが》（悟りの境地）を成じ、倶に塵労《じんろう》（煩悩）を出でて同じく彼岸に登らんことを。》

願文は「亡考贈左大臣府君」、「内親郡主」、「尊府君」、「郡主」それぞれの前に欠字《けつじ》（尊敬の意を表し空白を作る）がなされ、「聖朝」のところで平出《へいしゅつ》（尊敬の意を表し改行して特定の語を行頭に書く）がとられている。これは公式令の規定にならい、欠字、平出を行い「亡考贈左大臣府君」と「内親郡主」、そして「聖朝」（天皇）に尊敬の意を表したものである。藤原夫人一切経は、「正三位藤原夫人（聖武天皇夫人）」が、「亡考（亡き父）贈左大臣府君（藤原房前）」と「見在せる（生存している、健在な）内親郡主」のために発願した経典と認められる。房前が亡くなったのは天平九年（七三七）四月十七日であり、それからおよそ三年後のこととなる。恐らくは、房前の三周忌を機に、房前の追善供

養と「見在せる内親郡主」の福寿を願っての写経事業であろう。

右の願文については中井真孝、東野治之両氏の研究があり、「亡考贈左大臣府君」については藤原房前、「藤原夫人」を房前の女《むすめ》とする点では見解の一致をみているが、「内親郡主」の解釈をめぐっては見解が分かれている。

①中井真孝氏は、「内親郡主」は正しい書き方ではないが、内親王の意で、聖武天皇の某皇女をさすとされ、こののちほどなく夭折したと推測される藤原夫人所生の皇女（失名）のことと解釈するのが無難であるとされている。(5)

②東野治之氏は、「内」という漢字には「女性の」という意味があり、「内親」は母親を意味するとされ、「内親郡主」は房前の妻の牟漏女王のこととされる。(6)また、栄原永遠男氏も「内親郡主」は亡考と生存している母のために一切経の書写を発願したとみるのが妥当で、牟漏女王のことであるとされ、東野説を支持されている。(7)

すなわち、「内親郡主」を藤原夫人の皇女とみるか、母の牟漏女王とみるかで大きく意見が分かれているのである。近年、京都国立博物館で開催された「古写経」展の図録では「見在内親郡主」を「現在の皇女」とされ、(8)①の中井説を支持されされており、こうしたことからも願文の「内親郡主」の意味についてはなお検討の余地があるように思われる。中井・東野両氏の論考は発表誌の性格から簡要に結論のみを述べておられる。そこであらためてこの願文に検討を加えてみたい。

三　正三位藤原夫人と亡考贈左大臣府君

はじめに、史料1に掲げた藤原夫人の叙位記事をもう少し詳しくみておこう。

夫人《ぶにん》无位藤原朝臣の二人〈名を闕《か》けり〉に並に正三位。正五位下県犬養宿《あがたいぬかひの》祢広刀自《ひろとじ》、无位橘宿祢古那可智《こなかち》に並に従三位。（『続日本紀』天平九年（七三七）二月戊午［十四日］条）

この記事では、定員三人のはずの夫人が四人いる。无位の藤原氏の二人の女《むすめ》を優遇して正三位とする代わりに県犬養宿祢広刀自を従三位にしている。広刀自は聖武天皇の皇太子時代に妃となり、安積皇子らを生み、聖武の即位とともに夫人となったと思われるが、これまで位階は嬪《ひん》相当の正五位下であった。この叙位は先に夫人となり、かつ安積親王らの生母である広刀自とのバランスを計ったものとみられる。このような必要が生まれたのは三人の夫人を新たに入内させたことによろう。无位の武智麻呂の女、房前の女、橘佐為（諸兄の弟）の女の古那可智の三人は新たに入内したと推測される。

右の記事により天平九年二月、藤原四子政権全盛の時期に武智麻呂・房前がそれぞれの女を聖武天皇の夫人とすることに成功したことが確認できるが、皮肉なことにこの数ヶ月後には、疫病のために四子や橘佐為が相継いで亡くなるという驚愕の事態が生まれたのであった。

この願文が書かれた天平十二年の時点では「正三位藤原夫人」は二人いるので、まず「亡考左大臣府君」についてみてみよう。「府君」は光明皇后三月八日経『大宝積経《だいほうしゃくきょう》』巻四十六断簡奥書(9)、光明皇后五月一日経奥書などに「尊考贈正一位太政大臣（藤原不比等）府君」とあるように、亡くなった

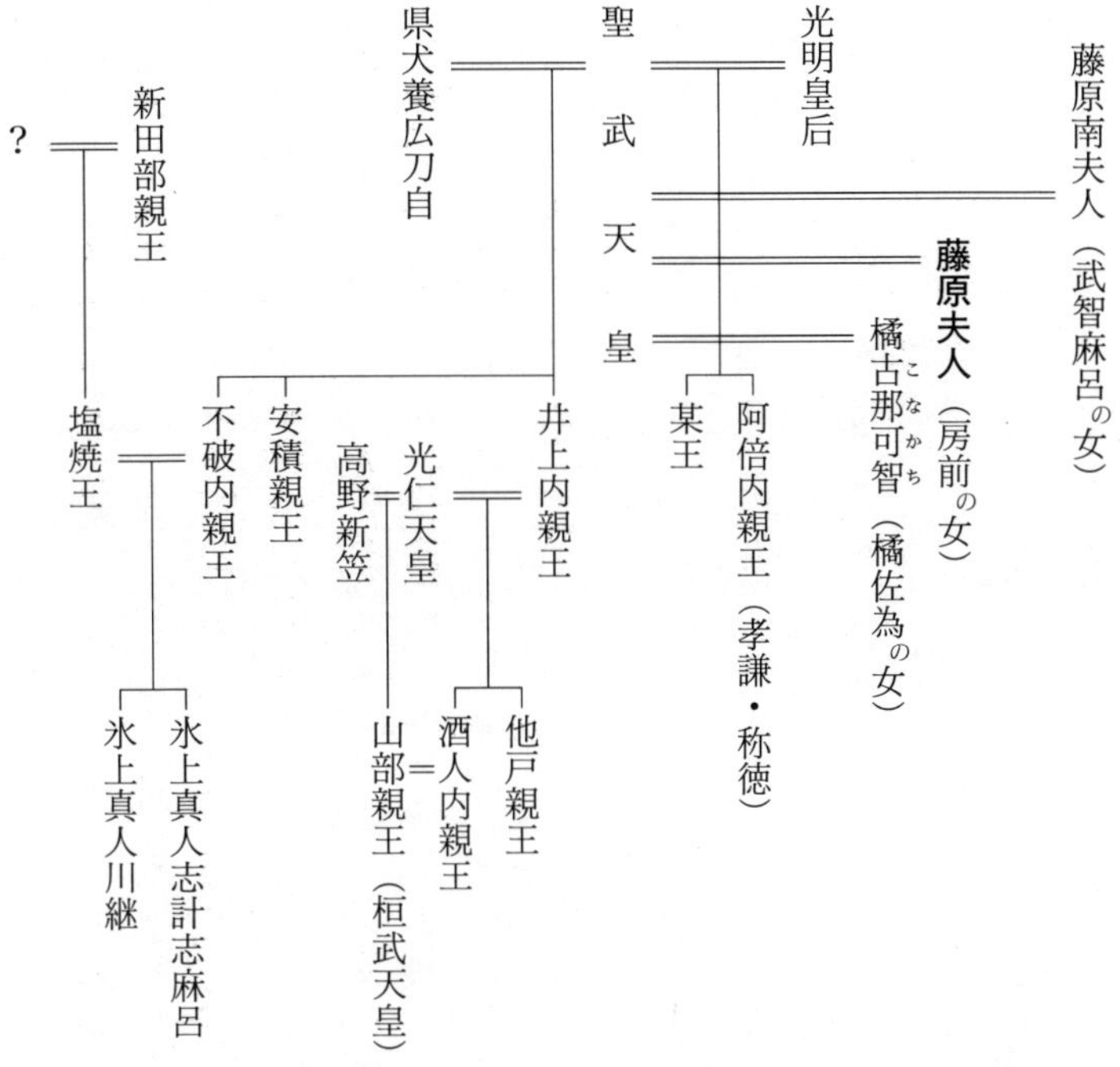
藤原南夫人（武智麻呂の女）
光明皇后
聖武天皇
藤原夫人（房前の女）
橘古那可智《こなかち》（橘佐為の女）
県犬養広刀自
新田部親王
?
阿倍内親王（孝謙・称徳）
某王
井上内親王
光仁天皇
高野新笠
安積親王
不破内親王
塩焼王
他戸親王
酒人内親王
山部親王（桓武天皇）
氷上真人志計志麻呂
氷上真人川継

聖武天皇関係系図

父祖を敬う語である。

さて、藤原武智麻呂は天平九年（七三七）七月二十五日に薨じているが、その日正一位、左大臣が授けられ、[10]その後、天平宝字四年（七六〇）八月七日に太政大臣が追贈されている（『続日本紀』）。

一方、藤原房前は武智麻呂より一足早く天平九年四月十七日に亡くなり、十月七日に正一位左大臣が追贈されている。天平十年（七三八）頃に成立した大宝令の注釈である古記に「贈左大臣藤原尊」（「賦役令集解免期年徭役条所引）、『万葉集』に「贈左大臣藤原北卿」（巻十九・四二三八左注）と見え、『懐風藻』に「贈正一位左大臣藤原朝臣総前《ふささき》」とある。その後、武智麻呂とともに天平宝字四年八月七日に太政大臣を贈られたが、『続日本紀』に「北卿には転じて太政大臣を贈る」とあるのは、房前に既に左大臣が追贈されていたためであろう。[11]このようにみると、「贈左大臣」とあるのは房前と考えて誤りなく、天平勝宝二年（七五〇）八月に藤原仲麻呂の口宣により「贈左大臣」のために法華経十部が読誦されているが、[12]この「贈左大臣」も房前とみてよかろう。「亡考贈左大臣府君」と「藤原夫人」という父子関係は従来から指摘されているように、藤原房前とその女《むすめ》とするのが妥当であろう。

四　房前の室

そこで、次に房前の室についてみてみよう。『尊卑分脈』は房前の子女の内、藤原鳥養《とりかい》を房前の第一子として、その母を「従五下春職首老女」、即ち従五位下春職老の女としている。「春職老」は和銅七年正月、正六位上より従五位下に叙せられた春日蔵首《かすがのくらのおびと》老が候補となろう。『懐風藻』にも「従五位下常陸介春日蔵首老」とある。鳥養の母は春日蔵首老の女である可能性が高い。

また、『尊卑分脈』は永手、真楯《またて》（八束《やつか》）、御楯《みたて》（千尋《ちひろ》）の母を牟漏《むろ》女王としている。

4、『続日本紀』宝亀二年（七七一）二月己酉［二十二日］条

左大臣正一位藤原朝臣永手薨《こう》しぬ。時に年五十八。奈良朝の贈太政大臣房前の第二子なり。母は正二位牟漏王と曰ふ。

5、『続日本紀』天平十八年（七四六）一月己卯［二十七日］条

正三位牟漏《むろの》女王薨しぬ。贈従二位栗隈《くりくまの》王の孫《うまご》にして、従四位下美努《みのの》王の女《むすめ》なり。

6、『新撰姓氏録』左京皇別橘朝臣条

敏達天皇の皇子、難波皇子の男《こ》、贈従二位栗隈王の男、治部卿従四位下美努王。美努王は従四位下県犬養宿祢東人の女《むすめ》、贈正一位県犬養橘宿祢三千代大夫人に娶《みあ》ひて、左大臣諸兄、中宮大夫佐為《さいの》宿祢、贈従二位牟漏女王を生めり。贈太政大臣藤原房前に適《ゆ》きて、太政大臣永手、大納言真楯等を生めり。

右の史料によれば、牟漏女王は栗隈王の孫、父は美努王、母は県犬養橘三千代で、永手、真楯らを生んだと伝える。これによれば女王は橘諸兄、佐為と同母兄妹であり、光明皇后の異父姉という関係になる。[13]

県犬養三千代と藤原不比等との間に安宿媛《あすかべひめ》（のちの光明皇后）が誕生したのは大宝元年（七〇一）であり、従って前夫美努王との間に牟漏女王の生まれたのは七〇〇年以前に遡る。兄の諸兄は天武十三

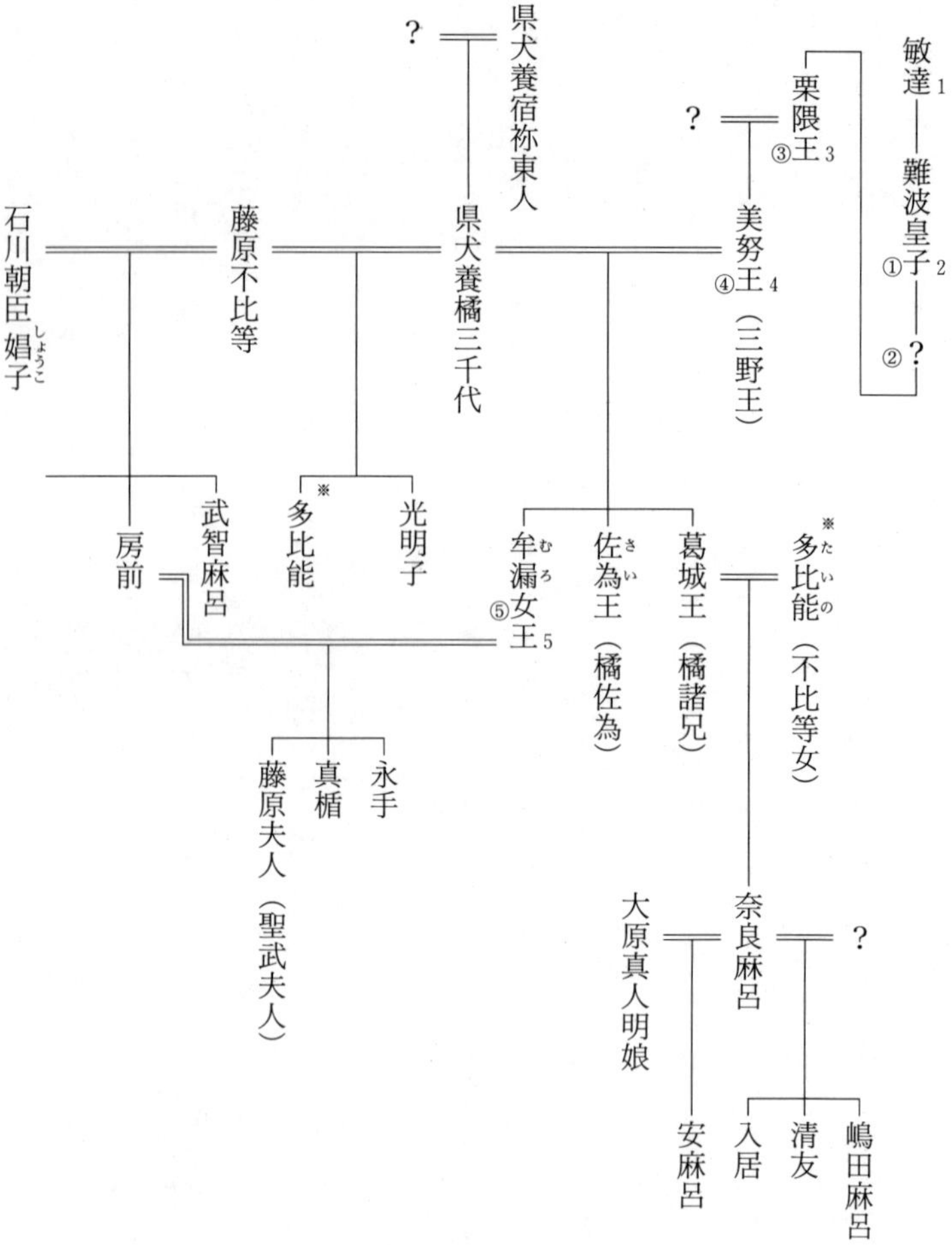

牟漏女王と藤原夫人関係図
(数字は 2 種の計世法，注13参照)

年（六八四）生まれ、佐為の生年は不明である。牟漏女王は藤原房前と結婚して所生の長男永手（房前の第二子）を生んだが、永手の薨伝に「時に年五十八」とあり。逆算すると和銅七年（七一四）生まれとなる。牟漏女王が十八歳で永手を生んだと仮定すると、牟漏女王の生年は文武元年（六九七）となる。

また、渡唐して日本に帰ることのなかった房前の息子・藤原清河については、『公卿補任』天平二十一年条に「贈太政大臣房前四男、母は異母妹従四位下片野」とあり、また『尊卑分脈』に「母は異母妹従四（位）下片野朝臣の女」とある。右に依れば清河の母は、房前の室である某女性の妹の従四位下片野、もしくは片野朝臣の女《むすめ》であったらしい。両伝に異同があるが、角田文衛氏は「片」は「葛」の誤記で、これを養老七年正月十日に従四位下に叙せられた葛野（女）王（『続日本紀』）に比定されている。(14)

さらに、『公卿補任』宝亀三年条には藤原楓麻呂に注して「贈太政大臣房前七男、母阿波采《うね》女《め》外従五位下粟直」とある。また『尊卑分脈』第一編、摂家相続孫にも同様に楓麻呂の母を「母　阿波采女」としている。この阿波采女が粟直若子であり、出身郡の板野郡の名を冠して「板野命婦《みょうぶ》」と呼ばれていたこと、詳細は角田氏の考証に委ねたい。(15)

また、『尊卑分脈』は藤原魚名の母を「清河の女」としているが、これは年代的に無理があるように思われる。

さらに、『続日本紀』天平宝字六年（七六二）六月庚午［二十三日］条には尚蔵《くらのかみ》兼尚侍《ないしのかみ》正三位藤原朝臣宇比良古《うひらこ》薨しぬ。贈太政大臣房前の女《むすめ》なり。絁《あしぎぬ》百疋、布百端、鉄《くろがね》百廷を賻《おく》る。

とあり、房前の女に宇比良古があったことが知られる。天平宝字四年（七六〇）正月に高野天皇（孝謙上皇）と帝（淳仁天皇）とがそろって大師の邸宅（田村第）に行幸した折に、正三位に叙せられた「従三位藤原朝臣袁比良《をひら》」もまた同一人物であろう。また、『公卿補任』天平宝字六年条の正四位上藤原恵美朝臣真光に注して「大師押勝二男、母三木（参議＝筆者注）房前女正三位表比良姫」とある。『公卿補任』の「表比良姫」の「表」字は、「袁」字の誤りであろう。このように房前は某女性との間に宇比良古（袁比良《をひら》）をもうけ、仲麻呂の室としていたことが知られるのであるが、残念ながらその名は不詳としておく他はない。[16]

従って、房前には、①春日蔵首老、②牟漏女王、③片野（葛野女王）、④阿波命婦（板野命婦）、⑤名前不詳、宇比良古（仲麻呂室）の母という、少なくとも五人の妻妾がいたことが確認できるのである。血統からすれば牟漏女王が房前の正室であり、藤原夫人は牟漏女王の女と推測されるのであるが、上記の史料からは確認できない。それでは藤原夫人の母は誰なのであろうか。

五　藤原夫人（房前の娘）の母――『山階流記』講堂の項をめぐって――

『興福寺流記』所引『山階流記《やましなるき》』講堂の項に、講堂に置かれた不空羂索観音像《ふくうけんじゃくかんのん》について次のような記載がある。[17]『山階流記』の引用する記録は各時期の興福寺の資財帳によるとみられている。[18]

7、天平流記云、講堂一基（以下略）

8、宝字記云、安置仏者、不空羂索観自在菩薩像一軀〈高一丈六尺、法務御房。後移南円堂云云、尋之。〉

右、従二位藤原夫人、参議正四位下民部卿藤原朝臣、以天平十八年歳次丙戌正月、為先考先妣所造立也。云云。〈延暦記云、不空羂索菩薩一軀、在宝殿云々。〉

9、或記云、天平十七年〈乙酉〉正月、正三位牟漏女王、寝膳違例、願造像并神呪経千巻、而蔵山遂遷、不果其願。孝子従二位藤原夫人、正四位下民部卿藤原朝臣〈私云、勘云仲丸改名押勝〉并願。當先志忌日。

《或記に云はく、天平十七年（七四五）乙酉正月、正三位牟漏女王、寝膳《しむぜん》例に違ひて、像并びに神呪経《じんじゆきよう》千巻を造らむことを願ふ。而《しか》るに蔵山遂遷（亡くなり）して、其の願ひを果たさず。孝子従二位藤原夫人、正四位下民部卿藤原朝臣〈私に云ふ、勘《かんが》ふるに云はく、仲丸、押勝と改名す〉、願ひを并《ひとつ》にし、先志の忌日に当《かな》ふ》

また、昌泰三年（九〇〇）『興福寺縁起』は次のように記す。[19]

10、講堂一宇

右、安置羂索菩薩像（並四天）「醍醐寺本」也。天平十七年歳次乙酉正月、正三位牟漏女王、寝膳違和、願造件像並写神咒経一千巻、而蔵山遂遷、不果其願、孝子従二位藤原夫人、正四位下民部卿藤原朝臣等、並顧先志、堂［當カ］造忌日矣。

まず『山階流記』史料7の「天平流記」に講堂が記述されており、遅くも天平十七年頃までには講堂が築造されていたとみられる。史料8の「宝字記」には講堂に安置された不空羂索観音菩薩像の造立記事が見え、「従二位藤原夫人、参議正四位下民部卿藤原朝臣、天平十八年（七四六）歳次丙戌正月を以て、先考先妣《せんこうせんぴ》（亡き父母）の為に造立する所なり」とある。

ところが、史料9の「或記」では、牟漏女王が病のために不空羂索観音菩薩像の造像と神呪経《じんじゅきょう》千巻の写経を発願したが、亡くなったために果たせず、孝子従二位藤原夫人と参議正四位下民部卿藤原朝臣が先志を継いで忌日に果たしたという。「或記」は史料8「宝字記」の記載に基づいたとみられるが、弘仁年間以後、昌泰三年の間に記されたとみられている[20]。

史料10の昌泰三年『興福寺縁起』講堂の項は、史料9とほぼ同じで「或記」に基づいているとみられる。

はじめに史料8の「宝字記」であるが、武智麻呂の女《むすめ》の藤原南夫人は、天平二十年六月四日に「正三位」で薨じており（前掲史料2）、その後の増位は確認できない。一方、房前の女の藤原夫人は、天平宝字四年（七六〇）正月二十九日に「従二位」で薨じている（前掲史料3）。このようにみると、「従二位藤原夫人」は房前の女とみてよかろう。

また、「宝字記」には「先考先妣の為」とあるので「従二位藤原夫人」と「参議正四位下民部卿藤原朝臣」は姉弟、もしくは兄妹の間柄である。注意されるのは、「宝字記」には「従二位藤原夫人」とあって、「故従二位藤原夫人」とはない点である。房前の女は天平宝字四年正月に薨じているので、

「宝字記」の成立は天平宝字四年正月以前と推測される。

造像がなされた天平十八年正月という時点で「参議正四位下民部藤原朝臣」についてみると、藤原仲麻呂は天平十七年九月にはすでに「参議正四位上民部卿」となっており、天平十八年三月に式部卿となるまで続く。一方、「従二位藤原夫人（房前の女）」が薨じた天平宝字四年正月以前でみると、房前の男、藤原真楯《またて》（八束）が天平宝字二年八月に「参議正四位下中務卿」となり、天平宝字三年六月に正四位上となっている。福山敏男氏は当初、仲麻呂は正四位下になったことはないとされ、天平宝字二年八月二十五日に仲麻呂による官号改称があったことから、「参議正四位下民部卿」を真楯の「参議正四位下信部卿（中務卿）」の誤りとされ、真楯説を提唱された（以下、福山A説[21]）。

福山A説では史料10の昌泰三年『興福寺縁起』を、天平十七年正月に薨じた房前の夫人正三位牟漏女王のために、房前の子である藤原夫人や真楯（八束）らが遺願を継いで不空羂索観音像を造立し、その一周忌である天平十八年正月に供養されたと解された。しかし、その後、『続日本紀』では牟漏女王が天平十八年正月に薨じており、周忌に作られたものとすることはできないとされ、旧説を破棄され、新たに天平十八年現在で記したものとして見直され、藤原朝臣を藤原仲麻呂、先考を武智麻呂、先妣を安倍貞媛娘（『公卿補任』による）、藤原夫人を武智麻呂の女とする説を提出された（福山B説[22]）。「藤原朝臣」を仲麻呂と見る説は史料9の「或記」に見る如く『山階流記』自体が「藤原朝臣」に注して仲麻呂に比定している。

しかし、史料8「宝字記」の「天平十八年歳次丙戌正月」は不空羂索観音像の完成した時点を意味するのであろうか。『続日本紀』の牟漏女王の薨日に信を置けば、福山A説がみずから指摘されているように「天平十八年正月」の牟漏女王の死を契機に藤原夫人と真楯らが発願、もしくは造像に着手したと解する余地がある。

史料9、10についても天平十七年正月は牟漏女王の薨年ではなく、病となった年月と考えるのが穏当であろう。[23]天平十七年正月、牟漏女王は病に際して、興福寺講堂の不空羂索観音菩薩像の造像を発願したが、遂に果たせず、「孝子（娘）従二位藤原夫人」と真楯らが、女王の死（天平十八年正月二十九日）を契機に先志を継いで不空羂索観音像を造像し、一周忌に供養したと解せないことはない。福山B説をとると、武智麻呂の女である藤原南夫人に従二位が追贈されたことが確認できず、しかも「参議正四位下」を仲麻呂の位階である正四位上の誤りとしなくてはならないなど福山A説よりも多くの難点がある。

翻ってみるに、史料8「宝字記」では従二位藤原夫人と参議正四位下民部卿藤原朝臣が「先考先妣」のために造像したというものであったが、それが史料9・10では発願の事情が詳細となり、正三位牟漏女王を発願者とし、病で亡くなったために孝子従二位藤原夫人と正四位下民部卿藤原朝臣がその願いを継いで造立したことになっている。史料9「或記」の主張するところは牟漏女王が発願者であることを前面に押し出した点にあり、「孝子」と記して藤原夫人との母子関係を明確にして北家の血統の結束による造像であることを際だたせた点にある。[24]北家による造像の由縁（縁起）を権威づけるには、光明皇后の異父姉、牟漏女王とその女の「孝子」たる藤原夫人という母子関係を強調することが不可欠であったのである。その主張からすれば、「正三位牟漏女王」と「孝子従二位藤原夫人」

という母子関係の信憑性はきわめて高く、藤原夫人は牟漏女王の女として誤りなかろう。

六　郡主について

次は願文の「見在内親郡主」であるが、「亡考」(亡き父)に対して、ここでは「見在せる(健在である、生存している)内親郡主」とある。中井氏は「内親郡主」は正しい表記ではないが、内親王の意とされ、聖武天皇の某皇女を指すとされた。中井氏は武智麻呂の女と房前の女がそろって入内し、聖武天皇の夫人となったのは天平八年末か、天平九年初めの頃とされている。(25) 恐らく某皇女はその後に生まれたとみておられるのであろう。「内親郡主」を内親王と解する限りにおいては、可能性として中井説を否定することはできない。

しかし、願文には「内親郡主」、「郡主」と繰り返されている。果たして「内親郡主」、あるいは「郡主」は内親王の意を持つのであろうか。そこで、「内親」の語はひとまず置いて、「郡主」についてみると、『大唐六典』巻二・外命婦之制に「皇女封公主、……皇太子女封郡主」《皇(帝)の女を公主に封ず、……皇太子の女を郡主に封ず》とある(『旧唐書』職官志、『新唐書』百官志もほぼ同文)。聖武の皇女とすると、唐風にいえば、東野氏の指摘にもあるように(26)「郡主」ではなく「公主」とあってしかるべきであるが、願文には「公主」ではなく二度も「郡主」とある。そこで、天平十二年(七四〇)の時点での皇太子の女を考えると、聖武と光明皇后の間に神亀四年(七二七)閏九月に生まれた某王は、十一月に皇太子となったものの二歳に満たないうちに亡くなっている。天平十年に立太子した阿倍内親王は未婚であり、その女ということはあり得ない。

また、志水正司氏は「内親」を「内親王」の略、「郡主」を聖武天皇の皇太子時代の女とする見解を示されている。[27] しかし、筆者はこの見解には消極的にならざるをえない。

まず、前述のように、藤原夫人の天平九年（七三七）の叙位記事（『続日本紀』）を筆者は新たな入内にともなう叙位とみる。藤原夫人の入内時期はこれ以前のほど遠からぬ時期と推測される。中井氏が天平八年末か、天平九年初めとされているのが想起される。光明皇后と同じく十六歳で入内したと仮定すると、養老五年（七二一）頃の生まれとなる。

无位の三人の夫人の生年が不明であることから、可能性としてこの記事を従来からの夫人への叙位記事とみることを否定しえないが、[28] 藤原夫人についていえば、聖武の皇太子時代に妃となり、即位とともに夫人となったとすると、即位後十三年間も、従って少なくとも十三歳以上になる女があったにもかかわらず、无位のままでおかれていたことになる。藤原氏にとっては藤原夫人の女（内親王）は阿倍内親王に次ぐ存在であり、母子ともに史上にまったく名を残さないのは不審である。

また、これは傍証とはならないが、藤原夫人の年齢を考える上では、前述したように牟漏女王所生の長男である藤原永手が和銅七年（七一四）、次男の真楯がその翌年の生まれであることが参考になろう。永手の生年は聖武天皇が立太子した年である。永手と藤原夫人との長幼関係が確認できないが、仮に同年生まれとしても聖武即位の神亀元年（七二四）には十一歳でしかなく、それ以前に皇太子の妃となり、ましてや女《むすめ》をもうけるには早すぎる。聖武天皇の皇太子時代の女とするには、少なくとも四、五歳以上は永手よりも年上としなくてはならない。

そもそも「内親」を内親王の略とすれば、公主ならばいざ知らず、敢えて「郡主」を加えて皇太子時代の女であることを示す必要があるのだろうか。「内親郡主」の「郡主」は唐で用いられている語を借用しているものの、意味の上でも唐の用法とは異なるとみるのが妥当であろう。

日本での「郡主」の用例としては、管見の限りでは、このほかには薬師寺蔵「仏足石記《ぶつそくせきき》」に「亡夫人従四位下茨田郡主」とある一例のみである。

薬師寺に伝わる仏足石は、不整形の六面体の自然石の上面に仏足跡（釈迦の足跡）の図様が線刻されており、四周側面に造作された由来（「仏足石記」）が刻まれている。「仏足石記」（銘文）によると、インドに派遣された唐の王玄策《おうげんさく》が、釈迦の最初の説法（初転法輪《しょてんほうりん》）の聖地である鹿野園《ろくやおん》にあった仏足跡を図写した（第一本）。その後渡唐した黄文本実《きぶみのほんじつ》が長安の普光寺《ふこうじ》で王玄策の仏足跡の転写本（第一本）を写して日本に将来し（第二本）、それが平城右京四条一坊の禅院に伝えられた。(29) 文室《ふんやの》真人智努《ちぬ》（智努王）は亡き夫人《ふじん》茨田郡主のためにそれを転写し（第三本）、天平勝宝五年（七五三）七月に石に刻んだという。「郡主」については「郡王」と読む説も多いが、(30) 近年の実物調査に基づく判読によれば「郡主」として誤りない。

文室真人智努は天武天皇の孫で、長親王の子。弟に大市《おおち》王（文室大市〔邑珍〕）がある。(31) はじめ智努王といったが、仏足石を造る前年、天平勝宝四年（七五二）九月に臣籍降下して文室真人を賜姓された。『続日本紀』天平勝宝四年（七五二）九月乙丑［二十二日］条に「従三位智努王らに文室真人姓を賜ふ」と見える。

『万葉集』巻十九・四二七五に

天地《あめつち》と　久しきまでに　万代《よろづよ》に　仕《つか》へ奉《まつ》らむ　黒酒白酒《くろきしろき》を

右の一首、従三位文室智努真人

とある。この歌は、二首前の題詞に「二十五日、新嘗会の肆宴《しえん》にして詔に応《こた》ふる歌六首」とあり、東大寺大仏開眼会のあった年、天平勝宝四年（七五二）十一月二十五日の新嘗会の肆宴でよまれた歌であることがわかる。臣籍降下して二ヶ月後の歌となる。左注の「従三位文室智努真人」とあるのは『続日本紀』の記述と合致する。

また、『日本高僧伝要文抄《にほんこうそうでんようぶんしょう》』所引『延暦僧録《えんりゃくそうろく》』の「沙門釈浄三菩薩伝《しゃもんしゃくじょうさむ》」によると、智努は東大寺大鎮《だいちん》に任じ、また法華寺大鎮、浄土院別当を兼ねた。上述のように智努王は天平勝宝四年に文室真人智努と改姓した。『続日本紀』では天平宝字四年（七六〇）六月七日条の記事までは智努と記されるが、同五年正月二日条以降の記事は文室真人浄三と記される。『延暦僧録』に「沙門釈浄三菩薩伝」とあるので浄三は法名と思われる。この智努は鑑真から菩薩戒を受戒したという。鑑真が薩摩国に来着したのは、智努が仏足石を造立した天平勝宝五年（七五三）の暮れのことであり、亡くなったのは天平宝字七年（七六三）である。従って智努の受戒の時期は、『続日本紀』の記名に従い、天平宝字四年六月七日以降、翌年正月二日までの間として矛盾はない。ともあれ智努は「政事の暇には、心は三宝に存す」と記されるほどの熱心な仏教信者であり、大神寺《おおみわ》（大神神社の神宮寺）で『六門陀羅尼《ろくもんだらに》経《きょう》』を講じ、東大寺に「十二分教義」を立てたといい、また著作に『顕三界章《けんさんがいしょう》』一巻、『仏法伝通日本記』一巻があったという（『延暦僧録』）。

さて、「仏足石記」に「亡夫人従四位下茨田郡主、法名良式」とあるように、智努の室の茨田郡主もまた熱心な仏教信者であったことがうかがえる。智努が仏足石記の撰文にどう関わったかは不明であるが、智努の学識からすれば藤原夫人願経奥書の「内親郡主」の用例を知っていた可能性はある。

この茨田郡主に関わると思われる史料がある。『続日本紀』に（无位）茨田女王に従四位下を叙した記事が見える（天平十一年春正月丙午〔十三日〕条）。この茨田女王については、この叙位記事しか見えず、生没年・経歴などはまったく不明であるが、従四位下という位階からすると「仏足石記」の「亡夫人従四位下茨田郡主」と同一人物の可能性が高い。この推定に誤りがなければ、郡主は女王（諸王、即ち天皇の兄弟・皇子女を除く、天皇の孫以下の世代。女王の和訓はヒメオホキミ）に充てた語と推測される。

郡主を女王に充てた語とすると、「内親郡主」の「郡主」にふさわしいのは藤原夫人の母、房前の室である牟漏女王となろう。「内親」を内親王の略と解するのはこの点でも無理があり、「内親」は別の理解が必要になる。

七　内親について

残されたのは「内親」の語であるが、「郡主」の例である「茨田郡主」を参酌すれば固有名詞と考えたいところであるが、「内親」は到底固有名詞とは考えがたい。「内親」の語については、儀制令9元日条の『令義解』に「親戚、謂、親者内親也。戚者外戚也《親戚とは、謂ふこころは、親は内親なり。戚は外戚なり。》」とあるように、外戚に対する語であり、父方の親族を意味する。「内親」を同族内の意と解すれば「族内の女王」といった意味になるが、「亡考」に対置する語としてはいかがなものであろうか。この願文の「内親」も漢語ではなく、漢字の知識をもとにした和製漢語の可能性が強い。

　そこで、『万葉集』の「親」字の用例をみると、「親者知友《おやはしるとも》」（巻三・三六二）の「おや」は親（母）の意味、「親魄相哉《にきたまあへや》（和魂あへや）」（巻三・四一七）の「にき」は霊魂の柔和な状態を示す語、「親之《にきびにし》（にきびにし）」（巻十三・三二七二）の「にきぶ」は馴れ親しむ意などの例がある。願文の文意からすると「内親」の「親」字は直系尊属の「おや（親）」の意と解するのが妥当であろう。

　そこで、次に『万葉集』の「おや」の表記をみておきたい。

①　美沙居《みさごゐる》　石転尓生《いそみにおふる》　名乗藻乃《なのりその》　名者告志弖余《なはのらしてよ》　親者知友《おやはしるとも》　（巻三・三六二）

②　美沙居《みさごゐる》　荒礒尓生《ありそにおふる》　名乗藻乃《なのりその》　吉名者告世《よしなはのらせ》　父母者知友《おやはしるとも》　（巻三・三六三）

③　三佐呉集《みさごゐる》　荒礒尓生《ありそにおふる》　勿謂藻乃《なのりその》　吉名者不告《よしなはのらじ》　父母者知等毛《おやはしるとも》　（巻十二・三〇七七）

④ 朝霧乃《あさぎりの》 既夜須伎我身《けやすきあがみ》 比等国尓《ひとくにに》 須疑加弖奴可母《すぎかてぬかも》 意夜能目遠保利《おやのめをほり》

(巻五・八八五、麻田連陽春)

⑤ 人祖《ひとのおやの》 未通女児居《をとめこすゑて》 守山辺柄《もるやまへから》 朝〻《あさなさな》 通公《かよひしきみが》 不来哀《こねばかなしも》 (巻十一・二三六〇、柿本人麻呂歌集)

⑥ ……多比良気久《たひらけく》 於夜波伊麻佐祢《おやはいまさね》 都〻美奈久《つつみなく》 都麻波麻多世等《つまはまたせと》 須美乃延能《すみのえの》 安我須売可未《あがすめかみ》

尓《に》 奴佐麻都利《ぬさまつり》…… (巻二十・四四〇八、大伴家持)

右の『万葉集』の例では、オヤは「親」、「祖」、「父母」などと表記されている。[32] さて、次は「内」の意味であるが、「内」という漢字には内裏、内廷の意もあるが、「親」の語と結びつく語としては、東野氏の指摘にあるように女性(妻・母)の意味がふさわしい。[33] 親王に対する内親王や、「内助(妻)の功」などといった言葉がただちに想起されよう。例えば、『左伝』昭公三年には「若恵顧敝邑、撫有晋国、賜之内主、豈唯寡君、挙群臣実受其貺。《若《も》し敝邑《へいいう》を恵顧《けいこ》し、晋《しん》国を撫《ぶ》有《いう》して、之に内主《ないしゅ》を賜はば、豈《あ》に唯《た》だ寡君《くわくん》のみならんや、群臣を挙げて実に其の貺《たまもの》を受けん。》」とある。齋王が晋国を助け、晋王に内主をくださるならば、夫人を亡くした王だけでなく、家臣もその恩恵を受けることになる、といった意であるが、そこに「内主」の語が見える。「内主」は夫人、妻の意である。このように「内」が女性を意味する例は枚挙に暇がない。

願文の「内親」は「亡考(亡き父)」に対応する語であり、次の郡主が女王をさす語であることからすると、女親、即ち母を意味すると断じてよいと思われる。

ここで想起されるのが、聖武の母、藤原宮子の呼称問題である。『続日本紀』神亀元年（七二四）三月辛巳［二十二日］条には「文則皇太夫人、語則大御祖《文《もん》には皇太夫人《こうたいぶにん》とし、語《こと》には大御祖《おほみおや》とし》」とある。聖武の母の宮子は文武天皇の夫人（「藤原夫人」）であった。子の聖武は、初め母を「大夫人」と称するように命じたが、長屋王は「大夫人」は公式令に定めた「皇太夫人」と相違し、令に従えば勅に反し、勅に従えば令に反するとした。そこで聖武は文書では「皇太夫人」と書き、口頭では「大御祖」と改めるように命じている。天皇の母は口頭では「大御祖」と呼ばれたのである。

この「大御祖」の「祖」は祖先の意ではなく、『万葉集』の表記にもあるように「おや（親）」を表す語であり、母を意味する。天皇の母の呼称例としては、皇極天皇の母吉備姫王を「吉備嶋皇祖母《すめみおやの》命《みこと》」と尊称し（皇極紀二年九月）、また孝徳天皇が豊財天皇（皇極）を「皇祖母尊《すめみおやのみこと》」と尊称していること（孝徳即位前紀など）が挙げられる。尊称の「祖母」は祖母を意味するのではなく母親の意である。[34]

天平八年（七三六）十一月十一日の葛城王らの橘宿祢賜姓を願う上表文には、母橘三千代を「葛城が親母、贈従一位県犬養橘宿祢」と記している（『続日本紀』）。この「親母」は漢語であり、生みの親、母のことで、不参解《ふさんげ》（休暇願い）などにも見える。淳仁天皇は母の当麻山背の呼称に関し、「親母を大夫人」とし（『続日本紀』天平宝字三年六月庚戌［十六日］条）、桓武天皇は「朕が親母高野夫人を皇太夫人」（『続日本紀』天応元年四月条）と呼称させている。「親母」はミオヤ、もしくはハハに充てられた語であろう。[35] こうした例からすると「内親郡主」の「内親」もミオヤ、もしくはハハに充てられた語と思われる。

藤原夫人願経は藤原夫人が亡き父藤原房前（「亡考贈左大臣府君」）の供養と、健在な母の牟漏女王（「見在内親郡主」）の福寿を願った写経であり、「亡考贈左大臣府君（尊府君）」と「内親郡主（郡主）」の前に欠字があるのは両親に敬意を払った書式である。母に欠字の礼をとるのをいぶかるむきもあるが、牟漏女王は光明皇后の異父姉であり、しかも兄の橘諸兄は天平十二年の時点では右大臣の地位にあった。房前亡き後の北家を支える上できわめて重要な位置を占めており、亡考に対置される、欠字するにふさわしい存在であった。

以上、藤原夫人願経奥書について迂遠な検討を重ねたが、筆者は「内親郡主」の「内親」を母の意、「郡主」を女王に充てた語と解し、牟漏女王に比定する東野説に賛同したい。

既に指摘されているように、佐保大伴家では大伴旅人亡き後、家持の成長を待って、坂上郎女が亡き大伴郎女に代って家刀自として佐保大伴家を支えたが、藤原北家では藤原房前亡き後、牟漏女王が永主、真楯らの成長を待って北家を支えた。[36] 藤原夫人一切経は、同年の奥書をもつ光明皇后五月一日経と並ぶ大事業であるが、写経が北大家写経所で行われていることからも窺えるように、北家の協力と、加えて光明皇后の庇護を得てなし得た事業である。[37] 房前亡き後の北家にとって、光明皇后の異父姉にして、橘諸兄の妹である牟漏女王の存在の大きさは計り知れないものがあったと推測される。そのことは、興福寺講堂の不空羂索観音像造像をめぐる所伝からも窺える。橘三千代のみならず、その女の牟漏女王、孫の藤原夫人の果たした役割の大きさも見直されてよい。

注1　神亀元年、聖武の即位とともに夫人となったとみられ（皇后伝）、『続日本紀』神亀四年十一月戊午［二十一日］条に「従三位藤原夫人に食封一千戸を賜ふ」とあり、天平元年の立后記事には「正三位藤原夫人を立てて皇后としたまふ」とある。

2　天平十七年十一月三十日付「山城国宇治郡加美郷家地等売買寄進券文」（『東南院文書』2ノ三九〇）に「藤原南夫人」とある。武智麻呂の女の「藤原夫人」は天平二十年六月に薨じたが、その直後の八月二十六日付同名文書に「旧正三位藤原南夫人家」（『大日古』3ノ一一二～三、「東南院文書」2ノ三九一）とあり、武智麻呂の女が「藤原南夫人」と呼ばれていたことが知られる。

3　写真は京都国立博物館図録『古写経―聖なる文字の世界―』（二〇〇四年）など。

4　写真は是澤恭三『寫經』（根津美術館、一九八四年）。『大日古』2ノ二五三、『寧楽遺文』六一六頁。なお、奈良国立博物館編『奈良朝写経』（東京美術、一九八三年）には神護寺蔵『道行般若経』巻第五奥書写真が掲載されているが、釈文の「肉身」は「内親」の誤り。

5　中井真孝「天平貴族の写経―藤原夫人願経を中心に―」（『同朋』三六、一九八一年六月、のち『行基と古代国家』所収、永田文昌堂、一九九一年）。

6　東野治之「北家と北宮―森田悌氏の研究に接して―」（『日本歴史』五一二号、一九九一年一月、のち『長屋王家木簡の研究』所収（塙書房、一九九六年）、同「藤原夫人願経の「内親郡主」」（『書の日本史』岩波書店、一九九四年）。

7　栄原永遠男「北大家写経所と藤原北夫人発願一切経」（『奈良時代の写経と内裏』塙書房、二〇〇〇年）、二八五頁。なお、栄原氏は、藤原夫人一切経について、この北夫人一切経は「元興寺北宅一切経」と同一であり、北家の写経機関である北大家写経所で写されたのちに、北宅、即ち北家から天平十五年八月以前に元興寺に納められた公算が極めて高いとされる。また、光明皇后が北大家写経所での一切経の写経事業を援助したのは、この一切経が兄の房前の冥福や同母の姉である牟漏女王の福寿を祈るための一切経であったためであったとされている。

8 赤尾栄慶「仏説阿難四事経」解説（前掲書3）。

9 京都国立博物館編『国宝　手鑑藻塩草』（淡交社、二〇〇六年）。

10 天平十年度の「周防国正税帳」に見える「故左大臣家」、天平十一年正月二十三日付「国造豊足解」にある「左大臣家」については、これを房前家とする薗田香融氏の指摘があるが（薗田香融「「国造豊足解」をめぐる二三の問題」『日本古代財政史の研究』塙書房、一九八一年）、これを房前家と解すると武智麻呂家とどのように区別したのか、なお不分明な点がある。同様の疑問に立つ中西康裕「藤原北家と「左大臣家」」（『続日本紀研究』二八一号、一九九二年）など参照。

11 岩波新日本古典文学大系『続日本紀』三、注一八参照

12 「造東大寺司牒」（『大日古』3ノ四一四。『正集』四十四、『大日古』に正集三十四とあるのは誤り）。

13 黛弘道氏に依れば古代の計世法には①本人から数える計世法と②親王から数える計世法とがあった（「律令時代に於ける計世法」『律令国家成立史の研究』吉川弘文館、一九八二年）。今、『新撰姓氏録』に従えば、牟漏女王の系譜は敏達天皇―難波皇子―栗隈王―美努王―牟漏女王となり、敏達本人から数えると五世王、難波皇子から数えると四世王となる。臣下である房前が結婚できるのは五世王であるから（継嗣令4王娶親王条）、牟漏女王は五世王であったと思われる。難波皇子から数える場合には、敏達以下にもう一世代を想定しなくてはならないが、難波皇子については『古事記』敏達天皇段に「春日中若子の女、老女子郎女を娶りて生みませる御子、難波王」とあり、敏達紀四年正月是月条にも春日臣仲君の女、老女子夫人（更名薬君娘）が難波皇子をもうけたと記されている。従って、難波王と、記紀から父名が確認できない栗隈王との間に某王を想定すべきであろう。

14　角田文衛「藤原清河とその母」（角田文衛著作集第五巻『平安人物志』（法蔵館、一九八四年）。
15　角田文衛「板野命婦」（前掲書14所収）。
16　角田文衛「藤原袁比良」（前掲書14所収）。
17　以下、『興福寺流記』の引用は『大日本仏教全書』一二三・「興福寺叢書」第一（仏書刊行会、一九一五年）による。
18　澁谷和貴子「『興福寺流記』について」（『仏教芸術』一六〇号、一九八五年）。
19　『政事要略』巻二十五「年中行事十月」（国史大系）による。なお、醍醐寺本『諸寺縁起集』所載『興福寺縁起』（藤田經世『校刊美術史料　寺院篇上巻』中央公論美術出版、一九七二年）を参照。
20　澁谷和貴子・前掲論文18。
21　福山敏男「興福寺の建立」（『日本建築史研究』墨水書房、一九七二年改訂版）
22　福山敏男「栄山寺の創立と八角堂」（美術研究所研究報告『栄山寺八角堂の研究』一九五一年、のち福山敏男著作集第二巻『寺院建築の研究（中）』所収、中央公論美術出版、一九八二年）福山氏はこの論文で福山A説で主張された「藤原朝臣」=藤原真楯を藤原永手とされている。
23　同様の指摘は既に毛利久氏にある（毛利久「興福寺伽藍の成立と造像」（『仏教芸術』四〇号、一九五九年）。
24　「北家」の初見は天平十一年四月二十六日付「写経司啓」（『大日古』2ノ一六九）。
25　中井真孝・前掲論文5。
26　東野治之・前掲論文6「藤原夫人願経の「内親郡主」」（『書の日本史』岩波書店、一九九四年）。なお、公主については文殊正子「『内親王』号について」（『古代文化』三三三号、一九八六年一〇月）を参照。

27　平成十八年十二月の三田古代史研究会での報告時のご指摘。
28　中川収「県犬養橘宿禰三千代」（佐伯有清先生古稀記念会『日本古代の社会と政治』吉川弘文館、一九九五年）は、この記事を従来からの夫人への叙位とみるが、その論拠とするところは武智麻呂の女を大宝年間の生まれとする仮定である。
29　禅院については、藤野道生「禅院寺考」（『史学雑誌』六六巻九号、一九五七年九月）を参照。
30　「仏足石記」（銘文）の釈文については、近年の成果として廣岡義隆氏、齋藤理恵子氏、東野治之氏らによる実物調査に基づく釈文が報告されている。「郡王」説は松平定信編『集古十種』、狩谷棭斎『古京遺文』以来竹内理三『寧楽遺文』に及ぶが、廣岡、齋藤、東野三氏はいずれも「郡主」と判読されている。廣岡義隆「仏足石記」（『古京遺文注釈』桜楓社、一九八九年）、齋藤理恵子「仏足石記校訂」（安田暎胤・大橋一章編『薬師寺』里文出版、一九九〇年）、東野治之「薬師寺仏足石記と龍福寺石塔銘」（『日本古代金石文の研究』岩波書店、二〇〇四年）。また、その研究史については齋藤理恵子氏の「仏足石」（大橋一章・松原智美編『薬師寺千三百年の精華―美術史研究のあゆみ―』里文出版、二〇〇〇年）がある。
31　文室智努は宝亀元年（七七〇）十月九日に薨じている。『公卿補任』神護景雲四年（七七〇）条に享年七十八歳と伝えるが、致仕の年、天平宝字八年（七六四）を七十歳とすると享年七十六歳となり、逆算すると六九五年生まれとなる。享年七十六歳説は加藤諄「仏足石の人々(1)智努について」（『双魚』創刊号、昭和五十年五月）に指摘があるが、支持されるべきであろう。
32　『時代別国語大辞典』「おや（親・祖）」の項は、とくに母親をさすことが多いとしている。
33　東野治之・前掲論文26。
34　これに関連して難波宮跡北西部第十六層から出土した木簡の一つに次のようなものがある。

・「王母前□□□□」
・「[　　]廿□□」　(166×28×5)

併出の紀年木簡に「戊申年」があり、六四八年に比定され、七世紀半ばの木簡といえる。「某前白」という上申文書の書式を想起させるが、第四字目は「立」もしくは「五」であるとされる。併出の木簡に貢納荷札があり、この木簡が上部に切り込みをもち、丁寧に整形されていることから「王母」への貢進に関わる木簡とみられている。王母については多様な解釈が可能であるが、同時に絵馬や陽物状木製品、斎串などが出土しており、出土遺物からすると漢神祭祀の色彩が濃厚である。しかし、森公章氏の指摘されるように「王」を大王（孝徳）と解することができるならば、孝徳の母の吉備姫王は皇極二年（六四三）九月十一日に亡くなっており（皇極紀）、「王母」にふさわしいのは前大王の皇極であろう。皇極は孝徳の同母の姉であるが、孝徳の皇后（大后）間人皇女の母（いわゆる義母）でもあり、譲位後は「皇祖母尊《すめみおやのみこと》」と尊称されている。「王母」の意味するところはオホキミノミオヤであり、『日本書紀』の「皇祖母尊」という表記に比して、古態を示しており、「天皇」号の成立とも関わる貴重な史料となる。後考を待ちたい。この難波宮跡出土木簡については、鈴木靖民「難波宮木簡をめぐる二、三の視角」、栄原永遠男「難波宮跡北西部出土の木簡について」、江浦洋「難波宮北西部の発掘調査と木簡の出土」（いずれも『東アジアの古代文化』一〇三号、二〇〇〇年五月）、『木簡研究』第二二号（二〇〇〇年）、奈良文化財研究所編『評制下荷札木簡集成』（東京大学出版会、二〇〇六年）、森公章「七世紀の荷札木簡と税制」（『木簡研究』第二八号、二〇〇六年）など参照。

35　「母」の訓に「いろは」があるが、『日本書紀』の古訓にのみ見える。岩波新日本古典文学大系『続日本紀』は「葛城親母」（天平八年十一月十一日条）の「親母」を「いろは」と訓み、天平宝字三年六月十六日条「親母」は「はは」、天応元年四月「親母高野夫人」の「親母」は「みおや」と訓んでいる。

36　東野治之「長屋王家と大伴家」（『続日本紀研究』二八三号、一九九二年十二月。のちに『長屋王家木簡の研究』所収、塙書房、一九九六年）、

37　藤原夫人が独立した宮家を構えていたであろうことは「藤原夫人家務所」（『大日古』4ノ三八）の存在からも窺える。

『大日古』は『大日本古文書』の略。
『万葉集』は新編日本古典文学全集『萬葉集』（小学館）による。
『続日本紀』は新日本古典文学大系『続日本紀』（岩波書店）による。

（付記）本稿は平成十八年十二月二十三日の三田古代史研究会での報告をもとに補訂を加えたものである。その折に、慶應義塾大学名誉教授志水正司先生より天理図書館に藤原夫人一切経が所蔵されており、『瑜伽師地論』巻九十九奥書に冒頭の三行（後欠）をもつことなどをはじめ、貴重なご教示、ご指摘をいただいた。記して謝意を申し上げる。

編集後記

平成十年の春に当館論集の第一冊目『水辺の万葉集』が生まれた。学際的というほど大げさではないにしても、できるだけ様々な分野の研究者に加わっていただき、共通のテーマを掲げて、多角的な視野から追求していくユニークな万葉研究の試みをしてみたいという思いからスタートした。

以来一〇年。第一〇冊目となる今回は「女人」がテーマである。『万葉集』に歌を残した女性といえば、恋に身を焼く女、愛する人の死に身を震わせる女、また遠く故郷を離れる夫を思う防人の妻、東歌に見える名も無き女性、そして遊行女婦たちが想起される。彼女らの歌には様々な現実に置かれた生身の鮮烈な叫びがある。また、『万葉集』に歌われた女性として、母や「娘子」、あるいは真間の手児名に代表される伝説歌の女性たち、こうした女性像をめぐる問題に加えて、歌の本質に関わる女歌をめぐる問題もある。さらには古代の女帝の問題も欠かせない。

あまりに豊富な内容を内包するテーマであるが、今回も国文学・歴史学で第一線に立つ先生方のご協力を得て、見過ごされてきた歌や資料に新たな生命を吹きかけていただいた。新たな万葉の女性像が生まれれば幸いである。

ご多忙にもかかわらずご執筆いただいた先生方に深く感謝申し上げたい。また、この度も編集の労をお取りいただいた笠間書院・大久保康雄氏に厚く御礼申し上げる。

来年度、第一一冊目は『恋の万葉集』と題し、万葉に詠まれた「恋」の諸相を探ってみたい。恋は、胸ときめく夢多きテーマである。どうぞご期待ください。

平成十九年三月

「高岡市万葉歴史館論集」編集委員会

執筆者紹介（五十音順）

浅野《あさの》則子《のりこ》　一九五六年東京都生、日本女子大学大学院修了、別府大学教授、文学修士。『大伴坂上郎女の研究』（翰林書房）、『坂上郎女　人と作品』（共著・おうふう）。

小野《おの》　寛《ひろし》　一九三四年京都市生、東京大学大学院修了、駒澤大学名誉教授。高岡市万葉歴史館館長。『新選万葉集抄』（笠間書院）、『大伴家持研究』（笠間書院）、『孤愁の人大伴家持』（新典社）、『万葉集歌人摘草』（若草書房）、『上代文学研究事典』（共編・おうふう）、『萬葉集全注　巻第十二』（有斐閣）ほか。

川﨑《かわさき》　晃《あきら》　一九四七年東京都生、学習院大学大学院修士課程修了、高岡市万葉歴史館学芸課長。『遺跡の語る古代史』（共著・東京堂）、「聖武天皇の出家・受戒をめぐる臆説」（『政治と宗教の古代史』所収、慶應義塾大学出版会）ほか。

坂本《さかもと》信幸《のぶゆき》　一九四七年高知県生、同志社大学大学院修士課程修了。奈良女子大学大学院教授。『万葉事始』（共編）、『CD-ROM版万葉集』（共編）、『万葉集索引』（共著）、『セミナー万葉の歌人と作品（第一巻〜第十二巻）』（共著）、『万葉拾穂抄』（共編）ほか。

新谷《しんたに》秀夫《ひでお》　一九六三年大阪府生、関西学院大学大学院修了、高岡市万葉歴史館主任研究員。『万葉集一〇一の謎』（共著・新人物往来社）、「藤原仲実と『萬葉集』」（「美夫君志」60号）、「『次点』の実体」（「高岡市万葉歴史館紀要」10号）ほか。

鈴木《すずき》日出男《ひでお》　一九三八年青森県生、東京大学大学院修了、博士、二松学舎大学大学院特任教授・東京大学名誉教授。『古代和歌史論』（東京大学出版会）、『王の歌』（筑摩書房）、『源氏物語虚構論』（東京大学出版会）。

関《せき》　隆司《たかし》　一九六三年東京都生、駒澤大学大学院修了、高岡市万葉歴史館主任研究員。『西本願寺本万葉集（普及版）巻第八』（おうふう）、「大伴家持が『たび』とうたわないこと」（「論輯」22）ほか。

平《たいら》　舘英子《だてえいこ》　一九四七年神奈川県生、東京教育大学大学院博士課程中退。日本女子大学教授、文学博士。『萬葉歌の主題と意匠』（塙書房）、「ひは細　たわや腕を」（『論集上代文学』第二十八冊）ほかか。

瀧浪貞子《たきなみさだこ》　一九四七年大阪府生、京都女子大学大学院修了。京都女子大学教授、文学博士。『日本古代宮廷社会の研究』（思文閣出版）、『孝謙天皇』（吉川弘文館）、『帝王聖武』（講談社）、『女性天皇』（集英社）ほか。

田中夏陽子《たなかかよこ》　一九六九年東京都生、昭和女子大学大学院修了、高岡市万葉歴史館研究員。「有間皇子一四二番歌の解釈に関する一考察」（「日本文学紀要」８号）ほか。

塚本澄子《つかもとすみこ》　一九四五年北海道生、北海道大学大学院博士課程単位取得退学、作新学院大学教授。『万葉とその伝統』（共著　桜楓社）、「十市皇女挽歌」（『作新学院女子短期大学紀要』第十八号）ほか。

平野由紀子《ひらのゆきこ》　一九五三年千葉県生、駒澤大学大学院修了、順天堂大学非常勤講師。『和歌大辞典』（明治書院）、『西本願寺本万葉集（普及版）巻第八』（おうふう）、「額田王の挽歌表現をめぐって」（「駒澤国文」41）ほか。

高岡市万葉歴史館論集 10

女人《にょにん》の万葉集《まんようしゅう》

平成 19 年 3 月 31 日　初版第 1 刷発行

編　者　高岡市万葉歴史館©

発行者　池田つや子

発行所　有限会社　**笠間書院**

〒101-0064　東京都千代田区猿楽町 2-2-3

電話 03-3295-1331(代)　振替 00110-1-56002

印　刷　壮光舎

製　本　渡辺製本所

ISBN 978-4-305-00240-2

乱丁・落丁本はお取り替えいたします。

出版目録は上記住所または下記まで。

http://www.kasamashoin.co.jp

高岡市万葉歴史館論集

各2800円（税別）

【第Ⅰ期全10巻完結】

①水辺の万葉集（平成10年3月刊）
②伝承の万葉集（平成11年3月刊）
③天象の万葉集（平成12年3月刊）
④時の万葉集（平成13年3月刊）
⑤音の万葉集（平成14年3月刊）
⑥越の万葉集（平成15年3月刊）
⑦色の万葉集（平成16年3月刊）
⑧無名の万葉集（平成17年3月刊）
⑨道の万葉集（平成18年3月刊）
⑩女人の万葉集（平成19年3月刊）